# WEIL DER MARQUESS ES SO WILL

## REGELN FÜR HALUNKE
### BUCH SECHS

## DARCY BURKE

Zealous Quill Press

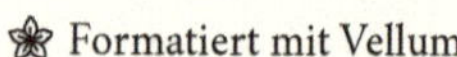 Formatiert mit Vellum

# WEIL DER MARQUESS ES SO WILL

Als eine junge Lady ruiniert wird, schwören ihre Freundinnen, dass keine von ihnen sich jemals wieder von einem Herzensbrecher umgarnen lässt. Sie werden dem Charme eines jeden Gentleman widerstehen, selbst – und vor allem – wenn dies bedeutet, sich damit den Ruf zu erwerben, unmöglich zu erobern zu sein. Es braucht schon außergewöhnliche Herzensbrecher, um ihre Regeln zu brechen ...

Um Lady Minerva Halifax einer Eheschließung gewogen zu machen, ist nichts Geringeres vonnöten, als das Versprechen auf ein herzzerreißendes, traumhaftes glückliches Ende, doch dieses Wunschdenken scheint zum Scheitern verurteilt. Nur weil sie die Tochter eines reichen Herzogs ist, lockt sie geldgierige und standesbewusste Schurken an. Dann erleidet der temperamentvolle, unbändige Bruder ihrer Freundin, Evan Price, bei einer Hausparty eine Verletzung und es ist an Min, ihn zu pflegen.

Völlig unerwartet springt zwischen den beiden der Funke
über und sie fragt sich, ob Amor wohl endlich seine Kreise
zieht.

Evan verliebt sich unvernünftigerweise in seine wider-
borstige Krankenschwester, doch er weiß genau, dass er
ohne einen Adelstitel nicht die mindeste Chance hat, sie
zur Frau zu bekommen. Min wird von ihren Eltern wieder
auf den Heiratsmarkt gedrängt, während Evan erneut dazu
übergeht, die Leere in seinem Inneren mit waghalsigen
Abenteuern und oberflächlichen Flirts zu füllen. Mit
einem Mal steigt er zum allseits gefragten Junggesellen von
ganz Bath auf – mit Ausnahme der einzigen Person, die er
wirklich begehrt.

Als jedoch ein ausgemachter Schurke auf der Bildfläche
erscheint, um seinen Anspruch auf Min zu erheben, ist
Evan gezwungen, sein Herz zu offenbaren, um nicht zu
riskieren, sie für immer zu verlieren.

# REGELN FÜR HALUNKEN

Bleibe nie mit einem Halunken allein.
Flirte nie mit einem Halunken.
Gewähre einem Halunken nie eine Chance.
Zweifle nie am Ruf eines Halunken.
Glaube nie an die Liebesschwüre oder
Ergebenheitsbekundungen eines Halunken.
Vertraue nie einem Halunken, der verspricht, sich zu
ändern.
Lasse nie zu, dass ein Halunke dein Herz sieht.
Ruiniere einen Halunken, bevor er dich ruiniert.

# KAPITEL 1

*Oktober 1816, London*

»Sie sehen für mich wie ein Mann aus!«

Ellis Dangerfield zog eine Augenbraue hoch und blickte ihre kichernde Vermieterin an, die ihr dabei geholfen hatte, Ellis' Verkleidung als junger Mann zu kombinieren und sich anzukleiden. Ellis drehte sich um und betrachtete sich in dem zerbrochenen Spiegel, der in ihrem Zimmer hing. In dem kleinen Oval konnte sie ihren gesamten Körper leider nicht betrachten, doch die Veränderung ihres Gesichts genügte ihr bereits. Unter einem dunkelbraunen Vollbart und Schnäuzer waren ihre weiblichen Züge verdeckt, insbesondere ihr Mund. Ihre blonden Locken waren unter einer dicken – und sehr warmen – Perücke derselben Farbe verborgen.

»Ich bin mir nicht sicher.« Ellis kaute auf ihrer Lippe, als sie sich Mrs. Palmer erneut zuwandte. »Vielleicht ist das zu riskant.«

Mrs. Palmer neigte den Kopf und musterte Ellis mit einem liebenswürdigen Blick aus ihren blauen Augen. »Wahrscheinlich, aber müssen Sie es nicht versuchen?«

Ellis verlor schnell ihren Mut. Obwohl sie dringend eine Anstellung brauchte, sollte sie sich um einen Posten bemühen, der für eine Frau angemessen war. Das war die Stelle eines Sekretärs für einen Marquess sicher nicht. Allerdings würde der Sekretär eines Marquess weitaus besser bezahlt werden als jede andere Arbeit, die sie als Frau finden würde. »Vielleicht sollte ich vernünftig sein und mich um eine angemessenere Stelle bemühen.«

Mrs. Palmer kniff die Augen zusammen und steckte eine widerspenstige hellbraune Strähne unter die Haube, die sie über ihrem Haar trug. »Sie haben mir mehrfach gesagt, dass Sie jede einzelne Aufgabe bewältigen können, die ein Sekretär eines Marquess zu erledigen hat. Ich verstehe nicht einmal alles, was Sie mir alles aufgezählt haben.«

Ellis lächelte Mrs. Palmer an, die sehr intelligent war. Sie hatte nur nicht die gleiche Bildung genossen wie Ellis, die seit ihrem neunten Lebensjahr im Haushalt des Herzogs von Henlow als Gesellschafterin seiner Tochter gelebt hatte. Zusammen mit Lady Minerva hatte sie vieles gelernt und die Bibliotheken Seiner Gnaden auf eigene Initiative voll genutzt, die er auf sämtlichen seiner Anwesen unterhielt.

Der Herzog hatte Ellis nach dem Tod ihrer Eltern, die mit ihm bekannt gewesen waren, in seinem Haus aufgenommen. Die Eltern ihres Vaters und die Eltern des Herzogs waren tatsächlich enge Freunde gewesen. Die familiäre Verbindung war stark, und er fühlte sich verpflichtet, sich um Ellis zu kümmern. Er hegte zudem eine besondere Zuneigung zu ihr, was manch einer so interpretierte, dass er tatsächlich ihr leiblicher Vater sei –

denn Ellis war von den Dangerfields adoptiert und nach deren Tod vom Herzog aufgenommen worden.

Dieser war allerdings nicht ihr Vater. Das hatte sie stets gewusst, denn er hatte es ihr gesagt, und sie hatte seinen Worten Glauben geschenkt. Er liebte Ellis auch keinesfalls auf die gleiche Weise, wie ihre Eltern es getan hatten. Selbst nach all dieser Zeit schmerzte der Gedanke an ihre Mutter und ihren Vater und dem Ende des Lebens, das sie als geliebte Tochter genossen hatte, noch immer sehr. Das war insbesondere jetzt deutlich zu spüren, da sie die Wahrheit über ihre Herkunft kannte.

Die Erkenntnis, dass sie tatsächlich unehelich war – wenn auch nicht seitens des Herzogs – hatte das Dasein für Ellis vollkommen auf den Kopf gestellt. Sie verstand jetzt, warum die Herzogin so sehr darum bemüht gewesen war, ihr das Gefühl zu geben, unwürdig zu sein. Denn das war sie tatsächlich. Nach Ansicht der feinen Gesellschaft würde Ellis aufgrund ihrer Herkunft für immer unzulänglich sein. *Wenn* die Wahrheit bekannt würde.

Das spielte für Ellis allerdings keine Rolle. *Sie* wusste es – und dieses Wissen brachte mit sich, dass alles, was sie bislang für wahr gehalten hatte, eine Lüge war.

Sie hatte das Einzige getan, was für sie einen Sinn ergab: Sie war vor der Wahrheit und vor dem Schmerz der letzten siebzehn Jahre geflohen. Sie hatte entschieden, dass sie ihren Weg von nun an selbst wählen konnte, und beschlossen, ihre Unabhängigkeit zu suchen. Welchen Sinn hätte es, auf das Schlimmste zu warten, wenn sie sich ein neues Leben aufbauen konnte? Es war an der Zeit, dass sie selbst die Entscheidungen traf, anstatt ihr Leben von denen bestimmen zu lassen, die sie lediglich als Spielfigur auf einem Brett betrachteten.

Sie brauchte diesen Posten als Sekretär des Marquess. Und sie würde ihn bekommen. Mit Blick auf das anstehende Vorstellungsgespräch betrachtete sie Mrs. Palmer, die ein Dutzend Jahre älter war als die sechsundzwanzigjährige Ellis und die im Gegensatz zu Ellis, die nur vorgab, eine Witwe zu sein, tatsächlich Witwe war. »Was wird geschehen, falls der Marquess sofort erkennt, dass ich eine Frau bin?«

»Sie entschuldigen sich und gehen.« Mrs. Palmer atmete tief aus. »Es ist ja nicht so, als würde er Sie verhaften lassen, weil Sie sich als Mann ausgeben, um eine Anstellung zu erhalten, in der Sie sich auszeichnen würden und die Ihnen genug Geld einbringen würde, um das Leben zu führen, das Sie sich wünschen.« Ihre Augen funkelten entschlossen, als wäre sie selbst diejenige, die einen Plan zur Sicherung ihrer eigenen Zukunft in Angriff nahm. »Dem Leben, das Sie *verdienen*.«

»Das ist äußerst liebenswürdig von Ihnen.« Ellis war für die Unterstützung der Frau dankbar, die sie in ihrer Absicht bestärkte.

Vor nahezu zwei Wochen war sie in Mrs. Palmers Pension gekommen, nachdem sie den Haushalt des Herzogs verlassen hatte, als sie die Wahrheit über ihre uneheliche Herkunft erfahren hatte. Der Herzog hatte ihr Geld angeboten, aber sie hatte nur so viel von ihm genommen, wie sie für die Reise von Bath brauchte, wo sie bei Min und der Herzogin gewohnt hatte – die nicht mit dem Herzog zusammenleben wollte, wenn sie nicht in London waren –, und für die Rückfahrt nach London benötigte, um sich dort eine Unterkunft zu suchen. Ellis hatte eine fortlaufende Zuwendung abgelehnt. Sie wollte keine Verbindungen zum Herzog oder seiner Familie und sie wollte sich ihnen gegenüber ganz sicher nicht verpflichtet fühlen.

Seine Tochter war das einzige Problem. Min war ihre beste Freundin, und Ellis war gegangen, ohne sich zuvor mit ihr zu unterhalten. Ellis war nicht bereit gewesen, sie zu sehen, und sie wusste auch nicht, wann sie dazu bereit sein würde. Denn Min war der Grund, warum Ellis die Wahrheit erfahren hatte.

Wenn sie jetzt daran dachte, verspürte Ellis ein Zittern in ihrer Brust. Zufällig hatte sie mitbekommen, wie Min sich mit ihrer Mutter, der Herzogin, gestritten hatte. Das war nichts Ungewöhnliches, denn sie stritten oft, aber dieser Streit war anders gewesen. Sie hatten über Ellis gesprochen, die überraschenderweise auch die Tochter der Herzogin war.

Die Entdeckung, dass diese furchtbare Frau, die Ellis wie eine undankbare, unerwünschte Dienerin der untersten Klasse behandelt hatte – nein, noch eine Stufe darunter –, die Frau war, die ihr das Leben geschenkt hatte, war verheerend gewesen. Die Herzogin verabscheute Ellis und hatte alles daran gesetzt, dass Ellis auf keinen Fall in den Genuss desselben Luxus kam wie ihre anderen Kinder. Allerdings war es nicht so, dass materielle Dinge für Ellis von Bedeutung gewesen wären. Sie hatte sich nur das Kostbarste von allem gewünscht – Liebe. Oder zumindest ein Gefühl der Zugehörigkeit. Wie konnte eine Frau ihr eigenes Fleisch und Blut so grausam behandeln?

»Hören Sie auf, über Ihre Vergangenheit nachzudenken«, ermahnte Mrs. Palmer sie streng. Ellis hatte ihr erzählt, dass sie sich vor der schrecklichen Familie ihres verstorbenen Mannes versteckte. »Sie müssen das hinter sich lassen und nach vorne schauen.«

Ellis lächelte. »Sie klingen wie ich.« Denn sie hatte diese Worte schon hundert Mal oder öfter wiederholt: *Lass die Vergangenheit hinter dir und schau nach vorne.*

»Das ist ein guter Rat, nach allem, was Sie durchgemacht haben.«

»Danke.« Ellis hatte überlegt, Mrs. Palmer die Wahrheit zu beichten, denn sie hatte große Sehnsucht nach einer Vertrauten. Sie war es gewohnt, Min an ihrer Seite zu haben. Ellis könnte sie wieder bei sich haben – und das müsste sie ihr nur sagen.

Doch das brachte Ellis nicht über sich. Noch nicht. Sie verstand, dass Min kein Teil der lebenslangen Täuschung gewesen war, und dass man auch ihr die Wahrheit verschwiegen hatte. Allerdings hatte sich Mins Leben und auch ihre Identität nicht verändert, während sich bei Ellis alles verändert hatte. Sie würde Min aufsuchen, sobald sie den Weg eingeschlagen hatte, den sie für sich selbst gewählt hatte.

Mrs. Palmer nahm den Hut und die Handschuhe vom Tisch am Fenster und reichte sie Ellis. »Sie sollten sich auf den Weg machen, ehe sie noch zu spät kommen.«

Ellis wandte sich wieder dem Spiegel zu, setzte den Hut auf ihre Perücke und zog die Handschuhe an.

»Wagen Sie ja nicht zu glauben, Sie würden nicht eingestellt werden«, warnte Mrs. Palmer. »Ich habe viel zu viel Zeit damit verbracht, Ihnen aus den alten Kleidungsstücken meiner Brüder eine Garderobe zusammenzustellen.« Mrs. Palmer hatte zwei ältere Brüder und deren alte Kleidungsstücke aus Kisten auf dem Dachboden zusammengesucht. Was sie nicht finden konnte, hatte sie auf andere Weise beschafft. »Ich bin noch nicht ganz fertig, aber ich habe fast ein komplettes Abendoutfit beisammen, falls Sie je eines benötigen sollten.«

»Das werde ich nicht«, entgegnete Ellis und dachte, dass dies ohnehin alles ein weit hergeholter Traum sei.

»Von nun an, bis Sie nach Ihrem Vorstellungsgespräch hierher zurückkehren, müssen Sie Ihre Stimme senken, wie Sie es geübt haben, und wie ein Mann sprechen.« Mrs. Palmer nickte ihr ermutigend zu.

Ellis senkte ihre Stimme zu einem Bariton, oder zumindest zu dem Tonfall, den sie für einen Bariton hielt. Zum Glück hatte sie eine tiefere Stimme als die meisten Frauen, was ihr zugute kam. »Das hätte ich die ganze Zeit tun sollen. Wie klingt das?«

Mrs. Palmer strahlte. »Perfekt. Unsere Übungsstunden haben Früchte getragen. Ich werde dafür sorgen, dass Ihnen niemand begegnet.« Sie verließ den Raum als Erste, und Ellis folgte ihr, während sie sich auf dem Weg zur Treppe die Handschuhe anzog.

Mrs. Palmer führte sie zwei Stockwerke hinunter ins Erdgeschoss und blieb die ganze Zeit weit genug vor ihr, um Ellis ein Zeichen geben zu können, falls sie jemanden sehen sollte, obwohl das unwahrscheinlich war. Es gab nur zwei weitere Logiergäste, und die waren um diese Uhrzeit normalerweise schon unterwegs.

Sie eilten durch die Eingangshalle, und Mrs. Palmer öffnete die Tür, um sie hinauszubegleiten. »Ich bin gespannt auf den Bericht über das Vorstellungsgespräch. Sie werden das alles sehr gut machen. Dessen bin ich mir vollkommen sicher!«

Ellis lächelte der Vermieterin zu, bevor sie sich auf den langen Weg von der Wimpole Street in Marylebone nach Mayfair machte. Sie hoffte inständig, dass sie niemandem begegnen würde, den sie kannte. Zum Glück lag die Adresse des Marquess of Keele nicht in derselben Straße und auch nicht in der Nähe von Henlow House. Und selbst wenn jemand sie sehen sollte, würde man sie ohnehin nicht erkennen. Dennoch hielt sie den Kopf gesenkt, bis sie beim Haus des Marquess of Keele angekommen war.

Sie bog in die Bolton Street ein und näherte sich dem Terrassenhaus des Marquess, wobei sie von dessen schmalen Vorderfront überrascht war. Sie hatte etwas Größeres erwartet, aber andererseits wusste sie auch, dass

Keele, der Witwer war, das Vermögen seiner Familie wieder aufbauen musste. Er war ein Freund von Mins Bruder – Lord Shefford oder Sheff, wie ihn alle nannten –, aber Ellis hatte ihn noch nie zuvor getroffen. Keele nahm nicht oft an gesellschaftlichen Veranstaltungen teil, besuchte aber offenbar einen der Clubs, wo Sheff ihn gelegentlich traf.

Ellis wusste nichts über den Grund für das Unglück von Keeles Familie, und es war ihr auch einerlei, sofern es nicht ihre potenzielle Position als sein Sekretär betraf. Ganz bestimmt würde sie nicht danach fragen.

Ihre Nervosität vor dem bevorstehenden Vorstellungsgespräch war auf ihrem Weg durch Mayfair keinesfalls geringer geworden. Tatsächlich hatte diese sich so weit verstärkt, dass sie einen Knoten im Magen hatte.

Ellis holte tief Luft und näherte sich der Tür. Sie legte den Kopf in den Nacken, um die rote Backsteinfassade vom ersten bis zum vierten Stock zu betrachten. Das Erdgeschoss war aus weißem Stein, und ein schmiedeeiserner Zaun verhinderte, dass Fußgänger die Treppe zum Dienstboteneingang im Untergeschoss hinunterfielen.

Als sie mit ihrer behandschuhten Hand an die Tür klopfte, kam ihr die Absurdität ihres Vorhabens zu Bewusstsein. Erwartete sie wirklich, sich als Mann auszugeben, während sie die Aufgaben eines Sekretärs für einen Marquess wahrnahm? Man könnte meinen, sie hätte den Verstand verloren. Vielleicht hatte sie das auch. Die letzten Wochen waren die schwierigsten ihres Lebens gewesen.

Ein Butler öffnete die Tür. Er war jünger, als sie erwartet hatte, und schätzungsweise Mitte dreißig, mit dichtem braunem Haar und tief liegenden grau-blauen Augen. »Guten Tag. Sind Sie Mr. Ellis?«

Als Ellis auf Lord Keeles Anzeige geantwortet hatte, hatte sie den Namen Daniel Ellis verwendet. »Ja, das bin ich«, antwortete sie mit ihrer tieferen, hoffentlich männlicheren Stimme.

Der Butler neigte den Kopf und bat sie herein. »Seine Lordschaft erwartet Sie natürlich. Hier entlang.« Er führte sie durch das Vestibül zum hinteren Teil des ersten Stocks.

Die Tür zu Lord Keeles Arbeitszimmer stand offen, und der Marquess erhob sich von seinem Schreibtisch, der so aufgestellt war, dass er einen Blick auf den kleinen Garten hinter dem Haus bot. Er kam zur Tür und streckte ihr die Hand entgegen. »Willkommen, Mr. Ellis. Ich freue mich, Sie kennenzulernen.«

Ellis hatte das Händeschütteln nicht geübt und hoffte, dass sie es glaubwürdig tun würde. Als sie das Arbeitszimmer betrat, ergriff sie seine Hand und war überrascht von der Kraft seines Händedrucks. Das hätte sie nicht sein müssen, denn der Marquess war von großer, kräftiger Statur, mit breiten Schultern, aber einer schmalen Taille. Er sah aus, als könnte er Ellis hochheben und über seinen Kopf halten. Das war bemerkenswert, denn Ellis war für eine Frau recht groß.

Keele ließ ihre Hand los und blickte an ihr vorbei zum Butler. »Vielen Dank, Graham.«

Ellis hörte, wie sich die Tür schloss, worauf dann die gedämpften Schritte des Butlers folgten, der sich zurückzog. Ihr Blick wanderte durch das Arbeitszimmer des Marquess. Es war nicht groß, aber das war sein Haus auch nicht. Neben seinem Eichenschreibtisch gab es einen Sessel neben dem Kamin, einen Schrank mit Schubladen, zwei Bücherregale und einen zweiten, viel kleineren Schreibtisch in der Ecke, seitlich von dem des Marquess. Der Raum war nicht gerade überladen, aber im Vergleich zum Arbeitszimmer des Herzogs von Henlow mangelte es ihm an Platz und Opulenz.

»Lassen Sie uns Platz nehmen.« Der Marquess deutete

auf den Sessel neben dem Kamin. Er war mit verblasstem dunkelblauem Samt bezogen, und Ellis stellte sich vor, wie der Marquess oft dort saß, um Dokumente zu prüfen oder Investitionspläne zu lesen.

Ellis erinnerte sich daran, dass der Marquess nicht auf sie warten musste, da er nicht wusste, dass sie eine Frau war, und sie nahm auf dem Sessel Platz. Er setzte sich hinter seinen Schreibtisch und drehte seinen Stuhl zu ihr herum.

Der Schreibtisch machte einen unaufgeräumten Eindruck, und in einer Ecke stand eine überquellende Holzkiste und mehrere unsortierte Stapel verschiedenster Natur, die eindeutig sortiert werden mussten. Der Marquess schien dringend Hilfe zu brauchen.

Sie beobachtete Keeles Verhalten und imitierte ihn ein bisschen, indem sie sich an die Rückenlehne des Sessels zurücksinken ließ und einen Ellbogen auf die Armlehne legte. Sie achtete darauf, ihre Knöchel nicht zusammenzuhalten.

»Ich habe mich über Ihren Brief gefreut«, begann Keele. »Ihre Qualifikationen und Ihre Ausbildung sind ausgezeichnet, aber Ihr Empfehlungsschreiben vom Herzog von Henlow ist außergewöhnlich.«

Die Empfehlung von Henlow war das Einzige, worum Ellis ihn gebeten hatte. Er war bestrebt gewesen, ihr irgendwie zu helfen, und er hatte ihr das Empfehlungsschreiben nicht nur für Keele, sondern auch für jeden anderen angeboten, den sie ihm nennen würde. »Wie er zweifellos erwähnt hat, arbeitete mein Vater für den Verwalter Seiner Gnaden und er war dafür zuständig, die Pacht einzuziehen«, meinte Ellis. Das war die kleine Unwahrheit, die der Herzog selbst vorgeschlagen hatte.

Keele nickte. »Er sagte auch, Sie hätten vorübergehend für ihn gearbeitet, als sein Sekretär sich zwei Wochen lang um eine Familienangelegenheit kümmern musste. Vor allem sagte er, dass Ihre Fähigkeiten vorbildlich seien und er versucht war, seinen derzeitigen Sekretär durch Sie zu ersetzen.« Der Marquess hatte messerscharfe stahlgraue Augen und eine hakenförmige Nase, die ihn beinahe wie ein Raubtier wirken ließ. Seine Art, wie er Ellis gerade ansah, löste bei ihr tatsächlich gerade das Gefühl aus, Beute zu sein.

Als sie ihr Gewicht erneut verlagerte, musste sie erneut dem Drang widerstehen, die Beine übereinanderzuschlagen. Ohne einen Rock, der ihre Beine bedeckte, hier zu sitzen, weckte das Gefühl in ihr, unglaublich verletzlich zu sein. Vielleicht lag es aber auch eher an der Intensität seines Blickes. Hatte er den Verdacht, dass sie nicht die Person war, für die sie sich ausgab? Zweifelte er an der Empfehlung des Herzogs? Henlow hatte zwar gelogen, auf welche Weise er sie kennengelernt hatte, doch das Empfehlungsschreiben war ohne ihre Mitwirkung von ihm verfasst worden.

»Das war sehr liebenswürdig von ihm«, murmelte Ellis. Zu spät wurde ihr klar, dass eine so leise Äußerung wahrscheinlich zu feminin war. Männer murmelten nicht. Sie beanspruchten Raum mit ihrem Körper, ihren Handlungen und ihren Stimmen. »Ich habe gerne für Seine Gnaden gearbeitet«, fügte sie mit festerer Stimme hinzu.

»Zufälligerweise kenne ich den Sohn des Herzogs sehr gut. Der Earl of Shefford ist ein Freund von mir. Hatten Sie Gelegenheit, ihn kennenzulernen?«

Ellis war auf diese Frage vorbereitet, denn sie wusste ja von der Freundschaft zwischen Keele und Sheff. Aber Sheff wusste nicht, was sie machte. Derzeit zog sie es vor, keinerlei Kontakt zu dieser Familie zu unterhalten, abgesehen von der Bitte, die sie an den Herzog gerichtet hatte.

»Nein, das habe ich nicht. Ich habe niemanden aus dem Haushalt kennengelernt.«

»Der Herzog erwähnte, dass Sie hervorragend Stenografie beherrschen«, bemerkte Keele. »Könnten Sie mir das eventuell vorführen?«

Henlow hatte um konkrete Informationen über Ellis' Fähigkeiten gebeten, damit er sie in seine Empfehlung aufnehmen konnte. Ellis neigte ihren Kopf in einer autoritären Weise, wie es ein Mann tun würde. »Selbstverständlich.«

»Sie können sich an das Schreibpult dort in der Ecke setzen.« Keele deutete auf einen kleinen Schreibtisch mit Knieausschnitt, dessen Seite fast an seinen eigenen stieß.

Ellis stand auf und als sie sich dem Möbel näherte, bemerkte sie, dass es ziemlich abgenutzt war. Außerdem schloss eine der Schubladen nicht ordentlich. Der Stuhl war in einem ähnlichen Zustand und er hatte eine nicht ganz ebene Oberfläche. Es handelte sich nicht um ein passendes Set.

Papier sowie eine Gänsefeder und ein Tintenfass zusammen mit anderen Schreibutensilien lagen bereit. Zum Glück gab es auch einen Bleistift, der für Stenografie weitaus besser geeignet war. Ellis nahm den Bleistift und hielt ihre Hand über das Papier. »Ich bin bereit, wenn Sie es sind.«

Keele stand auf und ging zu seinem Schreibtisch. Doch anstatt sich zu setzen, diktierte er seinen Brief im Stehen.

Als er sich dem Ende des Schreibens näherte, trat Keele dann an den Schreibtisch des Sekretärs. Er stand über Ellis und sah auf ihre Stenografie hinunter. Sie war sich seiner Nähe und seines Interesses sehr bewusst. Beides war ihr einerlei. Sie fühlte sich beobachtet, was natürlich der Sinn dieses Vorstellungsgesprächs war. Dennoch mochte sie das

Gefühl nicht, so intensiv beobachtet und beurteilt zu werden.

Als er fertig war, hob sie den Kopf und sah ihn an. »Können Sie Stenografie lesen?«

»Ein wenig, aber nicht gut genug, um sie zu verstehen. Ihre scheint sehr gut zu sein, doch meiner Vermutung nach besteht die Aufgabe in der Transkription. Bitte schreiben Sie den Brief jetzt. Ich werde einfach an meinem Schreibtisch arbeiten.« Er schenkte ihr ein kurzes Lächeln, das ihn weniger wie einen Jäger wirken ließ, und setzte sich dann wieder hinter seinen Schreibtisch. Unverzüglich richtete er seine Aufmerksamkeit auf die vor ihm liegenden Papiere.

Ellis beobachtete ihn einen Moment lang und dachte darüber nach, wie skandalös es war, dass sie sich allein mit dem Marquess of Keele in diesem Arbeitszimmer befand – und das bei geschlossener Tür. Anstatt sich unwohl zu fühlen, unterdrückte sie ein Lachen. Es war ihr völlig egal, ihren Ruf als Frau zu wahren, da sie keinen guten Ruf brauchte. Sie musste lediglich ihre Fähigkeiten und ihren Wert als Sekretär unter Beweis stellen.

Ellis konzentrierte sich auf ihre Aufgabe und schrieb den Brief in der von ihr erlernten Stenografie ins Reine. Zufrieden mit ihrer Arbeit, bestäubte sie die Tinte mit dem hölzernen Sandstreuer.

»Fertig?«, fragte Keele und deutete damit an, dass er, obwohl er in seine Arbeit vertieft schien, zumindest ein wenig von Ellis Arbeit gehört hatte.

»Ja.« Sie wollte aufstehen, aber er streckte seine Hand aus, und als sie dasselbe tat, wurde ihr bewusst, dass sie sich nur ein wenig von ihrem Stuhl erheben musste, um ihm den Brief zu überreichen.

Keeles Blick wanderte über das Papier. Er schien ein schneller Leser zu sein. »Gut gemacht.« Er richtete seine

Aufmerksamkeit auf sie. »Hoffentlich nehmen Sie mir das nicht übel, aber Ihre Handschrift ist sehr schön. Sie ist fast, wenn ich das so sagen darf, feminin.«

Ellis' Puls begann zu rasen. Sie hatte sich wegen ihrer Handschrift gesorgt und sich bemüht, weniger ... schön zu schreiben. Es war jedoch zu schwierig, ihre Schreibweise vollkommen neu zu entwickeln. Also hatte sie sich eine Erklärung ausgedacht. »Ich habe vier ältere Schwestern. Ich fürchte, ihr Einfluss war ziemlich groß.«

»Ah, ich kann mir nur vorstellen, was vier ältere Schwestern ihrem jüngeren Bruder antun können.« Keeles Augen blitzten amüsiert. »Ich habe keine Geschwister, daher blieb mir diese Tortur glücklicherweise erspart. Allerdings könnte man auch sagen, dass mir dadurch auch die familiäre Unterstützung fehlte.« Dies brachte er in einem rein sachlichen Tonfall hervor, sodass Ellis nicht entscheiden konnte, ob er dieser Meinung zustimmte oder nicht.

Keele reichte ihr den Brief zurück. »Das ist ausgezeichnet. Bereiten Sie ihn für das Two Penny vor, und ich werde ihn von einem Diener überbringen lassen.«

»Wenn ich gehe, würde ich ihn gerne bei einem Empfangsbüro abgeben, falls Sie mir diese Aufgabe anvertrauen möchten«, bot Ellis an.

»Das würde ich gerne, vielen Dank.« Er nickte ihr leicht zu, als sie das Papier auf ihren Schreibtisch legte. »Vorausbezahlt. Sie können das Geld aus der Schachtel in der rechten oberen Schublade des Schreibtisches dort nehmen. Es gibt ein Notizbuch, in das Sie die Entnahme eintragen können.«

Ellis blickte auf das Durcheinander auf seinem Schreibtisch und den Inhalt der Schachtel, der über die Seiten hinausquoll. »Kann ich Ihnen irgendwie dabei helfen, Ordnung zu schaffen?«

Er warf ihr einen verlegenen Blick zu, der allerdings so knapp gehalten war, dass sie sich nicht sicher war, ob sie ihn richtig gedeutet hatte. »Das würde sicherlich Ihre Fähigkeiten noch besser zur Geltung bringen.« Keele nahm mehrere Dinge in die Hand und stand auf. Er ging um seinen Schreibtisch herum und legte den Stapel auf ihren. »Wenn Sie das sortieren könnten, wäre ich Ihnen sehr dankbar.«

»Haben Sie eine bestimmte Vorstellung, auf welche Art es geordnet werden soll?«, fragte sie, als sie sich wieder hinsetzte.

»Äh, nein.« Er wirkte ein bisschen durcheinander, bevor er seine Aufmerksamkeit wieder dem Bericht – oder was auch immer es war – zuwandte, den er gerade las.

Ellis begann, die Unterlagen zu sichten, die er ihr überreicht hatte. Sie stapelte sie zu einem ordentlichen Haufen – das Haushaltsbuch, unbezahlte Rechnungen und Korrespondenz. Die Korrespondenz sortierte sie weiter in Haushalts- und Nachlassangelegenheiten, gesellschaftliche Angelegenheiten und Angelegenheiten, die Lacey and Company Press betrafen. Es gab ziemlich viele Schreiben, die mit Letzterem zu tun hatten, und sie fragte sich, in welcher Beziehung Keele zu diesem Unternehmen stand.

Nachdem sie alles sortiert hatte, fing sie allerdings nicht mit der Korrespondenz von Lacey and Company an, obwohl diese am interessantesten schien. Ellis hatte die Angewohnheit, sich die Aufgaben für den Schluss aufzuheben, die ihr am besten gefielen. Stattdessen zog sie die unbezahlten Rechnungen zu sich heran und sah sie einzeln durch. Als sie fertig war, machte sie sich Notizen auf einem Blatt Papier, das sie dann auf die Rechnungen legte.

Als Nächstes nahm sie sich das Haushaltsbuch vor. Sie überprüfte den Inhalt und sah sich an, in welcher Weise die Rechnungen verbucht worden waren. Seit über einem

Monat gab es keine Einträge mehr, und ihr fiel auf, dass einige der Rechnungen bereits überfällig waren. Sie legte das Haushaltsbuch unter den Stapel der unbezahlten Rechnungen und wandte sich dann der Korrespondenz zu. Nun begann sie mit dem Stapel von Lacey and Company.

»Haben Sie das bereits sortiert?« Er starrte mit bewundernder Miene auf die ordentlichen Stapel auf ihrem Schreibtisch.

»Ja.« Zuerst nahm sie die Rechnungen mit der Notiz in die Hand. »Es gibt mehrere unbezahlte Rechnungen, die so schnell wie möglich beglichen werden sollten.« Sie fragte sich, ob er dazu nicht in der Lage war, und wandte verlegen den Blick ab. »Ich habe auch einen Fehler in einer der Rechnungen gefunden und eine Notiz an den Händler verfasst, die der Zahlung beigelegt werden kann. Den Betrag habe ich angepasst, um den Fehler zu korrigieren. Ich habe hier alles zusammengefasst.« Sie hielt das Papier hoch, das sie zu den Rechnungen gelegt hatte.

Er blinzelte mit einem Gesichtsausdruck an, der seine Ungläubigkeit zeigte. »Das haben Sie alles gemacht?«

»Zweifeln Sie an mir?« Ellis konnte sich ein leichtes Unbehagen nicht verkneifen.

»Nein. Ich bin nur ... verblüfft. Sie arbeiten sehr schnell.« Er streckte die Hand aus. »Darf ich Ihre Notiz sehen?«

»Selbstverständlich.« Sie reichte ihm auch die Rechnungen. »Sie können meine Arbeit nachprüfen, wenn das Ihr Wunsch ist.«

»Ich bin mir nicht sicher, ob dafür Notwendigkeit besteht«, meinte er leise. Es war nicht ganz ein Murmeln, aber beinahe.

Dennoch blätterte er den Stapel durch und hielt inne, um ihre Korrekturnotiz an den Fischhändler zu lesen. Als er fertig war, atmete er aus, legte alles beiseite und faltete die Hände auf dem Stapel. »Ich würde Sie gerne sofort einstellen, wenn Sie abkömmlich sind. Allerdings gibt es eine Bedingung, der Sie möglicherweise nicht zustimmen möchten. Ich bin zwar sehr daran interessiert, Sie einzustellen, aber leider ist dieser Punkt nicht verhandelbar.«

Ellis runzelte leicht die Stirn, neugierig auf die Ernsthaftigkeit seines Tonfalls. »Worum geht es?«

»Wie Sie sehen können, gibt es hier viel zu tun. Mein letzter Sekretär hat offenbar zu viel getrunken und ein gehöriges Durcheinander angerichtet. Ich fürchte, Sie haben bislang nur einen Bruchteil dessen gesehen.« Er verzog das Gesicht. »Mein neuer Sekretär muss hier wohnen und jeden Tag, auch sonntags, zur Arbeit erscheinen. Ich werde Ihnen Zeit für den Kirchgang und andere notwendige Termine gewähren, sowie einen halben Tag pro Woche zur Erholung. Ich würde es vorziehen, wenn dies nicht immer derselbe Tag wäre, sondern wir uns auf einen Tag in der folgenden Woche einigen würden. Wenn das für Sie akzeptabel ist, biete ich Ihnen ein Jahresgehalt von einhundert Guineen, das vierteljährlich ausgezahlt wird. Dazu kommen natürlich Unterkunft und Verpflegung.«

Er wollte, dass sie hier wohnte. Das würde bedeuten, dass sie ihre Verkleidung weitaus länger tragen musste, als sie erwartet hatte. Nur hinter der geschlossenen Tür in ihrem Zimmer konnte sie Ellis sein, wo auch immer sich dieses befinden mochte. Und wenn sie irgendwo anders Ellis sein musste, würde sie das Haus als Daniel Ellis verlassen und sich in ihr wahres Ich verwandeln müssen. Wie sollte sie dies bewerkstelligen?

Für hundert Guineen plus Unterkunft und Verpflegung würde sie eine Lösung finden. So könnte sie viel schneller sparen, als sie erwartet hatte.

»Wo würde sich mein Zimmer befinden?« Sie hoffte

sehr, dass es so weit wie nur eben möglich von den Haupt-
räumen des Hauses entfernt sein würde.

»Im ersten Stock«, gab er zur Antwort. »Es ist ein
Schlafzimmer für Gäste. Dies sollte für Ihre Bedürfnisse
angemessen sein.«

Ellis fragte sich, wo genau sich Keeles Schlafzimmer
befand. Aber danach wollte sie besser nicht fragen. »Gibt
es dort einen Schreibtisch? Ich würde gerne dort arbeiten,
wenn das möglich ist.« Auf diese Weise könnte sie sich ein
wenig von ihrer Verkleidung erholen. Das Baden würde
eine Herausforderung werden, aber hoffentlich hatten die
Bediensteten einen Badezimmerbereich für sich. Aber wie
um alles in der Welt sollte sie ihr Haar waschen und es
dann verstecken, wenn sie in ihr Zimmer zurückkehrte?

»Ich werde dafür sorgen, dass dort ein Schreibtisch
aufgestellt wird.« Er runzelte leicht die Stirn. »Allerdings
würde ich es vorziehen, wenn Sie tagsüber hier unten
arbeiten – entweder an diesem Schreibtisch, wenn wir
zusammenarbeiten, oder am Schreibtisch im vorderen
Wohnzimmer, wenn ich hier Besprechungen habe.«

»Verstanden«, entgegnete sie in einem barschen Tonfall
und hoffte, dass sie männlich aussah und klang. Sie musste
sich so weit wie möglich so verhalten, damit ihr dies in
Fleisch und Blut überging. Ihre Weiblichkeit, ja ihr ganzes
wahres Ich, musste auf absehbare Zeit im Verborgenen
bleiben. Das machte Ellis nichts aus. In der letzten Zeit
war es tatsächlich schrecklich gewesen, ihr wahres Ich zu
sein. In Wahrheit war sie sich ganz und gar nicht mehr
sicher, wer ihr »wahres« Ich war.

»Darf ich Sie etwas über Lacey and Company fragen?«
Sofort wollte Ellis die Frage zurücknehmen. Natürlich
durfte sie fragen – denn sie war jetzt sein Sekretär. Eigentlich hatte sie die Stelle noch nicht offiziell angenommen.
»Ich möchte sagen, dass ich Ihr Stellenangebot gerne

annehme und Ihre Bedingungen für mich zufriedenstellend sind.« Sie würde allerdings das Leben in Mrs. Palmers Haus vermissen.

»Ich bin sowohl erleichtert als auch erfreut, Mr. Ellis. Ich bin zuversichtlich, dass Sie eine hervorragende Bereicherung für den Haushalt sein werden. Und bitte verstehen Sie, dass Sie sich eine andere Unterkunft suchen können, sobald die Dinge besser organisiert sind. Sie können aber auch so lange hier wohnen bleiben, wie Sie möchten.« Der Marquess sah sie erwartungsvoll an. »Ich nehme nicht an, dass Sie sofort anfangen und morgen einziehen können?«

»Das kann ich tatsächlich.« Ellis unterdrückte ein freudiges Lächeln. Sie hatte eine Anstellung!

»Ausgezeichnet«, entgegnete Keele. »Was Lacey and Company betrifft, so ist das die Firma meines Schwiegervaters, an der ich beteiligt bin. Er besitzt mehrere Leihbibliotheken und ist Verleger.«

»Natürlich«, sagte Ellis und fühlte sich ein wenig albern. »Ich war schon einmal in Laceys Bibliothek hier in London.«

»Haben Sie eine Mitgliedschaft?« Keele schien überrascht, was verständlich war. Jemand wie Daniel Ellis wäre kein Mitglied bei Lacey. Die Begleiterin der Tochter einer Herzogin hingegen schon.

»Ich meine, ich war dort«, korrigierte sie sich. »Ich habe sie besichtigt.«

»Nun, Sie brauchen jetzt keine Mitgliedschaft mehr. Sie können jedes Buch lesen, das Ihnen gefällt. Ich habe eine ganze Menge davon in meiner Bibliothek im Obergeschoss.«

»Sie haben eine Bibliothek?« Das fand Ellis angesichts der Größe des Hauses überraschend.

»Vermutlich ist es wohl der Salon, aber da ich keine

Gäste empfange, brauche ich einen solchen Raum nicht.« Er zuckte mit den Schultern. »Als Bibliothek ist das Zimmer viel nützlicher.«

Er hätte nichts sagen können, was sie mehr angesprochen hätte. Das Lesen von Büchern war ihre erklärte Lieblingsbeschäftigung, und durch seine Abneigung gegen gesellschaftliche Veranstaltungen hatte sie es umso leichter, ihre Tarnung aufrechtzuerhalten. Sie musste sich keine Sorgen machen, einem Bekannten zu begegnen.

Ellis war sehr froh, sich entschieden zu haben, das Risiko auf sich zu nehmen und hier zu wohnen. »Ich freue mich über die Einladung, Ihre Bibliothek nutzen zu dürfen, Mylord.«

»Da Sie ein großes Interesse an Büchern haben, werde ich Sie vielleicht um Ihre Meinung zu einigen der Romanmanuskripte bitten, die bei Lacey and Company eingereicht worden sind.«

»Ich bin mir nicht sicher, ob ich über die erforderlichen Kenntnisse und die Expertise verfüge, um solche Urteile zu fällen«, entgegnete Ellis diplomatisch, obwohl die Vorstellung für sie einen gewissen Reiz hatte, zu beurteilen, ob andere Menschen ein Buch vielleicht mögen könnten.

»Wenn Sie eine begeisterte Leserin sind, dann verfügen Sie genau über das erforderliche Wissen und die Erfahrung«, sagte Keele. »Geben Sie mir ein paar Minuten, um meine Lektüre zu beenden und dann werde ich die Korrespondenz von Lacey and Company mit Ihnen durchgehen. Dass Sie lange brauchen werden, um die Natur dieses Geschäfts zu begreifen, möchte ich bezweifeln.« Er lächelte. »Es freut mich sehr, dass die Stelle angenommen haben, Mr. Ellis. Ich gehe davon aus, dass wir einer langen und für beide Seiten befriedigenden Zusammenarbeit entgegensehen.«

Ellis musste lächeln, denn sie war mehr als erleichtert –

und eigentlich sogar aufgeregt. Dieser Posten war nicht nur genau das, was sie brauchte. Er war auch noch genau das, was sie wollte. »Das hoffe ich.«

Keeles Blick verengte sich leicht, und nun schien er sich auf ihren Mund zu konzentrieren. Ellis erstarrte und sie hoffte nur, dass sie nichts Falsches getan oder gesagt hatte. Oder schlimmer noch, dass er womöglich erkannt hatte, eine Frau vor sich zu haben.

Doch dann wandte er seine Aufmerksamkeit wieder dem Bericht auf seinem Schreibtisch zu und las weiter. Ellis stieß die Luft aus. In diesem Moment beschloss sie, dass es wohl am besten wäre, nicht zu lächeln.

# KAPITEL 2

*R*oman Garrick, der vierte Marquess of Keele, beobachtete seinen neuen Sekretär heimlich, während er einen Brief transkribierte, den er gerade in Stenografie niedergeschrieben hatte. Heute war sein vierter Arbeitstag – genaugenommen der dritte, seit er mit nur einem bescheidenen Koffer eingezogen war. Als Ellis erfuhr, dass ihre Zimmer auf derselben Etage lagen, allerdings in der gegenüberliegenden Ecke, schien er etwas verunsichert. Roman spürte, dass er den Sekretär nervös machte.

Das war nicht weiter ungewöhnlich, da dies Ellis' erster Posten als Sekretär war. Roman konnte sich nur zu gut vorstellen, dass er sich überfordert fühlte, weil er nun bei einem Marquess in Stellung war. Allerdings hatte Ellis zumindest vorübergehend auch schon für einen Herzog gearbeitet.

Nein, das war nicht der wahre Grund für die Unruhe des jungen Mannes.

Roman konnte die Ursache nicht benennen. Oder ob er vielleicht eine Beobachtung hinsichtlich etwas machte, das in Wahrheit gar nicht existierte. Er kannte Ellis ja noch nicht besonders gut. Das galt auch für die anderen Haushaltsmitglieder, da Ellis nicht mit ihnen sprach.

Im Vergleich zu anderen Haushalten, die Romans Rang entsprachen, war der seine eher bescheiden. Abgesehen vom Kutscher und dem Stallknecht beschäftigte Roman einen Butler, ein Dienstmädchen, einen Diener, einen Koch und eine Küchenmagd. Das war eine kleine Dienerschaft, die wahrscheinlich genau deshalb sehr eng zusammenarbeitete. Er hatte vom Butler, dem Koch und auch dem Diener gehört, dass der neue Sekretär sich sehr distanziert gebe.

Das bestätigte Romans Eindruck, dass Ellis sich unwohl fühlte. Er gedachte, den jungen Mann nach der Ursache dafür zu fragen, sobald Romans Schwiegereltern wieder gegangen waren. In Kürze würden sie hier eintreffen und sie freuten sich darauf, Romans neuen Sekretär kennenzulernen.

Ellis schien von Romans versteckter Beobachtung nichts zu bemerken, was genau Romans Absicht war, und er setzte seine Arbeit fort. Der Mann hatte wirklich eine eher feminine Handschrift. Tatsächlich nährte sogar der Anblick seiner Hand, und die Art und Weise, wie sie über das Papier glitt, Romans Vermutung, dass er mehr oder weniger alles von Frauen gelernt hatte. Ellis' Gang ähnelte gelegentlich dem einer Dame, und Roman hatte ihn ein oder zweimal dabei beobachtet, wie er seine Knöchel übereinanderschlug.

Roman kannte andere Männer, die eine noch femininere Ausstrahlung hatten. Aber sein Sekretär hatte einfach etwas … Besonderes an sich.

Ellis drehte den Kopf und richtete seine blauen Augen, die für einen Mann besonders lange Wimpern hatten, auf Roman. Sie verengten sich leicht und zwischen seinen dunkelblonden Augenbrauen bildeten sich vertikale Falten. »Ist etwas nicht in Ordnung?«

Sogar Ellis' Stimme war ungewöhnlich. Sie war zwar tiefer als die einer Frau, aber sie hatte einen Klang, der auch in gewisser Weise feminin wirkte. Auch das lag sicherlich daran, dass er in einem Haushalt mit Frauen aufgewachsen war. Allerdings musste Ellis einen Vater gehabt haben. Vielleicht war er gestorben, als Ellis noch jung war. Roman hatte eine Mutter, die er aber nie kennengelernt hatte.

»Überhaupt nicht«, antwortete Roman. »Ich bin nur froh, dass ich Sie eingestellt habe.«

Das war eine Untertreibung. In nur vier kurzen Tagen hatte Ellis den Schreibtisch seines Arbeitgebers und das gesamte Arbeitszimmer komplett umgestaltet. Er hatte Systeme für die Bearbeitung der Korrespondenz, die Verwaltung der Haushaltskonten und die Organisation der Geschäfte mit dem House of Lords eingeführt. Obwohl das Parlament derzeit nicht tagte, gab es dennoch Korrespondenz, und wenn es tagte, war bereits alles geordnet, und Ellis würde dafür sorgen, dass dies auch so blieb. Roman hätte nicht zufriedener sein können.

»Das freut mich zu hören, Mylord.«

Roman war aufgefallen, dass Ellis nicht lächelte. Das hatte er an seinem ersten Tag getan – nur einmal. »Sind Sie mit Ihrer Position zufrieden?«

»Ausgesprochen.« Ellis presste die Lippen zusammen, und sein Mund formte sich zu einem ganz leichten Lächeln. Es war kein richtiges Lächeln. Es sah eher wie eine Annäherung daran aus. Tatsächlich schien der Sekretär sich über die Maßen zu bemühen, *nicht* zu lächeln. Roman' hatte das Gefühl, dass die meisten Dinge kalkuliert waren, die Ellis tat, und es war beinahe so, als würde er eine Vorstellung geben. Vielleicht gab er sich einfach nur besondere Mühe, weil er einen guten Eindruck machen wollte.

»Das freut mich zu hören«, entgegnete Roman. »Ich habe mich gefragt, ob es etwas gibt, woran es Ihnen mangelt. Das meine ich insbesondere in Bezug auf Ihre Unterkunft.«

»Sie ist mehr als ausreichend«, antwortete Ellis.

»Gut. Hat ein Mitglied im Haushalt Probleme verursacht?«, fragte Roman besorgt. »Mir ist aufgefallen, dass Sie nicht mit den anderen essen und fast ausschließlich für sich bleiben.«

»Ich bin ein Mensch, der lieber allein ist«, erklärte Ellis ruhig. »Mit vier Schwestern ist es bei uns zu Hause immer sehr lebhaft zugegangen. Ich habe festgestellt, dass mir die Ruhe und Einsamkeit gefällt.«

»Haben Sie Ihre Schwestern nicht gemocht?«

»Doch, das habe ich. Ich *tue* es«, korrigierte er sich. »Ich habe lediglich erklärt, warum ich mich zurückziehe. Ich bin noch sehr neu hier. Ich bin sicher, dass ich mich mit der Zeit einleben werde, wenn ich länger hier wohne.«

»Natürlich.« Roman hatte den jungen Mann nicht unter Druck setzen wollen. »Sie haben Ihre Schwestern erwähnt. Was ist mit Ihren Eltern? Sind Sie mit einer Mutter und einem Vater aufgewachsen?«

»Eine Zeit lang, ja, aber dann sind alle zu Waisen geworden.«

Bevor Roman seine Neugier weiter befriedigen konnte, trat Graham über die Schwelle. »Mylord, die Laceys sind eingetroffen. Ich habe sie in die Bibliothek geführt.«

»Ausgezeichnet.« Roman sprang vom Stuhl auf. »Wir kommen gleich nach.«

Graham nickte und ging.

»Ist es wichtig, dass ich Ihre Schwiegereltern kennenlerne?«, fragte Ellis, der die Feder noch immer über dem

Papier schwebend hielt. »Ich würde diesen Brief gerne zu Ende schreiben.«

»Ja, es ist wichtig«, gab Roman zur Antwort. »Lacey and Company ist ebenso mein Unternehmen wie das meiner Schwiegereltern. Josiah ist zwar mein ehemaliger Schwiegervater, aber er ist auch mein Geschäftspartner. Eigentlich ist ‚Partner' ein zu starkes Wort. Er besitzt einen viel größeren Anteil, und bisher habe ich lediglich meine Arbeitskraft eingebracht.«

»Die für das Unternehmen, soweit ich das beurteilen kann, ein Wachstum herbeigeführt hat«, meinte Ellis. »Sie leiten die Bibliotheken und haben in den letzten drei Jahren mehrere neue Standorte eröffnet.«

Das stimmte. Roman war überrascht gewesen, als er festgestellt hatte, wie sehr ihm die Arbeit für Lacey and Company gefiel. Nach dem Tod seiner Frau hatte er sich noch mehr in das Geschäft gestürzt, um sich abzulenken. Obwohl ihre Ehe keine Liebesheirat gewesen war, hatte Roman Gefühle für sie entwickelt. Leider wurden diese nicht erwidert, was er erfahren hatte, ehe sie erkrankt war und das hatte damals die Zeit, die ihnen noch zusammen geblieben war, stark beeinträchtigt.

»Genau deshalb müssen Sie sie kennenlernen«, beharrte Roman. »Sie werden mich bei meinen Aufgaben eng unterstützen. Sie müssen bei unserem Treffen nicht dabei sein – es sei denn, Sie möchten das. Es handelt sich um unsere zweiwöchentliche Besprechung der Bücher, die wir veröffentlichen möchten, und derer, die wir nicht veröffentlichen werden. Da Sie ja ein begeisterter Leser sind, dachte ich, das könnte Sie interessieren.«

Tatsächlich leuchteten Ellis' Augen auf, als er über die Bücher sprach. Das passierte sowohl jetzt als auch zu anderen Zeiten in den letzten Tagen. »Ich könnte wohl für eine kurze

Zeit beiwohnen. Aber ich sollte nicht zu lange von meinem Schreibtisch wegbleiben.« Er legte seine Feder beiseite und stand auf. Seine Bewegungen hatten eine fließende Anmut, die eher einer Frau zugeschrieben werden konnte.

Warum konzentrierte sich Roman so sehr darauf?

Roman ignorierte die Frage, die er sich im Stillen gestellt hatte, und ging vor Ellis aus dem Arbeitszimmer in die Bibliothek hinauf. Die Regale waren bei weitem nicht alle gefüllt und es gab reichlich Platz für weitere Bücher. Die Sitzgruppe war gemütlich, aber nicht besonders elegant, denn die Möbel waren wohl mehr als zehn Jahre alt. Zumindest passten sie zusammen und waren von guter Qualität, wenn der Stoff auf dem Sofa auch verblasst war. Dies war eine Bibliothek im Aufbau, und sie war ein Hinweis darauf, dass der Marquess nicht über die erforderlichen finanziellen Mittel verfügte.

Die Laceys saßen bereits – Josiah in einem Sessel und die Damen, seine Frau Harriet und seine Tochter Margot, auf dem Sofa. Margot hielt einen Stapel Papiere auf dem Schoß.

»Guten Tag«, sagte Roman zur Begrüßung. »Darf ich euch meinen neuen Sekretär vorstellen, Daniel Ellis.« Er hielt inne, während Josiah den Kopf neigte, der von dichtem, hellbraunem, leicht welligem Haar mit nur wenigen grauen Strähnen bedeckt war. Er sah jünger aus als seine fünfzig Jahre.

»Ellis, das sind Mr. Josiah Lacey, Mrs. Lacey und Miss Lacey«, fuhr Roman fort. Für ihn waren sie seine Familie. Josiah war ein weitaus freundlicherer und insgesamt besserer Vater gewesen als Romans eigener, und seine Kinderfrau, die ihn bis zu seinem achten Lebensjahr begleitet hatte, war für ihn so etwas wie eine Mutterfigur gewesen. Harriet Lacey war warmherzig, liebevoll und fürsorglich – und damit genau das, was man sich von einer Mutter wünscht.

Sein Blick blieb kurz auf Margot haften. Mit einundzwanzig war sie fünf Jahre jünger als ihre Schwester, die zwei Jahre lang Romans Ehefrau gewesen war. Mit ihrem lockigen kastanienbraunen Haar und ihren dunkelblauen Augen, die sie von ihrer Mutter geerbt hatte, war Margot gesellig, während Clarissa eher ruhig und sogar zurückhaltend gewesen war.

Clarissa war keineswegs die Art von Frau, die sich Roman als Ehefrau ausgesucht hätte, aber seine Pflicht verlangte, dass er eine Erbin heiratete, und sie war die reichste Wahl gewesen, mit einer Mitgift und Interesse am Geschäft ihres Vaters. Außerdem hatte er sich von ihrem ruhigen Wesen und ihrer scharfen Intelligenz angezogen gefühlt.

»Ich freue mich, Ihre Bekanntschaft zu machen«, ergriff Ellis das Wort. Er stand steif und gerade da, die Hände an den Seiten geballt, was ihn nervös wirken ließ.

Josiah, der ein allgemein fröhlicher Mann war, lächelte Ellis zu. Seine haselnussbraunen Augen, die denen von Romans verstorbener Frau so ähnlich waren, leuchteten interessiert. »Wir sind sehr froh, dass Keele einen würdigen Sekretär gefunden hat.« Er war sich der Mängel von Romans ehemaligem Sekretär bewusst. Tatsächlich war es Josiah gewesen, der Roman dazu ermutigt hatte, den Mann zu ersetzen.

»Lassen Sie uns Platz nehmen.« Roman machte Ellis ein Zeichen, sich in einen freien Sessel neben sich zu setzen. Der Sekretär bewegte sich zögerlich und lehnte sich beim Sitzen nicht an die Rückenlehne. Wieder erinnerte seine Haltung Roman an eine Frau.

»Ich bin sehr daran interessiert, unsere potenziellen Akquisitionen zu besprechen«, sagte Margot enthusiastisch. Ihre Augen funkelten vor Vorfreude, als sie von ihren Eltern zu Roman blickte.

»Alles zu seiner Zeit, meine Liebe.« Josiah lachte leise, als er Roman ansah. »Margot ist von einem bestimmten Roman begeistert, den sie gelesen hat. Sie hat sogar für morgen ein Treffen mit dem Autor vereinbart. Aber ich greife vor.« Er winkte mit der Hand. »Zuerst möchte ich über das nächste Buch von M. E. Tremaine sprechen. ,*Die Kapitänstochter*' war ein großer Erfolg, und ich glaube, das nächste wird es auch sein.«

»Tremaine hat ein weiteres Buch geschrieben?«, fragte Ellis.

Alle richteten ihre Aufmerksamkeit auf den Sekretär.

»Ja, ,*Die Erbin von Tidehaven*'.«

Ellis war plötzlich ganz bei der Sache, und seine offensichtliche Nervosität verschwand. »Eine weitere Küstenromanze?«

»In der Tat«, antwortete Josiah. »Die Protagonistin erbt ein Anwesen und wird von Verehrern umschwärmt.«

Roman erwiderte Ellis' Blick, der regelrecht lebhaft war. »Haben Sie ,*Die Kapitänstochter*' gelesen?«

»Ja«, antwortete er begeistert. »Ich fand die Geschichte äußerst fesselnd. Tremaine hat einen vertrauten und doch einzigartigen Stil. Charlotte war sehr gut geschrieben. Ich – das heißt, meine Schwestern sagten, sie hätten sich sehr mit ihr identifiziert. Ich schätzte Lieutenant Moretons Ehre und stille Würde.« Er warf Josiah einen Blick zu. »Ich wusste nicht, dass Sie der Verleger sind.«

Josiahs Gesicht strahlte vor Stolz. »Es freut mich zu hören, dass Ihren Schwestern der Roman gefallen hat. Sie sind genau die Leserschaft, die wir ansprechen möchten.«

»Die Beschreibung hat sofort ihr Interesse geweckt«, sagte Ellis.

Josiah hob seine dunklen Augenbrauen. »Wirklich?

Margot hat sie verfasst.« Er warf seiner Tochter einen stolzen Blick zu.

»Das war sehr gut gemacht«, bemerkte Ellis mit einem Nicken in Margots Richtung. »Ich habe versucht, jemandem zu helfen, etwas Ähnliches für einen Roman zu schreiben, den er verfasst hat, und das ist schwieriger, als man glauben mag.«

»Vielen Dank«, antwortete Margot mit einem fröhlichen Lächeln. »Es kann eine Herausforderung sein. Obwohl ich denke, dass es viel schwieriger ist, einen Roman zu schreiben. Tatsächlich habe ich Schwierigkeiten, etwas für Tremaines nächste Geschichte zu verfassen.« Sie wandte sich an ihren Vater. »Vielleicht sollte Mr. Ellis ‚*Die Erbin von Tidehaven*‘ lesen. Dann könnte er mir beim Verfassen einer Beschreibung helfen. Es klingt ganz so, als würde er unsere Wertschätzung für Miss Tremaine teilen.« Sie verzog kurz das Gesicht. »Oje, jetzt habe ich das Geschlecht unserer Autorin preisgegeben, und sie hatte gehofft, ihre Identität würde geheim bleiben.«

»Ich werde kein Wort sagen«, versprach Ellis aufrichtig. »Nicht einmal meinen Schwestern gegenüber.«

»Vielen Dank«, antwortete Margot mit einem Ausdruck der Erleichterung. »Was meinst du, Papa?«

»Wenn Mr. Ellis Zeit hat, ‚*Die Erbin von Tidehaven*‘ zu lesen, könnten seine Anmerkungen sehr hilfreich sein. Allerdings ist er möglicherweise zu sehr mit seiner derzeitigen Tätigkeit beschäftigt.«

»Ich würde den Roman gerne lesen, wenn ich nicht arbeite«, bot Ellis eifrig an.

Obwohl Roman ihn noch nicht gut kannte, konnte er erkennen, wie sehr der junge Mann daran interessiert war, den Roman zu lesen. Er konnte auch sehen, wie leidenschaftlich er sich für das erste Buch interessierte. Darüber hinaus hatte Roman sich notiert, welche Bücher Ellis seit seinem Einzug aus der Bibliothek genommen hatte. Es handelte sich ausnahmslos um Romane, die in erster Linie für ein weibliches Publikum geschrieben worden waren. »Ich habe kein Problem damit, dass Ellis *Tidehaven* liest und an unseren Diskussionen teilnimmt. Tatsächlich würde ich mir das sogar wünschen, damit er Protokoll führen kann. Sein Können auf dem Gebiet der Stenografie ist ausgezeichnet.«

»Eine ausgezeichnete Idee«, urteilte Josiah. »Es ist wunderbar, jemanden zu finden, der sich so für Tremaines Werke begeistert. Vielleicht möchten Sie sie sogar kennenlernen. Sie ist unverheiratet und ungefähr in Ihrem Alter, würde ich schätzen.« Er lachte leise und warf Ellis einen vielsagenden Blick zu.

Ellis zog kurz die Augenbrauen hoch, und Roman hätte schwören können, dass er einen Hauch von Rosa in den Wangen des Sekretärs über seinem Bart wahrnahm. Dann lachte Ellis leise. Die Tonlage war höher als seine Stimme. Die beiden passten nicht zusammen.

Roman interpretierte Ellis' Reaktion als Unbehagen. Vielleicht hatte er bereits eine Verlobte. Oder er wollte gar nicht heiraten. Vielleicht fühlte er sich aber auch gar nicht zu Frauen hingezogen.

Harriet presste die Lippen zusammen und sah ihren Mann an. »Sag so etwas nicht zu Mr. Ellis, mein Lieber. Vielleicht ist er bereits verlobt.«

»Ich habe viel zu viel zu tun, um mich mit Heirat zu beschäftigen«, sagte Ellis barsch. Er wandte seine Aufmerksamkeit Roman zu. »Soll ich ein Notizbuch und einen Bleistift holen?«

»Ja, danke«, antwortete Roman.

Ellis stand auf, und sobald er die Bibliothek verlassen hatte, lehnte sich Harriet leicht nach vorne und wandte ihren Blick erst Margot, dann Roman zu. »Nun, da dein

Sekretär für ein paar Minuten abwesend ist, können wir über eure Verlobung sprechen?«

Roman hielt seine Mimik unter Kontrolle, um nichts zu verraten. Er war zwar nicht gänzlich abgeneigt, seine ehemalige Schwägerin zu heiraten, doch er hatte sich noch nicht endgültig entschieden, ob sie zueinander passen würden. Margot war lebhaft und ... jung. Nicht, dass sie unreif gewesen wäre, denn das war sie nicht. Sie kam ihm nur ein bisschen wie eine jüngere Schwester vor, obwohl Roman sie erst nach dem Tod seiner Frau richtig kennengelernt hatte. Während ihrer Ehe hatte Margot die meiste Zeit bei ihrer Familie in der Nähe von Cambridge verbracht. Harriets älterer Bruder war dort Pfarrer mit einem beträchtlichen Einkommen und er hatte sich um die Erziehung von Clarissa und Margot gekümmert.

Ganz gewiss würde Roman davon profitieren, eine weitere Erbin zu heiraten, obwohl er sich fragte, ob er nicht eine Braut aus einer anderen Familie suchen sollte, so opportunistisch das auch klingen mochte. Margot bekam die gleiche Mitgift wie ihre Schwester, aber die Geschäftsanteile, die sehr wertvoll waren, waren nur für Josiahs älteste Tochter bestimmt. Er könnte wahrscheinlich eine insgesamt höhere Mitgift erhalten, wenn er eine andere Frau heiraten würde. Darüber hinaus würde eine Heirat innerhalb des Adelsstandes das Ansehen seiner Familie stärken, was insbesondere nach deren Beinahe-Konkurs, der von Romans Vater verursacht worden war, wichtig wäre.

Dennoch wäre es das Einfachste, Margot zu heiraten. Roman kannte sie bereits, er mochte sie und er schätzte ihre Eltern wie seine eigenen. Das waren überzeugende Argumente, um der Verbindung zuzustimmen, die sowohl Harriet als auch Josiah gerne sehen wollten.

Was war mit Margot? Bislang hatte sie sich zu diesem

Thema seltsam zurückhaltend gezeigt. Tatsächlich versuchte sie normalerweise, das Thema zu wechseln. Roman beobachtete sie nun, um ihre Reaktion abzuschätzen, aber wie bei ihm war auch bei ihr keine zu erkennen. Vielleicht war sie aber auch nur bemüht, ihre wahren Gefühle zu verbergen. Konnte das bedeuten, dass sie ebenso hin- und hergerissen war wie er selbst?

»Ist jetzt der richtige Zeitpunkt, um darüber zu sprechen, Mama?«, fragte Margot schließlich. »Dies ist ein geschäftliches Treffen.«

»Man könnte dagegenhalten, dass deine Ehe ein Geschäft ist«, meinte Josiah mit einem leichten Achselzucken. »Das war jedenfalls bei deiner Schwester so. Bis es nicht mehr so war.« Ein nostalgischer Ausdruck huschte über Josiahs Gesicht, als er Roman ansah.

»Ich würde es vorziehen, wenn meine Ehe nicht mit dem Geschäft vermischt würde«, entgegnete Margot entschlossen.

Roman hatte ein leichtes Zucken an ihrem Mundwinkel bemerkt, als ihr Vater gesprochen hatte. Es war ihm nicht recht, dass sie sich unwohl fühlte. »Wir können beim nächsten Dinner darüber sprechen.« Sie aßen häufig zusammen, was normalerweise einmal pro Woche geschah.

Harriet lächelte herzlich. »Wunderbar. Dann sprechen wir am Sonntag darüber. Ich möchte die Verlobung noch vor Weihnachten bekannt geben.«

Ellis kehrte zurück, und seine Ankunft beendete jede weitere Diskussion. Roman warf Margot einen Blick zu, und er hatte den Eindruck, dass sie erleichtert war. Auch sie warf ihrer Mutter einen verstohlenen, vielleicht beunruhigten Blick zu. Vielleicht sollte er sich bald einmal mit Margot unterhalten. Sollten zwei Menschen mit Heiratsabsichten nicht eine Vorstellung von den Gedanken des anderen haben? Das würde Roman vorrangig mit ihr besprechen.

Ellis nahm wieder Platz. Er schlug sein Notizbuch auf und begann, mit dem Bleistift darin zu schreiben. Wahrscheinlich notierte er das Datum und die Anwesenden. Er war ungemein effizient.

Die nächste Zeit verbrachten sie mit der Besprechung der kürzlich veröffentlichten und in Kürze erscheinenden Werke. Dann war es Zeit, die eingesendeten Manuskripte zu sichten, die nun vollständig von Margot bearbeitet wurden. Sie hatte vor etwa einem Jahr begonnen, sie zu lesen, um sich zu unterhalten. Doch dann hatte sie so scharfsinnige Beobachtungen zu den Texten und Geschichten gemacht, dass ihr Vater sie um die Übernahme der Bewertung aller Einsendungen gebeten hatte.

»Morgen haben wir einen Termin mit dem Autor von ‚*Eine Saison im Schatten*'«, sagte Margot. »Ich freue mich sehr auf dieses Treffen.«

Harriet runzelte die Stirn. »Ich bin mir immer noch nicht sicher, ob diese Geschichte für Lacey and Company geeignet ist.«

Gestern Abend hatte Roman mit der Lektüre des Romans begonnen, und obwohl der Autor eindeutig Wollstonecraft gelesen hatte – und von ihm beeinflusst war –, betrachtete er das nicht als negativ. Er wusste jedoch, dass Harriet dem nicht zustimmen würde. Sie konnte in einigen ihrer Ansichten über die Rolle der Frau sehr konservativ sein.

»Mama, es ist eine außergewöhnliche Geschichte. Wir *müssen* sie veröffentlichen«, erklärte Margot. »Wenn das ein anderer Verlag übernimmt, werden wir es bereuen. Da bin ich mir sicher.«

»Vielleicht können wir entscheiden, nachdem Keele

den Roman fertig gelesen hat«, meinte Harriet diplomatisch.

Josiah warf seiner Frau einen prüfenden Blick zu. »Normalerweise äußerst du deine Meinung nicht.«

»Das liegt daran, dass ich normalerweise mit Margot übereinstimme – und mit dir«, antwortete Harriet. »Ich befürchte jedoch, dass das Ende dieser Geschichte für manche enttäuschend und sogar schockierend sein könnte.«

»Angesichts Margots Begeisterung bin ich geneigt, die Veröffentlichung des Buches zu unterstützen, wenn es Keele ebenfalls gefällt«, sagte Josiah.

»Obwohl ich den Roman noch nicht zu Ende gelesen habe, bin ich bereits von ihm überzeugt. Allerdings habe ich ihn noch nicht vollständig gelesen, daher kann ich mich zum Ende nicht äußern.« Er sah Harriet in die Augen. »Ich werde ihn heute Abend zu Ende lesen.«

»Vielen Dank. Bitte bedenke, wie die Damen der Gesellschaft darauf reagieren werden«, fügte sie hinzu.

»Das werde ich.« Roman war nun gespannt darauf zu erfahren, was der Grund war, der Harriet zögern ließ.

»Vielleicht sollte Mr. Ellis den Roman auch lesen«, schlug Margot vor. »Er scheint sich in diesem Genre gut auszukennen, was für einen Mann bemerkenswert ist.« Sie lachte gutmütig. »Ich denke, Sie werden jemandem ein hervorragender Ehemann sein.«

»Nun, ich fürchte, ich habe derzeit das einzige Exemplar«, entgegnete Roman. »Aber vielleicht sollte er an der Besprechung teilnehmen, um sich Notizen zu machen.« Er sah Ellis an. »Ich weiß, dass Sie seit Ihrem Amtsantritt damit beschäftigt sind, alles in Ordnung zu bringen, aber Sie können sicher dazukommen.«

»Ich nehme an, das Treffen findet nicht hier statt?«,

fragte Ellis. »Ich möchte nicht viel Zeit damit verlieren, irgendwohin zu fahren.«

»Wir treffen uns bei Lacey and Company in der Paternoster Row«, antwortete Roman. »Sie haben diese Woche sehr hart gearbeitet. Ich bin sicher, Sie können sich die Zeit nehmen. Ich bestehe sogar darauf. Ich möchte, dass Sie den Arbeitsbereich besichtigen, da Sie möglicherweise gelegentlich dort arbeiten werden.«

Ellis runzelte die Stirn, glättete jedoch schnell seine Gesichtszüge. Dennoch war kaum zu übersehen, dass seine erste Reaktion Verachtung – oder sogar Besorgnis – gewesen war. »Dann werde ich natürlich teilnehmen.«

»Ausgezeichnet!«, rief Margot aus. Sie grinste Ellis an. »Es ist so erfrischend, einen Gentleman zu treffen, der Liebesromane schätzt.«

Ellis neigte als Antwort zwar den Kopf, doch sein Blick war verlegen, als er von den Sitzgelegenheiten wegschaute.

»Wir sollten uns auf den Weg machen«, verkündete Josiah.

Die Damen standen auf; Ellis sprang auf. In seiner Eile ließ er sein Notizbuch auf den Boden fallen. Der Sekretär wandte sich von Roman ab und bückte sich schnell. Der Saum seines Mantels öffnete sich bei seiner Bewegung, und Roman hatte einen sehr deutlichen Blick auf Ellis' Hinterteil. Die Wahrheit, die Roman zu ahnen begonnen hatte, war für seine Augen nun unverkennbar.

Die Laceys verabschiedeten sich wenige Augenblicke später. Ellis wandte sich um. »Ich sollte zurück an die Arbeit gehen.«

»Einen Moment bitte«, sagte Roman. »Ich würde gerne etwas mit Ihnen besprechen.« Er ging an dem Sekretär vorbei und schloss zügig die Tür zur Bibliothek. Er drehte sich um und ging zu Ellis zurück, dessen Gesichtsausdruck nun vorsichtig war.

»Soll ich mich setzen?«, fragte Ellis mit einer Spur von Besorgnis.

»Ich glaube nicht, aber das hängt von der Länge Ihrer Erklärung ab.« Roman verschränkte die Arme vor der Brust.

Nun spiegelte sich in Ellis' blauen Augen Angst wider. »Meine Erklärung wozu?« Die Stimme des Sekretärs klang höher als normal, und Roman nahm an, dass es Ellis' echter Stimme näher kam.

»Mir ist klar, dass Sie nicht die Person sind, die zu sein Sie vorgeben. Seit ich Sie eingestellt habe, hatte ich das Gefühl, dass etwas nicht stimmt, aber jetzt bin ich mir sicher. Sie sind eine Frau, die sich als Mann ausgibt.« Er durchbohrte den Sekretär, der ihm immer mehr wie eine bärtige Frau erschien, mit einem erwartungsvollen Blick, sodass er sich fragte, wie er sich überhaupt jemals hatte täuschen lassen können. »Warum?«

# KAPITEL 3

Ellis bemühte sich, die Fassung zu wahren, als sie nun vor Keele stand. Es war schwierig. Sie wollte fliehen.

Er schien gar nicht richtig wütend zu sein, aber er wirkte auch nicht erfreut. Und warum sollte er auch? Sie hatte sich völlig falsch dargestellt.

Zu ihrer Demütigung kam noch hinzu, dass sie tatsächlich geglaubt hatte, mit ihrem Vorhaben erfolgreich gewesen zu sein. Mit jedem Tag, der seit ihrem Amtsantritt verging, glaubte sie, sie hätte ihre Tarnung aufrechterhalten und ihre wahre Identität erfolgreich verborgen, sodass sie ihren Arbeitgeber und alle anderen getäuscht hatte.

Aber das war ihr nicht gelungen. Sie würde sich eine andere Möglichkeit zum Geldverdienen überlegen müssen. Sie glaubte nicht, dass sie diesen Trick noch einmal versuchen könnte, und das wollte sie auch nicht. Es war ein großes Risiko gewesen, und sie hatte versagt.

»Woher wussten Sie das?«, fragte sie leise und gab den Versuch auf, ihre Stimme zu senken.

»Irgendetwas an Ihnen kam mir seltsam vor«, antwortete Keele und verschränkte die Arme. Seine Miene war rätselhaft. Noch immer konnte sie nicht genau sagen, was er empfand. »Sie haben weibliche Eigenheiten und eine weibliche Handschrift. Und Sie mögen Bücher mit weiblicher Ausrichtung. Und nicht nur, dass Sie ‚Die Kapitänstochter‘ gelesen haben, sondern ich habe auch bemerkt, dass Sie diese Woche Romane mit derselben romantischen Natur aus der Bibliothek mitgenommen haben.« Er deutete auf die Regale, in denen solche Bücher aufbewahrt wurden. »Ich habe Ihnen geglaubt, als Sie sagten, dass dies daran liegt, dass Sie vier Schwestern haben, aber – und das sollte ein Gentleman eigentlich nicht sagen – als Sie sich vorhin bückten, um Ihr Notizbuch aufzuheben, wurde mir klar, dass Sie tatsächlich eine Frau sind.«

Ellis errötete. Konnte er ihre Verlegenheit hinter ihrem Bart erkennen? Das hoffte sie nicht.

»Daran habe ich nicht gedacht«, meinte sie und fragte sich, wie sie ihr Hinterteil hätte verbergen können, wenn er dies tatsächlich so gemeint hatte. Sie kniff die Augen zusammen, um zu verstehen, was er meinte. »Wollen Sie damit sagen, dass mein Hinterteil zu weiblich ist?«

»Ich weiß nicht, ob es *zu* weiblich sein kann«, antwortete er. »Aber es ist auf keinen Fall das Hinterteil eines jungen Mannes. So viel weiß ich mit Sicherheit.« Sein Blick traf für einen kurzen, aber äußerst intensiven Moment den ihren, doch dann wandte er sich schnell ab. »Wir sollten nicht weiter darüber sprechen. Ich wollte Sie nicht beleidigen, aber ich musste Sie darauf hinweisen. Verstehen Sie?«

Ellis stieß die Luft aus. Ihre Schultern sackten ein wenig nach unten, aber sie bemühte sich, ihren Rücken zu strecken. »Ich wusste, dass es ein großes Risiko war, das ich wahrscheinlich nicht hätte eingehen sollen. Aber ich brauchte eine Anstellung, und ich wusste, dass ich diese Arbeit erledigen kann.«

»Das können Sie tatsächlich«, sagte er. »Sie machen das unglaublich gut.«

»Vielen Dank.« Ihre Schultern und ihre Stimmung hoben sich vor Stolz.

Er musterte sie, als wäre sie ein Rätsel, das er lösen musste. »Ich bin ein wenig ratlos, warum Sie ein solches Risiko eingegangen sind. Warum haben Sie sich als Mann verkleidet, um Sekretär eines Marquess zu werden?«

»Weil ich die Fähigkeiten für diesen Posten habe und es mir als Frau mit diesen Kenntnissen nicht möglich wäre, eine solche Position zu erhalten, und was noch wichtiger ist, das damit verbundene Salär zu bekommen.«

»Sie haben vollkommen recht.« Er schwieg einen Moment, und Ellis wurde innerlich unruhig. Er schien zwar nicht verärgert, aber sie war keineswegs sicher, was sie nun erwartete. »War der Brief vom Herzog von Henlow echt? Das Siegel auf dem Umschlag schien von ihm zu stammen.«

»Ja«, antwortete sie ruhig, obwohl ihr Herz pochte. »Meine Familie ist mit seiner Familie bekannt.«

»Haben Sie tatsächlich für ihn gearbeitet?«, fragte Keele mit mehr als nur einem Anflug von Skepsis.

»Seine Gnaden bot mir an, mir ein Empfehlungsschreiben auszustellen. Es steht mir nicht zu, zu hinterfragen, was er geschrieben hat.« Ellis umging die Wahrheit und riskierte damit den Zorn des Marquess, aber sie würde nicht zugeben, dass sie nicht für Henlow gearbeitet hatte. Keele konnte daraus schließen, was er wollte.

Er sah sie etwas zweifelnd an, und Ellis war sich sicher, dass nun alles aus war. So wie es sein sollte. Wie könnte er ihr jetzt noch vertrauen, und sie für ihn arbeiten lassen?

Sie holte tief Luft, um ihren rasenden Puls zu beruhigen. »Es tut mir leid, dass ich Sie belogen habe. Ich werde meine Sachen packen und gehen.« Sie machte einen Schritt zur Tür, aber er hielt seine Hand in die Höhe.

»Ich habe Sie nicht gebeten zu gehen. Nur weil Sie eine Frau sind, heißt das nicht, dass Sie nicht für mich arbeiten können.«

Ellis starrte ihn an. »Das wäre höchst unüblich und inakzeptabel. Außerdem habe ich Sie belogen. Ich würde Ihnen nicht vorwerfen, dass Sie mir in Ihrer Stellung nicht vertrauen können.«

Keele nickte und zuckte mit den Schultern. »Es wäre unüblich, und obwohl viele es nicht akzeptabel finden würden, so ist es für mich dennoch akzeptabel. Wie lautet Ihr richtiger Name?«

Ellis stockte der Atem. Es war eine Sache, dass er wusste, dass sie eine Frau war, aber wenn er herausfand, dass sie auch die ehemalige Begleiterin von Lady Minerva Halifax – oder besser gesagt, Lady Minerva Pierce – war, wäre sie vollständig entlarvt. Er würde es sicherlich seinem Freund Sheff erzählen, und Sheff würde es Min erzählen. Ellis versuchte, einen neuen Weg zu beschreiten, weg von ihrer Vergangenheit. Sie wollte noch keinen ihrer alten Bekannten wiedersehen. Sie wollte auch nicht riskieren, dass die Herzogin herausfand, wo sie war und womit sie sich beschäftigte. Es gab allen Grund zu der Annahme, dass sie ihr Bestes tun würde, um Ellis das Leben schwer zu machen, was sie seit dem Moment getan hatte, als sie gezwungen worden war, Ellis in ihrem Haushalt aufzunehmen.

»Würde es Ihnen etwas ausmachen, wenn ich Ihnen das nicht sage?«, fragte sie. »Ich bin niemand Wichtiges.«

»Ich würde zumindest gerne wissen, wie ich Sie anreden soll«, entgegnete er.

»Ellis reicht völlig aus. Es ist ein alter Familienname.«

Wenigstens das stimmte. Nun, es war jedenfalls ein ange-
nommener Familienname.

Sie musterte ihn einen Moment lang und war überrascht, mit welcher Leichtigkeit er ihr Geschlecht akzep-
tierte und den Wunsch äußerte, dass sie in dieser Position
blieb. »Wünschen Sie wirklich, dass ich bleibe? Ich würde
es vorziehen, meine Verkleidung beizubehalten.«

Er nickte. »Ich werde niemandem etwas erzählen.
Allerdings kann ich mir vorstellen, dass es schwierig ist,
sich ständig zu verstellen.« Er verzog das Gesicht. »Ich bin
überrascht, dass Sie zugestimmt haben, hier zu leben. Sie
können nie Sie selbst sein.«

Als Ellis lächelte, nahm sie die Überraschung in seinem
Blick wahr. »Es ist eigentlich wunderbar. Gerade jetzt ist
es ganz schön, jemand anderer zu sein.«

Er runzelte die Stirn, während er sie mitfühlend
betrachtete. »Sie verstecken sich also.«

Genau so war es. »Ich denke schon.«

»Vielleicht möchten Sie mir deshalb Ihren richtigen
Namen nicht verraten.« Keele seufzte. »Nun gut. Sie
können sich hier so lange verstecken, wie es Ihnen beliebt,
vorausgesetzt, Sie machen Ihre Arbeit weiterhin hervorragend. Meine Bediensteten werden Ihr Geheimnis bewahren, aber ich stimme zu, dass es wahrscheinlich am besten
ist, wenn Sie Ihre Verkleidung beibehalten. Und den
Laceys werde ich natürlich nichts davon erzählen. War das
der Grund, warum sie so besorgt ausgesehen haben, als Sie
zu dem Treffen morgen eingeladen wurden? Sie wollten
das Haus nicht verlassen und riskieren, in Ihrer wahren
Identität erkannt zu werden?«

»Ihnen ist aufgefallen, dass mich das beunruhigt hat?«
Ellis schüttelte den Kopf. »Sie sind viel zu scharfsinnig,
Mylord. Für meine Tarnung ist es meines Erachtens am
besten, wenn ich so wenig Menschen wie möglich treffe.

Deshalb habe ich Ihr Angebot, hier zu wohnen, tatsächlich gern angenommen. Das spart mir nicht nur Geld, sondern es ist auch einfacher, wenn ich nicht ständig zwischen Männer- und Frauenkleidung hin und her wechseln muss.«

»Ich freue mich, dass ich Ihnen unbeabsichtigt behilflich sein konnte«, entgegnete er mit einem seltenen Lächeln. Ellis ertappte sich dabei, wie sie ihn unverwandt anschaute und dachte, dass er auf eine dunkle, raubtierhafte Art bemerkenswert gut aussah. Das lag wohl an seiner Nase und den markanten Gesichtszügen. Seine Gesichtszüge waren stark und imposant, und seine Augen waren ebenso undurchdringlich wie Stahl.

»Sie werden also weiterhin mein Sekretär sein?«, fragte er.

Ellis fiel auf, dass er nicht weiter auf die Tatsache eingegangen war, dass sie ihn belogen hatte. »Es macht Ihnen nichts aus, dass ich mich falsch dargestellt habe?«

»Ohne die Einzelheiten zu kennen, die Sie zu dieser Veränderung veranlasst haben, akzeptiere ich Ihren Versuch, die bestmögliche Position für sich zu finden, sehr wohl und auch, dass Sie dazu verleitet wurden, sich als Mann auszugeben, um dieses Ziel zu erreichen. Ich bewundere Ihren Mut sogar. Haben Sie noch über etwas anderes gelogen?«

Sie schüttelte den Kopf. »Das werde ich auch nicht.«

»Gut. Ich bin mit Ihrer Arbeit mehr als zufrieden und möchte, dass Sie weitermachen«, antwortete er entschlossen. »Ich werde alles tun, um Ihr Geheimnis zu wahren, denn ich habe ein persönliches Interesse daran.«

»Danke.« Endlich begann ihr Puls wieder normal zu schlagen. »Ich werde Sie nicht enttäuschen.«

»Wie waschen Sie sich?«, platzte es aus ihm heraus.

Wieder überkam sie eine Woge der Hitze. Warum, um

alles in der Welt dachte er an so etwas? »Ich habe noch kein richtiges Bad genommen«, gab sie zu. »Ich weiß von der Badekammer im Untergeschoss, neben dem Dienstbotenbereich. Ich dachte, ich würde diese benutzen.«

Er neigte den Kopf. »Wie soll das funktionieren? Sie gehen in Ihrer Verkleidung nach unten, nehmen die Haare aus Ihrem Gesicht, um sich zu waschen, und setzen sie dann wieder auf, um nach oben zu gehen? Ich kann mir nicht vorstellen, dass Sie mit dem falschen Bart schlafen. Das klingt sehr ineffizient. Und wie waschen Sie Ihr Haar? Ich nehme an, Sie tragen eine Perücke.«

Sie war überrascht, in welcher Kürze er so gründlich über ihre Verkleidung und die Probleme, denen sie hier begegnen würde, nachgedacht hatte. »Ja, das stimmt. Ich habe darüber nachgedacht, mir die Haare abzuschneiden, aber wenn das hier nicht klappen würde und ich wieder eine Frau sein müsste, wäre das ein Nachteil. Ich habe darüber nachgedacht, wie ich meine Haare waschen soll«, gab sie zu. »Mir fällt bestimmt etwas ein.«

»Nicht nötig«, sagte Keele und hob die Hand. »Sie können mein Badezimmer benutzen. Ich werde das mit Alvin arrangieren. Holen Sie sich bereits Ihr eigenes Wasser zum Waschen?«

»Ja«, antwortete sie.

Er schüttelte den Kopf. »Das geht nicht.«

Ellis war überrascht über seine heftige Reaktion. »Warum? Weil ich eine Frau bin?«

Er blieb stehen und starrte sie mit ausdruckslosem Gesicht an. »Ja.« Er runzelte die Stirn, als ob ihm klar würde, wie absurd das klang.

»Ich verrichte bereits die Arbeit eines Mannes«, erinnerte sie ihn.

»Und das machen Sie besser als die meisten Männer«, murmelte er. »Ich verstehe Ihren Standpunkt. Sie können weiterhin Ihr eigenes Wasser holen. Allerdings ist das Füllen einer Wanne zu viel. Ich werde Alvin anweisen, Ihnen ein Bad vorzubereiten.«

Ellis konnte sich vorstellen, wie der junge Diener und auch die anderen Bediensteten sich fragen würden, warum der Sekretär in der Badekammer des Lords baden durfte. »Glauben Sie nicht, dass Ihre Untergebenen diese Regelung seltsam finden werden?«

»Ich werde ihnen sagen, dass Sie schüchtern sind, was für sie nicht schwer zu glauben sein wird, da Sie keine Zeit mit ihnen verbringen. Tatsächlich empfinden sie Sie als distanziert. Aber jetzt verstehe ich, warum Sie Ihre Mahlzeiten in Ihrem Zimmer oder im Arbeitszimmer einnehmen.«

Sie mochte es nicht, als distanziert angesehen zu werden, aber in dieser Situation war es das Beste. »Ihnen zu sagen, dass ich schüchtern bin, ist eine gute Ausrede.«

»Sind Sie schüchtern?«, fragte er.

»Nicht wirklich«, antwortete sie.

Sein Blick wurde weicher. »Dann sind Sie vielleicht einsam?«

Diese Frage traf sie wie ein gezielter Pfeil mitten ins Herz. Sie *war* einsam. Genauer gesagt vermisste sie Min und den Haushalt, in dem sie mehr als fünfzehn Jahre lang zuhause gewesen war. Aber dieses Gefühl hatte den Schmerz und die Wut über die Wahrheit, dass die Herzogin ihre Mutter war, nicht überschattet. Vielleicht würde Ellis irgendwann bereit sein, Min und Sheff gegenüberzutreten.

Obwohl sie nicht antwortete, schien er zu verstehen. »Dann werden wir gelegentlich zusammen zu Abend essen. Darauf bestehe ich.«

Ellis war weiterhin über seine Akzeptanz und vor allem

über seine Freundlichkeit erstaunt. »Warum sind Sie so verständnisvoll?«

»Ich habe Ihnen doch gesagt – Sie sind hervorragend in Ihrem Aufgabengebiet.« Er zuckte mit den Schultern, als wären ihre Verkleidung als Mann und ihre Lügen ihm gegenüber von geringer Bedeutung. »Tatsächlich sind Sie für mich bereits unersetzlich geworden, und ich kann mir nicht vorstellen, dass Sie gehen. Das ist rein egoistisch von mir.«

»Ich bin Ihnen dankbar, dass Sie mir erlauben zu bleiben.« Und für alles andere, dem er zugestimmt und ihr angeboten hatte. Ellis konnte ihr Glück kaum fassen, aber vielleicht hatte sie dieses Glück nach allem, was passiert war, auch verdient. Sie freute sich über das Gefühl, irgendwo gebraucht zu werden.

»Ich kann Ihnen nicht versprechen, dass Ihre Verkleidung nicht entdeckt wird«, sagte er. »Wenn das passiert, müssen Sie gehen, und ich werde dann einfach so tun, als hätte ich auch nichts davon gewusst. Sonst könnte das ein schlechtes Licht auf Sie werfen.«

»Wenn ich entdeckt werde, wird das ganz sicher der Fall sein«, sagte sie, ohne zu zögern. »Aber ich möchte nicht, dass dies negative Auswirkungen auf *Sie* hat. Wenn Sie Ihre Meinung ändern und es Ihnen lieber ist, dass ich gehe, müssen Sie mir das sagen. Ich möchte Sie nicht in Gefahr bringen.«

»In welcher Gefahr sollte ich mich befinden?«, fragte er. »Mein Ruf wird nicht geschädigt werden. Ihr Ruf wird Schaden nehmen.«

»Mein Ruf spielt keine Rolle.« Schließlich war sie nicht länger die Begleiterin der Tochter eines Herzogs. »Wie ich bereits sagte, ich bin niemand Besonderes.«

»Das ist nicht wahr«, sagte er leise. »Sie *sind* wohl

jemand. Sie sind wertvoll, und Sie werden hier gebraucht. Nun lassen Sie uns wieder an die Arbeit gehen.«

Ellis hatte einen Kloß im Hals. »Vielen Dank, Mylord.«

Keele trat beiseite und bedeutete ihr, ihm aus der Bibliothek voranzugehen. Sie öffnete die Tür und atmete aus, als sie merkte, dass sie Luft angehalten hatte.

Als sie oben an der Treppe angekommen war, war sie nicht sicher, ob Keele ihr gefolgt war. Sie drehte den Kopf und sah, dass er vor der Tür zur Bibliothek stand und den Blick auf sie gerichtet hatte. Genauer gesagt, auf ihren Rücken.

Ellis wusste, wie es aussah, wenn ein Mann sich zu einer Frau hingezogen fühlte. Sie hatte diese Anziehungskraft schon einige Male gespürt. Und sie wusste ohne Zweifel, dass Keele sie begehrenswert fand.

Sie drehte sich blitzschnell um und eilte die Treppe hinunter. Hatte er sie deshalb eingeladen, hier in seinem Haus zu bleiben? Hoffte er, ihre Situation ausnutzen zu können?

Obwohl sie ihn nicht gut kannte, konnte sie sich das unmöglich vorstellen. Alle Beobachtungen, die sie in den letzten vier Tagen gemacht hatte, deuteten darauf hin, dass er ein Mann von Integrität und Ehre war – zumindest was das Geschäftsleben anbelangte. Über seinen persönlichen Ruf hatte sie nicht viel erfahren, oder ob er vor seiner Heirat oder sogar während seiner Ehe ein Halunke gewesen war.

Sie dachte an die »Regeln für Halunken«, die sie und ihre Freundinnen vor zwei Jahren aufgestellt hatten, nachdem eine junge Frau aus diesem Kreis, Pandora Barclay, ruiniert worden war, als man sie in den Armen des Earl of Banemore erwischte. Anstatt Pandora zu heiraten, war Bane geflohen, um eine andere Frau zu heiraten. Damit hatte er Pandoras Ruf ruiniert.

Als Ellis an die Regeln dachte, die sie aufgestellt hatten, wurde ihr klar, dass Pandora mit Bane fast jede einzelne davon gebrochen hatte, obwohl es diese Regeln noch nicht gegeben hatte, als sie ihn kennengelernt hatte. Ellis gab Pandora keine Schuld, denn Bane hatte Pandora vorgegaukelt, sie zu lieben und dass er sie heiraten wollte. Ja, Pandora war naiv gewesen. Trotzdem hatte sie nicht verdient, dass ihr Leben nun zerstört war. So waren die Regeln entstanden, und alle anderen Freundinnen bemühten sich, sie zu befolgen.

Mit Ausnahme von Ellis. Sie musste ihren Ruf schließlich nicht für die Ehe bewahren, wie die anderen. Als Begleiterin war Ellis ohnehin nicht sonderlich heiratsfähig, zumal sie mit sechsundzwanzig Jahren bereits als altbacken galt. Als uneheliche Tochter einer Herzogin und ihres Liebhabers war Ellis allerdings völlig unverheiratbar.

Das war ihr jedoch egal. Aufgrund ihrer Stellung hatte sie ohnehin nie von Heirat und Mutterschaft geträumt, geschweige denn von Liebe. Das sollte allerdings nicht bedeuten, dass sie keine körperliche Befriedigung erfahren wollte. Das war durchaus von ihr gewünscht, und das hatte sie vor Jahren auch getan – zweimal. Einmal mit einem Jungen, als sie beide siebzehn waren, und einige Jahre später mit einem jungen Gentleman, der zweifellos ein Halunke gewesen war.

Offensichtlich hatte sie kein Problem mit verwegenen Männern. Genau genommen war es ihr ziemlich egal, ob Keele den Ruf eines Schurken genoss. Falls er sie allerdings nur deshalb beschäftigte, weil er sie in sein Bett locken wollte, würde sie das gern wissen.

Sie musste eine Möglichkeit finden, um herauszufinden, was für ein Mann er war. Wenn er ein Halunke war, würde sie sich entscheiden müssen, ob sie bleiben sollte.

Überraschenderweise dachte sie, dass sie das vielleicht tun würde.

~

Am folgenden Nachmittag fuhr Romans Kutscher sie zu den Büros von Lacey and Company in der Paternoster Row. Es war ungewöhnlich, mit einer jungen Dame allein in einer Kutsche zu fahren, obwohl Ellis, soweit Roman wusste, verheiratet oder sogar verwitwet sein könnte. Das glaubte er allerdings nicht. Er schätzte sie auf Mitte zwanzig. Es war wahrscheinlicher, dass sie sich dem Alter einer Jungfer annäherte oder bereits darin angekommen war.

Er war mehr als neugierig, warum sie sich versteckte. Möglicherweise war sie verheiratet und vor einem gewalttätigen Ehemann geflohen. Was auch immer der Grund war, freute Roman sich, ihr Unterschlupf zu gewähren.

Als sie vor den Büros anhielten, sah er Ellis über die Distanz in der Kabine der Kutsche hinweg an. Sie hielt ihr Notizbuch fest umklammert, und Roman wusste, dass sie einen Bleistift in ihrer Tasche hatte.

»Sind Sie nervös?«, fragte er.

»Ein bisschen«, antwortete sie und warf ihm einen Blick zu. »Ich muss mir nur vor Augen halten, dass Sie die Kutsche vor mir verlassen werden.« Ein leichtes Lächeln umspielte ihren Mund.

Als sie sein Haus verlassen hatten, war sie auf die Kutsche zugegangen, als würde sie als Erste einsteigen, und das hätte sie auch tun sollen, da sie eine Dame war. Aber in ihrer Verkleidung als Sekretär Daniel Ellis würde sie erst nach ihrem Arbeitgeber, dem Marquess of Keele, in die Kutsche steigen.

»Ich werde mich bemühen, Sie davon abzuhalten, einen Fehler zu machen«, versprach Roman.

»Vielen Dank.«

Als der Kutscher die Tür öffnete, stieg Roman als Erster aus und blieb auf dem Bürgersteig stehen, während er darauf wartete, dass Ellis ausstieg. In der Nähe läuteten Kirchenglocken, die noch zu der Hektik der belebten, engen Straße beitrugen.

»Sind das die Glocken von St. Paul?«, fragte sie.

»In der Tat.« Roman drehte sich um und deutete über die Dächer der Gebäude hinweg auf die andere Straßenseite. »Dort können Sie den Turm erkennen. Die Kathedrale befindet sich ganz in der Nähe.«

Ellis hatte sich mit ihm umgedreht. »Ich sehe sie.«

Er konnte die Begeisterung in ihrer Stimme hören. »Waren Sie schon einmal dort?«

Sie nickte. »Viele Male. Sie ist wunderschön.«

»Vom ersten Stock aus kann man mehr von der Kathedrale sehen«, sagte Roman. »Kommen Sie, ich zeige es Ihnen.« Er widerstand dem Drang, seine Hand auf ihren Rücken zu legen, als würde er eine Frau in das Gebäude führen.

An der Fassade des vierstöckigen Backsteingebäudes war eine Plakette mit goldener Schrift angebracht, auf der »Lacey and Company, Publishers and Booksellers« zu lesen war. Der Haupteingang führte direkt in die Buchhandlung.

Sie traten ein, und Roman atmete tief ein. Er liebte den Geruch von Papier, Druckerschwärze und Ledereinbänden. Die linke Wand war mit Regalen gesäumt, in denen zahlreiche Werke ausgestellt waren, meist Dreiteiler wie ›Die Kapitänstochter‹.

Ellis wurde sofort von den Regalen angezogen. Roman ließ sie einen Moment lang stöbern.

»Guten Tag, Mylord«, begrüßte sie der Verkäufer hinter dem Tresen auf der rechten Seite des Ladens. Der junge Mann, Samuel Briggs, war seit über einem Jahr in dieser Position tätig. Er war freundlich und effizient, hatte strahlend blaue Augen und blondes Haar. »Die Laceys sind bereits oben.«

»Vielen Dank«, sagte Roman. »Ist die Autorin schon da?«

Briggs schüttelte den Kopf. »Noch nicht.«

Roman ging zu Ellis, die sich die neuesten Dreiteiler ansah, und folgte ihrem Blick. »Sehen Sie etwas, das Sie lesen möchten?«

»Nichts, was Sie nicht bereits in Ihrer Bibliothek haben und was ich nicht schon ausgeliehen habe.« Sie warf ihm einen verlegenen Blick zu.

»Das habe ich mir schon gedacht, aber ich wollte trotzdem fragen, falls Ihnen etwas in meiner Bibliothek entgangen ist. Aber ich sollte es besser wissen – Ihnen entgeht nichts.«

»Es ist wunderbar, so viele neue Bücher zu sehen.« Sie wandte sich ihm zu. »Was für eine ungewöhnliche Beschäftigung für einen Marquess. Was denken die Leute darüber?«

»Die meisten finden das sonderbar oder geradezu schrecklich«, antwortete er mit einem Grinsen. »Ich bin im Handel tätig, wissen Sie. Absolut skandalös.«

Sie unterdrückte ein Lächeln, und er wünschte, sie würde das nicht tun. Es war schwer zu erkennen, wie ein Lächeln ihr Gesicht verändern würde, da es von künstlichem Haar verdeckt war, aber er stellte sich vor, dass sie sehr hübsch war.

»Waren Sie schon immer skandalös?«, fragte sie.

Tatsächlich war er vor dem Tod seines Vaters ein lebenslustiger Halunke gewesen, aber Roman hatte nichts von der Verheerung geahnt, die sein Vater beim Vermögen der Familie angerichtet hatte. Erst nach dessen Tod hatte er Kenntnis über das Ausmaß der finanziellen Misswirtschaft seines Vaters bekommen, und das hatte Romans Leben für immer verändert. Um einen Bankrott zu verhüten, hatte er sich unverzüglich darangemacht, eine Erbin zu finden. Aufgrund seines angeschlagenen Rufs war es ihm nicht gelungen, eine Frau aus dem Adel zu heiraten, also hatte er sich mit Clarissa Lacey zufrieden gegeben.

Das hatte er nicht bereut, denn er genoss seine Arbeit bei Lacey and Company und er schätzte ihre Familie. Hätte er jedoch die Wahl gehabt, hätte er sich anders entschieden.

Das war aber nicht dasselbe wie Bedauern, nicht wahr?

»Nach der gestrigen Diskussion möchte ich unbedingt ,Eine Saison im Schatten‘ lesen«, bemerkte Ellis. »Kann ich das jetzt tun, da Sie damit fertig sind?«

»Selbstverständlich. Ich bin auf Ihre Meinung gespannt.«

»Und wie lautet Ihre abschließende Meinung?« Sie sah ihn mit großem Interesse an.

Da er wusste, dass das Ende vielleicht »schockierend« sein würde, hatte Roman gestern Abend die Seiten nicht schnell genug umblättern können. Doch dann war er eigentlich enttäuscht gewesen, denn er hatte etwas Bedeutendes erwartet. Dann erinnerte er sich daran, was Harriet gesagt hatte. »Ich kann mir vorstellen, dass es Damen der Gesellschaft geben wird, denen es nicht gefällt, aber ich denke, die Kontroverse wird dafür sorgen, dass der Roman große Popularität erlangt.«

»Sie sind also für eine Veröffentlichung?«

»Ja.« Roman hoffte nur, dass Harriet darüber nicht verstimmt sein würde. Heute würde er das allerdings nicht erfahren, da sie in der Regel nicht zu solchen Besprechungen kam.

Roman führte Ellis vom Laden in das Buchhaltungsbüro, das im hinteren Bereich lag, wo ein weiterer Untergebener die Einnahmen im Hauptbuch eintrug. Charles Appleby war an die vierzig Jahre alt und arbeitete seit fast einem Jahrzehnt für Josiah Lacey. Er war für die Aufsicht im Laden zuständig und wohnte mit seiner Frau im obersten Stockwerk. Mrs. Appleby hielt den Laden und die Büros in Ordnung.

Roman führte Ellis eine schmale, knarrende Treppe in den ersten Stock hinauf und dann in einen Flur. Er deutete zur Vorderseite des Gebäudes. »Josiahs Büro ist hier entlang. Dort werden wir unser Treffen haben.«

Roman bat Ellis, ihm ins Arbeitszimmer voranzugehen, und er beobachtete ihre Reaktion, als sie sich im Raum umblickte. Josiahs Büro war erheblich prächtiger als Romans Arbeitszimmer. Das polierte Eichenholz der Wandverkleidung und der Bücherregale glänzte im Nachmittagslicht, das durch die hohen Fenster mit Blick auf die Paternoster Row hereinströmte. Eine Sitzgruppe mit Sesseln in dunkelgrünem Samt und einem passenden Sofa, auf dem bequem drei oder sogar vier Personen Platz fanden, stand vor dem Kamin. Josiahs ausladender französischer Schreibtisch war in der Nähe der Fenster aufgestellt worden, und es gab einen rechteckigen Tisch mit sechs Stühlen. Dieser war normalerweise mit Korrekturfahnen und Folianten bedeckt, doch heute war er bis auf das zweite Exemplar von ›Eine Saison im Schatten‹ vollkommen leergeräumt.

Roman neigte den Kopf in Richtung des Fensters. »Dort können Sie St. Paul wieder sehen«, flüsterte er.

Sie warf ihm einen Blick zu, und ihre Mundwinkel zuckten nach oben. »Ja, in der Tat.«

Er erhaschte einen weiteren Blick auf die Frau hinter dem Bart und war wie verzaubert.

»Treten Sie ein«, sagte Josiah, der hinter dem Schreibtisch aufstand und Roman aus seiner Trance riss. »Wir warten nur noch auf Miss Brightly.«

»Ist das der Name der Autorin?«, fragte Ellis fast scharf.

Margot hatte auf einem kleinen Stuhl neben dem Schreibtisch gesessen und stand ebenfalls auf. »Ja, so ist es.« Sie sah Roman an. »Keele, wie lautet deine Entscheidung bezüglich der Veröffentlichung von *Eine Saison im Schatten*?«

Roman konnte sehen, dass Margot sehr gespannt auf seine Meinung wartete. »Ich stimme dir zu – wenn wir es nicht veröffentlichen, werden wir es bereuen.«

»Dann ist es beschlossen«, sagte Josiah. »Ich habe vor, Miss Brightly 150 Pfund für die Urheberrechte anzubieten.«

»Das ist ein sehr attraktives Angebot.« Roman hoffte, die Autorin wäre bereit, die Urheberrechte zu veräußern. Manche Schriftsteller waren das nicht.

Das Knarren der Treppe war bis ins Arbeitszimmer zu hören. Alle Blicke richteten sich auf die Tür.

»Das muss die Autorin sein«, meinte Josiah.

Einen Moment später trat eine überraschend junge Frau ins Arbeitszimmer. Sie trug einen blauen Spencer im Militärstil über einem blau-weiß gestreiften Kleid mit minimalistischer Verzierung am Saum. Roman fand, dass sie stilvoll gekleidet war, aber er verfolgte die aktuelle Mode nicht, insbesondere nicht die für Frauen.

Ellis holte scharf, aber leise Luft. Roman drehte den Kopf zu seinem Sekretär. Das von ihr verursachte Geräusch war nicht laut genug, um von anderen gehört zu werden, und das Aufblitzen der Erkenntnis war ebenso schnell aus ihrem Blick verschwunden, wie er es wahrgenommen hatte. Vielleicht hatte er sich geirrt.

Er richtete seine Aufmerksamkeit wieder auf Miss Brightly und er hätte schwören können, dass er denselben Ausdruck des Erkennens in ihrem Gesicht sah, der jedoch schnell von Verwirrung abgelöst wurde.

»Miss Euphemia Brightly?«, fragte Roman. »Ich bin Lord Keele.«

Miss Brightly machte einen Knicks. »Ich freue mich, Ihre Bekanntschaft zu machen, Mylord.«

Roman nahm Ellis' Gesichtsausdruck wahr. Sie presste die Lippen zusammen, als würde sie versuchen, nicht zu lachen oder zu lächeln, aber das ergab keinen Sinn. War etwas zwischen ihr und Miss Brightly vorgefallen?

Dann sah er wieder zu der Autorin, aber sie wirkte immer noch verwirrt. »Das sind Mr. Lacey und seine Tochter, Miss Lacey.«

Miss Brightly lenkte ihre Schritte zu seinem Schreibtisch hinüber und streckte Margot die Hand entgegen. »Ich habe mich über unseren Briefwechsel sehr gefreut.«

»Das habe ich auch«, sagte Margot herzlich.

Roman bemerkte, dass Miss Brightly zuerst auf Margot zuging und nicht auf Josiah. Eigentlich hätte sie sich zuerst an ihn wenden sollen, doch es war möglich, das ihr das nicht bewusst war. Einzig ihre Kleidung und ihr Auftreten vermittelten ihm den Eindruck, dass sie zur Oberschicht gehörte. Warum schrieb sie Romane? Sie war im heiratsfähigen Alter und darüber hinaus war sie mit ihrem blonden Haar und den großen, blaugrünen Augen, die ihn an das Meer an einem Sommertag erinnerten, sehr hübsch. Tatsächlich entsprach sie einer idealen englischen Schönheit.

Miss Brightly wandte ihre Aufmerksamkeit nun Josiah zu. »Mr. Lacey, ich weiß es sehr zu schätzen, dass Sie sich heute Zeit für mich genommen haben. Es ist mir eine Ehre, dass Sie Interesse an meinem Buch haben.«

»Ich freue mich, Sie kennenzulernen«, bemerkte Josiah. »Meine Tochter schwärmt ununterbrochen von Ihrem Roman. Ich muss gestehen, dass ich ihn eher provokativ fand. Er wird sicherlich für viel Gesprächsstoff sorgen.«

Roman stimmte seinen Worten zu. Miss Brightly hatte eine Geschichte geschrieben, welche die Gesellschaft sicherlich in Aufruhr versetzen würde, denn die Protagonistin des Romans, Miss Dinah Peabody, heiratet trotz zweier sehr unterschiedlicher Verehrer am Ende keinen der beiden. Anstatt sich für einen ihrer Verehrer zu entscheiden, beschließt sie, sich für sich selbst zu entscheiden. Genauer gesagt entscheidet sie sich dafür, eine unabhängige Frau zu sein, was ihr durch den Reichtum ihrer Tante möglich ist.

»Ich hoffe, es bedeutet, dass er Ihnen gefallen hat«, entgegnete Miss Brightly verschmitzt.

»Das hat er tatsächlich«, antwortete Josiah. Roman nahm allerdings nicht an, dass seine Begeisterung für den Inhalt der seiner Tochter gleichkam. Stattdessen erkannte Josiah aufgrund des kontroversen Endes des Romans mit ziemlicher Sicherheit das Potenzial für hohe Verkaufszahlen.

»Mir hat er sehr gut gefallen«, bemerkte Roman und zog damit Miss Brightlys Aufmerksamkeit auf sich. »Ich fand ihn interessant und einzigartig.«

»Ich würde den Roman gerne lesen«, sagte Ellis.

Roman wurde klar, dass er es versäumt hatte, sie vorzustellen. »Miss Brightly, das ist mein Sekretär, Mr. Ellis. Er wird Notizen zu unserem heutigen Treffen machen.«

Wieder blitzte – ganz kurz – ein Ausdruck des Erkennens in Miss Brightlys Blick auf. Eine ihrer wohlgeformten blonden Augenbrauen hob sich. »Mr. Ellis?«

Ellis nickte. »Es freut mich, Sie kennenzulernen, Miss Brightly.«

»Ebenso«, murmelte die Autorin mit einem kleinen Lächeln.

Wieder einmal hatte Roman das Gefühl, dass hier etwas nicht stimmte. Tatsächlich war er sich dessen fast sicher. War die Autorin mit Ellis bekannt? Genauer gefragt, kannte Miss Brightly Ellis als Frau? Das musste wohl der Fall sein. Denn Roman glaubte nicht, dass Ellis sich in einer anderen Situation schon einmal als Mann ausgegeben hatte.

»Sollen wir Platz nehmen?« Josiah streckte seinen Arm in Richtung Tisch aus und ging auf den Stuhl am Kopfende zu. »Kommen Sie, setzen Sie sich neben mich, Miss Brightly.« Josiah deutete auf den Stuhl zu seiner Linken.

Margot wollte sich auf den Stuhl rechts von ihrem Vater setzen, und Roman beeilte sich, ihn für sie zurückzuziehen. Um ein Haar hätte er dasselbe für Ellis getan, bevor ihm einfiel, dass sie ein Mann war. Er musste aufhören, sie als Frau zu betrachten, was allerdings sehr schwierig geworden war, seit er die unverkennbar weiblichen Rundungen ihres Hinterteils bemerkt hatte. Ihm war auch aufgefallen, dass sie mit einer höheren Stimme sprach, wenn sie allein waren. Seiner Vermutung nach musste es sich dabei um ihre natürliche Stimme handeln, die zwar tiefer war als die der meisten Frauen, aber dennoch auf reizvolle Weise feminin klang.

Reizvoll?

*Ja.* Das tiefere Timbre ihrer Stimme empfand er als äußerst verführerisch.

»Ich sehe keinen Sinn darin, um den heißen Brei herumzureden«, begann Josiah. »Miss Brightly, wir möchten Ihren Roman veröffentlichen. Ich bin bereit, Ihnen einhunderfünfzig Pfund für die Rechte zu bieten.«

Miss Brightly lächelte, aber Roman sah sofort, dass das Angebot nicht dem entsprach, was sie wollte. Wenngleich sie sich wirklich zu freuen schien, mangelte es ihrem Gesichtsausdruck neben echter Begeisterung auch an Zufriedenheit.

»Ich freue mich sehr, dass Sie daran interessiert sind, ›Eine Saison im Schatten‹ zu veröffentlichen, aber mein Anwalt hat mir geraten, die Urheberrechte nicht zu veräußern. Tatsächlich würde ich es vorziehen, wenn Sie die Bedingungen für eine provisionsbasierte Vereinbarung direkt mit ihm aushandeln würden, falls Sie damit einverstanden sind.«

»Sind Sie sicher, dass Sie eine Provisionsvereinbarung wünschen?«, erkundigte sich Josiah noch einmal. »Wenn der Roman kein Erfolg wird, werden Sie nicht annähernd so viel verdienen, wie Sie bei der Veräußerung der Urheberrechte erhalten würden.«

»Und wenn er erfolgreich *ist*, werde ich viel mehr verdienen«, konterte sie verschmitzt. »Verzeihen Sie mir, aber ich glaube, dass dieser Roman das Potenzial hat, sehr gefragt zu sein.«

»Dieser Meinung bin ich auch«, meldete sich Margot zu Wort. »Wir entwerfen eine Provisionsvereinbarung, wenn Sie das bevorzugen.« Sie warf einen Blick zu ihrem Vater, dessen Augenbrauen hochzogen waren, sobald sie das Angebot revidierte.

So etwas hatte Margot noch nie zuvor getan, und eigentlich stand ihr das auch nicht zu. Dennoch konnte Roman sich nicht vorstellen, dass Josiah ihr zürnen würde. Er räumte Margot eine umfassende Beteiligung an Lacey and Company ein, was den Verlagsbereich des Unternehmens betraf. Als ihr einziges verbliebenes Kind wurde ihr, soweit er das beurteilen konnte, von Harriet und ihm nichts verwehrt.

»Auch ich würde eine Provisionsvereinbarung unterstützen«, meinte Roman, und Margot schenkte ihm ein dankbares Lächeln. Er wandte sich an die Autorin. »Sie sind eine kluge Geschäftsfrau, Miss Brightly.«

Sie erwiderte seinem freundlichen Blick mit einem feurigen. »Ich habe nichts zu verlieren, Mylord.«

»Jetzt kann ich es wirklich kaum erwarten, das Buch zu lesen«, meinte Ellis.

Roman hatte den Eindruck, dass sein Sekretär sich kaum ein Lächeln verkneifen konnte. Ihre Augen leuchteten, als sie Miss Brightly mit einem Ausdruck ansah, der fast wie Stolz wirkte. Es war möglich, dass Ellis sich einfach nur über den Erfolg einer anderen Frau freute, aber Roman war sich sicher, dass mehr dahintersteckte. Er freute sich darauf, herauszufinden, was das war.

»Auf welche Weise kann ich Ihren Anwalt kontaktieren?«, fragte Josiah.

»Er ist gerade unten«, antwortete Miss Brightly, während sich ein Hauch von Rosa auf ihre Wangen legte. »Ich habe ihn – und meine Tante – mitgebracht, für den Fall, dass Sie ein Angebot zur Veröffentlichung machen.«

Josiah lachte leise. »Nun, ich bewundere Ihr Selbstvertrauen, Miss Brightly. Und ich kann nicht sagen, dass mich das überrascht. Ich hatte erwartet, dass die Autorin von ‚Eine Saison im Schatten‘ eine einzigartige Person sein muss. Ihre Texte sind ebenso scharfsinnig wie bezaubernd.«

»Vielen Dank.« Miss Brightlys Gesichtsausdruck zeigte nun Zufriedenheit – und Stolz – sowie ihre große Freude. »Ich gehe nur kurz nach unten und hole meinen Anwalt und meine Tante.« Sie wollte gerade, aber Margot winkte ihr zu, sitzen zu bleiben.

»Ich muss mich bald auf den Weg machen und würde

sie gerne hochschicken«, sagte Margot. »Meine Mutter wird mich abholen kommen. Wir haben einen Einkaufsbummel geplant.« Sie stand auf.

Roman stand mit Josiah auf und bemerkte, dass Ellis sich nicht von ihrem Stuhl bewegte. Sie war ganz auf Miss Brightly konzentriert. Roman räusperte sich. Mit einem Ruck sah Ellis rasch zu ihm hin und sprang auf.

Josiah sah Margot an. »Ich begleite dich nach unten.« Dann wandte er sich wieder Miss Brightly zu. »Ich werde Ihre Tante und Ihren Anwalt bitten, mit mir wieder nach oben zu kommen.«

Miss Brightly lächelte. »Vielen Dank, Mr. Lacey.« Sie sah Margot an. »Es war wirklich schön, Sie kennenzulernen.«

»Ich hoffe sehr, dass wir uns wiedersehen, während Sie in London sind«, sagte Margot. »Vielleicht können wir uns in der Bibliothek in der New Bond Street treffen.«

»Vielleicht«, antwortete Miss Brightly in einem unverbindlichen Tonfall. Roman fragte sich, warum sie so ausweichend war.

Sobald die Laceys das Arbeitszimmer verlassen hatten, ging Roman schnell zur Tür und schloss sie fast vollständig, sodass nur noch ein kleiner Spalt offen war. Er stellte sich so hin, dass er sehen konnte, wenn Josiah mit den anderen zurückkam, aber er warf den Frauen, die zusammen am Tisch saßen, einen prüfenden Blick zu.

»Schnell, woher kennen Sie sich?«

# KAPITEL 4

Ellis hätte ahnen müssen, dass Keele die Verbindung zwischen ihr und ihrer lieben Freundin Pandora Barclay bemerkt hatte. Euphemia Brightly war nicht nur ihr Pseudonym als Autorin, sondern auch der Name, den Ellis und Min für ihr nicht ganz ernst gemeintes Vorhaben gewählt hatten, eines Tages gemeinsam grauenvolle Romane zu schreiben, wenn sie als alte Jungfern ein Cottage am Meer bewohnen würden. Sobald Ellis den Namen gehört hatte, war sie misstrauisch geworden.

»Hast du wegen des Namens, den ich verwendet habe, gedacht, ich sei Min?«, fragte Pandora leise.

Erneut überkam Ellis ein Gefühl der Furcht. Keele hatte ja keine Ahnung, wer Ellis wirklich war, und der Name Min war ein Hinweis, den sie sich nicht erlauben konnte. »Ich war mir nicht sicher, was ich davon halten sollte«, sagte Ellis. In der Hoffnung, das Gespräch zu lenken, bevor Pandora noch mehr verraten konnte, wandte sie sich an ihren Arbeitgeber. »Miss Brightly ist eine Freundin von mir.«

»Sie haben ihren Namen erkannt«, bemerkte Keele.

»Ich habe den Namen erkannt, aber ich wusste nicht, wer die Autorin war, bis sie hereinkam«, erklärte Ellis.

Keele schien perplex.

»Euphemia Brightly ist nicht mein richtiger Name«, bemerkte Pandora mit einem Lächeln.

»Sie möchte ihren richtigen Namen nicht verwenden«, fügte Ellis hinzu.

»Das tue ich nicht.« Pandora sah Ellis mit unverhohlener Neugier an. »Ich kann mir auch nicht vorstellen, dass du möchtest, dass dich jemand als Frau erkennt, obwohl Lord Keele das offensichtlich weiß.«

»Er weiß, dass ich eine Frau bin, die versucht, nicht aufzufallen.«

»Er bewahrt dein Geheimnis und verschafft dir eine Anstellung?«, fragte Pandora überrascht. Sie warf dem Marquess einen anerkennenden Blick zu. »Vielen Dank.«

»Ich respektiere Ellis' Wünsche.«

Pandora zog überrascht die Augenbrauen in die Höhe. »Sie nennen sie bei ihrem Vornamen?«

Ellis versuchte, keine Grimasse zu ziehen, zumal Keele sie nun musterte. »Ellis ist Ihr Vorname?«, fragte er.

Sie nickte und warf Pandora einen flehenden Blick zu, in der Hoffnung, dass diese verstehen würde, dass sie nichts weiter sagen sollte. Pandora antwortete mit einem kaum wahrnehmbaren entschuldigenden Nicken.

»Ich werde nicht weiter nachfragen«, versprach Keele. »Zumindest vorerst.« Er sah Pandora verständnisvoll an. »Ich verstehe, warum Sie lieber anonym bleiben möchten. Sie haben einen Roman geschrieben, der das Potenzial hat, überaus kontrovers zu sein.«

Pandora lächelte auf die zurückhaltende Art, die sie sich in den vergangenen beiden Jahren angeeignet hatte. »Es ist mehr als das. Wenn die Leute die wahre Identität der Autorin von ‚*Eine Saison im Schatten*‘ kennen würden, würden sie das Buch niemals kaufen oder ausleihen, egal wie gern sie es lesen wollten.«

Ellis hätte beinahe gelacht, aber eher aus Zynismus denn aus Humor. »Ich weiß nicht, ob das stimmt. Ich glaube, die Leute wären vielleicht *eher* interessiert, wenn sie wüssten, wer es geschrieben hat.«

»Wahrscheinlich hast du recht«, meinte Pandora mit einem leichten Schnauben.

Das Geräusch erinnerte Ellis an Pandoras ältere Schwester Persephone und an Min. Sie waren enge Freundinnen und hatten die gemeinsame Angewohnheit, auf undamenhafte Weise zu schnauben.

»Ich kann Ihnen nicht ganz folgen«, entgegnete Keele verwirrt.

»Vor einigen Jahren war ich in einen ruinösen Skandal verwickelt«, sagte Pandora. »Ellis kann Ihnen mehr darüber erzählen, da ich sicher bin, dass wir gleich unterbrochen werden.«

»In welcher Beziehung stehen Sie beide zueinander?«

Ellis und Pandora tauschten einen langen Blick aus. Pandora presste die Lippen zusammen und signalisierte damit deutlich, dass sie Ellis antworten lassen würde, da sie es war, die sich in einem Männerkostüm versteckte. »Wir kennen uns schon seit mehreren Jahren«, antwortete Ellis. »Wir haben uns zufällig in einem Seebad kennengelernt.«

Keele lachte, was Ellis überraschte. »Dann ist es kein Wunder, dass die Protagonistin Ihres Romans aus einem solchen stammt«, meinte er zu Pandora.

»Tatsächlich?«, fragte Ellis. »Dann muss ich dieses Buch lesen.«

»Das solltest du wirklich.« Pandoras Lippen verzogen sich zu einem vagen, entschuldigenden Lächeln, während sie Keele fest ansah. »Würden Sie uns bitte entschuldigen, bevor die anderen uns überfallen?« Ohne seine Antwort abzuwarten, fasste sie Ellis sanft am Arm und führte sie in eine Ecke, wobei sie Keele den Rücken zukehrte. »*Was machst du da?*«

»Ich arbeite als Sekretär für den Marquess of Keele.«

Pandora seufzte genervt. »Das sehe ich. Aber warum?«

»Weißt du denn nicht, was passiert ist? Ich dachte, du wärst vielleicht bei Mins Hochzeit gewesen, da du in der Stadt bist.«

»Das war ich tatsächlich. Ich war schockiert, als ich erfuhr, dass du nicht da warst – und Min hat mir den Grund dafür erklärt. So gut sie eben konnte. Sie versteht wirklich nicht, warum du auf ihre Briefe nicht antwortest.« Tiefe Falten zogen sich über Pandoras Stirn. »Sie ist sehr aufgebracht, Ellis. Insbesondere, weil du nicht zur Hochzeit gekommen bist.«

Ellis bedauerte sehr, Mins Hochzeit verpasst zu haben, aber sie hatte nicht riskieren können, dass die Herzogin anwesend war. »Ich bin auch sehr traurig darüber. Bitte sag ihnen nicht, dass du mich gesehen hast oder was ich tue. Ich kann ihnen einfach noch nicht gegenübertreten. Noch nicht.« Noch immer wartete sie darauf, dass sich ihre Gefühle änderten – falls das überhaupt einmal der Fall sein würde.

»Nun, das ist bedauerlich, denn ich hatte gehofft, dich davon zu überzeugen, mich im Wellesbourne House zu besuchen, während ich in der Stadt bin. Persey und Acton sind aufs Land gefahren, und nun sind nur ich und Tante Lucinda da. Wir könnten Iona einladen, da sie in der Stadt ist – und vielleicht auch Min und Jo?«

»Ähem.« Keele war auf sie zugekommen, aber Ellis hatte ihn nicht bemerkt, da sie mit dem Rücken zur Tür stand und zu sehr in ihr Gespräch mit Pandora vertieft war. »Sie kommen.«

Pandora umarmte Ellis schnell. »Bitte komm zu Besuch.«

Ellis war erschüttert. Bislang war es ihr gelungen, sich vor dem Schmerz zu retten, der die Wahrheit über ihre leiblichen Eltern, insbesondere ihre Mutter, hervorgerufen hatte. Das brachte aber auch mit sich, dass sie die Menschen, die ihr am wichtigsten waren – Min und Sheff und ihre Freunde –, aus ihrem Leben ausgeschlossen hatte. Was war mit ihrem Vater, Rowland Harker, der nicht einmal das Geringste von ihrer Existenz ahnte? Es sei denn, Min oder Sheff oder seine Frau Jo hätten ihm davon erzählt. Es wäre naheliegend, dass Jo etwas zu ihm gesagt hatte, da Harker auch ihr Vater war. Ellis, die geglaubt hatte, ohne jede Familie zu sein, hatte plötzlich mehrere Halbgeschwister sowie zwei Elternteile gewonnen, von denen sie den einen verachtete und den anderen nur vage in Erinnerung hatte.

Die Vorstellung von einer Familie, von Geschwistern und vielleicht einem Vater, schwebte wie verlockendes Naschwerk vor ihr. Dennoch wurde ihre Sehnsucht nach familiären Bindungen von dem Schmerz überlagert. Letztendlich hatte sie keine andere Wahl, als sich auf sich selbst zu verlassen, was insbesondere dann der Fall sein würde, wenn ihre uneheliche Herkunft jemals öffentlich bekannt werden sollte.

Ellis trat zurück und stellte sich hinter ihren Stuhl. Sie hielt den Kopf gesenkt, für den Fall, dass Pandoras Tante sie erkannte, obwohl sie Zweifel hatte, dass so etwas passieren würde. Tante Lucinda kannte Ellis längst nicht so gut wie Pandora, und Ellis war zumindest in dieser Umgebung von ihrer Verkleidung überzeugt. Bestimmt würde sie jetzt nicht versehentlich etwas tun, das als weiblich angesehen werden könnte, und was dazu geführt hatte, dass Keele ihre List entdeckt hatte. Allerdings hatten weder die Bediensteten in seinem Haus noch die Laceys dies getan – zumindest bisher. Ihr kam jedoch der Gedanke, dass wahrscheinlich keiner von den anderen ihr so viel Aufmerksamkeit schenkte wie Keele.

Diese Erkenntnis führte dazu, dass ihr ein leichter, aber nicht unangenehmer Schauer über den Rücken lief.

Josiah Lacey betrat das Arbeitszimmer mit Lucinda Barclay-Fiennes und dem Anwalt. Alle Anwesenden wurden einander vorgestellt, und Pandoras richtiger Name wurde unter der ausdrücklichen Auflage bekannt gegeben, dass er niemandem außerhalb dieses Raumes mitgeteilt werden durfte, wobei Margot die einzige Ausnahme bildete.

Dann wurde mit den Verhandlungen über den Vertrag für Pandoras Buch begonnen. Pandora erklärte sich auch bereit, dem Verlag die erste Bewertung ihres nächsten Manuskripts zu überlassen, sobald es fertig sei. Erfreut hörte Ellis, dass ihre Freundin ein weiteres Buch schreiben würde.

Ellis war bemüht, während der Besprechung Notizen zu machen, doch ihre Gedanken kreisten noch immer um Min und ihre anderen Freundinnen. Nur zu gern würde sie alle wiedersehen, auch Min und Jo, aber in ihrer derzeitigen Situation fühlte sie sich in Sicherheit.

Was bedeutete das? Es bedeutete, dass sie nicht erneut verletzt werden konnte.

Ellis konzentrierte sich wieder auf die Besprechung und war dankbar, als sie zu Ende war. Pandora verabschiedete sich mit ihrer Tante und dem Anwalt, und Ellis und Keele verließen kurz darauf ebenfalls das Haus. Ellis erwartete, dass er sie in der Kutsche nach Pandora fragen würde, und damit hatte sie auch recht.

»Ist Ellis wirklich ein Familienname?«, fragte er und überraschte sie mit dieser Frage, anstatt etwas über Pandora oder ihre Freundschaft zu fragen.

»Ja.«

»Ich nehme an, Sie werden mir Ihren Nachnamen nicht verraten?«

Sie schüttelte den Kopf.

Keele atmete aus. »Als ich den richtigen Namen von Miss Barclay hörte, erinnerte ich mich vage an den Skandal um sie. Da war Banemore involviert, nicht wahr?«

»Ja. Er machte sie glauben, dass er sie liebte und sie heiraten wollte.« Ellis bemühte sich, ohne Spott in ihrer Stimme zu sprechen. Bane hatte Pandora vollkommen ruiniert, die den Fehler begangen hatte, sich zu verlieben und ihren Verstand dabei über Bord geworfen hatte. »Als sie in einer kompromittierenden Situation erwischt wurden, ergriff er die Flucht und heiratete eine andere Frau.«

»Ach, ja«, sagte Keele mit einer Grimasse. »Jetzt erinnere ich mich. Er ist nicht mehr verheiratet.«

Seine Stimme hatte einen traurigen Klang, als er das sagte. »Ich weiß, dass er Witwer ist«, meinte Ellis. Dachte Keele dabei an seinen eigenen Status als Witwer? Vermisste er seine Frau? »Sind Sie und er befreundet?«

»Nicht mehr. Früher standen wir uns nahe.« Sein Blick war auf das Fenster gerichtet, und seine Schulter zuckte. Ellis konnte spüren, dass er sich unwohl fühlte. »Das war in der Zeit, bevor ich Marquess wurde.« Er wandte seine Aufmerksamkeit wieder ihr zu, und seine grauen Augen glühten im Nachmittagslicht, das durch das Fenster in die Kutsche fiel. »Ich habe mitbekommen, was Miss Barclay Ihnen über Ihren Besuch bei ihr im Wellesbourne House gesagt hat. Ich spitzte die Ohren, weil ich mich fragte, was sie mit Wellesbourne zu tun haben könnte, aber als ich ihren richtigen Namen erfuhr, verstand ich es. Wellesbourne ist ihr Schwager. Warum möchten Sie Ihre Freundinnen nicht besuchen?«

»Weil ich mich verstecke, oder haben Sie das vergessen?«, entgegnete Ellis scharf. Sie merkte, dass sie schnippisch klang, was ihr im Augenblick allerdings egal war. Ihr behagte es ganz und gar nicht, dass er sich in ihre persönlichen Angelegenheiten einmischte.

»Ich bin sicher, dass wir eine Möglichkeit finden können, Ihren Besuch dort geheim zu halten. Es sei denn, Sie verstecken sich vor Ihren Freundinnen?«

»Nur weil ich Ihnen ein Geheimnis anvertraut habe, heißt das nicht, dass ich Ihnen alle anderen auch verraten werde. Ich möchte niemanden sehen. Außerdem habe ich keine Zeit«, fügte sie entschieden hinzu. »Ich habe eine Stelle, die mir wenig Zeit lässt, erinnern Sie sich?«

»Ich würde Ihnen mehr Zeit gewähren«, bot er mit leiser, aber entschlossener Stimme an. »Mir kommt allmählich zu Bewusstsein, dass Sie alles andere als ein Niemand sind. Sie haben Verbindungen zu einigen außerordentlichen einflussreichen Personen.«

»Ich verzichte auf Ihr Angebot, mir mehr Zeit zu gewähren. Ich möchte arbeiten. Bitte hören Sie auf, sich in mein Privatleben einzumischen. Das geht Sie nichts an.« Ellis wandte ihren Kopf ab und drehte sich sogar mit dem gesamten Oberkörper zum Fenster. Sie richtete ihren Blick nach draußen, aber eigentlich sah sie nichts.

Sie spürte, wie er sie ansah. Wahrscheinlich beurteilte er sie und dachte, sie sei töricht, sich vor derart »einflussreichen« Leuten zu verstecken. Die Wahrheit kannte er allerdings nicht. Schließlich wusste er nicht, dass sie ihr ganzes Leben lang belogen worden war und der Grausamkeit ihrer eigenen Mutter ausgesetzt war, die für Ellis nichts als Verachtung übrig gehabt hatte.

Eines Tages würde sie das Verhalten ihrer Mutter akzeptieren können und dann wäre sie imstande, einen Schlussstrich darunter zu ziehen. Das hoffte sie wenigstens. Derzeit war sie allerdings noch viel zu wütend. Und auch verletzt. In Wirklichkeit wollte sie sich nur auf ihre Arbeit konzentrieren. Dies stellte für sie eine Herausforderung dar und beschäftigte ihren Geist. Zudem war ihr dies weitaus lieber als sich weiterhin mit dem zu beschäftigen, was sie derzeit tat – sie dachte zu viel über Dinge nach, auf die sie ohnehin keinen Einfluss hatte.

Sie könnte allerdings versuchen, sich ein bisschen Glück zurück zu erobern oder einfach einen Teil ihrer Wut hinter sich lassen. Das konnte sie bewerkstelligen, indem sie sich mit Menschen traf, denen sie etwas bedeutete, und Zeit mit ihnen verbrachte. Min. Pandora. Und ihre anderen Freundinnen.

Keele.

Ellis blinzelte. Er gehörte nicht zu diesem Kreis. Schließlich kannte er sie kaum. Nicht einmal ihren vollständigen Namen kannte er. Und doch hatte er seine Unterstützung für ihre Verkleidung bekundet und ihr das Versprechen gegeben, ihr Geheimnis zu bewahren. Er hatte ihr auch angeboten, ihr behilflich zu sein, damit sie ihre Freundinnen wiedersehen konnte. Wenn das nicht ein Mensch war, dem sie etwas bedeutete, wer sollte das dann sein?

War sie innerlich zu verletzt, dass ihr das Gute in den Menschen nicht mehr erkennbar war? Sie konnte nur hoffen, dass dem nicht so war. Ihre Mutter hatte bereits genügend Schaden angerichtet. Vielleicht sollte Ellis ihr gestatten, noch größeren Schaden anzurichten.

Verstohlen warf sie einen Blick auf Keele. Er hatte seinen Kopf an die Rückenlehne zurücksinken lassen und dabei die Augen geschlossen. Sie bezweifelte, dass er schlief, aber er wirkte entspannt. Ohne das intensive Leuchten seiner stahlgrauen Augen wirkte er längst nicht mehr so streng. Seine Leidenschaft für seine Arbeit war ein Grund dafür, dass sie die ihre so genoss. Noch nie hatte sie jemanden kennengelernt, der so hart und fleißig arbeitete wie er. In relativ kurzer Zeit hatte er erstaunliche Fortschritte bei der Verbesserung der Vermögenslage seiner Familie erreichen können. Allerdings konnte sie auch erkennen, dass er sich scheinbar getrieben fühlte, immer mehr zu erreichen.

Sie erinnerte sich an seine Worte über seine Nähe zu Bane, bevor er Marquess geworden war, und beschloss, ihm einige Fragen zu stellen, da er sich schließlich auch in ihre Angelegenheiten eingemischt hatte. Sie wusste, dass er seinen Titel als Marquess vor fünf Jahren geerbt hatte. »Sie sagten, Sie kannten Bane schon vorher. Gehörten Sie zu dieser Bande von Halunken?«

Keele schlug die Augenlider auf und enthüllte seine sturmgrauen Augen. Sie durchbohrten Ellis mit einer Intensität, die ihr ein weiteres Mal einen Schauer über den Rücken jagte. Allerdings was es noch immer angenehm. Vielleicht sogar aufregend.

*»Halunken?«*, fragte er.

»Bane hat den Ruf eines Halunken wie auch all seine Freunde.«

»Sie meinen Shefford, Wellesbourne und Somerton«, bemerkte er trocken. »Sie bildeten den Kern dieser Gruppe, aber ich habe mich, zusammen mit einigen anderen, mehr an ihren Ausschweifungen beteiligt, als ich im Nachhinein zugeben möchte.«

»Sie waren also ein Halunke, sind es aber jetzt nicht mehr?«

»Als mein Vater starb, kam mir zu Bewusstsein, dass ich von nun an ernsthaft werden musste.« Er zog eine dunkle Augenbraue in die Höhe. »Sie wissen, in welchem Zustand meine Finanzen damals waren.«

»Ja, das ist mir bekannt. Ich weiß auch, wie Sie Ihre Finanzlage verbessert haben. Das ist bewundernswert. War Ihre Ehe Teil Ihrer Finanzstrategie?«

Er kniff die Augen zusammen, aber er wirkte nicht verstimmt über die Frage. »Jetzt werden Sie aufdringlich. Ich nehme an, das habe ich verdient. Ja, ich habe Clarissa Lacey geheiratet, weil sie eine beträchtliche Mitgift mitbrachte und ihr Vater daran interessiert war, mich in sein Unternehmen investieren zu lassen – mit meiner Zeit und meinem Status anstatt mit Geld, da ich davon nur sehr wenig hatte.«

»Sie waren ein großer Gewinn für Lacey and Company«, bemerkte sie. »Inzwischen verfügen Sie über ein anständiges Vermögen.« Zwar war er nicht so wohlhabend wie der Herzog von Henlow oder sogar Wellesbourne oder Somerton, aber er war sicherlich nicht »arm«.

»Wir haben unterschiedliche Vorstellungen von *anständig*«, antwortete er gelassen. »Ich habe noch viel Arbeit vor mir, um das zu erreichen, was ich mir wünsche.«

Ellis war sehr interessiert. Sie lehnte sich ein wenig nach vorne, so fasziniert war sie von seinem entschlossenen Engagement, seinen Familienbesitz wiederherzustellen. »Und was ist das?«

»Nie wieder Gefahr zu laufen, bankrott zu gehen.« Seine Augen glänzten voller Zuversicht. »Weder in dieser Generation noch in einer anderen.«

»Nun, ich werde tun, was ich kann, um Ihnen dabei zu helfen«, sagte Ellis.

Er verschränkte die Arme vor der Brust und streckte die Beine aus. Sein Körper nahm den Innenraum der

Kutsche ein. Ellis wurde sich zunehmend bewusst, dass er ein Mann war und nicht nur ihr Arbeitgeber.

Sein Blick traf ihren. »Ich bin nach wie vor begeistert, dass ich Sie eingestellt habe. Ich hoffe, das bleibt auch so.«

*Begeistert.*

Ja, das war ein ausgezeichnetes Wort, um zu beschreiben, wie Ellis sich in diesem Moment fühlte, als sie auf diesem kleinen Raum mit ihm zusammen war. Vielleicht wäre es das Beste, wenn sie nie wieder mit ihm irgendwohin fahren würde.

~

Als am Sonntagabend bei den Laceys in ihrem neuen, sehr eleganten Haus am Bryanston Square das letzte Gericht serviert wurde, staunte Roman darüber, wie sehr das Haus und der Haushalt seines Schwiegervaters dem entsprachen, was man von einem Marquess erwarten würde, und wie sehr sich dieses von seinem eigenen Haus und Haushalt unterschied. Die Laceys waren vor einem Jahr in dieses prächtige Haus gezogen. Es war weiträumig und sehr elegant eingerichtet.

Obwohl sie an diesem Abend nur zu viert waren, aßen sie in dem großen Speisezimmer, in dem wahrscheinlich achtmal so viele Personen Platz gefunden hätten, wenn der Mahagonitisch vollständig ausgezogen gewesen wäre. Sie saßen an einem Ende des Tisches, mit Josiah am Kopfende, Harriet zu seiner Rechten und Margot zu seiner Linken. Roman saß neben Margot.

Romans Speisezimmer verfügte zwar weder über einen Axminster-Teppich noch über Porzellan aus Sèvres, aber wenn er sich nicht irrte, war das Silber, das glücklicherweise nicht verkauft worden war, mit dem Keele-Wappen verziert.

Margot war an diesem Abend über die Maßen lebhaft, aber das war sie aufgrund ihrer überaus charmanten und geselligen Persönlichkeit oft. Sie unterschied sich so sehr von ihrer Schwester, deren Verhalten eher mysteriös gewesen war, als wäre sie ein Rätsel, das es zu lösen galt. Roman war von ihr fasziniert gewesen. Er hatte damals gedacht, sie hätten vielleicht etwas gemeinsam, was vergrabene Gefühle oder innere Geheimnisse anging. Er hatte sich schrecklich geirrt.

Harriet lächelte ihn und Margot von der anderen Seite des Tisches an, und die Diamanten an ihrem Hals und an ihren Ohren funkelten im Kerzenlicht des John-Blades-Kronleuchters aus geschliffenem Glas, das sich auch in dem massiven vergoldeten Spiegel über dem Kamin widerspiegelte. »Wir hatten ja gesagt, dass wir heute Abend über eure Verlobung sprechen würden«, meinte sie und brachte endlich das Thema zur Sprache. Roman hatte es erwartet.

Margots Begeisterung schwand augenblicklich.

Josiah nickte zustimmend, bevor er einen Bissen vom Apfelkuchen nahm. »Ja, wir sollten darüber sprechen.«

»Darf ich sagen, dass ich zu einer Verlobung noch nicht ganz bereit bin?«, meldete sich Margot zu Wort. Sie warf Roman einen entschuldigenden Blick zu.

Er war über ihre Bemerkung keineswegs verärgert. In Wahrheit war er erleichtert, wenn er auch noch immer hin- und hergerissen war. Obwohl er nicht unbedingt heiraten wollte, schätzte er ihre Eltern sehr und er genoss Abende wie diesen, an denen er sich als Teil einer Familie fühlte. Dieses Gefühl hatte er vor seiner Ehe mit Clarissa nicht gekannt.

Harriet runzelte besorgt die Stirn, als sie ihre Tochter ansah. »Du bist im heiratsfähigen Alter, meine Liebe.«

Margot reagierte mit einem leichten Stirnrunzeln.

»Warum gibt es ein festgelegtes Alter, in dem Frauen heiraten müssen? Männer scheinen nicht denselben Maßstäben unterworfen zu sein.«

Josiah lachte leise. »Das sind sie auch nicht. Wenn du etwas mehr Zeit benötigst, haben wir Verständnis dafür. Aber Keele möchte vielleicht lieber früher als später heiraten. Er benötigt einen Erben.« Er nahm einen weiteren Bissen vom Kuchen.

»Ich habe keine Eile«, meinte Roman. Obwohl Josiah recht hatte. Er musste heiraten und seine Pflicht erfüllen, einen Erben zu zeugen, und Margot wäre keine schlechte Wahl. Eine Heirat mit ihr würde sicherstellen, dass er weiterhin Teil dieser Familie blieb, so wie er es jetzt war.

Er versuchte, sich Margot als seine Frau vorzustellen. Sie war hübsch und interessierte sich weit mehr für Lacey and Company, als Clarissa es jemals getan hatte, also hätten sie eine Gemeinsamkeit. Aber Roman liebte Margot nicht und er würde sie auch nie lieben. Nach dem, was Clarissa ihm angetan hatte, würde er niemanden mehr lieben können.

Sie hatte so getan, als wollte sie heiraten, obwohl ihr Herz bereits einem anderen Mann gehörte. Das hatte Roman natürlich erst viel später erfahren. Die ersten Tage ihrer Ehe waren angenehm und sogar schön gewesen. Clarissa hatte sich ein bisschen schüchtern verhalten und um Zeit gebeten, sich an das Eheleben zu gewöhnen, bevor sie intim wurden. Roman hatte Verständnis für ihre Zurückhaltung gezeigt und sich bemüht, ihr Vertrauen und ihre Zuneigung zu gewinnen. Als sie schließlich sein Bett teilte, schien sie es jedoch trotz Romans größter Bemühungen nicht zu genießen. Er hatte sich sehr bemüht, eine gute Ehe mit ihr zu führen, aber sie hatte immer einen Grund gehabt, distanziert zu bleiben. Sie war schüchtern. Sie war nervös. Sie litt unter Schmerzen.

Roman fühlte sich furchtbar, bis er erfuhr, dass sie ihm nicht nur untreu gewesen war, sondern diesen anderen Mann schon vor ihrer Hochzeit geliebt hatte. Sie hatte all die zärtlichen Gefühle, die sie ihm gegenüber gezeigt hatte, sowohl vor als auch nach der Hochzeit, nur vorgetäuscht und deutlich gemacht, dass sie nie auch nur versucht hatte, Roman zu lieben. Sie hatte ihn verletzt und wütend zurückgelassen. In gewisser Weise hatte sie ihn ruiniert.

Margot verdiente etwas Besseres als einen Mann wie ihn und die Vernunftehe, die er nun anstrebte. Es sei denn natürlich, sie war nicht an Liebe interessiert und wollte nur Marquise werden und einen höheren gesellschaftlichen Status erlangen. Wie er wusste, wünschten ihre Eltern sich das, und das war der einzige Grund, warum Josiah ursprünglich mit dem Angebot an Roman herangetreten war, Clarissa zu heiraten. Er wusste, dass Roman finanzielle Mittel benötigte, und er wollte Freunde – oder eine Familie – in hohen gesellschaftlichen Positionen.

Die Ehe zwischen Roman und Clarissa verlief jedoch keinesfalls so, wie es sich alle vorgestellt hatten. Clarissa hatte sich dem Wunsch ihrer Eltern gebeugt, obwohl ihr Herz bereits einem anderen gehörte. Josiah und Harriet glaubten, sie hätte bereitwillig mitgemacht, aber es stellte sich heraus, dass sie zunehmend unglücklich wurde. Ihre Eltern wussten nichts von ihrer Liebesbeziehung, und Roman dachte auch nicht daran, ihnen je davon zu erzählen.

»Werdet ihr beide zumindest mehr Zeit miteinander verbringen, wenn ihr auch noch keine formelle Verlobung eingehen wollt?«, fragte Harriet hoffnungsvoll. »Ich bin zuversichtlich, dass ihr beide eine enge Bindung aufbauen werdet. Mir ist durchaus bewusst, dass ich ein wenig egoistisch bin, weil ich gerne Enkelkinder hätte.«

Margot sah ihrer Mutter in die Augen. »Das weiß ich

doch, Mama. Wir werden uns bemühen, mehr Zeit miteinander zu verbringen.« Sie sah zu Roman hinüber, der zustimmend nickte.

Sie beendeten den letzten Gang des Dinners, und die Damen zogen sich zurück, sodass Roman und Josiah ihren Portwein genießen konnten.

Josiah schwenkte den Wein in seinem Glas. »Ich hoffe, Harriet drängt dich nicht zu sehr mit ihrem Gerede über die Ehe.«

»Überhaupt nicht«, sagte Roman höflich. »Sie sorgt sich um Margot und möchte, dass sie in festen Händen ist.«

»Das tut sie in der Tat.« Josiah nippte an seinem Portwein und warf Roman einen Seitenblick zu. »Bist du wirklich daran interessiert, Margot zu heiraten? Ich hätte volles Verständnis. wenn du zögern würdest. Ich weiß, dass deine Verbindung mit Clarissa keineswegs so war, wie wir uns alle erhofft hatten. Warst du überhaupt glücklich?«, fragte Josiah, dessen Gesichtszüge von tiefer und, wie Roman fand, aufrichtiger Besorgnis gezeichnet waren.

»Ja, das war ich«, entgegnete Roman, und das war nicht ganz falsch. Am Anfang *war* er glücklich gewesen. Als er geglaubt hatte, dass sowohl er als auch Clarissa die Ehe in gutem Glauben eingegangen waren.

»Das freut mich zu hören«, meinte Josiah. »Ich glaube, dass du eventuell besser zu Margot passt, insbesondere angesichts ihres Interesses und ihrer Leidenschaft für ihre Arbeit bei Lacey and Company. Sie wäre eine ausgezeichnete Partnerin für dich, sowohl zu Hause als auch im Beruf.«

»Das klingt verlockend«, stimmte Roman zu. »Aber du lässt mich hoffentlich ohne unnötigen Druck entscheiden.«

»So war es doch auch bei Clarissa, nicht wahr?«, fragte Josiah mit leiser Stimme, die kaum zu hören war. »Ich weiß, dass es so war«, fügte er mit einem selbstbewussten Nicken hinzu. »Sie hat mir einmal, bevor Sie geheiratet haben, gesagt, dass sie hoffte, keinen Fehler zu machen. Ich dachte, sie hätte Bedenken, eine Marquise zu werden. Manchmal hat es ihr an Selbstvertrauen gemangelt. Wie ich bereits sagte, ist Margot wahrscheinlich die bessere Wahl für dich.« Für einen kurzen Moment spiegelten sich Trauer und Bedauern in seinen Gesichtszügen wider.

»Hoffentlich gibst du mir nicht die Schuld an Clarissas Tod«, meinte Roman ernst.

Josiah zögerte nicht. »Nein, und ich gebe auch ihr keine Schuld. Sie war zutiefst unglücklich und das hat sie vor uns allen verborgen. Harriet und ich wünschten, wir würden den Grund dafür kennen.«

Diesen Grund kannte Roman natürlich, aber das würde er ihnen niemals sagen. Er hatte vermutet, dass sie ihm untreu gewesen war, und sie mit seinem Verdacht konfrontiert. Sie hatte versucht zu lügen, aber Roman hatte die Wahrheit erkannt. Wütend und verletzt hatte er von ihr verlangt, die Affäre zu beenden und die Identität des Mannes preiszugeben. Sie hatte sich geweigert, diese beiden Forderungen zu erfüllen und ihm gesagt, sie sei zutiefst verliebt. Roman hatte erwogen, einen Mann zu beauftragen, ihr zu folgen, um die Identität ihres Liebhabers zu ergründen, doch dann hatte er sich dagegen entschieden, jemand anderem gegenüber die Untreue seiner Frau zu offenbaren. Stattdessen sagte er ihr, was für eine Enttäuschung sie für ihre Eltern sein würde. Das hatte sie beunruhigt, doch es hatte trotzdem nicht ausgereicht, um sie davon zu überzeugen, die Liaison zu beenden.

Als Roman sie weiterhin über ihren Liebhaber

ausfragte, hatte sie angefangen, Laudanum zu nehmen. Nach mehreren Wochen fortwährender Auseinandersetzungen und Turbulenzen geriet sie eines Abends in Wut und gab zu, dass ihr Liebhaber ihrer überdrüssig geworden war. Sie beklagte sich bitter, dass sie ihr Leben umsonst ruiniert hatte. Roman wusste nicht, wie er darauf reagieren sollte, also überließ er sie einfach ihren Tiraden.

Am nächsten Morgen war sie nicht mehr aufgewacht. Sie hatte zu viel Laudanum eingenommen. Ob sie absichtlich oder versehentlich überdosiert hatte, würde man nie erfahren. Es machte für Roman keinen Unterschied.

Roman und Josiah hatten nie über Clarissas Tod gesprochen und schon gar nicht über die Frage, ob er absichtlich herbeigeführt worden war. »Ich hoffe, du weißt, dass ich versucht habe, sie glücklich zu machen«, meinte Roman.

»Sicher weiß ich das. Ich hätte sie nicht zur Heirat drängen sollen. Sie war zu zurückhaltend für dich, aber damals kannte ich dich noch nicht gut.« Seine Gesichtszüge verdunkelten sich erneut. »Es war eine Tragödie, für die niemand die Schuld trägt.«

Das stimmte allerdings nicht. Clarissas Liebhaber trug die Schuld. Was für ein Mann traf sich mit einer jungen, unverheirateten Frau und tat dies auch noch, nachdem sie die Frau eines anderen geworden war? Und wie verdorben musste dieser Mann sein, um sich dann von ihr abzuwenden? Nicht etwa aus Gewissensgründen, sondern weil er ihrer überdrüssig geworden war? Sollte Roman jemals herausfinden, wer er war, dann würde er dafür sorgen, dass dieser Mann litt. Sein rücksichtsloses Verhalten hatte Clarissa zerstört und ihre Familie ruiniert.

Josiahs Stimmung hellte sich irgendwie auf, und er verzog die Lippen zu einem Lächeln. »Harriet und ich sind so dankbar, dass wir dich in unserem Leben haben. Du hast uns den Schmerz über Clarissas Tod gelindert, indem du unsere Trauer geteilt hast. Wie meine Frau habe auch ich egoistische Gründe, mir deine Heirat mit Margot zu wünschen, aber es geht mir nicht um Enkelkinder. Ich schätze es sehr, dich als Teil unserer Familie zu haben.« Er blinzelte und lenkte den Blick dann zu seinem Portwein, aber Roman hatte die Gefühlsaufwallung des Mannes wahrgenommen.

»Ich empfinde genauso. Du bist der Vater, den ich mir immer gewünscht habe.« Roman hob sein Glas, und Josiah tat es ihm gleich.

»Auf die Familie«, meinte Josiah. »Du wirst immer ein Teil unserer Familie sein.«

»Vielen Dank.« Romans Kehle fühlte sich merkwürdig eng an, und er musste einen Moment warten, bevor er seinen Portwein trinken konnte.

»Bist du immer noch zufrieden mit Mr. Ellis?«, fragte Josiah nach einer Weile.

Roman war dankbar für das einfachere Thema. »Überaus. Er ist alles, was ich mir von einem Sekretär wünsche.«

»Wie gefällt es dir, dass er bei dir wohnt? Erwartest du, dass er die ganze Zeit arbeitet?«, fragte Josiah mit einem Lächeln.

»Er arbeitet wirklich viel, aber ich versuche, nicht zu anspruchsvoll zu sein. Er hat große Fortschritte bei dem Vorhaben gemacht, alles wieder in Ordnung zu bringen, was mein ehemaliger Sekretär vermasselt hat.«

»Das ist sicher eine große Erleichterung für dich.«

»Das ist es tatsächlich.« Roman trank einen weiteren Schluck von seinem Portwein.

Josiah tat es ihm gleich, und als er sein Glas abstellte, runzelte er die Stirn. »Verzeih mir, wenn ich das sage, aber ist Ellis nicht ein bisschen seltsam?«

Roman spannte sich an. Er befürchtete, dass eine

andere Person zu dem gleichen Schluss kommen könnte wie er – dass Ellis in Wirklichkeit eine Frau war. Aber er hatte sich eingeredet, dass niemand so viel Zeit mit ihr verbrachte wie er, und deshalb würde wahrscheinlich auch niemand zu dem gleichen Ergebnis kommen. Vielleicht hatte er sich darin getäuscht.

»Inwiefern?«, fragte Roman in einem möglichst nonchalanten Tonfall.

Josiah winkte ab. »Oh, ich weiß nicht. Ich finde seine Lesegewohnheiten etwas ungewöhnlich.«

»Das ist definitiv wahr«, sagte Roman vorsichtig. »Er hat vier ältere Schwestern, die ihn stark beeinflusst haben. Ich würde sagen, Ellis hat ein ausgeprägtes Verständnis für die weibliche Psyche. Seine zukünftige Frau kann sich glücklich schätzen.«

Josiah lachte. »Was für ein Glück für ihn. Ich hätte noch eine Angelegenheit, die ich mit dir besprechen möchte. Was hältst von der Bibliothek in Oxford?«

Roman hatte die Aufsicht über alle Bibliotheken, während Josiah sich hauptsächlich auf das Verlagswesen konzentrierte. »Abgesehen von der New Bond Street ist sie unsere leistungsstärkste Filiale. Das verdanken wir Mr. Pritchard. Er ist ein ausgezeichneter Bibliothekar.«

»Da stimme ich zu.« Josiah nippte an seinem Portwein. »Ehrlich gesagt ist Pritchard der Beste, den wir haben. Ich habe darüber nachgedacht, ihn in die New Bond Street zu holen, um Mr. Inman zu ersetzen, aber ich möchte den Mann nicht verdrängen. Es ist nicht so, dass Inman kein guter Bibliothekar wäre. Pritchard ist einfach ... besser. Er hat mehr Energie und Enthusiasmus, um den Kundenstamm zu vergrößern. Außerdem lockt er Damen in die Bibliothek, und die sind oft unsere besten Kunden«, fügte er mit einem vielsagenden Lächeln hinzu.

Das stimmte. Pritchard war ein junger, unverheirateter Mann, der zufällig auch recht gut aussah, mit dunkelblonden Locken, die seine markanten, aristokratischen Gesichtszüge angenehm umrahmten. Er war der jüngste Sohn eines Barons, der eigentlich geplant hatte, Geistlicher zu werden, aber dann feststellte, dass er lieber in einer Bibliothek arbeitete. »Ich bin mir nicht sicher, ob Pritchard interessiert wäre, nach London umzusiedeln, selbst wenn wir einen Plan für Inman hätten.« Roman wollte nicht, dass Inman verdrängt wurde. Er war seit der Eröffnung in der Filiale in der New Bond Street tätig und nach mehr als einem Jahrzehnt in seiner Stellung war er eine feste Größe.

»Finde es heraus«, forderte Josiah ihn auf. »Es hat keinen Sinn, Inman in den Ruhestand zu schicken, wenn Pritchard kein Interesse hat, die New Bond Street zu übernehmen.«

»Ich werde ihm schreiben und mich erkundigen«, sagte Roman.

»Ausgezeichnet.« Josiah trank seinen Portwein aus. »Sollen wir zu den Damen gehen?«

Roman trank den Rest seines Weins aus und stand auf. Das Wort »*Damen*« ließ ihn an Ellis denken, aber natürlich war sie nicht hier. Ihm wurde bewusst, wie gefährlich es war, sie als Frau zu betrachten. Gestern hatte er sich dabei ertappt, wie er sie vor seinem Butler beinahe als »sie« bezeichnet hätte.

Er wünschte, sie wäre anwesend – als Frau. Er wurde immer neugieriger auf sie, besonders seit er von ihrer Freundschaft mit Pandora Barclay und mehreren Mitgliedern der Gesellschaft, darunter die Herzogin von Wellesbourne, erfahren hatte.

Wovor versteckte sich Ellis? Oder vor wem?

Roman rief sich selbst zur Ordnung. Das letzte Mal, als eine Frau sein Interesse geweckt hatte, waren seine Gefühle schwer verletzt worden. Es war wahrscheinlich am besten, wenn er Abstand zu seiner Sekretärin und ihren Geheimnissen hielt.

# KAPITEL 5

Ellis saß an ihrem kleinen Schreibtisch und schrieb einen Brief aus den Stenogrammnotizen ab, die sie zuvor mitgeschrieben hatte. Keele hatte ihr mehrere Briefe diktiert, und nun war sie endlich beim letzten angelangt.

Ihre zweite Woche hier war genauso arbeitsreich wie die erste, doch inzwischen hatte sie sich an eine vertraute Routine gewöhnt. An den meisten Vormittagen ging Keele zu den Büroräumen von Lacey and Company in der Paternoster Row oder er suchte eine der Leihbibliotheken in London auf. Die Hauptfiliale befand sich in der New Bond Street, aber es gab auch kleinere Filialen in The Strand, Bloomsbury und Marylebone. Anscheinend besuchte er manchmal auch Bibliotheken in anderen Städten, aber derzeit hatte er keine diesbezüglichen Pläne.

Die Nachmittage verbrachte er hier in seinem Arbeitszimmer. Ellis arbeitete normalerweise an seiner Seite – jeder war an seinem eigenen Schreibtisch beschäftigt, die dicht beieinander standen.

Letzte Woche war sein Anwalt an einem Tag vorbeigekommen, und ein Peer aus dem House of Lords hatte ihn besucht. Er hatte einen äußerst verstimmten Eindruck gemacht, weil Keele selten in Clubs ging, in denen sehr häufig Regierungsangelegenheiten besprochen wurden. Ellis hatte erfahren, dass Keele einzig den Phoenix Club besuchte – und das vielleicht ein- oder zweimal pro Woche –, aber dieser Adlige war dort kein Mitglied.

Keele unterschied sich von anderen Adligen, nicht dass sie besonders viele gekannt hätte. Dennoch hatte sie mit einigen einen vertrauten Umgang gehabt, da sie früher als Gesellschafterin von Lady Minerva, der Tochter des Herzogs von Henlow und Schwester des Earl of Shefford, tätig gewesen war. Darüber hinaus waren mehrere ihrer Freundinnen inzwischen mit Adligen verheiratet. Pandoras Schwester Persephone – oder Persey, wie sie genannt wurde – war mit dem Herzog von Wellesbourne verheiratet, während eine andere die Baronin Droxtford geworden war. Mins neue Schwägerin war Anfang des Jahres zur Viscountess Somerton geworden.

Mit Ausnahme von Droxford der äußerst ernst war, hatten alle diese Adligen den Ruf von Schurken und Halunken. Genau diese Männer waren der Anlass gewesen, aus dem Ellis und ihre Freundinnen die Regeln für Halunken aufgestellt hatten – um Männern wie ihnen nicht in die Falle zu gehen. Trotzdem hatten einige ihrer Freundinnen gegen ihre eigenen Regeln verstoßen und genau die Halunken geheiratet, vor denen sie sich eigentlich hüten wollten.

Ellis hätte nie gedacht, dass diese Regeln einmal auch für sie gelten würden, denn sie befand sich gar nicht in derselben Lage wie ihre Freundinnen. Niemand versuchte, eine vorteilhafte Ehe für sie zu arrangieren, und kein Halunke hoffte, sie wegen ihres Reichtums oder ihrer Stellung zu heiraten. Es bestand jedoch die Möglichkeit, dass jemand versuchen könnte, sie in sein Bett zu locken. Ein Mann war damit erfolgreich gewesen – aber das war vor Jahren, lange bevor die Regeln für Halunken aufgestellt worden waren.

In letzter Zeit hatte Ellis begonnen, sich zu fragen, ob sie je in ihrem Leben noch einmal eine solche Verbindung in Betracht ziehen würde.

Keele saß an seinem Schreibtisch zu ihrer Linken. Sie war sich seiner Anwesenheit stets bewusst. Er arbeitete sehr hart, und offenbar fand sie seinen Fleiß attraktiv.

Sie konnte auch nicht leugnen, dass er ein über die Maßen gut aussehender Mann war. Er sah aus, als wäre er aus grobem Stein gehauen und könnte alles überstehen. Ja, das fand sie unglaublich anziehend.

Deshalb warf sie ihm immer wieder verstohlene Blicke zu. Zum Glück hatte er bisher noch nichts davon bemerkt. Sie unterbrach das Schreiben und warf einen Blick nach links.

*Verdammt.* Er schaute sie unverwandt an.

Ihr Puls beschleunigte sich. Sie konnte nur hoffen, dass er ihre Nervosität nicht bemerkte.

»Pritchard hat auf meinen Brief geantwortet«, meinte er und deutete auf einen beschriebenen Bogen Papier.

Ellis richtete sich auf und drehte sich leicht zu ihm hin. Sie war erleichtert, dass er ihre Blicke offenbar nicht bemerkt hatte. Am Montag hatten sie einen Brief an Oliver Pritchard geschickt, den Bibliothekar, den sie in Oxford beschäftigten. Keele und Mr. Lacey hatten darüber gesprochen, ihn zum Chefbibliothekar in der New Bond Street zu ernennen und sie wollten aber zuerst herausfinden, ob er an dem Posten interessiert war.

»Was sagt er dazu?«, fragte Ellis.

»Er ist von dieser Aussicht sehr begeistert.« Keele legte den Brief auf den Schreibtisch und verzog leicht das

Gesicht. Dann presste er seine Hand gegen die Stirn und wischte sich damit über die Augen. »Leider bedeutet das, dass ich überlegen muss, was mit Mr. Inman, dem Bibliothekar in der New Bond Street, geschehen soll.«

Ellis kannte Mr. Inman von ihrem Besuch in der Bibliothek mit Min, aber das hatte sie Keele nicht erzählt. Sie wollte ihm solche detaillierten Einzelheiten über ihr Leben vor ihrer Anstellung bei ihm lieber vorenthalten. Er wusste bereits zu viel, da er von ihrer Freundschaft mit Pandora und anderen *einflussreichen* Personen – wie er sie nannte – erfahren hatte.

»Ich bin davon ausgegangen, dass Inman in den Ruhestand geht und Sie deshalb einen Ersatz suchen«, sagte sie. »Ist das nicht der Fall?«

Keele schüttelte den Kopf. »Pritchard ist ein außergewöhnlich guter Bibliothekar – er hat die Abonnentenzahlen in Oxford exponentiell gesteigert. Wir würden ihn gerne als Leiter unserer größten Filiale sehen.« Er runzelte die Stirn. »Aber ich möchte Inman ungern verdrängen. Er ist seit der Eröffnung durch Josiah vor über einem Jahrzehnt in der Filiale in der New Bond Street tätig.«

»Das ist ein Dilemma«, meinte sie leise.

Roman setzte sich aufrecht in seinen Stuhl und beugte sich über den Schreibtisch zu ihr hinüber. »Haben Sie Vorschläge, wie ich in dieser Situation verfahren könnte? Inman ist über sechzig. Sollte er nicht den Wunsch haben, in den Ruhestand zu gehen?«

Zufällig wusste Ellis, dass Mr. Inman mehr Zeit mit seinen Kindern und Enkelkindern verbringen wollte, insbesondere nachdem seine Frau im vergangenen Jahr verstorben war. Das konnte sie Keele allerdings nicht erzählen, ohne zu verraten, woher sie das wusste. »Das könnte sein. Ich würde sagen, dass Menschen sich gerne wertgeschätzt fühlen, insbesondere am Ende ihrer beruflichen Laufbahn. Wenn Sie ihm seine Pensionierung als eine Ehre präsentieren, die er sich verdient hat, würde er sie vielleicht gerne annehmen.«

»Ich weiß, dass er verwitwet ist«, sagte Keele. »Ich befürchte, dass er diese Anstellung schätzt, um seine Tage auszufüllen.«

»Vielleicht könnten Sie ihm eine Aufgabe vorschlagen, die weniger Zeit in Anspruch nimmt«, schlug Ellis vor.

»Das ist eine gute Idee. Inman ist für Lacey and Company von unschätzbarem Wert. Ich würde es wirklich bedauern, ihn ganz zu verlieren.« Er dachte einen Moment nach, bevor er ihren Blick erneut suchte. »Haben Sie einen Einfall, wie er sich anderweitig nützlich machen könnte?«

Ellis zuckte mit den Schultern. »Vielleicht könnte er als beratender Bibliothekar tätig sein. Er könnte literarische Diskussionen in einem der Lesesäle veranstalten. Sie könnten den Raum sogar nach ihm benennen. Ich könnte mir vorstellen, dass er sich sehr geehrt fühlen würde.«

Keele lächelte, und Ellis fühlte sich, als würde sie schweben. Der Raum um sie herum verblasste und ließ sie allein mit der herrlichen Wärme seines Lächelns zurück.

»Sie sind ein Genie, Ellis.«

»Danke.« Sie schätzte sein Kompliment mehr, als sie sollte, und nun dachte sie erneut daran, wie heftig sie sich zu ihm hingezogen fühlte. Vielleicht lag das daran, dass er auf ihren Mund schaute.

Plötzlich stand er auf und beugte sich weiter über den Schreibtisch. Was tat er da? Hatte er irgendwie ihre Gedanken gelesen, und empfand er dieselbe Anziehungskraft und hatte beschlossen, entsprechend zu handeln?

Er streckte die Hand aus und legte seinen Daumen fast auf ihre Unterlippe. Doch kurz bevor er ihre Haut berührte, erstarrte er. Ihre Blicke trafen sich und verschmolzen ineinander. Ihr stockte der Atem.

Dann wurde es wieder still im Raum und alles verblasste. Ellis fühlte sich zu Keele hingezogen, als würde ein Magnet sie anziehen. Sie teilte ihre Lippen.

Er blinzelte. Der Bann war gebrochen, und das Arbeitszimmer kehrte zurück. Ellis holte Luft.

»Verzeihen Sie bitte.« Er zog seine Hand zurück und setzte sich wieder hin. »Sie haben Tinte auf Ihrer Lippe. Zumindest glaube ich, dass es Tinte ist.«

*Oh.* »Das passiert manchmal, wenn ich schreibe.« Sie drehte sich wieder zu ihrem Schreibtisch um und konzentrierte sich auf ihre Arbeit. »Ich werde sie entfernen, wenn ich mit diesem Brief fertig bin. Ich habe nur noch ein paar Zeilen vor mir.«

»Soll ich Ihnen einen Spiegel für Ihren Schreibtisch besorgen?«, fragte er. »Damit Sie in Zukunft Sorge dafür tragen können, dass Sie keine Tinte im Gesicht haben?«

»Nein«, antwortete sie schnell, weil sie sich ihrer unordentlichen Erscheinung bewusst war, was lächerlich war, da sie nicht einmal wie sie selbst aussah. Bislang hatte er sie noch nie als Frau gesehen. Was machte es schon, wenn sein Sekretär Tinte an der Lippe hatte?

Sie beendete hastig den Brief und sprang dann praktisch auf. »Bitte entschuldigen Sie mich für ein paar Minuten.«

»Machen Sie sich bitte keine Sorgen wegen der Tinte«, sagte er. »Ich wollte Ihnen kein Unbehagen bereiten.«

Sie konnte seinem Blick nicht standhalten. »Ich fühle mich sehr wohl.« Wie absurd das klang.

Ihr Herz schlug noch immer in einem unregelmäßigen Takt, seit er sie fast berührt hatte, und ihr kam zu Bewusstsein, dass dies nicht das Geringste mit der Tinte auf ihrem Gesicht zu tun hatte, sondern damit, wie sehr sie *sich wünschte,* von ihm berührt zu werden. Der wahre Grund, warum sie jetzt gehen musste, hatte nichts mit der

Reinigung ihres Gesichts zu tun, obwohl sie das tun würde, sondern vielmehr, um sich eine Möglichkeit zu verschaffen, sich zu beruhigen und die Hitze abklingen zu lassen, die in ihr aufstieg. Es war gefährlich, diese Anziehungskraft für ihren Brotherren zu empfinden und sie konnte es sich nicht leisten, ihre Stellung zu verlieren. Sie musste einfach aufhören, ihn als einen verführerischen Gentleman zu betrachten.

Das wäre ungemein leichter, wenn er einfach aufhören würde, ein solcher zu sein.

~

Dies war der erste Abend, an dem Roman mit Ellis in seinem Arbeitszimmer zu Abend aß. Schon vor ein paar Tagen hatte er das vorschlagen wollen, aber dann kam es zu diesem unangenehmen Moment, als er versuchte, die Tinte von ihren Lippen zu wischen, und so hatte er dann zunächst darauf verzichtet, die Einladung auszusprechen.

Er wusste nicht, was er sich dabei gedacht hatte, sie so berühren zu wollen. Als er die Tinte auf ihrer Unterlippe bemerkte, hatte er versucht, dem keine weitere Beachtung zu schenken. Es verhielt sich allerdings so, dass er sich ohnehin oft zu ihrem Mund hingezogen fühlte und die Tinte seine Aufmerksamkeit nur verstärkte. Konnte man auf einen Tintenfleck eifersüchtig sein?

Schließlich hatte er sich vorgebeugt, um sie mit dem Daumen wegzuwischen. Zum Glück hatte er sich gerade noch einen Moment vor dieser Indiskretion zurückgehalten. Dennoch hatte sich ein langer, ziemlich spannungsgeladener Moment zwischen ihnen entwickelt, als ihm klar wurde, was er getan hatte – und ihr ebenfalls. Er konnte sich nicht entscheiden, ob sie über sein Verhalten entsetzt war oder, was unwahrscheinlich wäre, enttäuscht darüber, dass er aufgehört hatte.

Es war töricht von ihm, so etwas auch nur zu denken, geschweige denn zu hoffen. Sie hatten eine berufliche Beziehung, und obwohl er sich eindeutig und anhaltend zu ihr hingezogen fühlte, musste er davon ausgehen, dass diese Anziehung einseitig war. Selbst wenn es anders wäre, was sollten sie dagegen unternehmen? Er war ihr Arbeitgeber. Er war nicht der Typ Mann, der andere ausnutzte, die in irgendeiner Funktion für ihn arbeiteten.

»*Verdammt*«, murmelte Ellis. Sie hatte ihren Stuhl zu seinem Schreibtisch gedreht, sodass sie sich gegenüber saßen und seinen Schreibtisch als Esstisch nutzten.

»Ist etwas nicht in Ordnung?«, fragte er.

Sie legte ihre Gabel beiseite und sah ihn an. Ihre Gesichtszüge waren von Frustration gezeichnet. »Ich empfinde Gesichtsbehaarung beim Essen als störend. Ich verstehe nicht, wie Männer mit Bärten und Schnurrbärten damit klarkommen können. Andererseits verstehe ich auch nicht, wie Männer es ertragen können, sich jeden Tag zu rasieren.« Sie bewegte ihre Hand vor der unteren Hälfte ihres Gesichts hin und her.

Er lachte leise. »Entweder rasieren wir uns oder wir müssen mit Speiseresten in unseren Bärten leben.«

»Haben Sie sich jemals einen Bart wachsen lassen?«

»Kurzzeitig. Ich habe eine Wette verloren, als ich in Oxford war.«

»Wie lang war der Bart?«, fragte sie und kniff ein Auge zusammen, als würde sie versuchen, sich ihn mit Gesichtsbehaarung vorzustellen.

»Länger als Ihrer, da ich ihn über die Sommerferien wachsen lassen und dann zur Schule zurückkehren musste, damit alle sehen konnten, wie wild ich geworden war.« Er verdrehte die Augen und lächelte. »Der Dekan gab mir unverzüglich die Anweisung, ihn abzurasieren. Er sagte, ich sähe aus, als würde ich in einer heruntergekommenen Staffage hausen.«

»Als Einsiedler?«, fragte sie.

»Ja.« Er hatte angenommen, dass sie wissen würde, was ein Einsiedler ist, als er die Staffage erwähnte. Mit Freunden wie der Herzogin von Wellesbourne schien es mehr als wahrscheinlich, dass sie mit solchen Dingen vertraut war.

»Ich glaube, ich würde es genießen, Einsiedlerin zu sein«, sinnierte sie.

»Warum?« Er legte sein Besteck beiseite und lehnte sich in seinem Stuhl zurück.

Ellis hatte sich gerade ein paar Erbsen in den Mund geschoben. Nachdem sie sie heruntergeschluckt hatte, legte sie ihr Besteck auf den Tisch. »Als Einsiedler in einem Lustschloss auf einem weit entfernten Anwesen zu leben, ist doch der ultimative Rückzugsort, oder?« Sie schenkte ihm ein verschmitztes Lächeln.

Er lachte. »Was oder wem auch immer Sie aus dem Weg zu gehen versuchen, muss wirklich furchtbar sein, wenn Sie so etwas in Betracht ziehen.«

»Wenn ich es mir recht überlege, glaube ich nicht, dass mir das gefallen würde«, meinte sie. »Obwohl es manchmal reizvoll ist, allein zu sein, bin ich mir nicht sicher, ob ich das als Dauerzustand möchte, es sei denn, es gäbe einen unerschöpflichen Vorrat an Büchern.«

»Wenn Sie als Einsiedlerin in einer Bibliothek leben könnten, wären Sie dann zufrieden?«

Sie nickte. »Ich denke schon. Wie auch immer, ich bin mir nicht sicher, ob ich weiteren Mahlzeiten hier mit Ihnen zustimmen werde. Es ist zu irritierend. Nicht Sie, der Bart«, fügte sie schnell hinzu.

»Haben Sie deshalb in den letzten anderthalb Wochen

keine Mahlzeiten außerhalb Ihres Zimmers eingenommen?«, fragte er.

»Ja«, antwortete sie. »Ich esse lieber mit unverdecktem Gesicht.«

»Das ist verständlich.« Roman war jedoch enttäuscht, dass sie nicht mehr mit ihm essen würde. »Was ist mit der Kleidung? Bevorzugen Sie Männerkleidung? Ich kann mir vorstellen, dass sie weniger einengend ist als die Garderobe, die Sie als Frau tragen.«

»Das nehme ich an, aber so ganz stimmt das nicht. Mein Kostüm ist nicht ausschließlich für Ihr Geschlecht entworfen worden. Darunter bin ich immer noch eine Frau. Tatsächlich musste ich das verbergen, indem ich ...« Sie hielt abrupt inne, als eine gewisse Röte ihr Gesicht überzog. »Verzeihen Sie mir. Ich sollte nicht über solche Dinge nicht sprechen.«

Er lachte und trank einen Schluck Wein. »Es ist völlig in Ordnung. Ich genieße unsere Unterhaltung. Es ist bedauerlich, dass Sie Ihr Korsett nicht ablegen konnten, wenn Sie das meinen.«

»Manche Männer tragen Korsetts«, bemerkte sie. »Obwohl ich mir sicher bin, dass Sie das nicht tun.«

Ihre Blicke trafen sich und verfingen sich ineinander. Dieser Dialog kam einem Flirt gefährlich nahe. Roman glaubte nicht, dass ihn so etwas interessierte, aber eigentlich hätte das der Fall sein müssen. Allerdings genoss er ihre Gesellschaft viel zu sehr. Er konnte sich nicht erinnern, wann er das letzte Mal auf diese Weise mit einer Frau gesprochen hatte – mit Clarissa jedenfalls nie. Und seit ihrem Tod hatte er in den letzten zwei Jahren nur sehr wenig Kontakt zu Frauen gepflegt.

»Ich trage *kein* Korsett«, bestätigte Roman. »Ich bin neugierig, warum Sie eines tragen würden. Ich nehme an, das war es, was Sie gemeint haben. Warum sollten Sie ein Korsett unter Ihrer Kleidung benötigen?«

Das Blau ihrer Augen verdunkelte sich, und er spürte eine plötzliche Hitze zwischen ihnen. »Es ist nicht nur ein Korsett. Ich musste es verstärken, um mich zu verkleiden.«

Er war sich immer noch nicht ganz im Klaren über die Art ihrer Unterwäsche, aber er verstand, dass sie ihre Kurven verbergen musste, und dazu gehörten nun einmal auch ihre Brüste. Jetzt stellte er sich ihre Größe und Form vor. Verflixt das war nun wirklich mehr als unangemessen.

Glücklicherweise wurden sie unterbrochen, bevor Roman sich komplett zum Narren machen konnte. Der Diener stieß die angelehnte Tür ganz auf und trat mit einem Tablett herein. »Ich habe die letzten Pfirsiche und etwas Bakewell-Kuchen gebracht. Der Koch hofft, dass es Ihnen schmeckt.« Er stellte das Geschirr auf den Schreibtisch. »Soll ich Ihre Teller abräumen?«, fragte er.

»Ja, bitte«, antwortete Ellis. »Ich bin fertig.«

»Ich auch«, sagte Roman.

Der Diener sammelte das Geschirr ein, ließ jedoch den Wein stehen und entfernte sich.

Ellis stand auf. »Ich glaube, ich gehe jetzt nach oben.« Sie hielt den Kopf gesenkt, und er befürchtete, dass er mit ihrem fast schon flirtenden Verhalten zu weit gegangen war.

»Müssen Sie das?«, fragte er. »Sie möchten doch sicher von dem Kuchen?«

»Ja, aber ich würde sie lieber mit meinem eigenen Gesicht essen.« Sie zog eine Augenbraue hoch und sah ihn mit einer Frechheit an, die ihn glauben ließ, dass sie nicht verärgert war, sondern nur darauf bedacht, ihre Verkleidung abzulegen.

Roman verstand, war aber dennoch enttäuscht. »Natürlich. Bitte genießen Sie Ihr Dessert.«

Sie warf ihm einen verstohlenen Blick zu, und er bemerkte das verweilende Glühen in ihrem Blick, bevor sie ihren Teller nahm und den Raum verließ.

Er atmete aus, aber sein Puls, der sich beschleunigt hatte, als sie sich angesehen hatten, schlug weiterhin viel zu schnell. Tatsächlich vibrierte sein ganzer Körper vor dringendem Verlangen. Er hatte sogar eine verdammte Erektion.

Das ging so nicht.

Er hatte ihr erstes gemeinsames Abendessen genossen, aber es war vielleicht das Beste, wenn es auch ihr letztes war. Er stellte den Kuchen vor sich hin und nahm die Gabel in die Hand.

Hoffentlich würde seine Begierde rasch wieder nachlassen. Wenn nicht, würde ein kühles Bad erforderlich werden.

Höchstwahrscheinlich würde er sich auf eine Weise befriedigen müssen, wie es seine verführerische Sekretärin nicht konnte. Aber der Halunke in ihm würde sich mit ziemlicher Sicherheit vorstellen, wie sie genau das tat.

~

Nachdem er seinen Kuchen aufgegessen hatte, blieb Roman noch eine ganze Weile in seinem Arbeitszimmer. Er erinnerte sich daran, dass Ellis heute Abend das Badezimmer benutzen würde, und wollte nicht nach oben gehen, bevor sie fertig war. Da das Badezimmer an sein Schlafzimmer grenzte, konnte er hören, wie sie sich darin bewegte. Das war äußerst ablenkend – auf eine reizvolle, sinnliche Weise.

Um ehrlich zu sein, war es keine gute Idee gewesen, ihr die Benutzung seines Badezimmers zu gestatten. Er bereute dies allerdings nicht.

Da sie eigentlich schon vor einer halben Stunde fertig sein sollte, entschied Roman, dass es für ihn nun sicher war, nach oben zu gehen. Heute Abend hatte ihn das Gefühl beschlichen, dass sie sich genauso zu ihm hingezogen fühlen könnte wie er zu ihr. Es war eindeutig das Beste, wenn sie beide dieser Anziehungskraft widerstanden.

Er befand sich immer noch in einem Zustand erhöhter Begierde, als er die Treppe hinaufstieg. Der kleinste Gedanke an Ellis ließ seine Erektion wieder aufleben. Es war höchste Zeit für ein kühles Bad.

Er müsste nach Wasser klingeln, wenn er ein ordentliches Bad nehmen wollte, aber der Diener hatte wahrscheinlich einen Krug Wasser und ein Wasserschüssel für ihn bereitgestellt, damit er sich das Gesicht waschen konnte. Möglicherweise war Ellis' Badewasser noch in der Wanne. Nein, er würde nicht einmal an sie und ihr Bad *denken*.

Er zog sich aus, bis nur noch seine Hose übrig war, knöpfte jedoch den oberen Teil auf. Er öffnete die Tür zum Badezimmer und trat ein.

Gerade als Ellis aus der Badewanne stieg.

Er erstarrte, als sie sich ein Handtuch von einem Haken nahm. Endlich sah er sie als Frau. Sie hatte langes Haar. Obwohl es nass war, konnte er erkennen, dass es blond war. Der Rest ihres Körpers war völlig nackt – von der sanften Wölbung ihrer Schultern über ihren Rücken, entlang ihrer Wirbelsäule bis hin zu den anmutigen Rundungen ihres Pos, die in ihre langen, eleganten Beine übergingen.

Romans Kehle wurde trocken, als er sie anstarrte. Die Erektion, die er mühsam unterdrückt hatte, kehrte mit voller Wucht zurück, als ihn eine urwüchsige Lust überkam.

Sie drehte sich um, hielt sich das Handtuch vor die Brust und starrte ihn mit großen Augen an. Ihr Gesicht war ebenso nackt wie der Rest ihres Körpers – und kein Bart oder Schnäuzer verdeckten ihre unvergleichliche Schönheit. Roman hatte einfach noch nie eine atemberaubendere Frau gesehen. Es war unmöglich, dass sie ihre künstliche Gesichtsbehaarung noch mehr verabscheute als er.

Ihre Lippen öffneten sich. »Mylord«, brachte sie mit angespannter, dunkler Stimme hervor. Ihr Blick wanderte an seinem Körper hinunter, verweilte auf seiner nackten Brust und blieb dann noch länger dort, wo der Verschluss seiner Hose aufgeknöpft war und sein Penis sich verhärtet hatte.

Er drehte sich schnell um und beraubte sich selbst des herrlichen Anblicks ihrer Person. »Ich wusste nicht, dass Sie noch hier sind. Ich dachte, Sie wären um neun fertig.«

»Da habe ich dem Diener gesagt, dass ich mein Bad *nehmen* würde.«

*Verdammt.* Das hatte er völlig durcheinandergebracht. »Ich habe das missverstanden. Dieser Fehler wird mir nicht noch einmal unterlaufen.«

»Vielleicht hat sich der Diener geirrt und die falsche Zeit angegeben«, sagte sie.

»Das könnte sein. Ich werde mit ihm sprechen. War Ihr Bad in Ordnung? Lassen Sie mich wissen, wenn die Wassertemperatur nicht angemessen war. Ich kann auch darüber mit ihm sprechen.« Roman wurde klar, dass er faselte, obwohl er einfach gehen sollte.

»Es war wunderbar«, antwortete sie, und ihre ohnehin schon ungewöhnlich tiefe weibliche Stimme klang noch rauer – und verführerischer – als sonst. »Ich beeile mich. Ich wusste nicht, dass Sie heute Abend baden wollten.«

»Das möchte ich nicht. Ich wollte mich nur waschen.«

»Es gibt kein warmes Wasser.«

»Im Moment bevorzuge ich kaltes Wasser.« Er musste wirklich aufhören zu reden.

»Ich verstehe«, murmelte sie. Etwas an ihrem Tonfall – die Art, wie sie das Wort *verstehe* aussprach – legte die Vermutung nahe, dass sie nicht ganz unschuldig war. Vielleicht verstand sie, was es bedeutete, wenn ein Mann ausdrücklich kaltes Wasser wollte.

Roman durfte sich diesem Gedanken nicht hingeben. »Es tut mir wirklich leid. Das hier … und vorhin. Ich hoffe, ich habe Sie nicht verärgert.« Er wusste, dass das nicht der Fall war. Das hatte sie jedenfalls gesagt. Sie hatte nur den Kuchen ohne Haare im Gesicht essen wollen. »Das Dessert war sehr lecker«, fügte er hinzu, offenbar unfähig, zu schweigen, um die unglaubliche Anspannung der Begegnung zu verbergen.

»Es war köstlich.« Die Art und Weise, wie sie das letzte Wort aussprach, ließ einen verlockenden Schauer über seinen Körper laufen. »Ich habe es mitgenommen, wenn Sie sich erinnern.«

»Ja, das wusste ich.« Er atmete tief durch. »Ich bin sehr abgelenkt.«

Das Klang ihres Lachens ließ ihn erschauern. Das Ganze entspannte ihn und brachte ihn zum Lächeln. Ohne nachzudenken, blickte er über seine Schulter zu ihr zurück. Ihre Blicke trafen sich. Sie wurde ernst. Und wieder lag diese Hitze in ihrem Blick.

Mit großer Anstrengung wandte sich Roman von ihr ab. »Ich lasse Sie nun allein.« Er ging zur Tür.

»Seien Sie vorsichtig. Da ist etwas Wasser auf dem …«

Roman unterbrach sie, als er die Wasserlache auf dem Boden entdeckte, von der sie sprach. Sein nackter Fuß rutschte weg und sein Bein folgte in einem langen Schritt nach vorne. Er streckte sich und konnte sich gerade noch am Türrahmen festhalten. Dennoch streckte er sich auf ziemlich ungeschickte Weise und er war sich sicher, dass er wie ein kompletter Idiot aussah. Mit einem Grunzen zog er sich hoch, seine Hand hielt sich immer noch am Türpfosten fest.

»Sind Sie unversehrt?«, fragte sie. Ihre Stimme war viel zu nah. Und viel zu besorgt. Sie berührte seinen nackten Arm, was Roman einen Schauer verzweifelter Hitze durch den Körper jagte. Er drehte den Kopf zu ihr, aber sie zog ihre Hand schnell zurück.

In diesem Moment empfand Roman ein wahrhaft tiefes Bedauern – dass er die Tinte nicht von ihren Lippen gewischt und er sie nicht gebeten hatte, dazubleiben und mit ihm den Kuchen zu essen. Und auch darüber, dass er die Badekammer verlassen würde, ohne ihre offensichtliche Nacktheit und ihr potenzielles gegenseitiges Interesse daran, diesen Zustand zu erkunden, auszunutzen.

Der Mundwinkel ihrer Lippen hob sich zu einem sinnlichen Lächeln, das ihn zum Stöhnen brachte. »Wir müssen damit aufhören.« Sie war sich der Funken zwischen ihnen definitiv bewusst.

»Ich bin ehrlich, es macht mir nichts aus, wenn wir damit *nicht* aufhören. Ich meine ...« Er konnte nicht verhindern, dass er sich wie ein kompletter Idiot anhörte. Er sollte sich klarer ausdrücken. »Es würde mir nichts ausmachen, wenn wir einen Schritt weiter gehen würden.«

Sie holte tief Luft und wandte den Blick ab.

Er hatte sie überrascht. Und das vielleicht nicht auf angenehme Weise. »Ich scheine ständig Probleme zu verursachen. Bitte vergessen Sie, was ich gerade gesagt habe. Es war höchst unangemessen. Gute Nacht, Ellis.«

Er wandte sich von ihr ab, ging schnell in sein Schlafzimmer und zog die Tür hinter sich zu – wahrscheinlich zu heftig. Er lehnte sich zurück und war dankbar für das kühle Holz, das seine erhitzte Haut beruhigte. Er bemühte sich, tief durchzuatmen.

Er sagte sich, er solle weggehen, aber er konnte nicht aufhören, ihr beim Anziehen zuzuhören. Die ganze Zeit über tobte sein Körper vor Verlangen nach ihr. Ohne nachzudenken, schob er seine Hand in seinen offenen Hosenschlitz und holte seinen erigierten Penis hervor. Er streichelte sich selbst und konnte Ellis' Bewegungen aufgrund des Blutes, das durch seine Adern rauschte, nicht mehr hören. Er konnte sie jedoch vor seinem inneren Auge sehen – ihren wunderschönen Rücken und ihren bezaubernden Po, ihr nacktes, weibliches Gesicht. Er hätte sie die ganze Nacht anstarren können. Er wollte sie nie wieder mit Gesichtsbehaarung sehen.

Er schloss die Augen, lehnte den Kopf zurück und bewegte seine Hand schneller über sein steifes Glied. Das war Wahnsinn. Sein Herz raste, und er keuchte fast vor Verlangen, als sein Körper sich der Erlösung näherte. Er sollte aufhören.

Er verlangsamte seine Bewegungen, doch dann hörte er das deutliche Geräusch, wie die andere Tür zum Badezimmer quietschend geöffnet und dann geschlossen wurde. Sie war weg. Er umfasste sich fester und bearbeitete seinen Penis, bis er mit einem Grunzen kam, das sie sicherlich gehört hätte, wenn sie nicht gegangen wäre. Es dauerte eine ganze Weile, bis er wieder zu Atem kam.

Eine Flut von Empfindungen überkam ihn, aber Bedauern gehörte nicht dazu. Verdammt, das war der beste Orgasmus gewesen, den er seit vielen Jahren gehabt hatte. Vielleicht sogar in seinem ganzen Leben.

Fluchend öffnete Roman die Augen. Er sollte seine Sekretärin nicht begehren. Er kannte ihren richtigen Nachnamen nicht einmal.

Wenn er keine Möglichkeit fand, Ellis nicht mehr als

vorbildliche Mitarbeiterin zu betrachten, würde er sie entlassen müssen. Alles andere wäre ihr gegenüber nicht fair, und es war sicherlich nicht angemessen, dass er sie weiterhin begehrte.

In ihm steckte allerdings ein besserer Mann. Er würde sich nicht nach einer Person sehnen, die für ihn arbeitete und die ihm vertraute, oder? Das hoffte er, aber er war schon zu lange ohne eine Frau gewesen und noch länger ohne eine Frau, die ihn wirklich begehrte.

Darin bestand die wahre Gefahr. Er sah sein eigenes Verlangen in Ellis' Augen widergespiegelt und er spürte es in der Berührung ihrer Hand – die sie sofort zurückgezogen hatte. Er würde sich ihr nicht aufdrängen, ob sie nun seine Untergebene war oder nicht.

Aber wenn sie seine Aufmerksamkeit erwidern würde?

Roman konnte sich nicht vorstellen dass er in diesem Falle widerstehen könnte.

# KAPITEL 6

Ellis las die Nachricht, die sie gerade von Pandora erhalten hatte, noch einmal durch. Sie war von einem Diener des Wellesbourne House überbracht worden. Sie hoffte, dass die Zustellung an den *Sekretär* des Marquess of Keele aus einem so prominenten Haushalt nicht die Aufmerksamkeit von Keeles Butler auf sich gezogen hatte. Aber wie hätte das nicht passieren können? Sie würde Keele von der Zustellung erzählen müssen, damit seine Neugierde gestillt wäre. Zumal es bereits das zweite Mal in der vergangenen Woche war, dass ein solcher Brief für sie hier ankam.

Sie atmete tief aus und legte das Schriftstück neben ihren Schreibtisch. Ellis verübelte Pandora ihre Bemühungen nicht, sie zu einem Besuch zu überreden. Sowohl in dieser als auch in der vorherigen Nachricht wurde sie gebeten, zum Wellesbourne House zu kommen. In der ersten Nachricht war erneut erwähnt worden, dass auch ihre Freundinnen, die in der Stadt waren – Iona, Jo und Min – anwesend sein würden. Ellis hatte die Einladung abgelehnt.

Mit der heutigen Nachricht wurde Ellis eingeladen, heute Abend mit Pandora zu speisen, um die Bonfire Night zu feiern. Pandora betonte ausdrücklich, dass nur sie beide anwesend sein würden. Tante Lucinda hatte Pläne, woanders bei Freunden zu speisen.

Die Einladung klang wirklich verlockend. Wie schön wäre es, ein Abendkleid zu tragen und wieder sie selbst zu sein. Ellis hatte Sehnsucht danach, eine Frau zu sein. Diese Erkenntnis war ihr vorgestern Abend gekommen, als Keele das Badezimmer betreten hatte, während sie gerade aus der Badewanne gestiegen war.

Seine Reaktion bei ihrem Anblick hatte sich für immer in ihr Gedächtnis und ihren Körper eingebrannt. Noch immer konnte sie ein Kribbeln spüren, wenn sie an seinen intensiven und leidenschaftlichen Blick dachte, ganz zu schweigen von seiner offenen Einladung, im Rahmen ihrer gegenseitigen Anziehung die nächste Stufe einzuleiten.

Ellis hegte nicht den geringsten Zweifel daran, dass ihr Verlangen auf Gegenseitigkeit beruhte. Es fühlte sich so wunderbar an, nicht nur eine Frau zu sein, sondern eine *begehrenswerte* Frau. Nachdem sie erfahren hatte, dass ihre Mutter sie nie gewollt hatte und sich daran auch niemals etwas ändern würde, hatte Ellis sich gefragt, ob sie jemals wieder das Gefühl haben würde, wertvoll zu sein – zumindest für einen anderen Menschen.

In ihrem Innersten wusste sie allerdings, wie albern das war. Sie *wusste*, dass sie von Min und Jo und ihre anderen Freundinnen geschätzt wurde. Das bewies Pandora ihr gerade.

Vielleicht war Keeles Interesse an ihr so reizvoll, weil er neu in ihrem Leben war. Er kannte sie nicht, und er wusste nichts über ihre Situation, weshalb er auch kein Mitleid mit ihr hatte. Der Gedanke, dass sie mit einem Mann intim sein könnte, wenn auch nur körperlich, war unglaublich reizvoll. Während sie über Pandoras Einladung zum Abendessen nachdachte, kam sie auch nicht umhin, über Keeles Angebot nachdenken.

Was *schrecklich* war, denn sie war seine Untergebene. Er hatte recht gehabt, als er sagte, dass es unangemessen sei, und es war gut, dass er gegangen war, denn Ellis war äußerst verletzlich gewesen. Um ein Haar hätte sie ihn gebeten, zu bleiben.

Die Gewissheit, dass er sich direkt hinter der Tür in seinem Schlafzimmer befunden hatte, war in jenem Moment eine Qual gewesen. Rasch hatte sie sich abgetrocknet und das Badezimmer so schnell wie möglich verlassen.

In ihrer Eile hatte sie ihre Haarbürste vergessen und musste zurückkehren, um sie zu holen. In diesem Moment hörte sie, wie sich etwas an Keeles Tür bewegte. Sie schlich sich näher heran und lauschte aufmerksam.

Sie erstarrte, als ein unverkennbares Stöhnen durch die Tür zu ihr drang. Ellis presste ihr Ohr an das Holz und konnte Keeles Keuchen hören. Ihr Kopf füllte sich mit Bildern dessen, was er mit ziemlicher Sicherheit getan hatte und sie floh aus dem Badezimmer, um genau das zu tun, was er in der Privatsphäre seines eigenen Schlafzimmers tat.

»Guten Tag.« Keeles Stimme riss Ellis aus ihren Träumereien. Sie drehte den Kopf nicht, denn sie wusste, dass ihre Wangen glühten. Zudem war sie ein wenig außer Atem, weil sie daran gedacht hatte, wie er sich selbst befriedigte.

»Guten Tag«, murmelte sie.

Keele stellte sich hinter seinen Schreibtisch und deutete auf Pandoras Notiz. »Ist die für mich?«

Ellis hob ihn auf und faltete das Pergament in der Mitte. »Nein, es ist eine Nachricht von Pandora Barclay, die mich heute Abend zu einem Dinner einlädt.« Zufrieden, dass ihr Gesicht nicht mehr scharlachrot war, drehte sie sich zu ihm um. »Ein Diener aus dem Wellesbourne House hat die Nachricht gebracht. Leider ist er nicht geblieben, um eine Antwort entgegenzunehmen, wie er es beim ersten Mal getan hat.«

»Das ist nicht ihre erste Nachricht an Sie?«

»Korrekt. Ich nehme an, Graham hat Ihnen nichts von der ersten Nachricht erzählt. Das beruhigt mich etwas, denn ich hatte mir erhofft, seine Neugier nicht zu wecken, weil Ihr Sekretär Post aus Wellesbourne House erhält. Aber jetzt ist es schon wieder passiert ...« Sie runzelte die Stirn.

»Graham ist äußerst diskret. Allerdings ist es möglich, dass er mir gegenüber eine Bemerkung darüber macht, da es nun schon zum zweiten Mal passiert ist.« Keele winkte ab. »Machen Sie sich keine Sorgen. Ich werde mich um die Angelegenheit kümmern.«

»Ich *werde* mir Sorgen machen, da diese Angelegenheit *mich* betrifft«, antwortete Ellis. »Aber ich danke Ihnen, dass Sie mir helfen, meine Privatsphäre zu wahren.«

»Das ist Teil unserer Vereinbarung, und ich werde mich daran halten, auch wenn ich mit Ihrer Argumentation nicht übereinstimme.« Er zog eine Augenbraue hoch, und ihr stockte der Atem, als sie erkennen musste, wie teuflisch gut er aussah. »Was nicht der Fall ist, denn ich habe keine Ahnung, worum es geht.«

Ellis konnte die Frage in seiner Stimme nicht überhören, aber sie ging nicht darauf ein. Sie würde ihm keine Erklärung abgeben, wer sie war oder warum sie sich versteckte.

»Werden Sie mit ihr zu Abend essen?«, fragte er.

»Ich hatte vor, zu baden.« Das war zwar die Wahrheit, aber sie hatte nicht vorgehabt, das laut auszusprechen.

Nicht nach dem letzten Vorfall. Sicherlich weckte dieses einfache Wort – *baden* – in ihm dieselben Gedanken und Empfindungen wie in ihr. Ellis widerstand der Versuchung, ihn anzusehen, aber das kostete sie große Mühe.

»Während des Abendessens?« Seine Stimme stockte. Er hustete.

Sie hielt ihren Blick auf den Schreibtisch vor sich gerichtet. »Ich dachte, das wäre der beste Zeitpunkt, um ein weiteres Missverständnis wie neulich Abend zu vermeiden.«

»Ich kann Alvin nicht bitten, während des Abendessens ein Bad vorzubereiten«, sagte Keele. »Er ist anderweitig beschäftigt.«

»Ich kann mein Wasser selbst erhitzen und es auch tragen – und ich kann sogar eine ganze Wanne füllen«, entgegnete Ellis. »Ich bin dazu durchaus in der Lage.« Das hatte sie in der Pension auch so gehandhabt, in der sie gewohnt hatte, und es war nicht allzu schwierig. Zugegeben, sie hatte es nicht nach oben getragen, aber sie war stark.

Anstatt einer Antwort entspann sich eine immer länger werdende Stille. Neugierig auf seine Reaktion drehte sie den Kopf und sah, wie er um seinen Schreibtisch herumging. Er stellte sich hinter ihren Stuhl, und sie drehte sich um, sodass sie zu ihm aufblicken musste.

Er kniff seine bezaubernden grauen Augen zusammen und schaute sie an. »Sie sind mit einer Herzogin befreundet, können hervorragend Stenografie und sind offenbar in der Lage, sich selbst ein Bad einzulassen, und Sie sind der beste Sekretär, den ich je kennengelernt habe.« Er musterte ihr Gesicht, während Verwirrung seine Stirn in Falten legte. »Wer sind Sie eigentlich?«

Ellis schob ihren Stuhl vom Schreibtisch zurück und zwang ihn damit, sich ein wenig zurückzuziehen. Sie stand auf und sah ihn an, da sie es für das Beste hielt, sich für eine Weile zurückzuziehen, da die Atmosphäre im Raum angespannt schien.

»Ich habe Ihnen wiederholt gesagt: Ich bin niemand.« Sie hielt seinem Blick einen langen Moment lang stand.

Er schüttelte langsam den Kopf. »Ich glaube Ihnen nicht. Sucht jemand nach Ihnen? Bekomme ich Ärger, wenn jemand Sie *findet*?«

»Niemand wird mich finden.« Ellis konnte das nicht versprechen. Da Pandora wusste, dass sie für Keele arbeitete, bestand die Möglichkeit, dass andere sie finden *würden*. Und wenn ihre Identität aufgedeckt würde, wäre sie ruiniert. Aber sie hatte ja weder einen Ruf noch eine gesellschaftliche Stellung, die darunter leiden würden. Sie musste allerdings an Keele denken. Es würde kein gutes Licht auf ihn werfen, wenn herauskäme, dass er die ehemalige Begleiterin von Lady Minerva, der Tochter des Herzogs von Henlow, beschäftigt hatte – und das war Ellis wichtig, denn sie hatte ihn liebgewonnen.

Wie hätte es auch anders sein können? Er hatte wahre Anteilnahme bewiesen, indem er ihr erlaubt hatte, ihre Geheimnisse für sich zu behalten, obwohl ihn das offensichtlich frustrierte. Er war stets freundlich, verständnisvoll und ungemein großzügig gewesen, insbesondere in Hinsicht auf das Vertrauen, das er ihr entgegenbrachte. Dann kam auch noch die unbestreitbare sinnliche Anziehungskraft hinzu, die sie füreinander empfanden.

Seine Augen waren dunkel, und Ellis konnte nicht erkennen, was er empfand. Je länger er schwieg, desto schwerer wurde die Atmosphäre und desto dringlicher wurde Ellis' Verlangen.

Das passierte immer wieder. Mit jedem Mal wurde die Anziehungskraft zwischen ihnen stärker, wenn sie eine solche Interaktion hatten. Sie waren sich in solchen

Momenten als Mann und Frau sehr bewusst und sie klammerten sich daran, wenn sie auch wussten dass sie das nicht tun sollten.

»Da sind wir wieder«, flüsterte sie.

»Ja, da sind wir wieder und begehren einander.« Als sie die Lippen teilte, um ihm zu widersprechen oder zu lügen, beugte er sich zu ihr hinüber, und sein Blick glühte vor Intensität. »Sagen Sie mir, dass das nicht wahr ist.«

Ellis versuchte, die Worte in ihren Gedanken zu formen, aber sie kamen ihr nicht über die Lippen. Er hätte ihr ohnehin nicht geglaubt. »Das kann ich nicht.«

»Sagen Sie mir, wer Sie wirklich sind.« Er sprach leise, aber es war keine Frage. Es war ein Befehl.

»Das kann ich auch nicht.«

Seine Nasenflügel bebten leicht, und sie konnte sehen, dass er zunehmend unruhig wurde, was er jedoch unterdrückte. Sie hatte beobachtet, wie meisterhaft er seine Gefühle beherrschen konnte, während sie zusammenarbeiteten. Er reagierte weder mit Wut oder Frustration auf schlechte Nachrichten, noch jubelte er vor Begeisterung, wenn er Erfolg hatte oder von einem positiven Ergebnis erfuhr.

»*Das werden* Sie *nicht*.« Er rückte näher an sie heran, bis kaum noch Platz zwischen ihnen war. »Das ist etwas ganz anderes, als nicht leugnen zu können, was hier zwischen uns geschieht.«

Ellis reckte ihr Kinn. Das war in ihrer Situation die einzige Verteidigung, die ihr einfallen wollte. Sie war zwischen ihrem Schreibtisch, seinem Schreibtisch, der Wand – und ihm eingeklemmt. »Gut. Ich *werde* Ihnen *nicht* sagen, wer ich wirklich bin.«

»Was ist, wenn ich es wissen will?«, fragte er mit leiser, stählerner Stimme. »Sagen Sie es mir, oder ich werde Sie rauswerfen.«

Ihr Herz donnerte so laut, dass sie den Rhythmus in ihren Ohren hören konnte. Sie hatte keine Angst. Ihre Reaktion war ausschließlich auf das zwischen ihnen brodelnde Verlangen zurückzuführen. Da sie sicher war, dass auch er dies spürte, hob sie herausfordernd eine Augenbraue. »Dann werfen Sie mich raus.«

Er beugte seinen Kopf zu ihrem hinunter. »Ich würde Sie viel lieber küssen.« Sein Verlangen war in den scharfen, leidenschaftlichen Zügen seines Gesichts und dem leichten Öffnen seiner Lippen überdeutlich zu erkennen.

Ellis konnte sich nicht daran erinnern, jemals zuvor so bemerkenswert, so lebendig gefühlt zu haben. Denn sie hatte sich noch nie so gefühlt. Kein Mann hatte sie jemals so angesehen, als wäre sie der Mittelpunkt von allem. Dieses Gefühl wollte sie niemals wieder verlieren und sie würde alles in ihrer Macht Stehende tun, um es für immer in ihrem Gedächtnis zu verankern. »Dann küssen Sie mich.«

Eine dunkle, feurige Begierde entflammte in seinen Augen. »Reizen Sie mich nicht, wenn Sie es nicht ernst meinen.«

Ellis legte ihre Hände auf seine Brust. »Ich werde Ihnen niemals etwas sagen, was ich nicht meine.«

Keeles Mund eroberte ihren. Ellis ließ ihre Hände über seine Brust gleiten und legte sie um seinen Nacken, wo sie sich an seinem Hinterkopf festhielt. Sie stellte sich auf die Zehenspitzen und küsste ihn mit einer Leidenschaft, die sie noch nie zuvor empfunden hatte.

Er umfasste ihre Taille und zog sie an sich, während er seine Lippen auf ihre presste. Sie tat es ihm gleich und berührte seine Zunge mit ihrer. Mit einem gequälten Stöhnen nahm er ihre Einladung an, den Kuss zu vertiefen. Sie grub ihre Finger in sein Fleisch, während er seine

Hände über ihren Rücken gleiten ließ, sie umfasste und sie dann fest an seine Leiste drückte.

Das Küssen in Männerkleidung ermöglichte es ihr, weit mehr zu spüren als unter all den Schichten eines Kleides. Ellis war sich seiner Erektion sehr bewusst. Ein verzweifeltes Verlangen blühte in ihrem Schoß auf.

Sie war sich auch ihrer Gesichtsbehaarung unangenehm bewusst und der Behinderung, die sie beim Küssen verursachte. Sie mochte das Gefühl zwischen ihnen nicht und konnte sich nur vorstellen, was Keele von diesem Ärgernis hielt.

Er legte eine Hand um ihre Taille und schob sie unter ihre Jacke, um ihre Brust zu umfassen. Diese waren allerdings flach, denn sie hatte sie fest unter dem Korsett gebunden, bevor sie sich als Mann verkleidet hatte. Keele hob kurz den Kopf. »Nun, das ist enttäuschend.«

»Ganz recht«, stimmte Ellis zu.

Keele setzte die Wanderung seiner Hände fort und umfasste ihren Nacken, was sie zwang, ihren Arm nach unten zu bewegen. Sie ahmte ihn nach und schob ihre Hand zwischen seinen Frack und seine Weste, wobei sie ihm ihre Handfläche gegen die Rippen drückte, während er ihren Mund mit einer Flut immer intensiver werdender Küsse vereinnahmte.

Sie grub ihre Fingerspitzen erneut in ihn, denn sie sehnte sich nach mehr. Leises Wimmern kam ihr zwischen den Küssen über die Lippen. Er ließ seine Hand von ihrem Gesäß zu ihrer Oberschenkelrückseite gleiten und drückte sie, damit sie ihr Bein hob. Sobald sie das tat, umfasste er den Bereich knapp über ihrem Knie und legte ihr Bein um seine Hüfte.

Ellis keuchte in seinen Mund, als ihre Scham besser für seine Erkundung zugänglich wurde. Er hielt sie fest an sich gedrückt, während er seine Hüften nach vorne drängte. Eine aufregende Ekstase durchfuhr sie, und sie glaubte, es würde nicht viel Mühe kosten, ihren Höhepunkt zu erreichen.

Keele löste seinen Mund von ihrem und küsste sie über ihren Hals bis zu ihrer Kehle, wo sein Daumen auf ihrem Puls ruhte.

»Entschuldige bitte die Haare«, flüsterte sie.

»Das ist mir egal. Vermutlich hast du auch Haare dort unten, und ich glaube, es würde mir großen Spaß machen, diese Stelle zu küssen.« Er biss ihr in das Ohrläppchen.

Eine Welle der Hitze brachte ihre Scham zum Pochen. »Wir können das hier nicht tun«, krächzte Ellis. Obwohl sie machtlos war, ihn aufzuhalten. Sie wollte ihnen beiden die Kleidung vom Leib reißen und ihn dann anbetteln, sie überall zu küssen.

»Ich weiß. Nur noch eine Minute.« Er hob den Kopf und küsste sie erneut, drückte seine Zunge in ihren Mund, während er ihren Oberschenkel streichelte. Seine Hand wanderte höher, und sie hielt ihr Bein um ihn geschlungen. Ihr stockte der Atem, als seine Finger gegen ihre Scham drückten.

Ein entferntes Geräusch durchbrach Ellis' fieberhaften Zustand. War das die Tür?

*»Was macht ihr da?«*

~

Roman zog seine Hand zwischen Ellis' Schenkeln zurück, im selben Moment, als sie ihr Bein von seiner Hüfte gleiten ließ. Er hob den Kopf und trat von ihr zurück, schmerzlich bewusst, dass die Umrisse seines erigierten Penis wahrscheinlich unverkennbar waren, wenn jemand auf seinen Schritt schaute.

Margot stand in der Tür und starrte sie mit offenem Mund an.

Ellis legte die Hand vor den Mund, während ihr Gesicht scharlachrot anlief. Sie drehte sich von Margot weg.

»Komm herein und schließe die Tür«, sagte Roman mit rauer Stimme, während er versuchte, seine Lust zu unterdrücken.

Margot tat, wie ihr geheißen, schloss schnell die Tür und stellte sich davor. »Nun, das macht den Grund für meinen Besuch viel einfacher.«

Roman ging hinter seinen Schreibtisch. Das verdeckte seine Erektion zwar nicht, aber die Bewegung half ihm, sich aus seinem leidenschaftlichen Zustand zu befreien. »Was ist das?«

»Ich bin gekommen, um mit dir über unsere Verlobung zu sprechen«, sagte Margot förmlich.

Ellis warf Roman einen Blick zu. »Ihr seid *verlobt?*« Sie klang schockiert und vielleicht sogar wütend. Er bemerkte, dass sie sich nicht die Mühe machte, ihre Stimme zu verstellen.

»Noch nicht«, antwortete Margot. »Und hoffentlich auch nie, besonders nach dem, was ich gerade miterlebt habe.«

»Lass mich das erklären«, sagte Roman.

Margot hob die Hand. »Das ist nicht nötig. Ich bin eigentlich erleichtert, dass du offenbar andere Interessen hast.« Sie sah ihn an, ihre Augen wurden etwas runder. »Hast du deshalb auf eine Vernunftehe mit mir gehofft? Weil du dich nicht für Frauen interessierst und das die einzige Art von Ehe ist, die du eingehen kannst?«

»Ich bin *kein* Mann.« Ellis stieß die Luft aus und schloss kurz die Augen.

Roman war überrascht, dass Ellis sich Margot so

schnell offenbarte. Allerdings war Roman sich nicht sicher, wie er Margot sonst davon hätte überzeugen können, dass sie die Situation falsch eingeschätzt hatte. Aber hatte sie das wirklich? Ellis war zwar kein Mann, aber sie war eine Frau, zu der er sich eindeutig hingezogen fühlte. Das schien ebenfalls für eine Vernunftehe zu sprechen, oder zumindest für eine Ehe, die keine Liebesheirat oder vielleicht sogar eine glückliche Ehe werden musste. Roman würde so etwas niemals tun, denn genau das hatte Clarissa getan.

Margot runzelte die Stirn. »Sie sind doch kein ...«

»Schau genau hin«, sagte Roman. »Die Verkleidung ist gut, aber sie ist nicht perfekt.«

Margot trat auf Ellis zu und kniff die Augen leicht zusammen, während sie Ellis' Gesicht musterte. Nach einem Moment schnappte sie nach Luft. »Sie *sind* eine Frau. Warum sind Sie als Mann verkleidet?«

»Weil ich als Sekretär arbeiten wollte«, antwortete Ellis ironisch.

»Warum?« Margot blinzelte sie ungläubig an.

»Ich brauchte eine Anstellung und dachte, dass ich darin gut wäre.«

»Sie ist eine außergewöhnliche Sekretärin«, erklärte Roman. »Ich erwarte, dass du ihr Geheimnis bewahrst, denn ich möchte sie nicht verlieren.«

»Nur weil sie eine *außergewöhnliche Sekretärin* ist?«, fragte Margot skeptisch.

»Was Sie da gerade gesehen haben, war ein bedauerlicher Fehltritt«, sagte Ellis. »Bitte versuchen Sie, dies einfach zu vergessen. Ich werde das auf jeden Fall tun.« Sie sah Roman nicht an, und er konnte sich des Gefühls nicht erwehren, unglaublich gekränkt worden zu sein. Er bereute ihren Kuss nicht im Geringsten. Er vermutete allerdings, dass sie recht hatte, und es sich um einen Fehltritt handelte, da sie sich mitten am Nachmittag in seinem Arbeitszimmer befunden hatten. Die Tür war geschlossen, aber nicht verschlossen gewesen. Dennoch hätte Roman nicht gedacht, dass irgendjemand einfach ohne anzuklopfen hereinkommen würde.

Margot nickte. »Das werde ich gerne tun.« Sie neigte den Kopf. »Warum können Sie nicht einfach eine Frau sein, da Keele offenbar nichts dagegen hat und mit Ihrer Leistung sehr zufrieden ist?«

»Ich möchte nicht, dass meine wahre Identität bekannt wird«, antwortete Ellis. »Ich verstecke mich vor meiner Familie. Ich kann den Grund dafür allerdings nicht erklären.«

»Sie Ärmste«, brachte Margot hervor und empfand sofort Mitgefühl. »Ihre Gründe müssen wirklich furchtbar sein, wenn Sie so drastische Maßnahmen ergriffen haben.«

»Du darfst niemandem von Ellis erzählen«, wiederholte Roman.

Margot presste ihre Hand auf ihr Herz. »Das werde ich nicht. Ich verspreche es.«

Roman verschränkte die Arme vor der Brust, und er war sehr erleichtert, dass seine Begierde abgeklungen war und sein Beckenbereich ihn nicht länger in Verlegenheit brachte. »Was war der Grund, warum du mit mir über unsere mögliche Verlobung sprechen wolltest?«

»Ich bin hier, um dir mitzuteilen, dass ich dich nicht heiraten möchte. Das hat nichts mit dir persönlich zu tun«, erklärte Margot diplomatisch. »Ich schätze dich sehr, aber ehrlich gesagt betrachte ich dich eher als einen Bruder, da du mit meiner Schwester verheiratet warst.« Sie zog die Nase ein bisschen kraus, als sie ihn als Bruder bezeichnete.

»Das ist verständlich. Ich muss gestehen, dass ich dich in der Regel genauso sehe und mich gefragt habe, ob das ein Hindernis für uns sein könnte.« Roman war über die große Erleichterung aufrichtig überrascht, die er darüber empfand.

Margots dunkelblaue Augen funkelten mit einem Hauch von Verschmitztheit. »Außerdem bin ich bereits in einen anderen verliebt.« Ihr Gesicht strahlte vor Freude, und Roman verspürte einen kleinen Stich der Eifersucht. Er glaubte nicht, jemals diese Art von Glück gekannt zu haben, und hatte auch nie damit gerechnet.

Roman war sich auch sehr bewusst, dass ihre Schwester sich damals in derselben Situation befunden hatte – auch sie war bereits in jemand anderen verliebt. Allerdings hatte Clarissa Roman nichts davon erzählt. Sie hatte die Hochzeit dennoch vonstatten gehen lassen. Roman zollte Margot großen Respekt.

»Wer ist der glückliche Gentleman?«, fragte er.

»Es wird Sie vielleicht überraschen, aber es ist Oliver Pritchard, der Bibliothekar in unserer Niederlassung in Oxford.«

»Das ist *wirklich* überraschend.« Roman überlegte, woher die beiden sich überhaupt kannten. »Ich kann mir vorstellen, dass es dich ebenso überraschen wird, dass dein Vater Pritchard nach London holen und ihn die Filiale in der New Bond Street leiten lassen möchte.«

Margot schnappte erneut nach Luft, was dieses Mal allerdings vor Aufregung passierte. »Das wäre wunderbar! Ich hatte gehofft, dass er nach London ziehen und weiterhin für Lacey and Company arbeiten könnte, damit wir nach unserer Hochzeit hier leben könnten.«

»Ich glaube, du greifst da ein bisschen vor«, sagte Roman ruhig. »Erst musst du deine Eltern davon überzeugen, dass Pritchard ein würdiger Ehemann für dich ist.« Sie hatten ihren Wunsch sehr deutlich gemacht, dass ihre beiden Töchter möglichst einen Adelstitel heiraten. Pritchard war zwar der dritte Sohn eines Barons, er hatte aber kaum Aussicht auf eine Erbschaft, da seine älteren Brüder bereits Nachkommen hatten. Roman war auch nicht bekannt, dass er über nennenswerten Reichtum verfügte.

»Ich weiß.« Margot verschränkte die Hände und rang sie. »Ich bin nervös, es meinen Eltern zu sagen.«

»Woher kennst du Pritchard überhaupt?«, fragte Roman.

Margot verzog das Gesicht ein bisschen. »Wir schreiben uns seit mehreren Monaten heimlich Briefe.«

»Kommen seine Briefe an Sie deshalb hierher?«, fragte Ellis.

Margots Augen weiteten sich kurz vor Überraschung. »Das ist Ihnen aufgefallen?«

»Das ist schwer zu übersehen, wenn ich jeden zweiten Tag einen erhalte«, antwortete sie mit einem Lächeln.

»Das war mir nicht bewusst«, meinte Roman und versuchte, keinen finsteren Blick aufzusetzen. Er würde Ellis bitten, ihn über ungewöhnliche Korrespondenzmuster zu informieren. Und aus welchem Grund? War es denn verwerflich, dass Pritchard und Margot sich Briefe schrieben?

Ellis zuckte mit den Schultern. »Ich fand es merkwürdig, aber nicht bemerkenswert. Jetzt macht es allerdings Sinn.«

Margot errötete. »In der letzten Woche hat er häufiger geschrieben. Ich bin Ihnen sehr dankbar, dass Sie die Briefe angenommen und an mich weitergeleitet haben. Er konnte sie mir schlecht nach Hause oder in die Paternoster Row schicken, da wir nicht wollten, dass meine Eltern davon erfahren.«

»Ich verstehe nicht«, meinte Ellis mit leicht gerunzelter Stirn. »Ist Pritchard kein akzeptabler Verehrer?« Sie warf Roman einen Blick zu. »Sie haben erwähnt, dass die Laceys ihn vielleicht nicht für würdig halten.« Sie wandte ihre

Aufmerksamkeit Margot zu. »Und Sie sind nervös, es Ihren Eltern zu sagen.«

»Pritchard hat keinen Adelstitel. Meine Eltern hatten sehr gehofft, dass ich einen Adligen heiraten würde, insbesondere, seit meine Schwester Marquise geworden ist und dann, nun ja, Sie wissen schon.« Margot murmelte das Letzte, während sie den Blick kurz auf den Boden richtete.

Roman war sich nicht sicher, ob Margot über den Verlust ihrer Schwester traurig war, oder etwas anderes ihre Reaktion hervorgerufen hatte. Sie schien ihr nie besonders nahe gestanden zu haben, zumindest soweit er das beurteilen konnte.

»Deshalb hofften Ihre Eltern, dass Sie beide heiraten würden«, schloss Ellis. »Arrangierte Ehen oder solche, die aus persönlichen Gründen geschlossen werden, sind meines Erachtens selten erfolgreich.«

»Da bin ich Ihrer Meinung«, sagte Margot mit großer Begeisterung. »Ich wollte schon immer aus Liebe heiraten, und nachdem Clarissa Keele geheiratet hatte, waren meine Eltern mit meinem Wunsch einverstanden. Jetzt habe ich diese Chance. Ich weiß, dass meine Eltern erkennen werden, wie gut Oliver und ich zusammenpassen. Ich kann es kaum erwarten, ihn wiederzusehen!«

Roman starrte sie an. »*Wieder?*«

Margots Wangen glühten. »Er hat mich vor zwei Wochen besucht. Bitte sag meinen Eltern nichts davon.«

»*Das* werde ich auf *keinen Fall*. Und ich möchte auch keine Details erfahren. Ich werde deine Beziehung zu Pritchard gerne unterstützen. Er ist ein guter und sehr intelligenter Mann. Dein Vater freut sich sehr darauf, ihn in der New Bond Street Library zu haben, um dort die Mitgliederzahl zu erhöhen, so wie er es in Oxford getan hat.«

»Er wird seine Aufgabe hervorragend erfüllen«, versicherte Margot ihm. »Aber was ist mit Mr. Inman? Er ist ein so lieber Mann und war eine große Bereicherung für die Bibliothek.«

»Mach dir keine Sorgen um Mr. Inman«, sagte Roman. »Ellis und ich haben einen Plan für ihn. Wir werden dafür sorgen, dass er nicht aufs Abstellgleis geschoben wird.«

Margot atmete erleichtert aus. »Das freut mich zu hören. Wann kommt Oliver in die Stadt?«

»Wir haben noch keinen Termin für seinen Besuch festgelegt, aber ich hatte vor, ihn für diese Woche einzuladen, vielleicht am Donnerstag, wenn er abkömmlich ist. Wir werden ihm die New Bond Street Library zeigen, und er kann sich mit Inman über die Stelle unterhalten.«

»Könntest du dafür sorgen, dass er mindestens ein paar Tage bleibt?«, fragte Margot.

»Ich frage mich, ob Sie gemeinsam an einigen gesellschaftlichen Veranstaltungen teilnehmen könnten«, schlug Ellis vor. »Sie könnten so tun, als hätten Sie sich sofort auf romantische Weise zueinander hingezogen gefühlt, und Mr. Pritchard könnte Sie um Ihre Hand bitten, bevor er nach Oxford zurückkehrt. Ihre Eltern müssen nicht erfahren, dass Sie bereits eine Brieffreundschaft unterhalten.«

»Sie sind brillant!«, strahlte Margot. »Ich könnte Sie umarmen.«

Ellis lächelte. »Das können Sie gerne tun, obwohl ich verstehen würde, wenn Sie es in meiner derzeitigen Aufmachung lieber nicht tun möchten.«

Margot sprang vor und umarmte Ellis trotzdem. »Vielen Dank.«

Roman konnte Ellis' Gesicht nicht sehen, bis sie sich voneinander lösten. Er erhaschte einen letzten Blick auf ihr Lächeln, bevor es vollständig verschwand. Dann sah er Margot an. »Ich glaube, du könntest deinen Eltern gegenüber ehrlich sein, wenn du es versuchen willst. Sie wollen nur, dass du glücklich bist.«

Zumindest hoffte Roman das, insbesondere nach seinem jüngsten Gespräch mit Josiah über dessen Ehe mit Clarissa und die Tatsache, dass sie nicht glücklich waren. Roman wollte glauben, dass Josiah sich freuen würde, wenn er erfuhr, dass seine jüngere Tochter sich verliebt hatte, obwohl der Auserwählte nicht der Ehemann war, den sie sich gewünscht hatten.

Roman könnte ihn – und Harriet – davon überzeugen, dass es für Margot besser sei, einen Mann mit Charakter und Integrität zu heiraten, anstatt sich nur einen Adelstitel zu erhoffen. Romans Vater hatte einen Adelstitel besessen und er war ein unverbesserlicher Schurke gewesen.

»Wo wird Oliver wohnen?«, fragte Margot. »Vielleicht könnte er zu uns kommen. Wir haben genügend Platz.«

Roman sah sie mit zusammengekniffenen Augen an. »Ich halte das für keine gute Idee. Er kann hierbleiben. Ich werde dafür sorgen, dass du ihn unter Aufsicht besuchen kannst.«

Margot presste die Lippen zusammen. »Genauso wie du und Ellis beaufsichtigt werden?«

»Ich bin keine heiratsfähige junge Dame«, entgegnete Ellis. »Sie müssen Ihren Ruf schützen.«

»Aber ich werde Oliver heiraten«, hielt Margot dagegen.

Ellis schüttelte den Kopf. »Das spielt keine Rolle. Selbst wenn Sie miteinander verlobt sind, müssen Sie sich untadelig verhalten. Wenn Gerüchte über kompromittierendes Verhalten aufkommen würden, wäre Ihr potenzieller Platz in der Gesellschaft verloren.«

Margot blinzelte. »Wirklich?«

»Ja«, sagte Roman. »Vertrau mir als eine Person, die in der Gesellschaft mit ihren doppelten Moralvorstellungen und lächerlichen Erwartungen sowie ihrer Vorliebe für Klatsch und Tratsch aufgewachsen ist.«

»Wir werden vorsichtig sein«, versprach Margot. »Ich bin dir dankbar, dass du uns diese gemeinsame Zeit ermöglichen wirst.« Sie sah Roman an. »Bist du wirklich nicht enttäuscht, dass wir nicht heiraten?«

»Überhaupt nicht«, versicherte er ihr. Eine Vernunftehe wäre äußerst unangenehm gewesen, besonders jetzt, da Ellis die einzige Frau war, an die er denken konnte. Roman würde irgendwann heiraten müssen, denn er brauchte einen Erben, aber er hatte noch jede Menge Zeit.

»Ich danke euch beiden. Meine Zofe wartet im Flur, daher muss ich gehen.« Margot ging zur Tür, um sie zu öffnen, und blickte über die Schulter zurück. »Soll ich sie wieder schließen?«

»Das ist nicht nötig«, antwortete Ellis.

Margot nickte und schlüpfte hinaus, wobei sie die Tür einen Spalt offen ließ.

Ellis drehte sich um und ordnete die Papiere auf ihrem Schreibtisch. »Ich denke, es wäre vielleicht am besten, wenn ich woanders im Haus arbeiten würde.«

»Warum?« Roman wollte um seinen Schreibtisch herumgehen, um ein wenig dichter bei ihr zu sein, doch ihm kam der Gedanke, dass sie das nach der Unterbrechung, bei der sie sich als Frau zu erkennen gegeben hatte, vielleicht nicht wollte.

Ellis sah ihn an, als hätte er den Verstand verloren.

»Ich bereue nicht, was zuvor passiert ist«, sagte er. »Es tut mir leid, dass Margot hereingekommen ist, aber niemand sonst würde so etwas tun, ohne anzuklopfen.«

»Das können Sie nicht wissen.« Sie widmete sich wieder dem unnötigen Sortieren von Papieren. »Wir können so nicht weitermachen. Ich bin Ihre Untergebene.«

Damit hatte sie recht. Sie war seine Untergebene, und ihm war vollkommen bewusst, wie verkehrt es war, diese

Situation auszunutzen. Selbst wenn sie an einer körperlichen Beziehung interessiert oder *begierig* darauf gewesen wäre, sollte er keine Grenzen überschreiten. »Ich entschuldige mich dafür, dass ich Sie geküsst habe«, sagte er leise.

Sie sah ihn nicht an, und das ärgerte ihn. »Wir sind beide schuld. Wir sollten weitermachen.«

»Einverstanden.« Roman wusste allerdings genau, dass er das Geschehene nicht vergessen konnte, und es würde ihm äußerst schwerfallen, seine nahezu unkontrollierbare Leidenschaft für sie zu unterdrücken. Der Versuchung aus dem Weg zu gehen, wäre das Beste, was er in seiner Lage tun konnte. »Wir könnten häufiger in den Büros in der Paternoster Row arbeiten«, schlug er vor. »Oder Sie könnten in Ihrem Zimmer arbeiten, wenn Sie dort genügend Platz haben.«

»Der Schreibtisch in meinem Zimmer ist in Ordnung. Ich werde mich gleich dorthin begeben.« Sie nahm einige Utensilien und ging zur Tür.

»Was ist mit Ihrem Abendessen mit Miss Barclay?«

Ellis drehte sich zu ihm um. »Ich möchte nicht hingehen, aber ich habe keine Möglichkeit, ihr eine Nachricht zu schicken. Ich glaube, sie hat dem Diener absichtlich gesagt, er solle nicht auf eine Antwort warten.«

»Sie sollten hingehen.«

»Wie soll ich das tun? Ich kann nur in dieser Verkleidung gehen, und Sie wissen, dass ich es nicht mag, mit diesem Haarschopf im Gesicht zu essen.«

»Sie können meine Kutsche nehmen«, bot er an. »Und ein Kleid. Sie können sich auf dem Weg dorthin aus Ihrer Verkleidung schälen und Ihre normale Kleidung anziehen. Ich werde dafür sorgen, dass mein Kutscher kein Wort verliert.«

Sie starrte ihn an, als hätte er ihr vorgeschlagen, sich als

Königin auszugeben. »Erstens habe ich keine eigenen Oberbekleidungsstücke.«

Das überraschte ihn. Es sei denn, sie war ohne ihre Habseligkeiten geflohen. Plötzlich fragte er sich, woher sie ihre Männerkleidung hatte. »Wo ist sie?«

»Das spielt im Moment keine Rolle«, sagte sie. »Ich werde mich nicht in Ihrer Kutsche umziehen. Das wäre in einem so kleinen Raum unmöglich.«

»Ich könnte zumindest eine Nachricht an Miss Barclay für Sie überbringen«, bot er an.

Ellis seufzte. »Nein, das möchte ich auch nicht. Ich werde einfach so gehen. Und ich werde eine Droschke nehmen.«

»Auf keinen Fall«, widersprach Roman mit überraschender Heftigkeit. »Ich möchte nicht, dass Sie nach Einbruch der Dunkelheit alleine hinausgehen. Sie nehmen meine Kutsche. Ich werde Sie sogar begleiten und warten, während Sie drinnen sind.«

»Das ist völlig unnötig«, entgegnete Ellis mit gleicher Vehemenz. »Niemand wird einen jungen Mann belästigen, der abends alleine unterwegs ist. Außerdem haben Sie nicht zu entscheiden, was ich tue und wie ich es tue.«

»Sie sind meine Untergebene, und ich werde für Ihre Sicherheit sorgen. Entweder Sie stimmen meinen Forderungen zu, oder ich gehe jetzt zum Wellesbourne House und sage Miss Barclay, dass Sie nicht kommen.«

Ellis warf ihm einen finsteren Blick zu. »Gut.« Sie drehte sich auf dem Absatz um und stürmte zur Tür hinaus.

Roman versuchte mit allen Mitteln, nicht auf ihren Rücken zu starren, scheiterte jedoch kläglich. Dann schwor er sich, dass er nicht mehr über ihre Küsse nachdenken würde.

Es dauerte ungefähr zwei Minuten, bis dieser Vorsatz gänzlich verraucht war.

# KAPITEL 7

Wenige Minuten vor ihrem Treffen mit Keele für die Fahrt zum Wellesbourne House betrat Ellis zügig die Eingangshalle. Sie hoffte, das Haus verlassen zu können, bevor Graham oder jemand anderes sie sah.

Glücklicherweise war Graham nicht da. *Leider* war Keele zu früh.

Sein Blick blieb auf ihr haften und wanderte von Kopf bis Fuß über sie, wobei er im Bereich ihres Beckens eine merkliche Pause machte. Warum bedeckten die Jacken von Männern diesen Bereich nicht? Vorhin war Keele Opfer dieses Mangels an Modebewusstsein geworden, als sich seine Erektion deutlich im Bereich seines Schritts abgezeichnet hatte. Ellis glaubte nicht, dass Margot davon etwas bemerkt hatte, aber Ellis hatte sich bemüht, diese Reaktion nicht zu bewundern.

»Sie sehen großartig aus«, sagte er. »Ich wusste gar nicht, dass Sie Abendgarderobe besitzen.« Er schien nicht aufhören zu können, sie mit großem Interesse zu mustern.

»Ich wollte auf alles vorbereitet sein.« Ellis war nun

wirklich dankbar, dass Mrs. Palmer ein Abendensemble zusammengestellt hatte. Sie blickte an sich hinunter. »Stimmt etwas mit meinem Anzug nicht?«

»Nein, aber ich glaube, mit mir stimmt etwas nicht, denn ich finde es unglaublich erregend, und Männerkleidung hat so etwas noch nie zuvor bei mir bewirkt.« Seine Stimme klang rau und irritierend provokativ. »Andererseits ist mir noch nie eine Frau in Männerabendgarderobe vor die Augen gekommen.« Jetzt schwang in seinem Ton unverkennbare Wertschätzung mit.

Ellis öffnete die Tür und ging nach draußen. Die kalte Abendluft kühlte ihr erhitztes Gesicht. Die Kutsche wartete mit dem Kutscher an der offenen Tür. Zu spät wurde ihr klar, dass sie Keele nicht aus dem Haus hätte vorangehen sollen. Sie hielt inne und wartete auf ihn.

Als Keele sie eingeholt hatte, deutete er auf die Kutsche. »Nach Ihnen.«

Wortlos stieg sie in die Kutsche und setzte sich auf den nach hinten gerichteten Sitz. Keele setzte sich ihr gegenüber, und die Tür wurde geschlossen.

»Ich hätte das Haus nicht vor Ihnen verlassen sollen, und Sie hätten mir nicht zu verstehen geben sollen, dass ich zuerst in die Kutsche steigen soll«, meinte Ellis. »Haben Sie vergessen, dass ich eigentlich ein Mann sein sollte?«

»Ja, tatsächlich.« Sein Blick war auf das Fenster gerichtet, und sie hatte das Gefühl, dass er sehr bemüht darum war, sie nicht anzusehen.

»Wie können Sie vergessen, dass ich ein Mann bin, so wie ich gekleidet bin?«

»Diese Hose sitzt ziemlich eng.« Er klang etwas angespannt. »Das ist mir aufgefallen, als Sie vor mir in die Kutsche gestiegen sind.« Er drehte den Kopf, und ihre

Blicke trafen sich im schattenhaften, verführerischen Licht der Laterne, die an der Seite der Kutsche angebracht war.

Ellis musste sich auf die Innenseite ihrer Lippe beißen, als Hitze durch ihren Körper strömte. Dieses Gespräch konnte zu nichts Gutem führen, wenn sie allein in einem kleinen, dunklen Raum waren. Sie griff nach oben und fing an, sich das künstliche Haar vom Gesicht zu ziehen. Das Entfernen war immer eine ziemlich unangenehme Erfahrung, und für eine ganze Weile würde ihre Haut noch gerötet bleiben. Hoffentlich würde sich das bis zu ihrer Ankunft im Wellesbourne House legen.

»Was machen Sie da?«, fragte Keele.

»Da ich als Mann gehen muss, habe ich beschlossen, dass ich beim Essen keine Gesichtsbehaarung tragen möchte. Ich hoffe nur, es fällt niemandem auf, dass meine Gesichtszüge eher weiblich sind.« Sie verstaute das künstliche Haar in der oberen Hosentasche.

Roman verzog seine Gesichtszüge besorgt. »Ich möchte Ihnen nicht die Laune verderben, aber ich halte das für eine unrealistische Erwartung. Halten Sie den Kopf einfach so viel wie möglich gesenkt und weisen Sie den Diener an, den Speisesaal zu verlassen, was Sie vermutlich ohnehin tun würden, damit Sie nicht über Dinge sprechen müssen, die Sie als Frau entlarven würden.«

Ellis fluchte leise vor sich hin.

»Haben Sie gerade geflucht?«, fragte er.

»Das war keine gute Idee.« Ellis verschränkte die Arme vor der Brust, und der Stoff des Fracks zog sich über ihre Schultern. Verdammt, auch dieses Kleidungsstück saß zu eng. »Ich hätte Ihnen erlauben sollen, ihr zu sagen, dass ich nicht kommen kann.«

»Warum haben Sie das nicht getan?«

Sie breitete die Arme aus und rollte die Schultern, um

den Frack zurechtzuziehen. »Weil Sie Pandora gedrängt hätten, Informationen über mich preiszugeben.«

»Das hätte ich nicht«, entrüstete er sich. »Und selbst wenn ich mich hätte hinreißen lassen, sagt mir irgendetwas, dass Miss Barclay Ihre Geheimnisse gehütet hätte.«

»Nun, jetzt ist es zu spät«, meinte sie daraufhin. »Ich werde einfach hineingehen, kurz mit ihr sprechen und mich dann wieder verabschieden. Ich werde nicht zum Abendessen bleiben.« Sie runzelte die Stirn. »Es gab keinen Grund für mich, dieses verdammte Gesichtshaar zu entfernen.«

Keele warf ihr einen vorsichtigen Blick zu. »Sie *könnten* mir Ihr Geheimnis anvertrauen. Habe ich nicht bewiesen, dass ich Sie verstecke und Sie schützen will? Ich war sogar bereit, Margot glauben zu lassen, Sie seien ein Mann.«

Sie sah ihn scharf an. Die Lampe in der Kutsche spendete genug Licht, dass sie die Aufrichtigkeit in seinem Blick erkennen konnte.

»Ich kann nicht glauben, dass Sie das getan hätten, aber Sie scheinen es ernst zu meinen.« Nach einem langen Moment wandte sie ihren Blick von ihm ab und schaute zum Fenster. »Ich habe im Moment nichts, was ich Ihnen mitteilen möchte. Ich denke, Sie sollten dafür Verständnis haben. Denn Sie hielten es auch nicht für angebracht, mir mitzuteilen, dass Sie kurz davor standen, sich mit Margot zu verloben.«

»Sie klingen über diesen Umstand verärgert. Warum sollte Sie das interessieren?«, fragte er.

Ellis hatte gar nicht so harsch klingen wollen. Er sollte nicht denken, sie würde sich daran stören, dass er mit einer anderen verlobt war, doch plötzlich wurde ihr klar, dass es sie tatsächlich störte. Sie verdrängte diesen Gedanken auf der Stelle und zuckte mit den Schultern. »Ich fand es nur interessant, dass Sie mich dazu drängen, meine Geheimnisse preiszugeben, während Sie Ihre eigenen für sich behalten.«

»Sie haben recht«, lenkte er mit einem Anflug von Unbehagen ein. »Es gibt Dinge, die ich über mich nicht preisgebe. Ich werde Sie nicht mehr nach Ihrem Geheimnis fragen. Allerdings würde ich mich freuen, wenn wir uns besser kennenlernen könnten, sofern es möglich ist. Was können Sie mir über sich erzählen, ohne zu viel zu verraten? Vielleicht könnten Sie mir sagen, wie Sie Stenografie gelernt haben?«

Ellis dachte daran, wie sie gesehen hatte, wie ihre Mutter Stenografie benutzte, um die Haushaltsbücher zu führen und schnell Briefe für ihren Vater zu entwerfen, der Anwalt gewesen war. Eines Tages kopierte Ellis die Tintenstriche, ohne zu wissen, was sie bedeuteten. Sie wollte einfach nur wie ihre Mutter sein. Ihre Mutter hatte herzlich gelacht und versprochen, Ellis diese Schrift eines Tages beizubringen. Aber dazu war es nie gekommen, denn ihre Mutter war gestorben, als Ellis gerade neun Jahre alt war.

Im Beacon Park, dem Sitz des Herzogs von Henlow, wo Ellis viel Zeit verbracht hatte, sowie im Henlow House in London hatte der Verwalter Stenografie verwendet. Ellis hatte versucht, die Schrift durch das Studium seiner Geschäftsbücher zu lernen, aber dann hatte er ihr angeboten, es ihr beizubringen. »Ein sehr freundlicher Mann hat es mir beigebracht, und das ist alles, was ich dazu sagen kann.«

»Was ist mit Ihrer Liebe zu Büchern?«, fragte Keele. »Woher kommt die?«

Auch die hatte sie von ihrer Mutter. Seit Ellis sich erinnern konnte, hatten sie jeden Abend zusammen gelesen. Tatsächlich war ihre allererste Erinnerung, dass sie neben ihrer Mutter auf deren Bett saß und *Original Stories from*

*Real Life'* von Mary Wollstonecraft las. Ellis besaß dieses Buch noch immer. Tatsächlich war es eines der wenigen Dinge, die sie mitgenommen hatte, als sie den Haushalt der Henlows verlassen hatte. Es befand sich oben in ihrem Zimmer in Keeles Haus.

»Meine Mutter hat mir das Lesen beigebracht, und dank ihr liebe ich Bücher«, antwortete Ellis. »Bitte fragen Sie mich nichts weiter. Sowohl sie als auch mein Vater sind verstorben.«

»Ich verstehe«, sagte er leise. »Meine Eltern sind auch nicht mehr unter uns, aber ich habe meine Mutter nie kennengelernt. Sie starb bei der Geburt.«

Ein Gefühl der Anteilnahme überkam Ellis und sie musste sich beherrschen, ihn nicht zu berühren. Sie selbst hatte ihre Mutter zumindest neun Jahre lang gehabt. Der arme Keele hatte seine nie kennengelernt. »Hat Ihr Vater wieder geheiratet?«, fragte sie leise.

»Nein. Ich habe mir immer gewünscht, er würde sich eine neue Frau suchen, weil ich eine Mutter wollte. Er war kein besonders guter Vater.«

»Das tut mir leid.« Ellis war neugierig, aber sie wollte nicht weiter in ihn dringen, da sie ihre eigene Vergangenheit nicht preisgeben wollte. Es war besser, den lockeren Ton des Gesprächs beizubehalten – wenn das möglich war, da sie sich bereits auf melancholisches Terrain begeben hatten. »Wer hat Ihnen das Lesen beigebracht?«

»Meine Kinderfrau«, antwortete er. »Sie war für mich so etwas wie eine Mutter.«

»Und ist sie immer noch Teil Ihres Lebens?« Ellis hoffte es.

Keele schüttelte den Kopf. »Mein Vater schickte sie fort, als ich acht Jahre alt war. Er war der Meinung, ich sei zu abhängig von ihr.« Er atmete tief aus und verschränkte die Arme. »Danach wurden mir ein Diener und ein Privatlehrer zugewiesen.«

»Sie hatten mit acht Jahren einen Diener?«

»Einen ziemlich langweiligen noch dazu. Aber Lester hatte ein gutes Herz, das er vor meinem Vater verbarg«, sagte Keele mit einem leichten Lächeln. »Als ich nach Eton ging, entließ mein Vater ihn.«

Keeles Erfahrung zeigte, dass Ellis nicht die erste Person war, die unter einem grausamen Elternteil gelitten hatte, und auch nicht die letzte. Tatsächlich hatte auch Min gelitten. Ellis fühlte sich plötzlich egoistisch, weil sie sich von ihrer besten Freundin abgewandt hatte. Nein, Min war ihre Schwester, sowohl emotional als auch in Wirklichkeit.

Sie war im Begriff, ihre Bitterkeit zu überwinden, die sie empfunden hatte, als sie die Identität ihrer Mutter aufgedeckt hatte und die sie auf diese Art und Weise erfahren musste. Sie hatte inzwischen angefangen, sich einen soliden Weg zu bahnen, und sie fing allmählich an, sich ... sicher zu fühlen. Ihre Wut ließ endlich nach. Allerdings war Wut nicht ganz das richtige Wort. Ellis wurde klar, dass auch ein bisschen Eifersucht mitschwang. Dabei ging es gar nicht einmal so sehr um das, was Min hatte, sondern um das, was sie *war* – eine rechtmäßige Tochter.

Die Kutsche kam beim Wellesbourne House an, das Ellis schon mehrmals besucht hatte. Es war eines der größten Häuser in der Brook Street, wenn nicht sogar *das* größte. Weiße Pilaster umrahmten die Backsteintür des fünfstöckigen Gebäudes.

Keele rückte an den Rand des Sitzes, damit sie leicht aus der Kutsche aussteigen konnte. »Ich warte hier, bis Sie fertig sind. Nehmen Sie sich Zeit.«

Sie warf ihm einen leicht vorwurfsvollen Blick zu.

»Schauen Sie nicht auf meinen Rücken, wenn ich aussteige.«

Er zog eine Augenbraue in die Höhe und sah sie mit einem äußerst verschmitzten Ausdruck an. »Wie wollen Sie das überprüfen?«

Ellis unterdrückte ein Lächeln, als sie aus der Kutsche stieg. Sie sollten nicht flirten, aber sie konnte nicht leugnen, dass sie sich durch seine Aufmerksamkeit wohlfühlte. Es gab ihr das Gefühl, begehrt zu sein.

Der Kutscher wusste offenbar bereits, dass Keele sie nicht ins Haus begleiten würde. Sie wandte ihr Gesicht ab, als sie an ihm vorbei zur Eingangstür ging. Sie legte ihre Hand auf ihr Gesicht und bedeckte leicht die untere Hälfte.

Der Butler, der in seiner dunkelblauen Livree einen prächtigen Anblick abgab, sah sie erwartungsvoll an. Hoffentlich würde er sie nicht von ihren früheren Besuchen als Ellis Dangerfield, Begleiterin von Lady Minerva, wiedererkennen.

»Ich bin Mr. Ellis«, sagte sie mit ihrer tiefsten, autoritärsten Stimme. »Ich möchte Miss Barclay besuchen.« Sie hatte ihre Hand bewegt, um zu sprechen, und drehte nun leicht den Kopf, als der Butler die Tür öffnete und sie hereinbat.

»Miss Barclay erwartet Sie im Salon. Wenn Sie mir bitte folgen würden.« Er führte sie die Treppe hinauf, und Ellis erinnerte sich an ihre anderen Besuche bei ihrer Freundin Persephone, der Herzogin von Wellesbourne, die immer in Mins Begleitung stattgefunden hatten. Kurz fragte sich Ellis, ob diese Frauen nur wegen Min ihre Freundinnen waren, aber das erschien ihr albern. Sie besuchte Pandora allein, ohne Min. Das bedeutete doch sicherlich, dass Ellis ihre Freundin war.

Ellis blieb stehen, als der Butler in den Salon ging. Was

wäre, wenn Min dort *war*? Was wäre, wenn Pandora Ellis hierher gelockt hatte, damit Min sie sehen konnte?

»Mr. Ellis?«

Als der Butler ihren Namen aussprach, blinzelte Ellis und ging weiter. Er bedeutete ihr, vorzugehen, und folgte ihr dann über die Schwelle. »Mr. Ellis ist eingetroffen«, verkündete er.

Pandora sprang von einem Stuhl auf und lächelte breit. »Vielen Dank, Ralston.«

Er zog sich zurück, und Ellis ging auf Pandora zu, die weiterhin grinste. »Du trägst deinen Bart nicht.«

»Ich verabscheue ihn«, sagte Ellis. »Ich finde es schwierig, damit zu essen. Allerdings habe ich beschlossen, dass es nicht klug ist, zum Abendessen zu bleiben. Du müsstest den Diener bitten, zu gehen, und ich möchte keine Aufmerksamkeit auf mich oder mein Aussehen lenken.« Es war schon schlimm genug gewesen, dass Keele fast sofort herausgefunden hatte, dass sie eine Frau war, und jetzt wusste auch Margot Bescheid. Aber Ellis würde Pandora nichts davon erzählen.

»Ich verstehe«, sagte Pandora, obwohl sie ein bisschen enttäuscht schien. »Ich bin nur froh, dass du hier bist. Bleibst du noch eine Weile?«

Ellis lächelte. »Das würde ich gerne.«

Sie gingen zu einem Sofa und platzierten sich so, dass sie sich gegenübersaßen.

»Bist du begeistert, dass dein Buch veröffentlicht wird?«, fragte Ellis.

»Ich glaube, ich stehe immer noch unter Schock«, antwortete Pandora. »Aber ja. Ich war mir nicht sicher, ob es jemandem gefallen würde.«

»Es ist brillant«, sagte Ellis. »Ich habe es zweimal gelesen.«

Pandora strahlte. »Wirklich?«

»Mit Begeisterung. Ich weiß, was dir vor zwei Jahren mit Bane wirklich widerfahren ist, und in diesem Buch finden sich viele Parallelen. Ich war überhaupt nicht überrascht, als Dinah ihre eigene Persönlichkeit den beiden Männern vorzog, die behaupteten, sie zu lieben.«

»Ich habe angenommen, dass du und unsere anderen Freundinnen nicht überrascht sein würdet. Persey hat dasselbe gesagt, nachdem sie es gelesen hatte.«

»Du bist eine begabte Schriftstellerin«, sagte Ellis. »Ich hoffe, du gedenkst, weiter zu schreiben.«

»Das habe ich vor«, antwortete Pandora. »Das Schreiben *von ,Eine Saison im Schatten'* war eine Herausforderung, aber ich glaube, es hat mich auch geheilt. Ich hoffe, das nächste Buch wird etwas angenehmer zu schreiben sein«, fügte sie lachend hinzu.

»Das hoffe ich auch, aber deine persönlichen Erfahrungen haben das Werk zweifellos zu einer so fesselnden Geschichte gemacht.« Ellis hielt inne, während sie ihre Freundin musterte. »Bedeutet das, dass du dich für immer für dich selbst entschieden hast?«

»Das war nicht meine Absicht.« Pandora schüttelte bedauernd den Kopf. »Als er mir sagte, dass er mich liebt und mich heiraten möchte, habe ich ihm geglaubt. Ich glaube nicht, dass ich jemals wieder einem Mann vertrauen kann, und ich möchte es auch nicht darauf ankommen lassen. Jeder weiß, wie am Boden zerstört ich war, aber ich habe mich mit meinem Single-Dasein arrangiert. Tatsächlich fühle ich mich damit sehr wohl. Jetzt habe ich meine Schriftstellerei und ein Einkommen. Insgesamt bin ich überraschend zufrieden.« Sie faltete die Hände in ihrem Schoß und lächelte gütig. Ellis musste zugeben, dass sie mehr als zufrieden aussah.

Ellis konnte sich eines gewissen Neides nicht erwehren. »Ich freue mich sehr für dich. Wirst du weiterhin bei deiner Tante wohnen oder planst du, einen eigenen Haushalt zu gründen?«

»Ich bin sehr zufrieden damit, bei Tante Lucinda zu leben. Sie ist die Mutter, die ich mir immer gewünscht habe.«

Sehr zu Ellis' Verdruss wuchs ihr Neid weiter. »Das ist schön«, murmelte sie.

»Irgendwann werde ich wohl meinen eigenen Haushalt haben, aber ich weiß noch nicht, wann das sein wird. Wie sieht es bei dir aus?«, fragte Pandora.

»Genau wie du bin ich mit meiner Arbeit sehr zufrieden.« Allerdings würde Ellis ihre Arbeit noch mehr genießen, wenn sie sie in ihrer natürlichen Erscheinung als Frau ausüben könnte und keine künstlichen Haare mehr in ihrem Gesicht befestigen müsste.

»Als Sekretär, wozu du dich wie ein Mann kleiden musst«, bemerkte Pandora ironisch. Es war, als hätte sie Ellis' Gedanken gelesen. »Ich freue mich, dass du im Moment glücklich bist, aber ich kann mir nicht vorstellen, dass das eine dauerhafte Situation ist. Ich hoffe, du konntest einen Teil deiner – nun, ich weiß nicht, welche Gefühle du hattest, als du die Wahrheit über deine Eltern erfahren hast – verarbeiten. Hast du immer noch damit zu kämpfen?«

»Wie könnte ich das nicht?«, antwortete Ellis. Sie hatte natürlich damit gerechnet, dass dieses Thema zur Sprache kommen würde, aber das bedeutete nicht, dass sie darüber sprechen wollte. »Übrigens, möchte ich dir dafür danken, dass du dafür gesorgt hast, dass ich heute Abend kommen musste, indem du deinem Diener gesagt hast, er solle nicht auf eine Antwort warten. Ich nehme an, du hast das absichtlich getan.«

Pandora presste ihre Lippen zusammen, als würde sie sich schuldig fühlen. »Entschuldige bitte, aber ich musste mich vergewissern, dass es dir gut geht und dass du dich wirklich bewusst für diese Situation entschieden hast und damit zufrieden bist. Du kannst jederzeit zu mir und Lucinda ziehen. Das war übrigens ihre Idee«, fügte sie hinzu. »Sie ist heute Abend auf einer Party, deshalb habe ich dich eingeladen, damit du sie nicht sehen musst, wenn du nicht willst.«

»Das weiß ich zu schätzen«, meinte Ellis leise. »Obwohl ich deine Tante sehr mag. Bitte danke ihr für das freundliche Angebot.«

»Wir würden dir viel mehr als nur ein Dach über dem Kopf bieten, obwohl ich zugeben muss, dass das schon eine große Hilfe wäre, da du dann keine Unterkunft bezahlen müsstest.«

»Ich habe keine Kosten für eine Unterkunft zu bestreiten, da ich in Keeles Haus wohne.« Zu spät wurde Ellis klar, dass Pandora das nicht wusste. Sie wusste nur, dass Ellis seine Untergebene war.

Pandoras Augen weiteten sich. »Du *wohnst* in seinem Haus? Sekretäre wohnen normalerweise nicht bei ihren Arbeitgebern.«

»Nein, aber er suchte nach einem Sekretär, der viel arbeiten konnte und jederzeit verfügbar war.« Sie klang fast defensiv. Vielleicht, weil ihre Beziehung zumindest für kurze Zeit über das Verhältnis zwischen Arbeitgeber und Arbeitnehmer hinausgegangen war.

»Und er weiß, dass du eine Frau bist?« Pandora wartete nicht auf eine Antwort, denn sie wusste bereits, dass er es wusste. »Das klingt fast skandalös. Ist es das?«

»Nein, denn niemand sonst weiß, dass ich eine Frau bin.« Was allerdings nicht mehr stimmte.

Überraschenderweise stellte Ellis fest, dass sie lieber über ihre Herkunft als über ihre Lebenssituation mit Keele sprechen wollte. Nach ihren Küssen zuvor konnte sie ihn nicht länger als ein paar Augenblicke aus ihren Gedanken verbannen. Die Fahrt mit ihm in der Kutsche war eine Qual gewesen, insbesondere deshalb, weil sie wusste, dass ihre Kleidung ihn erregte.

Dies könnte leicht zu einer skandalösen Situation führen, wenn sie nicht sehr vorsichtig waren, und alle Versuchungen vermieden. Allem Anschein nach würden sie das nach ihrer Diskussion darüber, wo Ellis arbeiten würde, ernstlich versuchen, aber heute Abend war die Anziehungskraft zwischen ihnen irgendwie noch unüberwindbarer als sonst.

»Ich versichere dir, dass es mir gut geht und ich zufrieden bin«, meinte Ellis.

»Das freut mich zu hören, aber was ist mit Min und Jo?« Pandora sah sie mit einem nahezu flehenden Blick an. »Sie beide sorgen sich um dich, insbesondere Min. Sie war am Boden zerstört, dass du nicht zu ihrer Hochzeit erschienen bist.«

Ellis Kehle war mit einem Mal wie zugeschnürt. Sie hatte sich von ihrer Freundin abgewandt – aber nicht für immer. »Ich konnte nicht riskieren, dass die Herzogin dort war«, sagte sie schwach.

»Sie war nicht da«, sagte Pandora. »Tatsächlich wurde sie sowohl aus Henlow House als auch aus Beacon Park verbannt, was auch den Witwensitz einschließt. Soweit bekannt ist, bleibt sie in ihrem Haus in Bath, da sie nirgendwo anders hingehen kann.«

Ellis freute sich über die Nachricht, dass sie verbannt worden war. Jetzt musste sie sich keine Sorgen mehr machen, ihr hier auf Londons Straßen zu begegnen. Allerdings bedeutete ihre Anwesenheit in Bath, dass ein Zusammenleben mit Pandora und ihrer Tante unmöglich wäre. Ellis wollte unter keinen Umständen in derselben Stadt leben wie die Herzogin. »Ich möchte Min sehen – und zwar bald«, meinte Ellis vorsichtig. »Wenn du mit ihr sprichst, sag ihr bitte, dass es mir gut geht und dass ich sie vermisse.«

Pandora runzelte die Stirn. »Bist du wütend auf sie?«

»*Nein*«, antwortete Ellis, ohne zu zögern. »Meine Gefühle sind … kompliziert. Ich war so lange von allen abhängig, und ich bin nicht die Person, für die ich mich gehalten habe. Ich bin nicht einmal legitim.« Sie versuchte, die Bitterkeit aus ihrer Stimme zu verbannen, was ihr allerdings misslang. »Für Keele zu arbeiten und unabhängig zu werden, ist für mich eine Hilfe, mich weiter zu entwickeln und mein eigenes Schicksal zu bestimmen, anstatt es von anderen bestimmen zu lassen.«

»Ich glaube, ich verstehe, was du meinst«, sagte Pandora sanft. »Was ist mit einem Treffen mit deinem Vater? Jo hofft, dich ihm vorstellen zu können. Als Vater und Tochter, meine ich. Sie sagte, du hättest ihn auf ihrer und Sheffs Verlobungsfeier kennengelernt.«

Das stimmte, obwohl Ellis sich kaum an ihn erinnern konnte. Er hatte blondes Haar wie sie und war über die Maßen kontaktfreudig. Sie erinnerte sich, dass er gelacht und gelächelt hatte und anscheinend jeden kannte. »Weiß er von mir?«

»Ich glaube nicht. Würdest du in Betracht ziehen, mit Jo darüber zu sprechen?«

»Ich würde meinen Vater gerne kennenlernen.« Ellis konnte der Möglichkeit nicht widerstehen, einen Elternteil zu haben, dem etwas an ihr lag. »Vielleicht wäre es am besten, wenn Jo dieses Kennenlernen in die Wege leiten würde.«

»Ich weiß, dass sie dieses Treffen gerne arrangieren *und* dich begleiten würde.« Pandora lächelte ermutigend. »Kann ich ein Gespräch mit ihr für dich verabreden?«

»Ja, aber nicht im Henlow House. Dort würde man

mich mit Sicherheit erkennen.« Je mehr Menschen von ihrer Verkleidung und ihrem Arbeitgeber wussten, umso größer war das Risiko, dass sie entdeckt würde. Sie war einfach noch nicht bereit, Min oder Sheff gegenüberzutreten – und schon gar nicht ihrer Mutter. »Ich kann mich auch nicht als Frau mit Jo treffen, da ich keine Kleidung habe. Die befindet sich in der Pension, in der ich zuvor gewohnt habe.«

»Ich könnte sie für dich holen«, bot Pandora an.

»Ich müsste Keeles Haus als Mann verlassen, mich umziehen, mich mit Jo treffen und mich dann wieder in meine Ausstaffierung als Sekretär werfen, um zu Keeles Haus zurückzukehren.« Sie seufzte frustriert. »Das klingt viel zu kompliziert.«

»Was wäre, wenn du dich mit Jo im *Siren's Call* treffen würdest? Du siehst bereits so aus, als würdest du später dorthin gehen«, fügte Pandora mit einem Lächeln hinzu.

Das *Siren's Call* war ein Spielclub für Gentlemen, der Jos Mutter, Jewel Harker, gehörte und in dem Jo gearbeitet hatte, bevor sie Sheff geheiratet hatte. Alle Untergebenen waren Frauen, was die fast ausschließlich männliche Kundschaft anzog. Das wäre perfekt – Ellis könnte als Mann dort ankommen, sich mit Jo treffen und als Mann wieder gehen.

»In Ordnung.« Ellis wandte sich wieder Pandora zu. Sie freute sich darauf, Jo zu sehen, war jedoch besorgt, dass es egoistisch von ihr gewesen sein könnte, ihren Freundinnen aus dem Weg gegangen zu sein.

Pandora grinste. »Ausgezeichnet. Stört es dich, wenn ich Min davon erzähle? Sie möchte nur, dass du glücklich bist, und wenn das bedeutet, dass du sie eine Weile nicht sehen möchtest, wird sie das akzeptieren.«

Das zerriss Ellis das Herz. »Ich würde lieber warten.

Ich möchte Min auch sehen, aber vielleicht erst, nachdem ich meinen Vater kennengelernt habe.«

Pandora nickte.

»In der Zwischenzeit erwarte ich, dass du niemandem etwas davon sagst, dass ich für Keele arbeite. Das muss unser Geheimnis bleiben.« Sie warf Pandora einen ironischen Blick zu. »Ich möchte nicht, dass mir noch jemand Nachrichten an sein Haus schickt.«

»Entschuldigung«, sagte Pandora leise. »Komm, ich begleite dich nach unten.«

»Vielen Dank.« Ellis stand auf.

Pandora stand ebenfalls auf, hakte sich bei ihr unter und zusammen gingen sie zur Tür, wo sie ihre Freundin dann widerwillig gehen ließ. »Ich werde viel glücklicher sein, wenn du wieder ganz Ellis bist.«

»Das werde ich auch.« Ellis war sich allerdings gar nicht so sicher, wer das sein sollte.

Sie dachte über Pandoras Worte nach, dass Ellis' derzeitige Situation nicht von Dauer sein konnte. Ellis wusste das natürlich, aber bis jetzt hatte sie noch nicht wirklich darüber nachgedacht, was sie tun würde, nachdem sie das Geld gespart hatte, das sie brauchte, um irgendwo in einem verschlafenen Dorf unabhängig zu leben. Vielleicht könnte sie Bibliothekarin in einer neuen Filiale von Lacey and Company werden.

Doch dies lag noch in ferner Zukunft. Vorerst würde sie ihre Verkleidung beibehalten und ihre Hoffnung darauf setzen, dass niemand sie als Frau erkannte. Und sie würde Jo besuchen und ihren Vater kennenlernen. Der Gedanke, einen lebenden Elternteil zu haben, der sich vielleicht tatsächlich für sie interessierte, war wunderbar. Es war albern, aber Ellis hatte sich einfach so *allein* gefühlt, nachdem sie die Wahrheit über ihre Herkunft erfahren hatte. Sie hatte das Gefühl gehabt, nirgendwo zugehörig zu sein.

Seltsamerweise hatte sie in Keeles Haushalt einen Platz gefunden. Sie fühlte sich nützlich und geschätzt. Und *begehrt*, selbst wenn dies nur auf rein körperlicher Ebene war.

Als Ellis Pandora eine gute Nacht wünschte und zu Keeles Kutsche ging, beschloss sie, dass es berauschend war, in irgendeiner Weise gewollt zu sein. In diesem Moment befürchtete sie, dass sie sich, ungeachtet aller Konsequenzen an dieses Gefühl klammern würde.

~

»Wie war Ihr Besuch?«, fragte Roman, als Ellis sich auf der Sitzbank ihm gegenüber in der Kutsche setzte.

»Warum sind Sie auf den hinteren Sitz gewechselt?«, fragte sie.

Anstatt ihre Frage zu beantworten, zuckte Roman mit den Schultern. »Ich wollte, dass Sie nach vorne schauen können.«

»Das ist sehr freundlich von Ihnen«, sagte sie vorsichtig. »Aber mir ist es eigentlich einerlei, in welche Richtung ich sitze.«

Er neigte den Kopf. »Sitzen Sie normalerweise auf diesem Sitz?« Er fuhr mit der Hand über das Polster und erkannte, dass diese Geste als Einladung interpretiert werden könnte. Wenn sie es so aufgefasst hätte, hätte ihm das nichts ausgemacht.

»Gelegentlich.«

War ihr bewusst, dass er aus ihren Gesprächen Informationen über sie in Erfahrung bringen könnte? Er tat dies nicht absichtlich. Es war nichts weiter eine natürliche Folge der kleinen Einzelheiten, die sie preisgab.

Zum Beispiel wusste er, dass sie sich in einer Kutsche recht wohlfühlte, und nun wusste er, dass sie zumindest einen Großteil der Zeit auf dem nach hinten gerichteten Sitz verbrachte, was bedeutete, dass eine andere Person auf dem nach vorne gerichteten Sitz saß.

»Wie war Ihr Besuch?«, wiederholte er. »Ich hoffe, er ist gut verlaufen.«

»Es war sehr schön, danke. Ich bin Ihnen zu Dank verpflichtet, dass Sie mich gefahren haben.«

»Das mache ich gerne und werde es jederzeit wieder tun, wenn Sie es wünschen.«

Ellis richtete sich auf dem Sitz auf und faltete die Hände im Schoß. Ihre Haltung war sehr feminin.

»Sie sitzen wie eine Dame«, bemerkte er.

Sie fluchte erneut leise vor sich hin, und Roman musste ein Lächeln unterdrücken.

»Machen Sie das oft?«, fragte er. »Ich meine, so fluchen.«

Sie warf ihm einen verstörten Blick zu. »Nicht bevor ich angefangen habe, für Sie zu arbeiten.«

Roman konnte sich ein lautes Lachen nicht verkneifen. »Ich werde versuchen, weniger irritierend zu sein.«

Ellis öffnete ihre Hände und legte eine auf ihren Oberschenkel, während sie die andere auf den Sitz neben sich stützte. Dann spreizte sie ihre Beine zu einer eher männlichen Haltung, die Romans Aufmerksamkeit auf ihre wohlgeformten Oberschenkel lenkte, ebenso wie auf das unübersehbare Fehlen eines männlichen Geschlechtsorgans im Bereich ihres Schritts. Er zwang sich, den Blick abzuwenden.

Sie ahmte seine Haltung nach. Nun dachte er an die Zeit mit ihr zurück und er fragte er sich, was er noch getan hatte, das sie nachgeahmt hatte. Vielleicht das Küssen? Sie war auffallend gut darin, und er würde wetten, dass sie Erfahrung hatte. Andererseits könnte sie aber vielleicht auch nur schnell von ihm gelernt haben.

»Ich dachte, wir könnten über Oliver Pritchards Besuch in der Stadt sprechen«, meinte Ellis.

Das war nicht nur eine gute Idee, sondern es würde ihn auch davon abhalten, mit ihr zu flirten.

An diesem Nachmittag hatten sie einen Brief an ihn geschickt, in dem sie ihn für Donnerstag einluden. »Ich dachte, wir könnten am Donnerstagabend hier zu Abend essen«, schlug er vor. »So können sich Pritchard und Margot zum ersten Mal offiziell treffen.«

Ellis nickte, und Roman fuhr fort: »Am Freitag können wir die Bibliothek in der New Bond Street besuchen und Pritchard bei der Gelegenheit mit Inman bekanntmachen sowie den Zeitpunkt des Übergangs besprechen.«

»Das bedeutet, dass wir so bald wie möglich mit Mr. Inman sprechen müssen«, meinte Ellis.

»Das sollten wir morgen tun«, antwortete Roman. »Wir werden die Idee des Lesesaals mit seinem Namen vorstellen.«

»*Wir?*«, fragte Ellis mit hochgezogenen Augenbrauen. »Möchten Sie, dass ich Sie begleite?«

»Selbstverständlich. Schließlich hatten Sie die brillante Idee hatte, wie man ihn einbeziehen kann. Ich dachte, Sie würden ihm das gerne mitteilen. Ich würde mich sehr freuen, wenn Sie dabei wären.«

Ellis' Gesichtszüge wurden weicher und ihre Lippen formten ein leichtes Lächeln. »Vielen Dank für Ihr Vertrauen in mich, wirklich, aber das wird ein schwieriges Gespräch. Wäre es nicht besser, wenn Sie allein mit ihm sprechen würden?«

»Ich möchte, dass Sie mitkommen«, entgegnete er. »Ich bestehe darauf.«

Er fragte sich, ob das daran lag, dass er sie für das Gespräch als unverzichtbar erachtete, oder ob er sicherstellen wollte, dass Inman wusste, dass sie für den Lesesaal verantwortlich war, der seinen Namen tragen würde. Der vornehmliche Grund war wahrscheinlich, dass er gerne Zeit mit ihr verbrachte, aber das würde er nicht sagen.

Ellis blickte aus dem Fenster. »Wir sind fast zu Hause.«

Als sie ihre Gesichtsbehaarung aus der Tasche zog und versuchte, sie sich ins Gesicht zu kleben, fiel Roman auf, dass sie *»zu Hause«* gesagt hatte, um ihre Unterkunft in seinem Haus zu beschreiben. Das fand er überraschend angenehm.

Sie stieß frustriert die Luft aus und riss ihn aus seinen zunehmend von Ellis besessenen Gedanken. »Verdammt, ohne mehr Klebstoff bekomme ich das nicht festgeklebt, und ich habe kaum noch welchen.«

»Woher bekommen Sie Ihren Klebstoff?«, fragte Roman. »Ich kann Ihnen morgen welchen liefern lassen.«

Ihr Gesichtsausdruck wurde skeptisch. »Ich halte es nicht für klug, so etwas zu sich nach Hause liefern zu lassen. Das könnte Fragen aufwerfen.«

Roman schnaubte. »Ich bezweifle stark, dass jemand etwas bemerken würde. Graham oder Alvin werden die Lieferung entgegennehmen und keine Fragen stellen.«

»Sie werden *Sie* nicht danach fragen. Aber es wird sicherlich ihre Neugier wecken, und sie werden vielleicht unten darüber sprechen.«

»Vermutlich.« Roman fand ihre Kenntnis über die Gerüchteküche unter den Bediensteten bemerkenswert.

»Machen Sie sich keine Sorgen.« Ellis gab es auf, die Haare an ihr Gesicht zu drücken, und atmete resigniert aus. »Ich werde so bald wie möglich welchen kaufen.«

»Was machen wir mit dem Abendessen?«, fragte Roman. »Ich nehme an, Sie haben nichts gegessen, da Sie das nicht vorhatten und nicht lange genug drinnen waren, um etwas zu sich zu nehmen.«

»Ich möchte nicht mit Ihnen zusammen essen, wenn Sie das vorschlagen wollen.« Sie verstaute ihren falschen Bart wieder in ihrer Hosentasche. »Ich kann meinen Bart nicht wieder anlegen, also muss ich direkt auf mein Zimmer gehen. Und dort können wir nicht alleine zu zweit zu Abend essen.«

Das *könnten* sie zwar, aber er verstand, warum sie *das nicht tun sollten.* »Halten Sie einfach den Kopf unten, wenn wir hineingehen, und ich werde Ihnen Deckung geben, während Sie zur Treppe laufen. Ich werde Ihnen das Abendessen auf Ihr Zimmer bringen lassen.«

Sie sah ihm in die Augen. »Sie sind sehr freundlich. Ich weiß es zu schätzen, dass Sie sich so sehr bemühen, mein Geheimnis zu bewahren.«

»Ich möchte Sie nicht als meinen Sekretär verlieren.« Er verließ sich auf sie. Er schätzte sie. Er konnte nicht aufhören, an sie zu denken. »Das ist überaus egoistisch von mir.«

Die Luft zwischen ihnen knisterte vor Elektrizität. Roman verspürte ein starkes Verlangen, den Abstand zwischen ihnen zu überwinden und sie zu küssen. Dann stellte er sich eine Vielzahl unanständiger Dinge vor, bei denen sie ihre Kleidung ausziehen musste. Sein Schaft wurde hart.

Die Kutsche hielt vor dem Haus, und Roman atmete tief durch, um seinen rasenden Puls zu beruhigen. »Es ist gut, dass wir angekommen sind, sonst hätten wir wohl ein Problem«, flüsterte er.

Ellis Aufmerksamkeit richtete sich auf seine Erektion. »Da bin ich ganz Ihrer Meinung.«

»Sie müssen vor mir aus der Kutsche steigen«, bemerkte er. »Ich brauche einen Moment.«

Sie nickte. »Verstanden.«

Der Kutscher öffnete die Tür, und Ellis warf ihm einen finsteren, dreisten Blick zu. Als sie dann ausstieg, schwang sie den Saum ihres Fracks auf eine Weise, dass er einen klaren und äußerst erregenden Blick auf ihren Po in der zu engen Hose hatte.

Roman stöhnte leise. »Sie freches Ding Sie.«

Er saß noch einen langen Moment im Wagen, bevor er ausstieg. Sie war bereits ins Haus gegangen, und ihm wurde klar, dass er es versäumt hatte, ihr Deckung zu geben, als sie die Treppe hinaufgerannt war, aber das war ihre eigene Schuld. Sie hatte ihn provoziert, und das wusste sie ganz genau.

Roman musste zu Abend essen, aber zuerst gab er die Anordnung, ihr das Essen nach oben zu bringen. Dann musste er sich selbst befriedigen.

Sie spielten ein gefährliches Spiel, und Roman wollte damit gar nicht aufhören.

# KAPITEL 8

Am folgenden Nachmittag stiegen sie erneut in die Kutsche, um zur Bibliothek in der New Bond Street zu fahren und sich dort mit Mr. Inman zu treffen. Diesmal stieg Roman vor Ellis in die Kutsche und setzte sich auf den vorderen Sitz. Er gab sich Mühe sich entsprechend der Konventionen zu verhalten, die seinem Status als ihr Arbeitgeber entsprachen, und sie so zu behandeln, als wäre sie ein Mann.

Ellis legte ihr Notizbuch auf ihren Schoß, um es dann aber fast sofort auf den Sitz zu legen und es sich bequemer zu machen. Sie ahmte Roman in diesem Moment nicht nach, aber er wusste, dass sie darum bemüht war, eine männlichere Haltung einzunehmen.

Als sie losfuhren, warf sie ihm einen Blick zu. »Wenn es für Sie in Ordnung ist, würde ich gerne den Abend freinehmen.«

»Wollen Sie Klebstoff besorgen?«, fragte er. »Ich könnte Sie begleiten.«

»Das ist nicht der Grund«, sagte sie. »Und bevor Sie fragen: Das geht Sie nichts an.«

»Würden Sie mir wenigstens sagen, wohin Sie wollen und wie Sie dorthin kommen wollen?«

»Unabhängig davon, was Sie denken, Mylord, unterstehe ich nicht Ihrer Verantwortung. Ich weiß Ihre Sorge zu schätzen, aber was ich in meiner Freizeit mache, ist meine Sache.« Sie zog eine Augenbraue hoch. »Fragen Sie andere Mitglieder Ihres Haushalts auch, was sie in ihrer Freizeit tun und wie sie es tun?«

Roman zuckte innerlich zusammen. Das tat er natürlich nicht, aber andere Mitglieder seines Haushalts gaben sich nicht als das andere Geschlecht aus und versteckten sich auch nicht vor anderen Menschen. Außerdem hatte er kein *besonderes* Interesse an seinen Bediensteten, wie es bei Ellis der Fall war.

»Ich begleite Sie gerne, wohin auch immer Sie gehen müssen«, bot er an. »Oder ich stelle Ihnen einfach meine Kutsche zur Verfügung. Ich nehme an, dass Sie, wohin Sie auch gehen, so gekleidet sein werden, wie Sie es derzeit sind.«

»Ich kann Ihr Haus nicht anders verlassen.« Sie zögerte, bevor sie hinzufügte: »Es wäre praktisch, Ihre Kutsche zu benutzen, aber ich möchte nicht, dass Ihr Kutscher Spekulationen über mein Ziel anstellt.« Sie verzog das Gesicht zu einer leichten Grimasse und wandte dann den Kopf zum Fenster.

Nun war Roman über ihre Pläne in Sorge. »Warum sollte er über Ihr Ziel spekulieren? Wohin wollen Sie denn?«

Sie zog eine Augenbraue in die Höhe, sagte jedoch nichts, und ihr leicht irritierter Gesichtsausdruck verriet, dass ihn das nichts anging.

»Ich denke, ich werde Ihnen einfach folgen«, meinte Roman. »Ich würde mich schrecklich fühlen, wenn Ihnen etwas zustoßen würde.«

»Mir wird nichts passieren. Ich gehe zu einem absolut seriösen Etablissement. Dort geht es ordentlich und sicher zu.« Sie atmete aus und klang ungeduldig. »Ich gehe ins *Siren's Call*. Sie müssen sich keine Sorgen machen, wenn ich ein Lokal aufsuche, das ausschließlich von Frauen geführt wird.«

Roman setzte sich aufrecht hin und beugte sich leicht vor. »Das ist eine *Spielhölle*. Warum gehen Sie in eine Spielhölle? Verstecken Sie sich unter anderem, weil Sie Geld benötigen?«

Sie sah ihn ausdruckslos an. »Wenn das der Fall wäre, hätte ich Sie doch um einen Vorschuss gebeten, oder?«

»Ich weiß es nicht.« Er sah sie aufmerksam an. Sie war ein einziges Rätsel. Er würde eine große Summe darauf wetten, dass sie eine Dame von Stand war, und doch fühlte sie sich in ihrer Rolle als untergeordnetes Mitglied seines Haushalts vollkommen wohl. Sie verstand etwas von Kutschen, Herrenabendgarderobe und Haushaltshierarchien. Außerdem schien sie sich in Mayfair wohlzufühlen. Er war unglaublich neugierig, warum sie zum *Siren's Call* wollte, wenn nicht, um zu spielen.

»Ich kenne das *Siren's Call*«, meinte Roman. »Darf ich Sie bitte begleiten? Ich werde dem Kutscher sagen, dass wir einen Abendausflug machen.«

Sie schien weder beeindruckt noch überzeugt zu sein. »Ist es nicht seltsam, dass Sie mit Ihrem Sekretär Unterhaltung suchen?«

Roman zuckte mit den Schultern. »Vielleicht, aber das bezweifle ich. Meine Bediensteten wissen, dass Sie und ich eng zusammenarbeiten. Sie wissen, dass ich mit Ihrer Leistung zufrieden bin und mich freue, dass Sie für mich arbeiten. Wenn ich ihnen sage, dass ich Ihre harte Arbeit belohnen möchte, indem ich Sie heute Abend ins *Siren's Call* mitnehme, würde das wohl niemand seltsam finden.«

Sie presste die Lippen zusammen. »In Ordnung, Sie dürfen mich begleiten, aber im Club muss ich Ihr Freund sein, nicht Ihr Sekretär. Ich weiß es zu schätzen, dass Sie mich nicht fragen, warum ich hingehe.«

»Ich weiß es besser, als Sie das zu fragen.« Roman schenkte ihr ein kurzes Lächeln.

Einen Moment später erreichten sie die New Bond Street und vor der Bibliothek stiegen sie aus der Kutsche. Die Bibliothek befand sich in einem dreistöckigen Reihenhaus mit Backsteinfassade. Ein bogenförmiges Fenster im ersten Stock verlieh der Fassade einen unverwechselbaren Charakter, wie auch die schwarz gestrichenen Pilaster, welche die Tür und das Fenster im Erdgeschoss säumten. Über der Tür und dem Fenster prangte in goldenen Lettern der Schriftzug »Laceys Library«.

Roman hielt sich zurück, Ellis die Tür aufzuhalten. Es war ihm unangenehm, vor ihr hineinzugehen, und beinahe schon peinlich.

Der Duft von poliertem Holz, ledernen Einbänden und Papier empfing sie. Entlang der rechten Wand des Empfangsraums erstreckte sich ein Tresen, hinter der einer der beiden Angestellten der Bibliothek stand. An der Rückwand standen zwei Regale – eines mit Neuerscheinungen und das andere mit Titeln von Lacey and Company. Ein drittes Regal neben dem Kamin an der linken Wand enthielt aktuelle Zeitungen und Zeitschriften. Es gab mehrere Stühle, auf denen man sitzen und in der Nähe des Kamins oder vor dem Fenster sich seiner Lektüre widmen konnte. Eine Tür im hinteren Bereich neben dem Tresen führte in den Ausleihraum, während ein weiterer Torbogen in der gegenüberliegenden Ecke zu einer Treppe führte.

Der Bibliothekar, Mr. Inman, war ein kleiner, schlanker und makellos gekleideter Herr Ende sechzig, und nun kam er zu ihrer Begrüßung herbei. Er rückte seine goldgerahmte Brille auf der Nase zurecht. »Guten Tag, Mylord. Es ist mir eine Freude, Sie zu sehen.«

»Es freut mich ebenfalls, Sie zu sehen, Inman.« Roman deutete auf Ellis. »Darf ich Ihnen meinen neuen Sekretär vorstellen, Mr. Daniel Ellis.«

Ellis verbeugte sich leicht vor dem Bibliothekar. »Guten Tag, Mr. Inman. Es freut mich, Ihre Bekanntschaft zu machen.« Ihre Stimme war tief, und zumindest auf Roman wirkte sie männlich.

»Ich freue mich sehr, Sie kennenzulernen.« Inman starrte Ellis einen Moment länger an, als angemessen schien, und wandte dann schnell den Blick ab. Roman beschlich ein Zweifel und er hoffte, dass Inman nicht bemerkt hatte, dass sie eine Frau war.

»Könnten wir uns vielleicht in Ihr Arbeitszimmer zurückziehen, um uns zu unterhalten?«, fragte Roman.

»Selbstverständlich.« Inman führte sie zur Treppe und blickte Roman dabei über die Schulter hinweg an. »Ich hoffe, es gibt keinen Grund zur Besorgnis.«

»Überhaupt nicht«, antwortete Roman mit einem Lächeln. »Ich bin nach wie vor beeindruckt von Ihrer Arbeit, ebenso wie Mr. Lacey, und wir wissen, dass unsere Kunden Sie ebenso wie wir sehr schätzen.«

Inman blickte ihn an, als sie die Treppe hinaufgingen. »Ich weiß das Lob zu schätzen, Mylord, auch wenn es nicht nötig ist.«

Auf dem Treppenabsatz bog der Bibliothekar nach links zum hinteren Teil des Gebäudes ab, und kurz darauf betraten sie sein Arbeitszimmer. Es war nicht besonders groß, aber es gab eine gemütliche Sitzgruppe mit mehr als genug Platz für sie drei.

»Wollen wir Platz nehmen?« Inman ging auf einen Sessel zu.

Es gab eine schmale Couch, die Roman sich gerne mit Ellis geteilt hätte, da der Platz so begrenzt war, dass ihre Oberschenkel sich berührt hätten. Er befürchtete jedoch, dass er sich dann nicht auf das wichtige Gespräch konzentrieren könnte, das er hier zusammen mit ihr führen musste. Es war besser, wenn sie nicht zusammen saßen. Er drängte seine unaufhörliche Anziehungskraft zu Ellis in den Hintergrund seines Bewusstseins und nahm in einem anderen Sessel Platz, während Ellis sich glücklicherweise in einer maskulinen Haltung auf die Couch setzte.

»Worüber möchten Sie sprechen?«, fragte Inman.

Roman hatte sich überlegt, was er sagen würde, und er hoffte, dass es so herauskommen würde, wie er es geplant hatte. Ellis nickte ihm aufmunternd zu, was er sehr zu schätzen wusste. Er erkannte, dass er sich in vielerlei Hinsicht auf sie verlassen hatte.

»Wie ich bereits sagte, schätzen wir Ihre Arbeit hier in der Bibliothek sehr«, sagte Roman. »Ich frage mich jedoch, ob Sie sich mehr Zeit für sich selbst wünschen. Verzeihen Sie mir, das ist eine heikle Frage, aber ich vermute, Sie erreichen ein Alter, in dem Sie sich vielleicht sogar aus dieser Arbeit zurückziehen möchten.«

»Ich glaube nicht, dass ich mich jemals aus der Bibliothek zurückziehen werde«, entgegnete Inman. »Es sei denn, ich werde dazu gedrängt«, fügte er mit einem leicht nervösen Lachen hinzu.

Roman befürchtete, dass er etwas vermasselt hatte. Er warf Ellis einen besorgten Blick zu.

»Niemand würde Sie aus der Bibliothek drängen«, versicherte Ellis ihm mit ihrer tieferen Stimme. Sie war sehr gut darin, einen männlichen Tonfall beizubehalten.

Inman lächelte. »Das ist schön zu hören. Ich muss jedoch zugeben, dass ich gerne mehr Zeit mit meinen Kindern und Enkelkindern verbringen würde. Wie Sie sich vielleicht erinnern, ist meine Frau letztes Jahr verstorben, und ich merke, dass ich mir mehr Zeit mit meiner Familie wünsche.«

»Das ist vollkommen verständlich.« Roman verspürte einen leichten Neid darauf, dass Inman eine Familie hatte, mit der er Zeit verbringen wollte. »Wir möchten den Lesesaal nach Ihnen benennen und hoffen, dass Sie Interesse daran haben, vielleicht alle zwei Wochen oder einmal im Monat literarische Veranstaltungen zu organisieren.«

Inman holte tief Luft und seine Augen wurden etwas größer. »Das ist eine große Ehre, Mylord.«

»Zusätzlich zur Ausrichtung dieser Veranstaltungen hoffen wir, dass Sie uns bei deren Koordination unterstützen könnten«, sagte Roman. »Das würde bedeuten, Autoren zu Vorträgen einzuladen und Gelegenheiten zu schaffen, bei denen Leser bestimmte Werke diskutieren können. Natürlich würden wir uns dabei vorzugsweise auf Autoren und Veröffentlichungen von Lacey and Company konzentrieren.«

»Selbstverständlich, Mylord, und das würde auch meiner Präferenz entsprechen.« Seine Augen glänzten vor Stolz. »Lacey and Company veröffentlicht nur das Beste.«

Roman bemerkte das Lächeln, das kurz über Ellis' Lippen huschte. Sie war so anmutig, wenn sie lächelte. Er wünschte sich, er könnte sie dazu bringen, dies öfter zu tun, aber das würde wohl die Wahrscheinlichkeit erhöhen, dass sie als Frau entlarvt würde.

Er konnte sie zu diesem Zeitpunkt nicht im Entferntesten als Mann sehen. Die Gesichtsbehaarung war zwar störend, aber für ihn verdeckte sie ihre weibliche Schönheit nicht im Geringsten.

»Das ist alles sehr beeindruckend«, sagte Inman. »Allerdings wüsste ich nicht, wen ich außer unseren Kunden einladen sollte. Ich nehme an, Sie hoffen, die Abonnentenzahl zu erhöhen, und ich fürchte, das war noch nie meine Stärke. Außerdem würde dies meine Aufgaben erweitern und mir nicht mehr Zeit für meine Familie verschaffen.«

»Sie haben recht.« Roman lächelte schwach, als es an der Zeit war, das wahre Ziel zu enthüllen. »Wir würden einen neuen Bibliothekar in die Zweigstelle holen. Das würde Ihnen mehr Zeit für Ihre Familie geben, und Sie könnten sich hier auf die Veranstaltungen im Lesesaal konzentrieren.«

Inmans Blick wurde misstrauisch. »Wer ist dieser neue Bibliothekar?«

»Oliver Pritchard aus unserer Filiale in Oxford«, antwortete Roman. »Er hat die Abonnentenzahl in Oxford so stark erhöht, dass wir uns neue Räumlichkeiten suchen müssen. Sie werden ihn sicher sehr mögen.«

»Ich verstehe«, sagte Inman, und Roman hatte das Gefühl, dass er tatsächlich verstanden hatte. Zum Glück schien er nicht verärgert zu sein. Inman fuhr fort: »Ich denke, es wäre von Vorteil, einige namhafte Literaturliebhaber zu diesen Veranstaltungen im Lesesaal einzuladen, aber ich bin mir nicht sicher, wer diese Personen außerhalb unserer Kundschaft sein sollen.«

»Ich bin mir auch nicht sicher, wer diese Personen sind.« Hätte Roman mehr Zeit in der Gesellschaft verbracht und sich um andere Dinge als den Wiederaufbau seines Vermögens gekümmert, könnte er sich in diesem Punkt vielleiht als hilfreicher erweisen.

»Ich glaube, die neue Countess of Shefford wäre an einer Teilnahme interessiert«, schlug Ellis vor. »Sie hat schon an vielen literarischen Zusammenkünften teilgenommen.«

Roman richtete seine Aufmerksamkeit auf Ellis. Woher kannte sie Lady Shefford? War sie eine weitere hochrangige Freundin von Ellis, wie die Herzogin von Wellesbourne?

»Ich wusste nicht, dass Sie Lady Shefford kennen«, bemerkte er, obwohl er vielleicht hätte warten sollen, bis sie wieder in der Kutsche saßen, um darauf hinzuweisen.

»Nur flüchtig«, antwortete Ellis mit einem kurzen Blick in seine Richtung, ohne ihm jedoch in die Augen zu sehen.

»Sie haben recht«, meinte Inman zu Ellis. »Lady Shefford war in letzter Zeit einige Male hier. Sie ist eine begeisterte Leserin. Ich werde mit ihr sprechen. Lord Keele, wann planen Sie, Mr. Pritchard nach London zu holen?«

»Ich weiß es noch nicht genau, aber er wird im Laufe dieser Woche zu Besuch kommen.«

»Wir werden ihn hierher bringen, um Sie beide miteinander bekannt zu machen«, sagte Ellis. »Auf diese Weise können Sie uns Ihre Einschätzung mitteilen.«

Inman richtete sich auf, lächelte und wirkte sehr erfreut. »Ich werde mein Bestes geben.«

Roman sah Ellis anerkennend an. Sie sagte Inman nicht nur, dass er wertvoll sei, sie zeigte es ihm auch. Auch wenn die Entscheidung, Pritchard nach London zu holen, bereits gefallen war, würde Roman sich über Inmans Meinung freuen. »Wir verlassen uns darauf, dass Sie ihn ausbilden. Die Leserschaft in London unterscheidet sich sehr von derjenigen in Oxford.«

»Da bin ich mir sicher«, stimmte Inman mit einem Lachen zu.

Sie unterhielten sich noch eine Weile, ehe sie sich dann erhoben, um sich zu verabschieden. Wieder ruhte Inmans Blick einen langen Moment auf Ellis. »Verzeihen Sie bitte, Mr. Ellis, aber Sie kommen mir irgendwie bekannt vor. Ich kann nur nicht sagen, woher. Sind wir uns schon einmal begegnet?«

»Nein, das sind wir nicht«, entgegnete Ellis bestimmt. »Vielleicht erinnere ich Sie an jemanden.«

Inman nickte vage. »Das muss es sein. Nun, es war schön, Ihre Bekanntschaft zu machen. Wir sehen uns dann später in der Woche.«

Roman bedankte sich bei ihm, und dann kehrten er und Ellis zur Kutsche zurück.

Als Roman einstieg, fiel ihm ein, dass Lady Shefford vor ihrer Heirat das *Siren's Call* geleitet hatte. Ellis würde heute Abend dorthin gehen. Das konnte kein Zufall sein. War Ellis mit Lady Shefford bekannt? Es hatte ganz den Anschein.

Als die Kutsche losfuhr, musterte Roman Ellis und bemerkte die Falten zwischen ihren Augen. »Hatten Sie Bedenken, dass Inman versuchen würde, herauszufinden, ob Sie eine Frau sind?«

»Hatten Sie das nicht?«, fragte sie zurück, bevor sie sich mit der Hand über das Gesicht fuhr. »Das ist sehr anstrengend. Ich glaube, ich möchte Sie in Zukunft nicht mehr zu solchen Treffen begleiten.«

»Es wird schwierig für Sie werden, mein Sekretär zu sein und mich nie irgendwohin zu begleiten«, meinte er daraufhin.

Sie blinzelte ihn an. »Das glaube ich nicht. Ich kenne Sekretäre, die ihre Arbeitgeber nirgendwohin begleiten.«

»Wirklich?«

Ellis presste die Lippen zusammen, denn sie war sich offensichtlich bewusst, dass sie schon wieder etwas Informatives preisgegeben hatte. Roman wollte sie unbedingt fragen, woher sie Lady Shefford kannte, doch er hielt sich zurück.

Roman beobachtete, wie Ellis' Gesicht erst rosa und dann rot wurde. Sie schien äußerst nervös zu sein.

»Ellis, geht es Ihnen gut?«, fragte er mit aufrichtiger Besorgnis.

»Ich bin nur ein wenig aufgeregt, mehr ist es nicht. Ich weiß gar nicht, was ich getan hätte, wenn Inman mich erkannt hätte.«

Meinte sie damit, dass er sie als Frau erkannt hätte, oder dass er ihre Identität erkannt hätte? Roman vermutete, dass sie schon einmal in der Bibliothek gewesen war und Inman tatsächlich getroffen hatte – als Frau.

»Wussten Sie, dass er bereit sein würde, seine Position aufzugeben?«, fragte Roman. »Vielleicht kennen Sie seine Familie?«

»Bitte hören Sie auf«, unterbrach Ellis ihn. »Sie bohren immer weiter, und ich möchte Ihnen davon gar nichts erzählen. Sie müssen aufhören, herauszufinden zu wollen, wer ich bin.«

Roman stand von seinem Platz auf und setzte sich zu ihr. Sie schnappte leise nach Luft und rückte von ihm weg.

»Ich versuche überhaupt nicht willentlich herauszufinden, wer Sie sind, doch ich bin nicht imstande, zu verhindern, dass ich Sie kennenlernen will. Ich fühle mich unglaublich zu Ihnen hingezogen – das wissen Sie doch bestimmt. Ich mag Sie. Ich verbringe sehr gerne Zeit mit Ihnen. Und es gefällt mir, Dinge über Sie zu erfahren. Je länger ich mit Ihnen zusammen bin, umso störender empfinde ich es, dass ich nicht alles über Sie weiß. Ich möchte alles über Sie erfahren.« Er hielt einen Moment inne, als er bemerkte, dass aus ihrer Vorsicht fast Neugierde geworden war. »Sie haben diese gewisse unterschwellige Undurchdringlichkeit, und ich kann nicht sagen, ob es sich um Angst oder Wut oder etwas anderes handelt. Ich würde Ihnen gern helfen, wenn Sie mir das gestatten würden.«

Sie drehte ihren Kopf zu ihm. »Das kann ich nicht«, flüsterte sie. »Außerdem wird es nicht für immer sein.«

»Was meinen Sie damit?«, fragte er.

»Meine Anstellung bei Ihnen. Ich hatte gehofft, dass sie mindestens ein Jahr lang Bestand haben würde, aber angesichts der Entwicklung meiner Tarnung halte ich das nicht länger für möglich.«

»Wenn Sie sich ein Jahr lang verstecken müssen, werde ich Ihnen helfen, eine andere Möglichkeit zu finden«, gab er zurück und überraschte sich selbst, mit der Heftigkeit seines Wunsches, sie zu beschützen. »Mir gefällt der Gedanken nicht, dass Sie Angst haben könnten.«

»Ich habe keine Angst«, sagte sie und erwiderte seinen Blick mit überraschender Offenheit. »Nun, vielleicht ein bisschen, aber das hat nichts damit zu tun, warum ich mich verstecke, sondern ausschließlich mit der Situation zwischen uns. Ich sollte wahrscheinlich so schnell wie möglich aus Ihrem Dienst ausscheiden, da unsere Bemühungen, der Versuchung zu widerstehen, offenbar überaus spektakulär scheitern.«

Roman lachte leise. Er hob seine Hand und streichelte ihre Wange. Die Rauheit ihres falschen Bartes kratzte an seinen Fingerspitzen.

»Und wissen Sie, ich würde es vorziehen, wenn Sie bleiben, damit wir uns der Versuchung hingeben können.« Ihre Nasenflügel blähten sich, und er spürte ihre Erregung. »Ich weiß, ich sollte mir das nicht wünschen, aber ich kann nicht anders. Wenn Sie mir sagen, ich soll aufhören oder Abstand zu Ihnen halten, werde ich das tun.«

»Ich möchte nicht, dass Sie das tun.« Ihre Stimme war leise und rau, was Romans Verlangen noch mehr anfachte.

Er legte seine Hände um ihr Gesicht, neigte sich vor

und küsste sie leidenschaftlich. Ekstase durchströmte ihn, während sein Körper von einem verzweifeltem, treibendem Verlangen bebte.

Sie bewegte sich auf ihn zu und schlang ihre Arme um seinen Hals, während sich ihre Zungen in einem leidenschaftlichen Kuss duellierten. Mit tastenden und suchenden Händen klammerten sie sich aneinander. Die Temperatur im Inneren der Kutsche stieg mit jedem Kuss. Sie zog an seinem Haar, als er mit seinen Zähnen über ihre Lippe fuhr.

Zu spät bemerkte er, dass die Kutsche angehalten hatte. Er löste sich von ihr, gerade als sich die Tür öffnete. Sie wand sich von ihm los und drehte ihren Kopf zur anderen Seite des Wagens.

Er hörte ihren unregelmäßigen Atem, der seinem eigenen glich. *Verdammt noch mal.*

Roman sprang vom Sitz auf und aus der Kutsche. Er hoffte nur, der Kutscher hatte nicht gesehen, dass sie zusammensaßen, geschweige denn sich umarmten.

Ellis verbrachte den Nachmittag mit Arbeit, die sie in ihrem Zimmer verrichtete, was Roman verstand. Er störte sie nicht, aber sie beherrschte seine Gedanken. Wie sollte er sie an diesem Abend zum *Siren's Call* begleiten und seine Hände im Wagen bei sich behalten?

Und wollte sie das überhaupt?

# KAPITEL 9

Wieder in ihrem zu straff sitzenden Abendanzug gekleidet, ging Ellis nach einer leichten Mahlzeit, die sie in ihrem Zimmer eingenommen hatte, da sie Keele aus dem Weg gehen wollte, die Treppe hinunter. Sie hatte sich nicht versteckt – sie hatte gearbeitet. Meistens. Wenn sie nicht gerade an ihren Arbeitgeber und seine verlockenden Küsse gedacht hatte.

Es war allerdings mehr als das. Sie konnte nicht aufhören, sich Gedanken darüber zu machen, welche Wertschätzung er ihr entgegenbrachte. Bemerkenswerterweise hatte er ihr gestattet, ihre Position zu behalten, nachdem er sie als Frau entlarvt hatte, und er zeigte weiterhin ein erstaunliches Maß an Fürsorge – und Vertrauen –, indem er ihr erlaubte, ihre Geheimnisse zu bewahren, obwohl ihn das offensichtlich frustrierte. Er war stets zuvorkommend, verständnisvoll und großzügig gewesen, indem er sie beispielsweise in die Geschäfte von Lacey and Company einbezog und darauf bestand, dass sie an dem Gespräch mit Mr. Inman teilnahm.

Es hatte einen Moment in der Kutsche gegeben, in dem

er den klaren Wunsch deutlich zum Ausdruck gebracht hatte, ihr zu helfen, ohne überhaupt zu wissen, warum sie Hilfe brauchen könnte. Er hatte gesagt, er verabscheue den Gedanken, dass sie Angst habe. Die Tiefe seiner Fürsorge hatte sie zutiefst berührt.

Diese Verbindung, die sich immer weiter vertiefte, entsprach keinesfalls dem, was sie derzeit in ihrem Leben benötigte. Sie hatte große Turbulenzen durchgestanden und für ihre Zukunft wünschte sie sich eine neue Richtung. Keele spielte darin keine Rolle, außer dass er ihr ermöglichte, die finanzielle Grundlage für alles zu schaffen, was sie als Nächstes tun würde. Ein Problem war allerdings, dass sie nicht wusste, was das sein würde, zumal sie sich wirklich nicht darauf verlassen konnte, so lange in dieser Position zu bleiben, wie sie anfangs gehofft hatte. Mit jedem Tag, den sie mit Keele verbrachte, geriet ihre Tarnung in immer größere Gefahr.

Er wartete wieder in der Eingangshalle auf sie. Graham hielt ihnen die Tür auf, als sie das Haus verließen und schweigend zur Kutsche gingen. Keele stieg als Erster ein und nahm auf dem vorderen Sitz Platz. Ellis setzte sich ihm gegenüber und beobachtete ihn misstrauisch.

Sobald sich die Tür geschlossen hatte und sie hörte, wie der Kutscher auf seinen Sitz kletterte, sprach sie. »Sie müssen mir versprechen, auf Ihrer Seite der Kutsche zu bleiben.«

»Das werde ich. Entschuldigen Sie bitte den Vorfall von neulich.«

»Entschuldigen Sie sich nicht. Es ist nicht so, als hätte mich das gestört. Aber es ist nicht klug, und das wissen wir beide.«

Er atmete aus, und seine Enttäuschung war unübersehbar. »Ja.« Dann wischte er einen Fussel von seinem Oberschenkel. Auch er trug Abendgarderobe, und Ellis musste kämpfen, um ihn nicht anzustarren.

Keele sah äußerst gut aus, und im Gegensatz zu ihrem Kostüm war seine Kleidung fachmännisch geschneidert. Das schwarze Tuch betonte die Breite seiner Schultern irgendwie noch mehr, und der Schnitt hob seine schlanke Taille hervor, was ihre Vermutung bestätigte, dass er kein Korsett oder andere figurformende Unterwäsche benötigte.

Sein dunkles Haar war an diesem Abend strenger frisiert, die Wellen seines Haares waren zurückhaltender. Ellis bevorzugte seinen leicht zerzausten Look. Denn dieser verlieh ihm eine gewisse Respektlosigkeit, die sie ausnehmend reizvoll fand.

Es hatte etwas Schelmisches, stellte sie fest. Anscheinend hatte sie einen Faible für Schelmisches. Sie war sich relativ sicher, dass es ihr nicht gelingen würde, sich an die Regeln für Halunken zu halten, wenn es um Keele ging. Und sie glaubte auch nicht, dass ihr das irgendetwas ausmachte.

Sie tadelte sich im Stillen für solche Gedanken, denn sie waren wirklich nicht hilfreich. Allerdings verhütete das Nachdenken über ihre Anziehung zu Keele, dass sie wegen der bevorstehenden Begegnung mit Jo nervös wurde. Lady Josephine Halifax war nicht nur Ellis´ Halbschwester und mit Mins Bruder verheiratet, sie stammte wie Ellis auch nicht aus derselben Gesellschaftsschicht wie die anderen in ihrer Gruppe.

Tatsächlich war Jos Hintergrund ausnehmend skandalös, was vor allem mit der öffentlichen Trennung ihrer Eltern zu tun hatte. Sie waren nicht geschieden, aber sie hatten wahrscheinlich noch nie zusammen gelebt, und Jos Mutter hatte einen langjährigen Liebhaber, mit dem sie nun unter einem Dach lebte. Jos Vater hingegen hatte sich auf keine Frau festgelegt und er genoss den Ruf eines Halunken. Und natürlich war er auch Ellis' Vater, was bedeutete, dass nun auch ihre Herkunft skandalös war – falls jemals jemand davon erfahren sollte, dass sie Rowland Harkers Tochter war. Ganz zu schweigen davon, dass sie auch die uneheliche Tochter einer Herzogin war.

Hoffentlich würde nie jemand die Wahrheit über ihre Herkunft erfahren. Ellis wollte unter keinen Umständen, dass Harker sie für sich beanspruchte, und sie wollte auch nicht, dass jemand erfuhr, dass die Herzogin von Henlow ihre Mutter war. Wegen ihrer Trennung waren der Herzog und die Herzogin derzeit noch bekannter als Jos Eltern. Die Ehe zwischen der Besitzerin einer Spielhölle und einem lebenslustigen Halunken, der manchmal als Künstler oder Schriftsteller arbeitete, war für die Klatschbasen der *High Society* nicht so interessant.

Ellis hatte jedoch keine Einwände, Harker kennenzulernen. Tatsächlich würde sie sich über eine Beziehung freuen, da sie ja keine Eltern hatte. Sie warf Keele einen Blick zu. Auch er hatte keine Eltern.

»Vermissen Sie es, keine Mutter oder keinen Vater zu haben?«, fragte sie, ohne nachzudenken, und wünschte sofort, sie hätte den Mund gehalten.

»Meine Mutter vermisse ich, weil ich sie nie kennengelernt habe. *Meinen* Vater vermisse ich nicht, aber wenn ich mir einen anderen aussuchen könnte, würde ich das tun.«

»Warum war Ihr Vater so schrecklich?«, fragte sie leise. »Sie müssen nicht antworten.«

»Ich erzähle gerne etwas über mich«, antwortete er. »Vielleicht geht Ihnen das eines Tages ebenso.« Er zwinkerte ihr zu, wahrscheinlich um ihr zu zeigen, dass er sie nur neckte. Trotzdem glaubte sie nicht, dass seine Neugierde auf ihre Person damit verschwunden war.

Keele sah ihr in die Augen, während er die Arme vor

der Brust verschränkte. »Mein Vater war, mit einem Wort, ein Schurke. Er spielte ununterbrochen, und er trank vom Aufwachen bis zur Bewusstlosigkeit Alkohol. Er betrog Händler, behandelte seine Bediensteten schlecht und besuchte die schlüpfrigsten Etablissements. Tatsächlich ging er manchmal gar nicht in Etablissements. Er fand Frauen – oder Männer – auf der Straße. Einmal sah ich ihn mit einem jungen Mann. Wir waren im Theater gewesen, als ich aus Oxford nach Hause gekommen war, und er ließ mich in der Kutsche zurück, während er sich ‚an der frischen Luft‘ vergnügte. Vom Fenster aus konnte ich sehen, wie er sich von dem jungen Mann verwöhnen ließ.«

Also schien der ehemalige Marquess noch ausschweifender gewesen zu sein als der Herzog von Henlow, dessen Ruf bei den Frauen nur allzu bekannt war. Der Herzog betrog jedoch niemanden und behandelte seine Untergebenen, zumindest soweit Ellis das beobachten konnte, mit nichts als Freundlichkeit und Wertschätzung. »Wie alt waren Sie?«

»Vierzehn, glaube ich.«

»Das muss schockierend gewesen sein.«

Er nickte. »Ich sagte ihm, er solle das nicht wieder tun, wenn ich dabei bin. Daraufhin lachte er und ich wusste, dass er genau das tun würde, also begleitete ich ihn einfach nie wieder irgendwohin.«

»Nicht ein einziges Mal?«

»Nein. Und damit war ich weitaus glücklicher.«

Nun war Ellis Neugierde ihm gegenüber der seinen für sie gleichzusetzen. »Sie sagten, Sie seien ein Halunke gewesen, ehe Sie den Titel geerbt haben. Waren Sie ... wie Ihr Vater?«

»Gott bewahre, nein.« Er verschränkte die Arme und rutschte ein Stück auf dem Sitz nach vorne, wobei er die Knie anzog. »Ich habe zwar weitaus mehr gespielt, als ich hätte sollen, aber ich wusste ja nichts davon, dass die Truhen leer waren. Ich spiele nicht mehr, aber nicht nur, weil ich es mir nicht leisten kann. Ich habe gesehen, wie diese Sucht einen Menschen ruinieren kann.« Er presste kurz die Lippen zusammen, und sie spürte, dass er in Erinnerungen an seinen Vater versunken war. Sie wartete ab, ob er fortfahren würde, und war froh, als er es tat.

»Ich habe auch regelmäßig ein bestimmtes Bordell besucht, aber ich glaube, es war seriös. Jedenfalls habe ich mir keine Krankheiten zugezogen, da ich konsequent Kondome benutzt habe. Nachdem ich die verheerenden Folgen des Verhaltens meines Vaters miterleben musste – er starb an den Folgen seiner Indiskretionen –, wusste ich, dass ich mich besser nicht ungeschützt ausliefern sollte.«

Ellis war fasziniert, als sie von seinen sexuellen Erfahrungen hörte. Eigentlich wollte sie mehr darüber erfahren, doch dann entschied sie, dass dies keine gute Idee sei.

»Sie spielen nicht, und dennoch sind Sie mit dem *Siren 's Call* vertraut. Was werden Sie heute Abend tun, während ich … beschäftigt bin?« Sie hätte beinahe gesagt, dass sie sich mit Jo treffen würde, aber er wusste ja gar nicht, warum sie dort hinging.

Seine Augenbrauen schossen nach oben. »Was meinen Sie damit, Sie sind beschäftigt? Ich dachte, Sie wollten Glücksspiele spielen und wetten.«

»Vielleicht«, log sie. »Der Hauptgrund für meinen Besuch besteht jedoch darin, mich mit jemandem zu treffen – privat. Fragen Sie nicht, mit wem.«

Er musterte sie einen Moment lang, und sie fragte sich, was er wohl dachte. »Ich würde niemals neugierig sein. Noch einmal«, fügte er mit einem kurzen Lächeln hinzu.

Sie musste zurücklächeln. »Ich weiß es zu schätzen, dass Sie mir etwas aus Ihrer Vergangenheit erzählt haben. Ich werde versuchen, das Gleiche zu tun. Bald.«

»Machen Sie sich keine Sorgen um mich. Ich kann geduldig sein.« Im Lichtschein der Kutsche schimmerten seine Augen wie Stahl im Mondlicht. »Ich werde im Schankraum auf Sie warten, wenn es Ihnen nichts ausmacht. Ich hoffe, das beeinträchtigt Ihre Pläne nicht.«

»Ganz und gar nicht.« Als Ellis ankam, sollte sie nach einer Serv017iererin mit leuchtend roten Haaren Ausschau halten. Ihr Name war Becky, und sie würde Ellis zu Jo bringen.

Sie kamen am *Siren's Call* an und stiegen aus der Kutsche. Ellis ermahnte sich, die Tür selbst zu öffnen und nicht darauf zu warten, dass Keele dies für sie tat. Aber er ging vor ihr her und öffnete sie trotzdem, dann bedeutete er ihr, vor ihm einzutreten.

Ellis schüttelte ihren Kopf ein bisschen, bevor sie den Club betrat. Sie war natürlich noch nie dort gewesen und musste feststellen, dass sie ein wenig aufgeregt und gleichzeitig nervös war. Es hatte etwas Verlockendes und Verbotenes, als Mann verkleidet hier zu sein. Sie warf Keele einen kurzen Blick zu. Das Gefühl war dem ähnlich, das sie bei ihm empfand, aber es war nicht so intensiv.

Eine Frau in einem wunderschönen violetten Samtkleid begrüßte sie. »Lord Keele, es ist schon eine Weile her, seit wir Sie hier begrüßt haben«, flötete sie mit sinnlicher Stimme. Sie klang wie der Samt ihres Kleides, wenn der Stoff sprechen könnte, was absurd war.

»Hannah, bedienen Sie nicht normalerweise im Schankraum?«

»Heute Abend nicht.« Sie warf ihm einen koketten Blick zu. »Enttäuscht Sie das, mein Lieber?« Ein volles, herzliches Lachen perlte über ihre Lippen, und Ellis glaubte nicht, dass sie jemals so mühelos flirten könnte, was sie schließlich auch nicht nötig hatte.

Keele schenkte ihr ein umwerfendes Lächeln, bei dem

Ellis die Zehen in ihren Schuhen krümmte, die im Gegensatz zu ihrem Anzug etwas zu groß waren. »Vielleicht ein bisschen.« Warum ging er auf den Flirt ein?

Weil Männer das eben taten, selbst ehemalige Halunken. Was aber, wenn er kein *ehemaliger* Halunke war, sondern nur einer, der sich einfach nur zurückgezogen hatte? Ellis' Puls schlug schneller. Vielleicht würde sie es vorziehen, wenn er ein Halunke wäre. Es war ja nicht so, als würde sie ihn als Ehemann in Betracht ziehen. Ihr Interesse galt ausschließlich dem Zweck, mit ihm zu schlafen.

Wollte sie das wirklich?

Eine explosive Lust durchströmte sie und lieferte die eindeutige Antwort: *Ja*.

Hannahs Blick fiel auf Ellis. »Wer begleitet Sie heute?«

»Mein Freund, Mr. Ellis.«

»Sie sind ein hübscher Kerl«, schnurrte Hannah, als sie Ellis' Gesicht musterte. »Ich meine das als Kompliment. Sie haben zarte Gesichtszüge, die manche sehr anziehend finden.«

»Vielen Dank.« Ellis warf Keele einen Blick zu. »Ich gehe rein.« Sie hatte keine Zeit, herumzustehen und ihm dabei zuzusehen, wie er mit Hannah flirtete, die kurz davor war, richtig zu erraten, dass Ellis gar kein Mann war.

»Schön, Sie zu sehen, Hannah«, bemerkte Keele noch einmal, bevor er zu Ellis blickte und ihr mit einem leichten Kopfnicken bedeutete, dass sie in den Schankraum gehen sollte.

Ellis ging ein paar Stufen hinunter in den großen, gut ausgestatteten Raum. Es gab mehr als ein Dutzend Tische und einige Sitzbereiche, die alle mit edlem Mahagoni und tiefem Purpur, ähnlich wie Hannahs Kleid, dekoriert und mit Goldakzenten versehen waren. Viele Herren waren im Raum anwesend, und mehrere

Damen bedienten sie, die alle äußerst provokativ gekleidet waren. Ellis wusste, dass diese Aufmachung dazu diente, die Männer dazu zu bewegen, lieber ins *Siren's Call* als in einen anderen Spielclub zu kommen. Es ging nicht darum, etwas anderes anzubieten – dies war kein Bordell. Tatsächlich hatte Jo ihr erzählt, dass Angestellte, die sich mit Gästen einließen, entlassen wurden.

Sie konnte keine Frau mit roten Haaren ausmachen. Hoffentlich würde Becky auftauchen, damit Ellis nicht nach ihr fragen musste.

»Wo sind die Spieltische?«, flüsterte Ellis.

Keele deutete kurz auf eine gewölbte Türöffnung im hinteren Teil des Raumes. »Bitte dort entlang. Dieser Bereich ist für Speisen und Getränke vorgesehen. Das Essen ist tatsächlich recht gut. Hätte ich gewusst, wie lange Sie bleiben wollen, hätte ich mich möglicherweise dafür entschieden, hier zu speisen.«

»Ich kann es nicht sagen, aber wenn Sie etwas essen möchten, sollten Sie das tun. Ich kann in der Kutsche warten, wenn ich fertig bin.«

Er schüttelte den Kopf. »Das möchte ich nicht. Außerdem hat sich der Kutscher von der Tür entfernt und wird darauf warten, dass ich gehe, um dann zurückzukommen und uns abzuholen. Sie müssten hinausgehen und ihn suchen. Ich werde hier auf Sie warten und ein Glas Portwein trinken.«

Eine große Kellnerin mit leuchtend roten Haaren kam aus einer anderen Tür im Hintergrund herein und trug ein Tablett mit Gläsern, die sie an einen Tisch brachte. Das musste Becky sein.

Ellis warf Keele einen kurzen Blick zu. »Entschuldigen Sie mich bitte.« Sie wartete nicht auf seine Antwort, sondern eilte zu der Rothaarigen. Becky stand am Tisch und flirtete mit den Gästen auf ähnliche Weise, wie Hannah es mit Keele getan hatte.

Schließlich wandte sich Becky an Ellis. »Ich weiß, wer Sie sind. Kommen Sie mit mir.« Sie hatte den starken schottischen Akzent, den Pandora ihr angekündigt hatte.

Becky hatte das Tablett unter den Arm geklemmt und nun führte sie Ellis auf der rechten Seite des Schankraumes, die gleiche Anzahl von Stufen hinauf, die Ellis vom Vorraum heruntergegangen war. Sie schlüpften durch einen Spalt zwischen zwei schweren violetten Vorhängen, und Becky zeigte auf eine Treppe. »Gehen Sie nach oben und klopfen Sie an. Das ist die Privatwohnung. Jo – ich meine, Lady Shefford ist dort.«

»Woher wussten Sie, wer ich bin?«, fragte Ellis.

»Jo – Lady Shefford –«, Becky verzog kurz das Gesicht. »Ich kann mich nicht daran gewöhnen, sie so zu nennen. Für mich war sie immer Jo. Sie hat mir erzählt, dass Sie eine Frau sind, die sich als Mann verkleidet.«

Ellis seufzte resigniert. »Ist es so offensichtlich, dass ich nicht männlich bin?«

Becky zuckte mit den Schultern. »Sie sehen nicht aus wie die Herren, die hierherkommen. Ihnen fehlt die Selbstsicherheit.«

»Vielleicht sollte ich das üben.« Sie würde Keele um seine Unterstützung bitten. »Vielen Dank, Becky.« Ellis setzte ein Lächeln auf, bevor sie sich umdrehte, um die Treppe hinaufzugehen. Auf dem Treppenabsatz klopfte sie wie angewiesen, und einen Moment später öffnete Jo die Tür. Mit ihrem dunklen Haar und ihren strahlenden haselnussbraunen Augen war Jo eine auffallend schöne Frau. Sie hatte ein herzliches Lachen und einen trockenen Humor.

Jos dunkle, natürlich geschwungene Augenbrauen zogen sich zusammen. »Ellis? Ich glaube, das bist du, aber mit diesem Bart ist das schwer zu sagen.«

Ellis war nicht auf die Wucht der Gefühlswallung vorbereitet, die sie beim Anblick ihrer Freundin überkam – ebenso wenig wie auf die Größe von Jos Bauch. »Ich hätte nicht gedacht, dass du schon so weit fortgeschritten bist!«

Jo lachte, als Ellis entsetzt die Hand vor den Mund schlug. »Meine Mutter sagt immer, ich bekomme Zwillinge, aber das hoffe ich nicht. Ich fürchte, sie könnte recht haben, denn ich habe noch ein paar Monate Zeit, um noch dicker zu werden.«

»Das tut mir leid.« Ellis warf ihre Arme um Jo und drücke sie fest. Sie zu sehen, berührte sie irgendwie mehr als Pandora. Vielleicht lag es daran, dass sie Jo bis jetzt nie mit dem Wissen begrüßt hatte, dass sie verwandt waren.

Sie klammerten sich einige Augenblicke lang aneinander, bevor Jo sich schließlich löste. Sie wischte sich über die Augen. »Seit ich schwanger bin, bin ich ein bisschen nah am Wasser gebaut.« Sie schloss die Tür hinter Ellis. Dann drehte sie sich um und musterte Ellis mit einem Blick. »Ich hatte ganz vergessen, dass du dich als Mann verkleidet hast. Deine Verkleidung ist ziemlich überzeugend.«

»Wirklich?« Ellis war froh zu hören, dass jemand, den sie gut kannte, davon überzeugt war. »Becky meinte, mir fehle es an Selbstbewusstsein.«

Jo lachte. »Typisch Becky.« Sie drehte sich um und ging zu einer Sitzgruppe. Wieder wurde Ellis bewusst, wie schmerzlich sie ihre Freundinnen vermisst hatte.

»Es tut mir leid«, platzte Ellis heraus.

»Was denn?« Jo ließ sich schwerfällig in einen Sessel sinken.

Ellis setzte sich so nah wie möglich neben Jo auf ein Sofa. »Dass ich dich dick genannt habe ... Und dass ich dich und alle anderen von mir gestoßen habe. Vor allem

Min. Es tut mir leid, dass ich ihre Hochzeit verpasst habe. Ich war mir sicher, dass Ihre Gnaden dort sein würde, und ich möchte sie nie wieder sehen.«

Jo zog die Nase kraus. »Ich glaube, das will keiner von uns.«

»Sie war nicht besonders freundlich zu dir«, sagte Ellis.

»Nein, aber zu dir war sie noch viel schlimmer, vor allem wenn man bedenkt, dass sie deine *Blutsverwandte* ist. Deine Wut und deine Verletztheit sind völlig berechtigt. Ich glaube, ich hätte auch verschwinden wollen.« Sie sah Ellis so liebevoll und mitfühlend an, dass Ellis befürchtete, auch sie würde sich in Tränen auflösen. »Ich kann mir kaum vorstellen, wie du dich fühlen musst.«

»Wütend und verletzt, wie du gesagt hast.« Ellis' entspannte die Schultern. »Aber auch dankbar, dass ich nicht nur eine, sondern zwei Schwestern habe.«

Jo lächelte breit. »Das hat mich sehr gefreut. Ich habe mir schon immer ein Geschwisterchen gewünscht.«

Ellis schniefte und blinzelte die Tränen weg, die ihr in die Augen stiegen. »Ich bin besonders glücklich, dass Min meine leibliche Schwester ist und nicht nur die meines Herzens.«

»Das solltest du ihr sagen«, meinte Jo leise.

»Das werde ich. Ich glaube, ich habe darauf gewartet, dass sich etwas in mir verändert und mir ein Zeichen gegeben wird, dass ich bereit bin, alles zu akzeptieren, was ich durchgemacht habe und meinen neuen Platz zu finden. Das ist noch nicht passiert. Wahrscheinlich, weil ich keine Ahnung habe, was oder wo mein neuer Platz sein soll.« Ellis' Plan, Geld zu verdienen, um sich in einem ruhigen Dorf selbstständig zu machen, schien weiter entfernt denn je. Ihr brillanter Vorsatz, sich als männlicher Sekretär zu tarnen, verlief ganz und gar nicht nach Plan. Sie hatte zwar noch eine Anstellung, aber sie war sich nicht sicher, wie lange das noch so bleiben würde, zumal die Beziehung zwischen ihr und ihrem Arbeitgeber immer komplizierter zu werden schien.

»Ich kann mir vorstellen, dass du dich fehl am Platz fühlst. Seit ich Countess bin, geht es mir fast jeden Tag so. Ich habe dauernd Angst, etwas falsch zu machen oder Sheff in Verlegenheit zu bringen.«

»Das könntest du niemals«, meinte Ellis entschlossen. Sie kannte Sheff, und seine Liebe zu Jo war tief und unvergleichlich. »Aber ich verstehe das Gefühl, eine Betrügerin zu sein. Ich habe mich immer fehl am Platz gefühlt, und jetzt weiß ich, dass ich es wirklich bin – ich bin nicht einmal legitim.«

Jo runzelte die Stirn. »Darüber habe ich ehrlich gesagt noch nie nachgedacht. Wahrscheinlich, weil es für mich keine Rolle spielt. Wirklich«, fügte sie mit tiefer Ernsthaftigkeit hinzu.

Ellis fasste ihre größte Angst in Worte. »Ich möchte unter allen Umständen verhindern, dass jemand herausfindet, dass ich die uneheliche Tochter der Herzogin von Henlow bin.« Sie lachte kurz und humorlos. »Es ist seltsam, denn früher gab es Gerüchte, ich sei Henlows Tochter, und das hat mich nie gestört. Denn ich hatte ja gewusst, dass es nicht stimmt. Aber die Wahrheit ist, dass ich unehelich bin – nur nicht so, wie alle dachten.«

»Ich kann hören, wie sehr dich das schmerzt«, meinte Jo mit großem Mitgefühl. »Es tut mir leid. Ich wünschte, die Dinge wären anders. Wie konntest du sicher sein, dass Henlow nicht dein Vater war?«

»Weil er es mir gesagt hat«, antwortete Ellis schlicht.

»Und das hast du ihm einfach geglaubt?« Jo klang überrascht und vielleicht ein wenig fassungslos.

Ellis zuckte mit den Schultern. »Trotz seiner vielen Fehltritte und Makel war er immer freundlich und großzügig zu mir. Als er mich in seinem Haushalt aufnahm, versprach er mir, dass er sich immer um mich kümmern und dafür sorgen würde, dass ich ein Zuhause hatte. Damals war mir nicht bewusst, dass er damit allen, insbesondere Ihrer Gnaden, klar machen wollte, dass ich sicher und geschützt war. Jetzt weiß ich, dass er der einzige Grund ist, warum sie mich nicht vor die Tür gesetzt hat.« Sie sprach eine weitere ihrer Befürchtungen aus. »Seit ich die Wahrheit kenne, frage ich mich, ob es besser für mich gewesen wäre, wenn sie das getan hätte.«

Jo sah sie an. »Wie kannst du das sagen? Wohin wärst du gegangen? Was hättest du getan?«

»Ich hätte zu den Cousins meiner Adoptivmutter nach Wales gehen können. Sie hatten angeboten, mich aufzunehmen.« Ellis' Mutter hatte regelmäßig mit ihnen korrespondiert, und Ellis hatte dies auch nach ihrem Tod fortgesetzt, sogar bis heute. Der Herzog war so freundlich, ihre Briefe weiterzuleiten, da er wusste, wo Ellis lebte. Sie hatte ihnen nichts über die Herzogin oder Rowland Harker erzählt. »Es wäre ein ganz anderes Leben gewesen.«

»Aber hättest du das gewollt?«, fragte Jo.

Ellis zuckte mit den Schultern. »Wie sollte ich das wissen?«

Sie fragte sich tatsächlich, ob dieses Leben ihr ermöglicht hätte, zu heiraten und eine eigene Familie zu gründen. Das hätte sie als Mins Begleiterin nie erwartet und jetzt konnte sie als uneheliche Tochter einer Herzogin sicherlich nicht darauf hoffen. Es sei denn, sie könnte diesen Umstand geheim halten.

Ellis kannte allerdings die Wahrheit, und das gab ihr das Gefühl, unwürdig zu sein. All die Jahre der harten Kommentare und abfälligen Bemerkungen der Herzogin hatten sie nicht niedergeschlagen, aber die Enthüllung der

Wahrheit hatte bewirkt, was Ihre Gnaden nicht gelungen war.

»Ich denke, wir sollten manche Dinge, mit denen wir keine Erfahrung haben, nicht außer Acht lassen«, meint Jo. »Ich hätte nie gedacht, dass ich einmal Mutter werden möchte, und jetzt schau mich an.« Sie lächelte, während sie sanft über ihren runden Bauch strich.

Überraschenderweise verspürte Ellis ein bisschen Eifersucht. Warum? Sie hatte nie gewollt – oder zumindest erwartet –, Mutter zu werden. Wollte sie das? Ehrlich gesagt hatte sie sich nie die Vorstellung erlaubt, das einmal zu sein, und jetzt würde sie auch nicht damit anfangen.

Ellis schob diese Gedanken beiseite und hoffte, nie wieder darüber nachdenken zu müssen. Stattdessen richtete sie ihre ganze Aufmerksamkeit auf Jo. »Erzähl mir von unserem Vater. Er weiß immer noch nichts von mir, oder?«

Jo schüttelte den Kopf. »Ich wollte nicht, dass er es erfährt, bevor du bereit bist. Nach dem, was du über deine Eltern erfahren musstest, verdienst du es meiner Meinung nach mehr als genug, selbst zu entscheiden, wie es weitergeht.«

»Mit der Herzogin wird *nichts* geschehen.« Ellis verzog den Mund zu einem spitzen Lächeln, denn sie konnte ihre Abneigung gegen diese Frau nicht verbergen. »Ich weiß es zu schätzen, dass du an mich denkst, aber findest du nicht, dass unser Vater es verdient, die Wahrheit zu erfahren?«

»Ich bin mir da nicht so sicher. Ich bin ziemlich wütend auf ihn wegen des Zeitpunkts. Weißt du, dass du nur drei Monate jünger bist als ich?«

Ellis holte scharf Luft. Das war ihr nicht bewusst gewesen. »Unsere Mütter waren gleichzeitig schwanger? Wusste deine Mutter davon?«

Jo presste die Lippen zusammen und nickte. »Ja,

deshalb habe ich nie mit meinem Vater zusammengelebt. Meine Mutter hat ihn verlassen. Ihm war das nicht besonders wichtig, denn er hatte offensichtlich beschlossen, dass Monogamie überhaupt nicht das Richtige für ihn war.«

»Er ist der schlimmste aller Halunken«, bemerkte Ellis.

Jo grinste. »Ja. Hätte man meiner Mutter vor der Heirat mit meinem Vater vielleicht eine Ausgabe der Regeln für Halunken vorgelegt, hätte sie sich die Sache vielleicht noch einmal überlegt. Ich liebe ihn, und ich glaube, du wirst ihn auch lieben. Er ist nicht wie deine Mutter. Er ist unterhaltsam und charmant, aber auch leichtfertig und hedonistisch. Er ist ein wunderbarer Schriftsteller und ein noch besserer Maler, und er liebt wissenschaftliche Experimente. Allerdings ist er auch leicht ablenkbar, sodass er nie lange genug an etwas gearbeitet hat, um sich einen Namen zu machen.«

»Ich male gerne«, sagte Ellis. »Vielleicht habe ich das von ihm geerbt.«

»Er wird begeistert sein«, antwortete Jo, bevor sie einen ernsten Gesichtsausdruck aufsetzte. »Ich hoffe, du erwartest keine finanzielle Unterstützung von ihm, denn er hat nur wenig Geld. Er hat eine kleine Erbschaft von einem entfernten Onkel erhalten, die er größtenteils verschwendet hat. Mama hat ihm vor einigen Jahren das restliche Geld weggenommen und es angelegt. Jetzt gibt sie ihm von den Zinsen eine Zuwendung und ergänzt diese mit einem kleinen Zuschuss von ihrem eigenen Geld, was er allerdings nicht weiß. Sie sorgt sich immer noch um ihn als jemanden, den sie einst geliebt hat, und er ist der Vater ihres einzigen Kindes, aber sie würde das niemals zugeben.«

Ellis wusste nicht, was sie von Rowland Harker erwarten sollte, aber es war keine finanzielle Unterstützung. Sie wollte einfach nur einen Elternteil. »Ich möchte wohl einfach nur wissen, dass ich einen Vater habe und dass er vielleicht für mich da ist.«

Jo lächelte sie ermutigend an. »Ich denke, das wird er, obwohl er wirklich kein besonders guter Vater ist. Er ist eher wie ein Freund, mit dem man gerne im Park spazieren geht oder sich bei Gunter's auf ein Eis trifft. Er ist sehr unterhaltsam, aber nicht im Entferntesten zuverlässig. Und er hat lächerliche Erwartungen. Er war überglücklich, als ich mit dem Erben eines *Herzogs* verlobt wurde.«

»Er wusste doch nicht, dass die Verlobung am Anfang nur vorgetäuscht war, oder?«, fragte Ellis.

»Nein, wir haben ihm das Geheimnis nicht anvertraut. Deshalb haben wir ihm auch nichts von dir erzählt. Er wäre sofort zu dir gelaufen und hätte sich als dein Vater zu erkennen gegeben.«

Ehrlich gesagt wäre das vielleicht besser gewesen als die Art und Weise, wie Ellis es tatsächlich herausgefunden hatte – indem sie Min bei einem Streit mit ihrer Mutter belauscht hatte. »Also werde ich es ihm sagen?«

»Wenn du möchtest. Allerdings kann das auch jemand anderes tun, wenn dir das lieber ist. Wie ich bereits sagte, es sollte dir überlassen bleiben, wie es weitergeht.«

Ellis war sich nicht sicher, was sie wollte. Noch nicht. »Darf ich darüber nachdenken?«

»Selbstverständlich!«, versicherte Jo ihr. »Es besteht ganz bestimmt keine Eile. Ich hoffe jedoch, dass du Min lieber früher als später wiedersehen möchtest.«

»Weiß sie, dass du mich heute empfängst?«, fragte Ellis leise.

Jo schüttelte den Kopf. »Ich wollte sie nicht verletzen. Und das sage ich nicht, um grausam zu sein. Es ist einfach die Wahrheit. Sie vermisst dich ganz schrecklich und sie fühlt sich furchtbar wegen allem, was passiert ist – und was du belauscht hast.«

»Ich weiß. Ich wünschte nur, sie hätte etwas zu mir gesagt.« Ellis hatte das Gespräch, das sie mitbekommen hatte, tausendmal durchdacht, und obwohl der Schmerz nachgelassen hatte, glaubte sie nicht, dass sie jemals den Schock und die Verzweiflung vergessen würde, die sie in diesem Moment empfunden hatte. Es war ein traumatisches, lebensveränderndes Ereignis gewesen, und Ellis war einfach davongelaufen. »Ich verstehe, warum du zögerst, aber es schmerzt mich zu wissen, dass Min etwas so Wichtiges über mich wusste und es mir nicht gesagt hat. Aber ich bin ihr nicht böse. Nicht mehr.«

»Vielleicht werde ich ihr sagen, dass wir uns getroffen haben«, meinte Jo.

»Das solltest du tun, wenn es dein Wunsch ist. Mir liegt etwas daran, dass sie erfährt, dass es mir gut geht und ich sie vermisse. Bitte richte ihr von mir aus, dass ich sie liebe und sie bald besuchen werde.«

»Das werde ich. Aber was machst du jetzt? Wo wohnst du? Pandora sagt, sie hat Verschwiegenheit geschworen. Min und ich wissen, dass der Herzog weiß, wo du wohnst.«

»Das möchte ich lieber nicht sagen.« Ellis wollte nicht, dass jemand versuchte, mit ihr in Kontakt zu treten, während sie bei Keele beschäftigt war. Sie hätte wahrscheinlich keine Stelle bei jemandem annehmen sollen, der in denselben Kreisen verkehrte wie die Personen, denen sie aus dem Weg gehen wollte.

Doch so kompliziert sich ihre Arbeit auch gestaltete, sie bereute sie nicht. Nachdem man ihr so viele Jahre lang eingeredet hatte, sie sei eine Last, und sie sich immer wieder mit der Frage beschäftigt hatte, was aus ihr würde, wenn Min heiratete, empfand sie es nun als wunderbar, ihre eigenen Entscheidungen zu treffen und die Chance zu haben, ihre Zukunft selbst zu gestalten.

Sie konnte auch nicht leugnen, dass die wachsende Anziehungskraft zwischen ihr und Keele ihr eine derart aufregende Spannung bescherte, die sie noch nie zuvor erlebt hatte. Es war offensichtlich, dass sie beide sich begehrten und es nur wenig brauchte, um sie in die Arme des anderen zu treiben. Ellis war sich nicht sicher, wie lange sie noch der unerbittlichen Anziehungskraft widerstehen konnte, die sie nicht nur verspürte, wenn sie mit ihm zusammen war, sondern in jedem wachen Moment. Selbst jetzt konnte sie kaum erwarten, nach unten zurückzukehren und abzuwarten, ob die Kutschfahrt nach Hause zu weiteren Küssen führen würde.

»Ich werde dich nicht drängen«, meinte Jo. »Du weißt ja, wie du mich erreichen kannst. Uns. Wir werden auf deine Nachricht warten. Kann Pandora dir Nachrichten von uns weiterleiten?«

»Ich würde es vorziehen, wenn ihr euch wie bisher an den Herzog wenden würden.« Ellis musste sich keine Sorgen machen, damit Verdacht zu erregen. Wenn er ihr Briefe schickte, tat er dies mit der normalen Post und nicht über einen livrierten Diener. Er verwendete auch keinerlei Symbole oder Zeichen auf dem Umschlag, was auf seinen Titel oder Namen hindeutete.

»Selbstverständlich.« Jo nickte. »Ich bin mir ohnehin nicht sicher, wie lange Pandora noch in London bleiben wird. Es scheint, als hätte sie ihren Verlagsvertrag unterzeichnet. Das ist so aufregend! Ich würde gerne einen literarischen Abend für sie veranstalten, aber sie muss natürlich anonym bleiben.«

Ellis musste sich auf die Zunge beißen – nicht wirklich –, um Jo nicht zu verraten, dass sie zumindest in geringem Maße an der Veröffentlichung von *Eine Saison im Schatten* beteiligt war. Tatsächlich sollte sie sich auf den Weg machen, damit sie nicht zu viel verriet. Außerdem wollte sie Keele nicht übermäßig lange warten lassen.

»Ich sollte gehen.« Ellis stand auf, und Jo richtete sich ebenfalls auf. »Du musst nicht aufstehen.«

»Ich muss auch gehen«, sagte Jo. »Sheff wird mich bald abholen.«

»Er kommt hierher?« Ellis wollte nicht panisch klingen, aber sie war auch nicht bereit, Sheff zu sehen. Er war jetzt ihr Halbbruder – und er war ein Earl. Sie wollte über die Absurdität lachen, eine uneheliche Tochter zu sein und gleichzeitig mit dem Adel verwandt zu sein. Allerdings war Sheff kein arroganter Adliger. Er war immer der ältere Bruder gewesen, der Min neckte. Ellis kam zu Bewusstsein, dass er das bei ihr nie getan hatte, aber er hatte ja auch nicht gewusst, dass sie Geschwister waren.

»Ja.« Jo verzog das Gesicht. »Hast du Angst, ihm zu begegnen? Daran habe ich nicht gedacht. Es tut mir leid.«

Ellis war eher besorgt, dass Sheff Keele unten im Club begegnen könnte. Sie musste Keeles Aufmerksamkeit erregen, ohne dass Sheff sie sah. Obwohl ihre Verkleidung Jo überzeugt hatte, war Ellis nicht sicher, ob sie Sheff täuschen würde, nachdem sie jahrelang im selben Haushalt gelebt hatten.

»Er weiß nicht, dass ich hier bin, oder?«, fragte Ellis.

»Nein, und ich werde es ihm auch nichts sagen.«

»Ich bitte dich nur ungern, so geheimnisvoll zu sein.« Ellis vermisste Sheff fast genauso sehr wie Min. »Bitte sag ihm, dass du mich getroffen hast und ich ihn bald besuchen werde.«

Sie umarmten sich noch einmal, ehe Ellis dann ging.

Auf dem Rückweg vom Club überlegte sie, wann und wie sie Min wiedersehen würde. Auf jeden Fall musste sie Min – und Pandora und Jo und allen anderen, die sich eine

Rückkehr zu ihrem alten Leben wünschten – sagen, dass sie nun ihren eigenen Weg ging, aber sie sich noch nicht im Klaren darüber war, wohin dieser führen würde. Sie wollte die Verbindung zu ihren alten Freundinnen nicht vollständig abbrechen, aber sie bildeten einen Teil ihrer Vergangenheit, und der Lüge, mit der Ellis anderthalb Jahrzehnten gelebt hatte.

Ellis wollte dieses Leben nicht mehr. Sie wünschte sich ein neues Leben, das sie sich selbst aussuchte und in dem sie die Kontrolle behielt.

Sie musste nur noch herausfinden, was für ein Leben das genau war.

# KAPITEL 10

Roman trank inzwischen seinen zweiten Humpen Porter, während er auf Ellis wartend im Schankraum saß. Mit einigen der anderen Gäste war er flüchtig bekannt, doch seit seinem Eintreffen hatte er nur ein paar Worte mit ihnen gewechselt. Er fragte sich, wie lange Ellis noch brauchen würde, und er hoffte für sie auf einen guten Verlauf des Treffens oder was auch immer sie gerade unternahm.

Ein Neuankömmling kam die Treppe herunter in den Schankraum, und da Roman relativ dicht beim Eingang stand, traf sein Blick mit dem des Mannes zusammen. Es war Lord Shefford, den alle Sheff nannten. Roman war bereits seit einiger Zeit mit ihm bekannt. Sie beide waren gleich alt und hatten zur gleichen Zeit in Oxford studiert, aber nicht am selben College. Allerdings waren sie Angehörige derselben Gruppe von jungen Männern gewesen, die für ihr ausschweifendes Leben bekannt waren. Nach ihrem Abschluss in Oxford hatten sie viele Hauspartys und Jagden veranstaltet und einige sehr ausschweifende Londoner Saisons verbracht.

Wenn Roman an diese Zeit zurückdachte, erkannte er den jungen Mann, der er damals gewesen war, kaum noch wieder. Heute wusste er, dass er mit den meisten seiner Handlungen versucht hatte, die Aufmerksamkeit seines Vaters zu erregen, doch keine einzige davon hatte den gewünschten Erfolg erzielt. Sein Vater war viel zu stark mit seinem eigenen Leben und seinen eigenen Problemen beschäftigt gewesen.

»Keele«, begrüßte Sheff ihn freundlich, als er auf seinen Tisch zukam. »Ich bin überrascht, dich hier zu sehen. Ich kann mich nicht erinnern, wann du das letzte Mal im *Siren's Call* warst.«

»Ich bin ebenfalls überrascht, dich hier zu treffen«, antwortete Roman. »Wirst du nicht bald Vater?«

Sheff nickte. »Nach Neujahr. In wenigen Wochen werden Jo und ich aufs Land umsiedeln. Erstaunlicherweise freue ich mich darauf.«

»Auf das Landleben oder darauf, Vater zu werden?«, fragte Roman.

»Auf beides, aber vor allem auf Letzteres«, lachte Sheff. »Ich weiß, was du gleich fragen wirst. Denn das fragen alle: *‚Was ist denn mit dir passiert?‘*«

Roman lächelte. »Ja, so ungefähr. Aber ich freue mich, dass du so glücklich bist. Du bist in deine Frau und das Baby, das ihr erwartet, vollkommen vernarrt, nicht wahr?«

»Absolut«, bestätigte Sheff stolz. »Und ich würde es nicht anders haben wollen.«

Überraschenderweise fühlte Roman sich von Sehnsucht überkommen, wenn auch nur für einen kurzen Moment. Zuerst hatte er Margot um ihre Liebe beneidet, und nun war er von Sheffs unverfälschter Freude überwältigt. Er sollte es besser wissen, als sich von ihrem romantischen Glück berühren zu lassen, nachdem er sich geschworen hatte, sich nie wieder auf eine Liebesbeziehung einzulassen. »Das ist eine erstaunliche Veränderung gegenüber dem jungen Halunken, mit dem ich nach Oxford für Tumult gesorgt habe.«

Obwohl Romans eigenes Verhalten nicht gerade vorbildlich gewesen war, hatten Sheff und Banemore als die schlimmsten ihrer Gruppe gegolten. Sheff nun so verliebt und voller Vorfreude darauf, Vater zu werden, zu erleben war der Beweis dafür, dass Menschen sich ändern konnten – oder vielmehr, dass man für das Unerwartete offen sein sollte. »Wenn du so gerne aufs Land willst, warum reist ihr dann nicht sofort ab? Gibt es einen bestimmten Grund, der dich hier hält?«

Sheff zuckte mit den Schultern. »Derzeit haben wir es hier mit einigen familiären Streitigkeiten zu tun. Jo und Min möchten London momentan nicht verlassen. Es hat mit der ehemaligen Begleiterin meiner Schwester zu tun.« Er winkte ab. »Das ist unwichtig. Das interessiert dich nicht.«

»Es tut mir leid, dass ihr Schwierigkeiten habt. Hoffentlich lassen sie sich bald aus dem Weg räumen.«

»Ich weiß nicht, ob das möglich ist. Es ist einfach eine unangenehme Zeit. Das klingt unglaublich geheimnisvoll«, bemerkte Sheff mit einem Lachen.

»Das ist in Ordnung«, sagte Roman. »Du bist nicht verpflichtet mir das zu erklären. Dieses Jahr hattest du mit deiner Hochzeit ja bereits viel Aufregung, und deine Schwester hat ebenfalls kürzlich geheiratet. Ich kann mir vorstellen, dass deine Eltern begeistert sind.«

»Mein Vater ist es«, antwortete Sheff mit einem Grinsen. »Unsere Mutter ist schrecklich enttäuscht, dass wir beide unter unserem Stand geheiratet haben. Dass wir uns wahnsinnig lieben und glücklich sind, spielt für sie keine Rolle.«

Obwohl Sheff einen eher leichtfertigen Ton anschlug,

hörte Roman die unterschwellige Wut, die er gegenüber seiner Mutter empfand. »Ich kann nachvollziehen, wie es ist, schwierige Eltern zu haben«, bemerkte er mitfühlend. Er fragte sich kurz, was schlimmer sei – Eltern zu haben, die man nicht mochte und die einen vielleicht auch nicht mochten, oder gar keine Eltern zu haben.

In diesem Moment sah Roman Ellis in den Gemeinschaftsraum zurückkehren. Ihr Blick fiel sofort auf ihn, wanderte dann aber zu Sheff. Sie wandte sich abrupt ab, senkte den Kopf und ging am Rand des Raumes entlang in Richtung Vorraum. Roman erkannte ihre Reaktion auf Sheffs Anblick sofort.

Roman sprang von seinem Stuhl auf. »Verzeih mir, Sheff. Ich muss mich auf den Weg machen. Es tut mir leid, dass ich dir nicht Gesellschaft leisten kann.«

»Das ist in Ordnung, ich bin hier, um meine Frau abzuholen.« Sheff deutete mit dem Kopf in Richtung des Torbogens, durch den Ellis gegangen und gerade zurückgekommen war. »Sie ist oben und besucht ihre Mutter.«

Wirklich?

Ellis kannte Lady Shefford, und Lady Shefford war hier. Außerdem war Ellis vielleicht nach oben gegangen, um ihre Geschäfte zu erledigen, die sie an diesem Abend hier zu erledigen hatte. Sprach sie einfach mit der Countess über die literarischen Veranstaltungen, die Inman in der Bibliothek organisieren würde? Wenn dem so war, stellte sich die Frage, warum sie Roman dann nicht den Grund für ihren Besuch heute Abend nennen wollte? Es gab keine Veranlassung für sie, das vor ihm zu verheimlichen.

Roman wünschte Sheff einen guten Abend und eilte dann zu Ellis in den Vorraum. Sie war bereits auf dem Weg nach draußen. Als Roman sie auf dem Bürgersteig einholte, blickte er die Straße entlang und sah seine Kutsche. Er winkte dem Kutscher.

»Geht es Ihnen gut?«, fragte Roman.

»Mir geht es gut.« So klang sie allerdings nicht. Sie klang angespannt, und ihre Schultern waren hochgezogen.

»Haben Sie den Mann erkannt, mit dem ich gesprochen habe?«, fragte Roman beiläufig, als die Kutsche auf sie zufuhr.

Sie warf ihm einen Blick zu. »Nein.«

Obwohl er sie noch nicht sonderlich gut kannte, dachte Roman nicht, dass sie die Wahrheit sagte. Er erinnerte sich daran, was Sheff über die Schwierigkeiten in seiner Familie gesagt hatte, die mit der ehemaligen Begleiterin seiner Schwester zu tun hatten.

*Ehemalige* Begleiterin.

Bevor Roman zugestimmt hatte, Clarissa zu heiraten, hatte er nach einer Erbin gesucht. Er hatte erwogen, sich um Lady Minerva und ihre beträchtliche Mitgift zu bemühen, aber dann beschlossen, dass er keine Vernunftehe mit der Schwester seines Freundes eingehen wollte. Dennoch hatte er ein oder zweimal mit ihr auf einem Ball getanzt und erinnerte sich, dass sie eine Begleiterin gehabt hatte.

Roman rief sich alle Erinnerungen an diese schwer fassbare Person ins Gedächtnis, derer er habhaft werden konnte, und erinnerte sich, dass die Frau groß und blond war. Er glaubte nicht, dass sie jemals miteinander gesprochen hatten, aber plötzlich fiel ihm ihr Name ein: Miss Dangerfield. Wenn er sich recht erinnerte, hatte sie seit ihrer Kindheit im Haushalt der Henlows gelebt, und mehrere Jahre lang gab es Gerüchte, dass sie in Wirklichkeit die uneheliche Tochter des Herzogs war.

Was war mit dieser Begleiterin nach Lady Minervas Heirat geschehen? War sie deshalb *keine* Begleiterin *mehr*? Er konnte sich nicht vorstellen, dass Lady Minerva, die er als charmant und freundlich empfunden hatte, sie einfach vor die Tür gesetzt hatte. Aber worum ging es dann?

Roman sah Ellis an.

Die Kutsche hielt an, und der Kutscher sprang herunter, um die Tür zu öffnen. Ellis wartete, bis Roman in die Kutsche gestiegen war, und warf einen nervösen Blick zur Tür des Clubs. Er konnte sehen, dass sie den Club unbedingt verlassen wollte.

»Gehen Sie nur voran«, sagte er und bat sie, vor ihm in die Kutsche einzusteigen.

Ellis saß kerzengerade auf dem nach hinten gerichteten Sitz, ihr Gesicht war im Licht der Laterne blasser als sonst. Roman setzte sich und betrachtete ihren aufgeregten Zustand, als sie losfuhren.

»Sie scheinen aufgeregt zu sein«, sagte er. »Wenn Sie sich etwas von der Seele reden möchten, höre ich Ihnen gerne zu. Oder wenn Sie sich einfach nur zu mir setzen und Ihren Kopf an meine Schulter lehnen möchten, kann ich Ihnen das auch bieten.«

Sie wandte ihren Blick zum Fenster. Ihr Kiefer war angespannt, als würde sie die Zähne zusammenbeißen. Er glaubte, dass er sie noch nie so verstört gesehen hatte.

Roman beschloss, ihr einfach zu sagen, was er dachte. »Ich glaube, Sie hatten ein Treffen mit Lady Shefford. Sheff war dort, um sie abzuholen. Und wen würden Sie sonst im *Siren's Call* treffen? Aufgrund dessen, was Sie Inman zuvor erzählt haben, weiß ich, dass Sie miteinander bekannt sind.« Er machte eine Pause, bevor er die nächste Frage stellte, aber dann war das nicht mehr nötig.

Sie erwiderte seinen Blick, ihr Gesichtsausdruck war überraschend ausdruckslos, angesichts der Anspannung in ihrem Körper. »Sie wissen, wer ich bin, nicht wahr? Haben Sie es Sheff erzählt?«

Sie *war* Lady Minervas Begleiterin. »Nein, ich habe es

ihm nicht gesagt. Ich habe es erst begriffen, als wir nach draußen kamen. Ich erinnere mich vage daran, dass Lady Minerva eine große blonde Begleiterin hatte. Ich war mir nicht ganz sicher, ob Sie das waren. Aber jetzt bin ich es.«

Besorgnis verdunkelte ihre Gesichtszüge. »*Werden* Sie Sheff davon erzählen?«

»Nein. Ich habe Ihnen gesagt, dass Ihr Geheimnis bei mir sicher ist. Zu wissen, wer Sie sind, ändert nichts. Ich werde Sie beschützen. Vertrauen Sie mir?«

»Ja.« Sie holte tief und zittrig Luft. »Bieten Sie mir immer noch Ihre Schulter an?«

»Selbstverständlich.« Er rückte an den Rand seines Sitzes, und sie setzte sich zu ihm.

Nach einem kurzen Blickkontakt lehnte sie sich an ihn, und nachdem sie ihren Hut abgenommen hatte, legte sie ihren Kopf an seine Schulter. Roman hätte lieber seinen Arm um sie gelegt und sie in dieser Position gehalten, aber er genoss diesen Moment.

»Warum interessieren Sie sich für mich?«, fragte sie leise.

»Das kann ich nicht genau sagen.« Er nahm ihre Hand und streichelte mit seinem Daumen über ihren Handrücken. Er wünschte, sie würden keine Handschuhe tragen. »Ich spüre, dass Sie an etwas festhalten – an Ihrem Stolz oder Ihrer Unabhängigkeit. Und ich weiß, dass Sie darum kämpfen, ohne Hilfe auf eigenen Beinen zu stehen. Ich wünschte, ich wüsste warum, aber ich muss es trotzdem nicht von Ihnen erfahren.« Sheff hatte gesagt, es gäbe Streit. War etwas mit Ellis passiert? Er konnte sich nicht vorstellen, dass sie der Grund für irgendwelche Probleme war.

Ein schrecklicher Gedanke schoss ihm durch den Kopf. Er wusste um den Ruf des Herzogs von Henlow als ausschweifender Lebemann, und von Sheff hatte er erfahren, dass das meiste davon der Wahrheit entsprach. Angst und Wut durchfuhren ihn. »Verstecken Sie sich vor ihnen, weil Ihnen jemand etwas angetan hat?«, flüsterte er.

Sie drehte den Kopf und sah zu ihm auf. Ihre blauen Augen hatten die Farbe des Himmels bei Sonnenuntergang, strahlend und düster zugleich. »Was meinen Sie damit?«

»Hat der Herzog ...« Roman wollte es nicht laut aussprechen, aber er musste es tun. »Hat Henlow Sie in irgendeiner Weise missbraucht?«

»Um Himmels willen, nein.« Ihre Antwort kam so schnell und so bestimmt, dass Roman nicht an ihrer Wahrhaftigkeit zweifelte. »Er war seit dem Tod meiner Eltern nichts als freundlich zu mir. Er hat mir sogar eine Empfehlung für diese Stelle geschrieben, wenn Sie sich erinnern.«

»Ja, aber vielleicht hat er das aus Schuldgefühlen getan.«

»Das hat er nicht«, sagte sie vehement. »Er hat ein schmutziges Leben geführt, aber es ist nicht so, wie Sie denken. Er hat getan, was er konnte, um eine äußerst unglückliche Ehe zu überstehen.«

»Ja, ich bin mir bewusst, dass er und die Herzogin sich nicht mögen. Ich glaube, ganz London weiß das.«

»Aber es *ist* etwas passiert«, sagte sie leise. »Nichts, was mir physischen Schaden zugefügt hätte«, fügte sie hinzu. »Ich möchte immer noch nicht darüber sprechen. Ich möchte im Moment lieber gar nicht daran denken.« Sie hielt seinem Blick stand, und ihr Verlangen – oder ihre Einladung – war unmissverständlich.

Roman schob seine Hand über ihren Handschuh und fand ihr bloßes Handgelenk. Er strich mit dem Daumen über die Unterseite und spürte den schnellen Puls unter ihrer warmen Haut. »Gibt es eine Möglichkeit, wie ich Ihnen helfen könnte, sich abzulenken?«

»Ja.« Sie drehte sich auf dem Sitz um und setzte sich aufrechter hin, bevor sie ihren Mund auf seinen presste.

Er neigte sich zu ihr und umfasste mit seiner freien Hand ihren Hinterkopf, während er ihren Kuss mit leidenschaftlicher Begierde erwiderte. Ihr falscher Bart kratzte an seinem Gesicht, und er sehnte sich danach, sie ohne diesen zu küssen.

Ihre Position war unbequem. Er wollte sie an sich spüren. Sie musste dasselbe empfinden, denn sie hob ihr Bein über seinen Schoß und setzte sich rittlings auf ihn.

Stöhnend hielt Roman ihren Nacken fest und umfasste mit der anderen Hand ihre Taille. Sie legte eine Hand auf seine Brust, während die andere an seinem Hals entlangglitt. Sie richtete sich auf, sodass er den Kopf zurücklegen musste, um sie zu küssen. Sie nutzte ihren Vorteil und schob ihre Zunge tief in seinen Mund, um ihn mit einer unverschämten Leidenschaft zu verführen, die Roman in einen rauschhaften Zustand der Begierde versetzte.

Sie presste ihre Hüften gegen seine, und die Wärme ihres Geschlechts reizte seinen erigierten Penis durch die Lagen ihrer Beinkleider. Er trug keine Unterwäsche. Trug sie welche? Der Gedanke, dass er ihren Verschluss öffnen und ihr Geschlecht streicheln könnte, war berauschend und wurde schnell zu einer alles beherrschenden Vorstellung.

Roman ließ seine Hand von ihrer Taille gleiten und nestelte die oberen Knöpfe ihrer Hose auf. Ihr Schritt klaffte auseinander, und er schob seine Hand hinein. Sie war unter ihrer Hose genauso nackt wie er.

Seine Hüften zuckten vor Verlangen gegen ihre, während er seine Hand zwischen ihnen bewegte. Noch immer trug er seinen verdammten Handschuh, was ihm allerdings einerlei war. Er neckte ihre Klitoris und wurde belohnt, als sie ihren Mund von seinem löste und ein langes, leises Wimmern von sich gab. Sie küsste sein Kinn und seinen Hals, während sie ihre Hüften gegen seine Hand kreisen ließ.

Plötzlich erstarrte sie an ihm. »Wir haben angehalten.«

Roman zog seine Hand aus ihrer Hose, als sie sich von ihm herunterstürzte und sich auf den gegenüberliegenden Sitz warf. In Windeseile knöpfte sie ihren Schritt wieder zu, und Roman warf ihr ihren Hut zu.

Sie fing ihn mühelos auf, kurz bevor sich die Tür öffnete. Ihr Blick traf seinen, glühend vor ihrem noch immer vorhandenen Verlangen. Romans Körper vibrierte vor Sehnsucht nach ihr.

Er starrte sie mit einem dunklen Versprechen an und wünschte sich nur, die Fahrt in der Kutsche hätte viel länger gedauert. Er hob seine Hand und leckte den Finger seines Handschuhs, um ihren Geschmack auf dem Ziegenleder zu kosten. In dem Moment, bevor er aus der Kutsche stieg, kniff sie die Augen zusammen.

Roman bedankte sich beim Kutscher, ehe er auf das Haus zuging. Er hörte Ellis hinter sich. Graham öffnete die Tür, und Roman betrat die Eingangshalle. Er nickte dem Butler zu und sagte, er würde für den Abend nach oben gehen.

Als er die Treppenhalle betrat, verlangsamte Roman seine Schritte und zögerte, während er auf Ellis wartete. Sie näherte sich ihm mit einem zurückhaltenden Blick, und Roman befürchtete, dass sie nicht fortsetzen würden, was sie in der Kutsche begonnen hatten. Sie hatten mehrere Gespräche darüber geführt, warum sie sich nicht auf diese Art von Vertrautheit einlassen sollten.

*Vertrautheit?*

Dieses Wort beschrieb nicht annähernd die ursprüngliche, explosive Verbindung zwischen ihnen.

Ellis kam am Fuß der Treppe neben ihn, und er hielt

den Atem an. »Komm in mein Zimmer«, flüsterte sie. »Sobald du kannst.«

»Bald«, versprach er.

Sie warf ihm einen sinnlichen Blick zu, und seiner Vermutung nach rührte ihre derzeitige Zurückhaltung daher, dass sie sich wohl fragte, ob er weitermachen wollte. Das wollte er ganz sicher. Tatsächlich befürchtete er, er könnte sterben, wenn sie es nicht taten.

Aber das würden sie. Sobald er seinen Kammerdiener wegschicken und sicherstellen konnte, dass die Bedinsteten sie nicht länger stören würden.

Dann würde er diese Anziehung zusammen mit Ellis zu ihrem natürlichen und aufregenden Ende bringen.

~

Roman ging in seinem Zimmer auf und ab, nachdem er Graham für den Abend entlassen hatte. Der Butler fungierte auch als sein Kammerdiener, da Roman der Ansicht war, er müsse nicht zwei Gehälter zahlen, wenn er einen so kleinen Haushalt hatte. Wenn jemand erfahren würde, dass er, ein Marquess, keinen eigenen Kammerdiener hatte, würde man ihn sicherlich für einen Versager halten oder wenigstens für außerordentlich sonderbar.

Es war nach elf Uhr, aber Roman war nicht ganz sicher, ob alle Bediensteten sich bereits zurückgezogen hatten. Sein Kammerdiener war normalerweise der Letzte, der noch wach war, aber Roman hatte Graham klar mitgeteilt, dass er nichts weiter benötigte.

Warum war er so verdammt nervös?

Er erkannte, dass seine Anspannung nur wenig mit der Frage zu tun hatte, ob seine Bediensteten noch im Haus herumgeisterten, sondern vielmehr damit, dass er seit dem

Tod seiner Frau vor über zwei Jahren mit keiner Frau mehr zusammen gewesen war. Außerdem hatten sie in den letzten Monaten vor ihrem Tod nicht mehr miteinander geschlafen, weil sie Gründe gefunden hatte, ihn abzuweisen. Tatsächlich hatte Roman diese Zeit in dem Zimmer verbracht, das Ellis jetzt bewohnte.

Als er an sie in dem Bett dachte, in dem er einst geschlafen hatte, wurde sein Körper wieder heiß. Nicht, dass er sich seit dem Verlassen der Kutsche vollständig abgekühlt hätte.

Roman wurde klar, dass er Clarissa nie so verzweifelt begehrt hatte. Vielleicht, weil er sich, wenn er zurückdachte, daran erinnern konnte, dass sie nie daran interessiert gewesen war, sein Bett zu teilen.

*Verdammt*, er wollte jetzt *nicht* an Clarissa denken.

Roman ging zur Tür, öffnete sie und trat in den schmalen Flur, der über einen Torbogen mit dem größeren Treppenhaus verbunden war. So weit würde er jedoch nicht gehen. Die Tür zu Ellis' Zimmer befand sich auf der linken Seite.

Bevor er einen Schritt machen konnte, erstarrte er. Denn Patience, das Dienstmädchen, kam gerade aus dieser Tür. Sie trug eine Waschschüssel und Handtücher.

Sein Herz pochte, als er regungslos darauf wartete, ob sie ihn bemerken würde. Zum Glück schien das nicht der Fall, als sie sich auf den Torbogen zubewegte. Roman schlich sich über die Schwelle seines Zimmers zurück, gerade als Patience innehielt und sich umdrehte. Hatte sie gesehen, dass seine Tür offen stand?

Er hielt den Atem an, bis sie verschwunden war. Er schloss die Tür, presste seinen Kopf gegen das Holz, schloss die Augen und atmete tief ein. Das war der reinste Irrsinn. Er sollte zu Bett gehen. Allein.

Sein Körper war allerdings noch immer hart und begierig, und sein Geist voller Gedanken an Ellis und daran, wie sehr er ihr Geschlecht mit seiner bloßen Hand berühren wollte. Vielleicht, wenn er nur noch ein wenig länger wartete ...

Er begann wieder auf und ab zu gehen.

Ein paar Minuten später, oder vielleicht war es auch sehr viel länger, da er die Zeit nicht wirklich im Auge behielt, hörte er ein leises Klopfen an der Tür des Badezimmers. Roman ging mit zwei großen Schritten hinüber und riss die Tür auf.

Ellis stand direkt vor der Türschwelle. Ihr Gesicht war spektakulär ungeschminkt, und er sog ihre Schönheit in sich auf. Ihr blondes Haar war zu einem Zopf geflochten und mit einem hellblauen Band zusammengebunden. Der Zopf hing über ihrer Schulter, das lockige Ende streifte ihre Brust.

Sie trug einen leichten Morgenmantel, der keinen Zweifel an ihrem wahren Geschlecht ließ. Ihre Rundungen waren deutlich zu sehen, und Roman fragte sich, wie es ihr jemals gelungen war, sich in diesem Männerkostümen zu verstecken.

»Sie rauben mir den Atem«, flüsterte er.

Sie warf ihm einen zögernden Blick zu. »Darf ich eintreten?«

Er trat zur Seite, um sie einzuladen. »Gewiss.«

»Ich war mir nicht sicher«, meinte sie, als er die Tür schloss. »Ich dachte, Sie würden zu *mir* kommen.«

»Das hatte ich vor. Das heißt, das habe ich versucht. Aber dann sah ich Patience gehen und es gelang mir gerade noch, mich zurückzuziehen, ehe sie mich entdeckte. Da begann ich, an der Sinnhaftigkeit dieser Zusammenkunft zu zweifeln.« Er wischte sich mit der Hand über die Stirn. »Wahrscheinlich mache ich mir viel zu viele Gedanken darüber, aber Sie müssen wissen, dass ich schon sehr lange nicht mehr mit einer Frau zusammen war, und ich ...«

Sie nahm seine Hand und brachte ihn damit zum Schweigen. Dann führte sie ihn zu dem Himmelbett aus Mahagoni. Das Gefühl ihrer Haut auf seiner weckte in ihm den Wunsch, sie an sich zu ziehen, aber er ließ sich von ihr führen.

Als sie das Bett erreichten, dirigierte sie ihn dorthin und drückte ihn zurück, bis er auf der grünen Bettdecke saß. Sie stellte sich vor ihn und sah ihm fest in die Augen. »Wie lange?«

Er blinzelte sie an und versuchte zu verstehen, was sie fragte. Was hatte er gerade gesagt? Dass er schon sehr lange keine Frau mehr gehabt hatte. Verflixt, er war vollkommen durcheinander.

»Ungefähr drei Jahre.«

Ihr Gesichtsausdruck veränderte sich nicht. »Nun, zumindest sind Sie kein Halunke, wie einige der anderen Gentlemen, mit denen Sie verkehren. Obwohl ich vermute, dass die meisten von ihnen – mittlerweile alle? – geläutert sind.« Sie neigte den Kopf. »Aber Sie sind auch ein geläuterter Halunke. Sie haben erwähnt, dass Sie vor der Übernahme des Titels ein Lebemann waren und Bordelle frequentiert haben.«

»Nur ein Bordell«, stellte er klar. »Ich war ein sehr wählerischer Halunke.«

Sie lachte, und die Melodie war leise und verführerisch. Romans Schaft war bereits hart, aber jetzt wurde er noch härter.

»Wie wurden Sie von diesem Lebemann zu einem Mönch?«

Er wollte ihr nicht erzählen, dass seine Frau Schuld an seinen Selbstzweifeln hatte. »Als ich den Titel erbte, widmete ich mich meiner neuen Aufgabe. Sie haben gesehen, in welchem Zustand die Finanzen waren. Ich hatte eine große Aufgabe zu bewältigen. Bei meiner Heirat hatte ich mein Gelübde sehr ernst genommen. Seit meine Frau gestorben ist, bin ich weiterhin ein sehr beschäftigter Mann.«

Sie zog eine Augenbraue hoch. »Sie haben einfach keine Zeit für persönliche Befriedigung?«

»Oh, dafür nehme ich mir Zeit.«

»Ich weiß. Ich habe Sie neulich Nacht gehört. Ich hätte Sie ausdrücklich fragen sollen, ob Sie sich Zeit für Geschlechtsverkehr nehmen. Es hat den Anschein, als würden Sie das nicht tun.«

Noch nie hatte Romans Puls so schnell geschlagen, und noch nie war sein Körper in einem so hohen Erregungszustand gewesen. Er konnte kaum glauben, wie offen sie sprach und wie unglaublich erotisch das war. »Sie haben mich neulich Nacht gehört?« Seine Stimme brach fast.

Sie nickte. »Ich hatte noch einmal in die Garderobe zurück gemusst, um meine Haarbürste zu holen. Ich hatte sie an der Tür hören können.« Sie machte einen winzigen Schritt nach vorne – mehr konnte sie nicht tun, denn ihre Beine berührten nun seine.

Ihr Blick hielt den seinen fest, und er verlor sich in dem schwindelerregenden Verlangen, das er in den blauen Tiefen ihrer Augen wahrnahm.

Er stellte seine Beine breiter auf. »Woher wussten Sie, was ich tat?«

»Ich weiß, was Männer tun«, antwortete sie sachlich. »Ich habe einem Mann dabei geholfen. Nun, er war eher ein Junge als ein Mann. Wir waren erst siebzehn.«

Ihre Worte setzten ihn in Flammen. Er war einerseits auf jeden Mann wütend, der sie berührt hatte, aber andererseits war er auch so erregt von ihrem Wissen und ihrer

Erfahrung, dass er sich sehr anstrengen musste, um sie nicht auf das Bett zu werfen und zu verführen.

Er umfasste ihre Taille und spürte, dass sie unter dem Morgenmantel nichts trug. Das feuerte seine Begierde nur noch weiter an. Er zog sie zwischen seine Beine. »Sag mir, Ellis – das ist doch dein richtiger Name, nicht wahr? Ich möchte dich nur bei deinem richtigen Namen nennen, wenn ich dich zu meiner Frau mache.«

Ihre Kinnlinie war an der Stelle gerötet, wo sie ihren Bart getragen hatte, aber die Farbe begann zu verblassen. Jetzt errötete sie erneut und ein zartes Rot überzog nun ihr Gesicht.

»Ja, ich heiße Ellis. Das war der Mädchenname meiner Mutter.«

»Ellis Dangerfield«, murmelte er. »Sag mir, wann warst du das letzte Mal mit einem Mann zusammen?«

»Vor fünf Jahren«, antwortete sie.

»Und mit wie vielen Männern warst du zusammen?«

Ihre Augenbrauen schossen nach oben. »Würdest du mir sagen, mit wie vielen Frauen du zusammen warst?«

Er lachte leise. »Zehn, vielleicht. Oder zwölf. Es ist mir peinlich zu sagen, dass ich es nicht genau weiß.«

»Zwei Männer. Der junge Mann und jemand anderes, der völlig unvergesslich war.« Sie sah ihn mit zusammengekniffenen Augen an. »Stört dich meine Erfahrung nicht?«

Er schüttelte den Kopf. »Im Gegenteil. Ich finde sie seltsam provokativ. Aber lass mich klarstellen, dass es mein Ziel ist, dafür zu sorgen, dass deine vergangenen Erfahrungen im Vergleich zur Gegenwart verblassen.«

»Das ist ein ausgezeichnetes Ziel. Ich werde mich bemühen, dasselbe zu tun.«

»Das ist dir bereits gelungen. Deine offene Art und deine Kühnheit sind absolut berauschend. Ehrlich gesagt weiß ich nicht, warum ich dir nicht schon längst Ihren Morgenmantel vom Leib gerissen habe.« Er legte seine Hände auf die Vorderseite ihres Morgenmantels und öffnete die Verschlüsse. »Neulich Nacht – bist du im Badezimmer geblieben und hast zugehört, bis ich fertig war?«

Sie nickte. »Ich habe gehört, wie du zum Höhepunkt gekommen bist. Dann bin ich in mein Zimmer zurückgegangen und habe mich selbst befriedigt.«

*Verdammt.* Roman glaubte nicht, sich je zuvor in einem derartigen Zustand purer Lust befunden zu haben. Er fragte sich, ob er tatsächlich einen Orgasmus davon bekommen könnte, wenn er ihr zuhörte.

Ihr Morgenmantel klaffte nun auf, und Roman konnte die Rundung ihrer Brüste und ihren flachen Bauch erkennen. Außerdem erspähte er die goldenen Locken an der Stelle, wo ihre Schenkel sich trafen.

Bevor er den Morgenrock ganz auseinanderziehen konnte, hatte sie ihn schon von ihren Schultern gestreift und zu Boden fallen lassen. Ihr Zopf umspielte noch immer ihre Brust, und die Locke am unteren Ende streifte ihre rechte Brustwarze.

Roman streckte die Hand aus und packte den Zopf. Er beugte sich vor, roch an ihrem Haar und schloss die Augen, um den köstlichen blumigen und sehr femininen Duft zu genießen. »Ich habe das noch nie an dir gerochen.«

»Ich habe mich mit meiner üblichen Seife gewaschen. Deshalb hast du Patience meine Kammer verlassen sehen. Ich wollte wie eine Frau duften.«

Er zog sie zu sich heran, um seinen Mund auf ihren zu legen. Er schob seine Hand unter ihre Brust, umfasste sie und nahm ihre Brustwarze in den Mund. Sie keuchte und krallte sich an seinem Hinterkopf fest, wobei sie ihre Finger in sein Haar grub. Er wollte auch ihr Haar befreien.

Roman ließ ihre Brust los. »Fest steht, dass du wie eine Frau schmeckst.« Er zog das Band aus ihrem Haar und löste ungeduldig den Zopf.

Sie nahm ihm die Aufgabe ab und lockerte ihre blonden Locken. Als ihr Haar offen war, kämmte sie mit den Fingern hindurch und schüttelte es über ihre Schultern. Es umspielte ihre Oberarme in sanften, goldenen Wellen.

»Wie zum Teufel kriegst du all das unter diese Perücke?« Er schüttelte den Kopf. »Egal. Das ist mir im Moment einerlei. Ich möchte dich auf mein Bett werfen und mich in dir vergraben.« Er stand auf, zog seinen Morgenmantel aus und warf ihn achtlos beiseite. »Hast du etwas dagegen einzuwenden?«

»Wirst du eines deiner Kondome verwenden«, fragte sie.

»Ich habe keine. Ich habe dir doch gesagt, dass ich das schon lange nicht mehr gemacht habe.«

»Das macht mir nichts aus. Aber du musst mich verlassen, bevor du kommst.« Ihr Mundwinkel hob sich zu einem verführerischen Lächeln. »Und keine Sorge, ich werde dir helfen, zum Höhepunkt zu kommen.«

»Wenn du nicht aufhörst, derart erotisch zu reden, werde ich explodieren, ehe wir überhaupt angefangen haben.«

Ellis schloss die kleine Lücke zwischen ihnen und schlang ihre Arme um seinen Hals. »Dann sollten wir besser loslegen.«

# KAPITEL 11

Ellis konnte nicht genau sagen, woher sie die Kühnheit nahm, die Keele so bezauberte. Es war nicht so, dass sie ein zurückhaltender Mensch wäre, zumindest den Personen gegenüber, die sie gut kannte. Aber als Begleiterin der Tochter eines Herzogs war ihr immer bewusst gewesen, dass ihr Platz darin bestand, gesehen und nicht gehört zu werden – denn genau das hatte ihr die Herzogin seit dem Tag eingebläut, an dem sie in den Haushalt der Henlows gekommen war.

Diese Zeiten lagen nun hinter ihr. Nun konnte sie sein, wer immer sie wollte. Also auch eine Verführerin, die sich einfach nahm, was sie am meisten begehrte. Augenblicklich war das Keele, dieser erstaunliche Mann, der ihr ein Gefühl gab, das sie schon lange nicht mehr gehabt hatte: begehrt zu sein.

Er betrachtete sie mit einer leidenschaftlichen Sehnsucht, die sie erzittern ließ. Es gab viele Gründe, derentwegen sie von einer Verbindung zwischen ihnen Abstand nehmen sollte, doch nicht ein einziger davon interessierte sie. Nicht heute Abend.

»Du bist eine bemerkenswerte Frau«, flüsterte Keele, bevor sie ihren Mund auf seinen senkte.

Seine Lippen verschmolzen mit ihren, während er sie fest an seinen warmen Körper drückte. Dabei hielt er eine Hand auf ihren Rücken und mit der anderen liebkoste er die Rundung ihres Gesäßes. Er öffnete seinen Mund für sie und sie erwiderte seinen Kuss, während die Ekstase ihren Körper vereinnahmte.

Obwohl es schon einige Zeit her war, seit Ellis eine solche Begegnung erlebt hatte, war diese mit nichts in ihrer Vergangenheit vergleichbar. Keele erregte sie auf eine Weise, die sie noch nie gekannt hatte und die sie einfach nicht leugnen konnte.

Er umfasste ihren Rücken, während ihre Küsse immer leidenschaftlicher wurden. Sie hielt seinen Nacken umklammert und legte ihre Hand auf sein Schulterblatt, wobei sie das Muskelspiel spüren konnte, wenn er sich bewegte.

Er ließ von ihrem Mund ab und zog nun eine Spur von Küssen über ihr Kinn und ihren Hals hinunter, wobei er seine Hand gleichzeitig zwischen sie schob, um ihre Brust zu umfassen. Nun begann er, immer und immer wieder mit dem Daumen über ihre Brustwarze zu streicheln. Das entlockte ihr ein leises Stöhnen, worauf er sie in seinen Mund saugte. Er lutschte an ihrem Fleisch, während er ihren Rücken massierte. Unwillkürlich flutete Hitze und Sehnsucht zu ihrem Geschlecht.

Nun bewegte er seinen Mund zu ihrer anderen Brust. Dabei ließ er seine Hand auf der ersten liegen und knetete ihre Brustwarze – nicht zu fest, aber fest genug, dass sie nach Luft schnappte und eine weitere Welle weißglühender Leidenschaft über sie hinwegbrandete.

Er packte ihren Oberschenkel und hob ihr Bein an. »Setz dich auf mich, wie in der Kutsche.« Seine Aufforderung löste eine weitere Welle der Lust aus, als sie seiner Aufforderung mit vollem Eifer nachkam.

Ellis erhob sich über seine Oberschenkel, und nun baumelten ihre beiden Beine an seinen. Diese Position brachte es mit sich, dass ihre Scham weit geöffnet war, was auch genau der Sinn der Sache war. Sie zitterte vor Verlangen, und glücklicherweise musste sie nicht betteln.

Er ließ seine Hand über ihren Oberschenkel zu ihrem Geschlecht gleiten, und neckte ihre empfindsamen Schamlippen dabei mit seinen Fingern. Im Wagen war sie schockiert gewesen – auf die bestmögliche Weise –, als er ihre Hose aufgeknöpft und sie berührt hatte. Das Gefühl seines Handschuhs auf ihrer Haut war wunderbar erotisch gewesen, doch jetzt freute sie sich über seine entblöße Haut, als er ihre Klitoris neckte.

»Ellis, du bist so feucht«, brachte er mit rauer Stimme hervor. »Ich weiß nicht, wie lange ich noch aushalten kann.«

Sie wiegte sich an ihm und sehnte sich nach mehr von seiner Berührung. »Ich möchte nicht, dass du wartest. Ich brauche dich in mir.«

Er drückte seine Finger in sie, worauf sie mit einem Stöhnen antwortete, als ihr Kopf nach vorne sackte. Er stieß in sie hinein, und sie erwiderte seine Stöße, während sie ihre Fingernägel in seine Schultern grub. Ihre Lust steigerte sich noch weiter und trieb sie an die Grenze.

Doch mit einem Mal war er verschwunden und sie wurde von seinem Schoß gehoben. In einer fließenden Bewegung hatte er sie hochgehoben und zurück auf das Bett gedrückt, ehe er neben sie kletterte. Dann lag er mit dem Kopf zwischen ihren Beinen und drückte ihre Schenkel auseinander.

Er stürzte sich mit seinem Mund auf ihre Scham, und er leckte und verschlang sie mit gieriger Hingabe. Obwohl

Ellis von dieser Art Liebkosung wusste, hatte sie sie noch nie erlebt. Sie war vollkommen unvorbereitet, als eine überwältigende Welle der Empfindungen und der Blitz der puren Ekstase sie überkam. Sinnlos klammerte sie sich an seinen Kopf, während sie ihre Beine anwinkelte. Er war unerbittlich in seinem Angriff mit seinen Lippen und seiner Zunge. Ihre Muskeln spannten sich an, als sie sich der Erlösung näherte.

Er schob seine Finger in sie hinein, während er an ihrer Klitoris saugte, und Ellis konnte sich nicht länger zurückhalten. Sie schrie laut auf, als ihr Orgasmus sie erschütterte.

»Roman«, knurrte er, als er sich an ihrem Körper nach oben bewegte. »Nenn mich Roman.« Er nahm ihren Mund in Besitz, und sie schmeckte sich selbst auf seiner Zunge.

Sie musste seinen Namen – Keele – gerufen haben, als sie gekommen war. Das glaubte sie zumindest. Um ehrlich zu sein, konnte sie sich nicht daran erinnern.

»Brauchst du einen Moment?«, fragte er mit einer Stimme, die vor Verlangen angespannt war.

»Wofür?« Sie biss ihm leicht in die Lippe, während sie ihre Beine um seine Hüfte schlang. Sie hob ihre Hüften und presste sich an seinen steifen Penis, und hinter ihren Augen tanzten Lichtpunkte, als er an ihrer Klitoris rieb.

»Damit hast du, glaube ich, meine Frage beantwortet. Ich habe mich gefragt, ob du ein bisschen Zeit brauchst, um dich zu erholen, ehe ich in dich eindringe. Ich habe dir doch versprochen, dass ich das tun würde, oder?«

»Ob du das versprochen hast, weiß ich nicht genau, aber ich habe auf jeden Fall gehofft, dass du es tun würdest. Ich kann es keine Sekunde länger ohne dich in mir aushalten.« Sie schob ihre Hand zwischen sie beide und streichelte seinen Schaft, was ihm ein tiefes Stöhnen entlockte, ehe er sie ein weiteres Mal küsste.

Ellis bearbeitete seinen Schaft, und seine Hüften gerieten allmählich in Bewegung, ehe sie ihn dann zu ihrer Scham führte. Seine Hand schloss sich um ihre, und gemeinsam führten sie seinen Schaft in sie ein.

Er füllte sie langsam und vollständig aus und nahm dabei jeden Teil von ihr in Besitz. Ellis schloss die Augen und gab sich den berauschenden Empfindungen hin, die sie durchströmten. Noch nie hatte sie einen richtigen Höhepunkt erlebt und noch nie hatte sie ihn so begehrt.

Sie schlang ihre Beine um ihn, wobei sie mit ihren Fersen gegen seinen Rücken drückte, als er sich zurückzog und dann wieder vorstieß. Immer wieder drang er in sie ein und versetzte sie in wellenartige wollüstige Empfindungen, die sie vollkommen ruinieren würden.

Sie bewegten sich im Einklang und wurden dabei immer schneller, während die Verbindung immer tiefer wurde, bis ihre Körper glänzten, und ihre verzweifelten Laute der Begierde erfüllten die Luft um sie herum erfüllten. Ellis hatte noch nie eine solche Harmonie, eine solche ursprüngliche Schönheit oder ein solch köstliches Vergnügen erlebt.

Er schob seine Hand zwischen sie, streichelte ihre Klitoris und versetzte sie in einen weiteren Rausch der Ekstase. Dann ließ sie sich in die Dunkelheit fallen und rief seinen Namen, während sie ihn immer tiefer in sich hineinzog und sich in der Vergessenheit verlor.

Ihr Orgasmus hielt noch an, als er sich mit einem Stöhnen aus ihr zurückzog.

»Ellis, ich komme.«

Irgendwie gelang es ihr, nach seinem Penis zu greifen und ihn zu finden. Seine Hand war bereits dort, aber sie schob sie beiseite und übernahm die Kontrolle, streichelte ihn, während er seinen Orgasmus erlebte. Er schrie auf, worauf sie befürchtete, dass einer der Hausangestellten sie hören könnte.

Als er endlich wieder zur Ruhe gekommen war, erhob sie sich und drehte sich mit ihm auf dem Bett. Sie ließ seinen Penis nicht los, bis er endlich die Augen aufschlug und sie ansah. Beide keuchten, aber sie begannen langsam wieder zu Atem zu kommen. Dennoch legte er seinen Arm um ihren Kopf und zog sie zu einem leidenschaftlichen Kuss zu sich herunter.

Sie mussten kurz innehalten, um ihren rasenden Puls wieder zu beruhigen. Ellis lehnte sich zurück und rutschte vom Bett.

»Wohin gehst du?« Keele klang alarmiert. Oder besser gesagt, Roman. Noch war sie sich nicht im Klaren darüber, ob sie seinen Vornamen verwenden sollte, aus Angst, sie könnte sich im Beisein anderer versprechen, aber sie würde ihn zumindest als Roman statt als Keele betrachten. Das war viel vertrauter, und sie waren jetzt, nun ja, vertraut.

»Ich wasche mir nur kurz die Hände.« Sie zwinkerte ihm über die Schulter zu.

Er lachte leise. »Kannst du mir bitte ein Handtuch bringen?«

Sie ging ins Badezimmer und erinnerte sich dabei an den Abend, als er in dem Moment hier hereingekommen war, als sie gerade aus der Badewanne gestiegen war. Er schien über ihren Kommentar schockiert gewesen zu sein, dass sie ihm beim Selbstbefriedigen zugehört hatte, und dann war er allerdings erregt gewesen, als sie ihm offenbart hatte, dass sie dasselbe getan hatte. Wenn sie das nur gemeinsam getan hätten ... Vielleicht ein anderes Mal.

Glaubte sie, es würde wieder passieren? Das hoffte sie.

Nachdem sie sich die Hände gewaschen hatte, brachte

sie das Handtuch zum Bett zurück. »Wo muss ich dich säubern?«

Er deutete auf seinen Bauch. »Nur ein bisschen hier. Und ich denke, mein Penis.«

Sie reinigte zuerst seinen Bauch und trocknete dann sorgfältig seinen Schaft. Er war schlaff geworden, aber er begann, sich schon wieder zu regen. Sie zog eine Augenbraue hoch. »Wirst du wieder erregt?«

»Anscheinend«, sagte er mit einem verschmitzten Grinsen. »Ignoriere es.«

»Das werde ich. Fürs Erste«, fügte sie hinzu und warf ihm einen unverhohlen verführerischen Blick zu. Sie warf das Tuch beiseite, kuschelte sich dann an ihn und legte ihre Handfläche auf seinen Oberkörper. Er hatte dunkle Haare auf der Brust, und seine Muskeln waren straff und gut definiert. Sie konnte spüren, wie sein Herz wie wild pochte.

»Hoffentlich hast du die Dienstboten nicht alarmiert«, sagte sie. »Du warst ziemlich laut.«

Er sah mit einem ironischen Lächeln auf sie herab. »Du auch. Das macht mir nichts aus. Mit etwas Glück sind sie zwei Stockwerke über uns und zwei Stockwerke unter uns. Wie dem auch sei, war ich mir nicht sicher, ob ich mich hätte zurückhalten können. Es ist zu lange her.«

»Trotzdem würde ich sagen, dass du nicht gerade aus der Übung zu sein schienst«, sagte Ellis. »Ich würde sogar sagen, dass deine Fachkenntnisse unübertroffen sind. Das ist zumindest nach meiner Erfahrung der Fall. Andererseits hat auch noch nie jemand seinen Mund auf meine Scham gelegt. Das war außergewöhnlich.«

Er grinste gleichermaßen stolz und arrogant. »Ich bin begeistert, der Erste zu sein.«

Der Gedanke, dass ein Mitglied des Haushalts sie vielleicht belauscht hatte, beschäftigte Ellis. Sie richtete sich auf und sah auf ihn herab. »Ich hoffe wirklich, dass uns niemand gehört hat. Das könnte unangenehm werden.«

Lächelnd umfasste er ihren Kopf und fuhr mit den Fingern durch ihr Haar oberhalb und hinter ihrem Ohr. »Niemand hat uns gehört. Und meine Untergebenen sind äußerst diskret. Ich würde ihnen dein Geheimnis anvertrauen. Doch es steht mir nicht zu, es anderen weiterzusagen.«

»Danke. Für beides.« Sie drehte den Kopf und drückte ihm einen Kuss auf sein Handgelenk. »Schade, dass mein Schlafzimmer keine Tür zu deinem Ankleidezimmer hat.«

»Das ist wirklich ein Jammer. Allerdings ist dein Schlafzimmer für Gäste vorgesehen, und ich möchte nicht, dass sie in mein Badezimmer stürmen. Du hingegen bist jederzeit herzlich willkommen, mich zu besuchen.« Er legte seinen Daumen auf ihren Mund und streichelte ihre Unterlippe.

Sie leckte die Spitze, und er holte tief Luft. »Warum lebst du seit dem Tod deiner Frau enthaltsam?«

Er bewegte seinen Daumen wieder zu ihrem Haaransatz zurück. »Warum lebst du seit deinem letzten Liebhaber enthaltsam?« Sein Mund formte sich zu einem entzückenden Grinsen, und sie musste lachen.

»Ich hatte eigentlich mit der Frage gerechnet: ,Warum hattest du überhaupt jemals einen Liebhaber?'« Sie wurde ernst. »Wenn du mir nicht antworten möchtest, musst du das nicht. Ich weiß es zu schätzen, dass du mir erlaubst, an den Dingen festzuhalten, über die zu sprechen ich noch nicht bereit bin.« Sein Vertrauen in sie bescherte ihr das Gefühl, wichtiger und einzigartiger zu sein, als sie sich seit langer Zeit gefühlt hatte und vielleicht hatte sie sich auch noch nie so gefühlt. Als er ihre wahre Identität erfahren hatte, war sein Glauben in sie weiter bestehen geblieben und er hatte ihr ein tiefes Verständnis entgegengebracht, das sie auf eine wundervolle Art und Weise überraschte.

»Ich hatte kein Bedürfnis, mir eine Geliebte zu nehmen«, antwortete er. »Ich konzentrierte mich auf meine Pflichten als Marquess und auf die Geschäfte von Lacey and Company.«

Sie wusste, wie hart er an beidem arbeitete, und seine Hingabe für das Geschäft seines Schwiegervaters war nicht nur überraschend, sondern auch inspirierend. Dies war einer der Aspekte, die sie an ihm so unwiderstehlich fand. »Du engagierst dich sehr dafür, und das in einem größeren Maß, als ich von einem Mann deines Standes erwartet hätte.«

»Ich weiß, dass es ungewöhnlich ist und von vielen sogar belacht wird.« Er hielt ihren Blick fest. »Kommt es dir seltsam vor?«

»Vielleicht, aber ich kann verstehen, warum du dich so stark engagierst.« Ellis legte sich halb auf ihn und platzierte ihren Kopf auf seine Brust. »Ich bin eher überrascht, dass Mr. Lacey dich als Miteigentümer des Unternehmens aufgenommen hat.«

Roman streichelte mit seinen Fingerspitzen ihren Rücken. »Ehrlich gesagt hat mich das auch überrascht. Ich habe das als Teil der Eheereinbarung eingefordert, weil ich dachte, er würde diesen Punkt ablehnen oder zumindest verlangen, dass ich eine bestimmte Zeit abwarte, um zu sehen, wie – oder ob – ich mich tatsächlich daran beteiligen würde. Als ich Clarissa heiratete, hat er mir einen sehr kleinen Anteil überlassen, der sich seitdem jährlich erhöht hat.«

»Könntest du in Zukunft noch mehr besitzen?«, fragte Ellis.

Er nickte. »Das Maximum, das ich besitzen werde, sind fünfundvierzig Prozent.«

»Das war vermutlich ihre Mitgift?«

»Nein, deshalb war es so schockierend. Das war unabhängig von der überaus großzügigen Mitgift. Urteile nicht zu hart über Josiah, aber er wollte unbedingt, dass Clarissa in den Adelsstand einheiratet. Dafür war er bereit eine hohe Summe zu zahlen, und ich war in einer Notlage.«

»Dann ist sie gestorben«, brachte Ellis leise hervor und fragte sich, was mit ihr geschehen war und wie sehr ihr Tod ihn getroffen hatte. Das würde sie ihn allerdings nicht fragen. Roman würde ihr dies ohnehin erzählen, wenn er wollte – oder auch nicht. »Ist das der Grund, warum Mr. und Mrs. Lacey hoffen, dass du Margot heiratest?«

»Ja.« Er hielt inne und seine Hand verharrte. »Du hast verärgert gewirkt, als du erfahren hast, dass Margot und ich uns verloben würden. Darf ich hoffen, dass du eifersüchtig warst?«

Ellis drehte den Kopf und verbarg ihr Lächeln an seiner Brust, ehe sie ihn dann knapp unterhalb seiner Brustwarze küsste und ihn an sich zog, sodass er seine Handfläche gegen ihren Rücken presste. Sie hörte, wie ihm der Atem stockte.

»Nicht eifersüchtig, denn ich habe gar kein Verlangen zu heiraten, aber ich war – *ich bin* – von dir angezogen, und ich hatte den Eindruck, dass du vielleicht dasselbe empfindest.« Sie befürchtete, dass sie tatsächlich eifersüchtig gewesen war. Denn sie musste sich eingestehen, dass sie sich auf verschiedenste Weise zu ihm hingezogen fühlte, und das ging über das Körperliche weit hinaus.

Sie schob diesen beunruhigenden Gedanken beiseite und küsste ihn erneut. Dieses Mal war der Kuss länger und sie benutzte ihre Zunge, um seine Haut zu kosten. Er zitterte, und sie redete weiter. »Aber dann fragte ich mich, ob ich mir das nur eingebildet hatte. Ich glaubte nicht, dass du eine Beziehung mit mir eingehen würdest, während du mit einer anderen verlobt bist. Und wenn dem so gewesen wäre, würde meine Meinung von dir sinken.«

Er lachte, und der Klang ließ seine Brust unter ihr vibrieren. »Dein Eindruck war goldrichtig. Ich fühle mich zu dir hingezogen, seit ich erkannt habe, dass du eine Frau bist, und vielleicht sogar schon etwas früher, sehr zu meiner Überraschung.« Sie leckte seine Brustwarze, und er stöhnte. »An dir ist irgendetwas, das unglaublich verführerisch ist.« Er fuhr mit seinem Finger über ihren Rücken, griff nach einer Haarsträhne, an der er sanft zog. »Es schmerzt mich sehr, daran zu denken, dass diese wunderschöne Mähne das nächste Mal, wenn ich Sie sehe, unter dieser schrecklichen Perücke versteckt sein wird.«

Sie hob den Kopf. »Meine Perücke ist schrecklich?«

»Nur, weil sie nicht zu dir passt. Ich finde sie fast genauso unpassend wie den Bart.«

»Da bist du nicht der Einzige.« Ellis hatte so viele Fragen an ihn – über seine ausschweifende Jugend, über seine Frau, darüber, wann er wieder heiraten würde. Das musste er doch, denn er brauchte einen Erben.

Sie entschied sich für eine einzige Frage und schaute ihm dabei in die Augen. Im Schein der Kerzen neben dem Bett wirkten seine Augen wie Quecksilber. »Deine Ehe war also keine Liebesheirat?« Ein Schatten huschte über sein Gesicht und milderte seinen intensiven Ausdruck. »Entschuldige bitte. Wir haben über die Mitgift gesprochen, und ich war nur neugierig. Du brauchst mir nur zu sagen, dass ich mich um meine eigenen Angelegenheiten kümmern soll.«

»Es war keine Liebesheirat«, sagte er und überraschte sie damit. »Was genau *geht* dich das an? Hast du vor, für immer mein Sekretär zu bleiben?« Er fuhr mit seiner Hand über ihren Rücken bis zur Falte oben an ihrem Gesäß.

Seine Handfläche glitt zu einer Pobacke, wo er sie sanft drückte.

Ellis hob ihren Körper an und setzte sich rittlings auf ihn. Auf diese Weise bedeckte ihr Geschlecht das seine, während sie eine Hand auf seiner Brust liegen ließ. »Für immer ist eine sehr lange Zeit. Ich würde gerne auf absehbare Zeit dein Sekretär bleiben, vorausgesetzt, ich kann meine Tarnung aufrechterhalten. Ich gebe zu, dass ich besorgt war, da du mich fast sofort entlarvt hast und wir dann durch Zufall von Margot entdeckt worden sind.«

»Dann müssen wir vorsichtig sein, denn ich möchte sehr gerne, dass du so lange mein Sekretär bleibst, wie du das möchtest. Ich möchte auch, dass das hier weitergeht, was auch immer das ist.« Er deutete zwischen sie. »Wenn du einverstanden bist.«

»Hmm, ich muss darüber nachdenken.« Sie drehte ihre Hüften gegen ihn und spürte, wie sein Penis an ihrer Scham immer größer wurde. »Vielleicht kannst du mich von den Vorteilen überzeugen ...« Sie streichelte seine Brust, beugte sich dann über ihn, um seinen Hals zu küssen. »... *davon*.« Sie fuhr mit ihrer Zunge an seinem Hals entlang.

Roman schob ihr Haar hinter ihr Ohr und streifte mit seinen Zähnen ihr Ohrläppchen. »Erlaube mir, es dir zu zeigen.«

Das tat er dann auch den Rest der Nacht, und als Ellis im Morgengrauen nach ein paar kurzen Schlafphasen ging, kehrte sie vollkommen überzeugt in ihr Schlafzimmer zurück.

 m nächsten Tag konnte Roman nicht aufhören zu lächeln. Denn er konnte nicht aufhören, an Ellis zu denken und daran, dass er den größten Teil der Nacht in ihren Armen verbracht hatte. Den ganzen Tag hatte er bereits nach einer Gelegenheit gesucht, sie zu küssen, aber es hatte sich keine ergeben. Verzweifelt hatte er irgendwann vorgeschlagen, die Tür zum Arbeitszimmer zu schließen.

Sie hatte ihn daran erinnert, dass Margot sich von dieser Maßnahme nicht hatte abhalten lassen, hereinzukommen und sie zusammen zu erwischen. Dann war sie nach oben in ihr Zimmer geflüchtet, um zu arbeiten, damit er sie nicht weiter ablenken konnte. Er wusste nicht, ob er sich geschmeichelt oder gekränkt fühlen sollte. Allerdings konnte er sich nach ihrem Aufbruch ebenfalls auf die Arbeit konzentrieren, wenn auch widerwillig.

Die Laceys würden bald zur wöchentlichen Besprechung über Neuerwerbungen eintreffen. Sie fand heute statt und nicht wie üblich am Donnerstag, denn morgen würde Pritchard ankommen und sie würden mit ihm zu tun haben.

Roman ging nach oben in die Bibliothek, um dort zu warten. Dort angekommen, nahm er eines der Manuskripte zur Hand, die Margot ihm zum Lesen geschickt hatte, und setzte sich in einen der Sessel bei den Bücherregalen. Bevor er die erste Seite zu Ende gelesen hatte, kam Ellis herein.

»Da bist du ja«, sagte sie und kam auf ihn zu. »Ich wusste nicht, dass du bereits nach oben in die Bibliothek gegangen bist.«

Er lächelte sie an, und Ellis bemerkte, dass er das jetzt öfter tat. Das brachte *sie* zum Lächeln. »Hast du mich gesucht?« Er stand sofort auf und legte das Manuskript auf den nun freien Sessel.

»Nicht unbedingt, aber die Laceys werden bald hier sein, deshalb habe ich mich gefragt, wo du geblieben bist.«

»Nun, jetzt bin ich enttäuscht«, meinte er mit einem gespielten Schmollmund.

Sie nahm einen kühlen Blick an. »Nicht Flirten. Es ist schon schwer genug, so eng zusammen im Arbeitszimmer zu arbeiten, deshalb musste ich einfach gehen.«

Er seufzte. »Ich bin sicher, dass wir beide so mehr erreicht haben, wenn es auch einsam gewesen war. Da wir noch ein paar Minuten Zeit haben, bevor die Laceys hier sind, möchte ich dir etwas zeigen.« Er führte sie zu der Ecke neben den Fenstern, wo eine große Topfpalme stand.

Als er dort angekommen war, drehte er sich um und bemerkte, dass sie ihm nicht gefolgt war. »Kommst du nicht?«

Sie kniff die Augen zusammen. »Willst du mich hinter diese Palme locken, um mir einen Kuss zu stehlen?«

»Nein, ich möchte dir etwas zeigen, das du wahrscheinlich noch nicht bemerkt hast. Würdest du mir diese Freude machen, während wir auf die Laceys warten?«

»In Ordnung.« Sie klang, als würde sie ihm einen großen Gefallen tun, als sie zu ihm kam. »Was habe ich in dieser Ecke übersehen?«

»Hast du jedes Buch in den Regalen durchgesehen?«

»Ich glaube schon«, antwortete sie.

»Du glaubst es.« Er zog eine Augenbraue hoch und grinste, während er sich hinkniete und auf die Bücher im untersten Regal deutete. »Hast du auch diese hier durchgesehen?«

»Das sind Abhandlungen über den Anbau, wenn ich mich recht erinnere. Ich gebe zu, dass ich sie übersprungen habe.«

»Genau das war es, was mein Vater gehofft hatte.« Roman versuchte, eines davon herauszuziehen, schaffte es jedoch nicht. »Es sind eigentlich gar keine richtigen Bücher, weißt du.« Dann drückte er auf den Buchrücken am Ende des Regals. Die falschen Bücher schwangen auf, und Ellis schnappte nach Luft.

»Ein Geheimfach?«, fragte sie.

Roman nickte. »Mein Vater hat dies in das Bücherregal einbauen lassen, damit er seine unanständigen Bücher verstecken konnte.«

Sie starrte ihn mit großen Augen an. »Unanständige Bücher?«

Er zog eines heraus und reichte es ihr. Sie warf ihm einen zweifelnden Blick zu, bevor sie es aufschlug. Dann schnappte sie erneut nach Luft.

»Meine Güte, das sind ...« Sie drehte das Buch zur Seite, und Roman stellte sich hin, damit er sehen konnte, was sie betrachtete. Es war eine Zeichnung von zwei Menschen, die in einer ungewöhnlichen Position miteinander kopulierten. »Die Zeichnungen sind wunderschön. Warum versteckst du sie?«

Er zuckte mit den Schultern. »Vermutlich, weil sie schon immer da waren.«

Sie neigte den Kopf mit einem amüsierten Lächeln. »Und wann hast du dieses Geheimfach mit den unanständigen Büchern entdeckt?«

»Als ich zwölf oder dreizehn war, vielleicht? Ich gebe zu, dass ich sie oft durchgesehen habe, wenn ich von der Schule nach Hause kam.«

»Du warst sehr ungezogen«, meinte sie mit einem leicht vorwurfsvollen Unterton, der überraschenderweise zu seiner Erregung beitrug.

»Das wollte ich auch.«

Sie lachte. »Was für ein schrecklicher Schlingel du

warst.« Sie blätterte um, und die nächste Zeichnung zeigte eine Frau, die einen Mann unter einem Esstisch oral befriedigte. Er war vollständig bekleidet, ebenso wie sie, und er trank mit anderen Herren Portwein.

»Das habe ich schon mal gemacht«, sagte sie. »Natürlich nicht so. Ich kann mir nicht vorstellen, dass die anderen Männer am Tisch nicht bemerken, dass eine Frau unter dem Tisch ihrem Gastgeber Vergnügen bereitet. Ich kann mir auch nicht vorstellen, dass der Gastgeber es schafft, sich zu beherrschen, insbesondere wenn es zum Höhepunkt kommt. Das wäre doch eine Art Folter, oder?«

Als Roman ihr das Kapitel und seinen Inhalt zeigen wollte, hatte er nicht damit gerechnet, dass sie eine ausführliche Diskussion über die Zeichnungen führen würden. Folglich hatte er nicht damit gerechnet, dass er eine heftige Erektion haben würde, als seine ehemaligen Schwiegereltern eintrafen.

»Welchen Teil genau hast du gemacht?«, fragte er und räusperte sich, weil seine Stimme plötzlich klang, als hätte er Sand geschluckt.

»Das Gleiche, was die Frau tut.« Ihr Blick huschte zu seinem Schritt. »Vielleicht zeige ich dir später meine Fähigkeiten.«

Er stöhnte leise, als er ihr das Buch abnahm, es zurück ins Regal stellte und das Fach schloss. Als er aufstand, zog er sie fester hinter die Palme und drückte sie gegen das Bücherregal.

Sie sah zu ihm auf, ihre Augen glühten. »Roman, du hast gesagt, du würdest mich nicht hinter die Palme ziehen, um mir einen Kuss zu stehlen.«

»Das hatte ich nicht unbedingt vor, aber du bist es, die mich mit der Vorstellung von deinen Lippen auf meinem Geschlecht schmachten lässt.« Roman würde heute Abend in einer schwierigen Lage sein. Verdammt, er musste um seine Beherrschung kämpfen, damit er sie nicht sofort in sein Schlafzimmer trug. »Nur einen Kuss?«, bat er.

Ihre Lippen waren leicht geöffnet, und er konnte sehen, dass ihr Atem schneller ging. Sie war vielleicht nicht so erregt wie er, aber sie war auf dem besten Weg dahin.

»*Einen*«, sagte sie und kniff vor Verlangen die Augen zusammen.

Er umfasste ihr Gesicht mit seinen Händen und nahm ihren Mund in Besitz. Wie sehr wünschte er sich, sie würde keine Perücke tragen, damit er mit seinen Fingern durch ihr Haar fahren könnte.

Er hielt sie fest, während er ihren Mund küsste. Sie klammerte sich an seinen Rock und presste sich an ihn.

Sie drückte gegen seine Brust und riss ihn aus seiner ekstatischen Trance. »Ich höre sie kommen«, sagte sie eindringlich und trat einen Schritt zurück.

Er senkte den Kopf und versuchte, seinen rasenden Puls zu beruhigen, während er sich mit der Hand über den Mund wischte. Er spürte, wie Ellis von ihm wegging, aber er sah sie nicht an. Das wagte er nicht.

Aber er musste hinter der Palme hervorkommen. Er holte tief Luft und ging schnell zu einem Sessel, hinter dem seine Erektion verborgen bleiben würde.

Graham kam herein und kündigte die Laceys an. Sie begrüßten sich und nahmen Platz. Roman zögerte, bis ihre Aufmerksamkeit nicht mehr auf ihn gerichtet war, dann ließ er sich praktisch in den Sessel fallen.

Sie begannen, über die Manuskripte zu diskutieren, die in den letzten beiden Wochen eingegangen waren. Es gab eines, das Margot unbedingt besprechen wollte, also fingen sie mit ihrer Analyse an.

Endlich hatte sich Romans Körper abgekühlt, aber er traute sich immer noch nicht, Ellis anzusehen.

»Mama, hast du dieses Buch gelesen?«, fragte Margot.

Roman warf einen Blick auf Harriet und sah, dass sie Ellis anstarrte.

Margot sprach erneut. »Was ist mit dir, Papa?«

Auch Josiah blickte zu Ellis.

Roman wandte seinen Blick zu ihr, um zu sehen, was ihre Aufmerksamkeit auf sich zog. *Oh nein.*

Der Bart auf einer Seite ihres Gesichts, von den Koteletten bis zum Kiefer, war abgefallen. Hatte sie das nicht bemerkt? Sie war damit beschäftigt, Notizen zu schreiben.

Endlich hob sie den Kopf und ihr Blick traf Romans. Er hob die Hand und berührte die Seite seines Gesichts, seine Augen wurden etwas größer, bevor er eine leichte Grimasse zuließ.

Sie runzelte die Stirn, als sie ihre Hand hob. Ihre Augen weiteten sich. Dann erbleichte sie.

Roman hörte Margot nach Luft schnappen.

»Ich sehe, Ihr Bart ist nicht echt«, meinte Josiah und musterte sie aufmerksam. »Warum ist das so?«

Roman wischte sich mit der Hand über die Stirn, während sein Herz pochte.

Ellis umklammerte ihren Bleistift und ihren Notizblock. Ihr Gesicht war eine Maske aus Angst und Besorgnis. Roman befürchtete, sie könnte fliehen.

Josiah nickte, als hätte er seine eigene Frage beantwortet. »Jetzt verstehe ich.« Roman hielt den Atem an und wartete auf die Empörung des Mannes. »Sie sehen sehr jung aus. Sie müssen den Bart tragen, damit man Sie ernster nimmt und die Leute nicht denken, Sie seien zu unerfahren.«

Roman atmete aus, als die Erleichterung ihn erfasste. Das war allerdings nur kurz so.

»Nein, nein, das ist es nicht.« Harriet schüttelte den Kopf und beugte sich dann vor. Sie hatte ihren Blick auf

Ellis gerichtet. »Jung, ja, aber das ist nicht der Grund für den Bart.« Sie hielt inne, und Roman konnte erneut nicht atmen. »Er ist *eine ... Frau.*«

Das Entsetzen in Ellis' Gesicht war unübersehbar. Und es war nicht zu leugnen, dass Harriet recht hatte.

# KAPITEL 12

Ellis zitterte, als sie verzweifelt versuchte, den Bart wieder an ihr Gesicht zu drücken. Er wollte nicht haften bleiben. Der Klebstoff war fast aufgebraucht, und sie hatte heute weniger davon verwendet, um zu sparen.

Wahrscheinlich hatte Roman den Bart beim Küssen abgelöst. Sie verfluchte ihre Dummheit und Schwäche, dass sie ihm das erlaubt hatte.

Sie musste sich mit aller Kraft zurückhalten, um nicht aufzustehen und aus der Bibliothek – oder vielleicht sogar aus dem Haus – zu fliehen. Eine andere Wahl bliebe ihr ohnehin nicht. Sie konnte nicht länger bei Roman beschäftigt bleiben.

Mr. Lacey sah Roman an. »Wusstest du, dass dein Sekretär eine Frau ist? Verzeih mir, aber du scheinst nicht sonderlich überrascht zu sein.«

Roman warf Ellis einen entschuldigenden und mitfühlenden Blick zu. »Ich wusste es, und ich gebe zu, dass eine Sekretärin für die meisten Menschen inakzeptabel ist. Sie ist jedoch äußerst qualifiziert, und ich bin unglaublich zufrieden mit ihrer Arbeit. Ich möchte euch bitten, sie nicht wegen ihres Geschlechts zu benachteiligen.«

»Selbstverständlich würde ich das nicht tun«, bemerkte Mr. Lacey, wobei er leicht beleidigt klang, was Ellis überraschte. Er runzelte die Stirn, als er Roman ansah. »Du kennst mich doch gut genug, um zu wissen, dass ich nichts dagegen hätte, wenn du die Person einstellst, die du für die Stelle für am besten geeignet hältst.«

Roman blinzelte und wirkte verwirrt. »Ich weiß, dass du fortschrittlicher denkst als die meisten Herren, aber das Thema ‚Frauen in Büro- oder Sekretariatspositionen‘ ist in unseren Gesprächen bisher noch nie zur Sprache gekommen. Ich habe wohl gar nicht daran gedacht, mit dir darüber zu sprechen.«

»Du musst dir nur ansehen, wie sehr ich Margot ermutigt habe, bei Lacey and Company mitzuarbeiten, und sogar Harriet.« Mr. Lacey lächelte seine Tochter und seine Frau an.

Nachdem Josiah darauf hingewiesen hatte, konnte Ellis verstehen, warum ihn ihre Position nicht störte. Sie war sehr erleichtert.

»Ich bin der Meinung, sie sollte einfach sie selbst sein.« Mr. Lacey richtete seinen Blick auf Ellis. »Und wer genau ist das?«

Ellis' Erleichterung war nur von kurzer Dauer, denn Panik überwältigte dieses Gefühl. Natürlich würde sie den Laceys nicht sagen, wer sie wirklich war. Sie warf einen Blick auf Roman, der ebenfalls angespannt wirkte. Er beobachtete sie erwartungsvoll und wartete offensichtlich darauf, dass sie so antwortete, wie sie es sich wünschte.

»Ich bin Mrs. Daniel Ellis, Witwe«, sagte sie viel ruhiger, als sie sich fühlte. »Mein Mann hat mich ohne finanzielle Mittel zurückgelassen, und ich habe keine Familie, also musste ich eine Anstellung finden. Wie Sie wissen, ist das für eine Frau schwierig, es sei denn, sie möchte als Hausangestellte arbeiten, was ich nicht wollte. Ich fürchte, meine Fähigkeiten liegen nicht in diesem Bereich.« Sie setzte ein selbstironisches Lächeln auf, um die Lüge glaubhaft zu machen, obwohl sie in Wahrheit keine besonders gute Hausangestellte gewesen wäre. »Mein Mann war bei einem Anwalt in Stellung. Ich habe viel von ihm gelernt und hatte gehofft, eine ähnliche Arbeit zu finden. Da mir das jedoch nicht gelang, habe ich mich als Mann verkleidet, und Lord Keele war so freundlich, mich einzustellen und mir die Möglichkeit zu geben, mich zu beweisen.«

»Was sie über meine Erwartungen hinaus getan hat«, sagte Roman entschlossen.

Ellis war unglaublich dankbar für seine Unterstützung. Er überraschte sie immer wieder damit, wie vehement er sie unterstützte, ja sogar verteidigte. Sie hatte zuvor ebenfalls Verbündete gehabt – Min, Sheff, den Herzog, ihre Freunde –, aber sie hatte noch keinen Partner gehabt, der nicht nur ihren Wert erkannte, sondern auch dafür sorgte, dass andere ihn ebenfalls erkannten und schätzten. All das bewahrte sie vor dem völligen Verlust ihrer Fassung.

»Wusstest du, dass sie eine als Mann verkleidete Frau war, als du sie eingestellt hast?«, fragte Mrs. Lacey. Ellis konnte nicht sagen, wie die Frau empfand, aber sie schien weniger enthusiastisch zu sein als ihr Ehemann. Andererseits hatte Ellis beobachtet, dass sie insgesamt zurückhaltender war.

»Ich gebe zu, dass ich es zunächst nicht wusste«, antwortete Roman. »Allerdings habe ich ihre Verkleidung relativ schnell durchschaut. Zu diesem Zeitpunkt hatte ich bereits entschieden, dass sie zu wertvoll war, um sie wieder gehen zu lassen.«

Ellis richtete ihre Aufmerksamkeit auf Margot, die während des gesamten Gesprächs still gewesen war. Sie erwiderte Ellis' Blick und ihre Miene hellte sich auf.

»Ich finde Mrs. Ellis brillant, und es wäre wunderbar, eine weitere Frau bei Lacey and Company zu haben, auch wenn sie nicht wirklich *für* Lacey and Company arbeitet.« Margot schenkte Ellis ein ermutigendes Lächeln. »Ich arbeite gerne mit ihr zusammen. Und danke, Papa, dass du mir die Möglichkeit gegeben hast, bei Lacey and Company zu arbeiten. Ich kann mir keinen anderen Vater vorstellen, der das zugelassen hätte.«

Ellis auch nicht, und sie beneidete Margot Lacey. Die junge Frau hatte wundervolle Eltern, die sie unterstützen. Kein Wunder, dass Roman nach dem Tod seiner Frau weiterhin eine enge Beziehung zu ihnen gepflegt hatte. Vor allem, da er selbst keine Eltern mehr hatte.

»Ich habe kein Problem mit der Anstellung von Mrs. Ellis«, meinte Mr. Lacey. »Es wäre sogar schade, wenn sie gehen würde. Sie ist eindeutig eine außergewöhnliche Sekretärin.«

»Kann sie sich jetzt als Frau kleiden und einfach Mrs. Ellis sein?«, fragte Margot mit besorgter Miene.

»Ich habe kein Problem damit.« Roman richtete seine Aufmerksamkeit auf Ellis, seine Augen glänzten vor Vorfreude.

Sie merkte, dass er darauf brannte, sie als Frau gekleidet zu sehen, und sie konnte die Erleichterung nicht leugnen, die sie bei dem Gedanken empfand, sich nicht mehr als Mann kleiden oder diese schrecklichen Haare im Gesicht tragen zu müssen.

Doch so sehr sie sich auch danach sehnte, sich wie eine Frau zu kleiden, musste sie doch über die Konsequenzen nachdenken. Die Bediensteten im Haus würden wissen,

dass sie eine Frau war, und je mehr Menschen davon wussten, desto größer war das Risiko, dass jemand aus dem
Haushalt der Henlows sie finden würde. Sie hatte keine
Angst mehr davor, ihnen gegenüberzutreten – und sie
hatte bereits beschlossen, dass sie Min und Sheff bald
wiedersehen wollte. Der Herzogin wollte sie nie wieder
begegnen, aber da diese offenbar nicht in London war,
bestand keine Gefahr, dass dies geschehen würde.

Das Problem bei dieser Entdeckung wäre dann allerdings, dass sie die Sekretärin des Marquess of Keele war
und keine Witwe. Sie war eine junge, unverheiratete Frau,
und ihre Position in Romans Haushalt würde als skandalös
betrachtet werden. Obwohl Ellis sich nicht um ihren
eigenen Ruf sorgte, würde sie verhindern wollen, dass
diese Situation ein schlechtes Licht auf Roman oder auf
Min oder Sheff werfen würde, wenn ihre Identität als
Mins ehemalige Begleiterin bekannt würde.

Ellis bemerkte, dass die anderen sie erwartungsvoll,
aber auch mit freundlichen Mienen und Ermutigung ansa-
hen. Sie war überraschend emotional. Warum war das so?
Weil diese Menschen sie, ebenso wie Roman wegen ihrer
Persönlichkeit und ihrer Fähigkeiten schätzten. »Vielen
Dank. Ich weiß Ihre Unterstützung und Ihr Verständnis
sehr zu schätzen. Ich werde darüber nachdenken müssen,
ob ich meine Verkleidung aufgeben möchte.« Vorerst
nahm sie allerdings den restlichen falschen Bart ab, da er
ohnehin nicht mehr authentisch aussah.

»Das verstehe ich vollkommen«, meinte Mrs. Lacey
mitfühlend. »Es wird Leute geben, die sich darüber empören, dass Keele eine Sekretärin hat, vor allem, weil Sie hier
wohnen. Ich gebe zu, dass ich mich erst an diese Situation
gewöhnen muss.«

»Aber sie ist Witwe«, argumentierte Mr. Lacey. »Sie
braucht ihren untadeligen Ruf nicht zu schützen.«

»Das muss sie nicht in derselben Weise«, gab Mrs. Lacey zu bedenken. »Dennoch wird es manche Leute geben, denen diese Situation als unangemessen erscheint, und Mrs. Ellis möchte schließlich nicht geschnitten werden.«

Mrs. Lacey hatte recht. Wenn Ellis als Frau hier arbeiten würde, wäre es vielleicht am besten, wenn sie wieder in der Pension wohnen würde. Der Gedanke, Romans Haushalt zu verlassen, stimmte sie überraschend traurig.

»Aus meiner Sicht ist es vorteilhaft, dass sie hier wohnt«, meldete sich Roman zu Wort. »Wir haben eine sehr professionelle Beziehung, und nur darauf kommt es an. Wollen wir uns nun wieder dem Geschäftlichen zuwenden?«

Ellis war ihm dankbar, dass er dem Gespräch über sie ein Ende gemacht hatte. Sie setzten die Besprechung fort, und Ellis war bemüht, nicht zu viel darüber nachzudenken, was als Nächstes passieren würde. Als die Besprechung allerdings zu Ende war, kehrte ihre Angst zurück.

Nachdem die Laceys gegangen waren, erhob sie sich von ihrem Sessel und legte den Kopf in die Hände.

Roman trat zu ihr und versuchte, seine Arme um sie zu legen. Sie wich seiner Annäherung aus. »Das kannst du nicht tun.« Sie warf einen nervösen Blick zur offenen Tür der Bibliothek. »Ich muss mich in mein Schlafzimmer zurückziehen. Ich kann nicht erlauben, dass Graham oder jemand anderes vom Personal mich ohne meinen Bart sieht – nicht, bevor ich entschieden habe, was ich tun werde.«

Roman nahm ihre Unterarme und drehte sie so, dass sie mit dem Rücken zur Tür stand. »Jetzt kann dich niemand sehen, wenn jemand hereinkommt, nicht wahr?«

Er lächelte sie liebevoll an, umfasste ihre Hände und

massierte ihre Handrücken mit seinen Daumen. »Mach dir keine Sorgen, Ellis. Alles wird gut. Du hast doch gesehen, wie die Laceys reagiert haben, und ich habe dir gesagt, dass meine Bediensteten diskret sind. Niemand wird dein Geheimnis preisgeben. Außerdem ist die Geschichte der Witwe Ellis eine gute Geschichte.«

»Jedenfalls hätte ich den Namen Ellis nicht verwenden sollen, als ich hierherkam. Wenn die Laceys oder einer deiner Bediensteten den Namen ‚Mrs. Ellis' in Bezug auf deine Sekretärin erwähnt, die rein zufällig hier *wohnt*, könnte das die Aufmerksamkeit anderer auf die Situation lenken. Und wenn dann obendrein noch mein blondes Haar zur Sprache kommt, wäre es ein Leichtes, den Zusammenhang herzustellen, dass ich Ellis Dangerfield bin, die ehemalige Begleiterin von Lady Minerva Halifax. Jetzt Lady Minerva Pierce.«

»Wer würde denn über all diese Dinge Bescheid wissen?«, fragte Roman mit einem leichten Lachen.

»*Du* hast alles kombiniert«, antwortete Ellis, und Roman verzog das Gesicht zu einer leichten Grimasse. Sie nahm ihre Hände aus seinen und faltete sie vor sich. »Vermutlich werden auch die Angestellten von Lacey and Company mitbekommen, wer ich in Wahrheit bin, ebenso wie die Mitarbeiter der Bibliothek in der New Bond Street. Der Kreis wird immer größer, und damit auch das Risiko, dass ich entdeckt werde.«

»Was wäre, wenn du weiterhin eine Perücke über deinem blonden Haar tragen würdest?«, schlug Roman vor. »Du könntest brünett sein.«

Ellis blinzelte. »Das ist eine gute Idee. Ich habe jedoch keine.«

»Dann werden wir uns eine besorgen«, entgegnete er.

»Ich benötige auch meine Garderobe aus der Pension.«

»Wir werden auch dort vorbeigehen.«

»Und was ist mit den Bediensteten?«, fragte sie. »Willst du ihnen einfach sagen, dass ich eine Frau bin?«

»Das überlass getrost mir.« Er hielt ihren Blick fest und sah sie ernst an. »Du hast gesagt, du würdest mir vertrauen.«

»Das tue ich.« Die Anspannung in ihrer Brust löste sich. Allmählich ließen ihre Angst und ihre Unruhe nach, und das nur wegen des Mannes, der vor ihr stand. Er hatte so viel für sie getan, um ihr einen sicheren Platz zu bieten. Denn das war es. Sie fühlte sich sicher. Bei ihm. Noch nie zuvor hatte sie das erlebt.

»Alles wird gut werden«, versicherte er ihr. »Ich verspreche es. Nun lass uns aufbrechen. Ich bin sehr gespannt darauf, dich in Frauenkleidern zu sehen.«

Sie schüttelte den Kopf, aber sie konnte ein Lächeln nicht ganz zurückhalten und ihre Gefühle ebenso wenig. »Ich bin dir dankbar, dass du mich unterstützt und mir die Sicherheit gibst, die ich gerade so dringend brauche. Lass mich noch ein letztes Mal den Bart anbringen, bevor wir aufbrechen.«

»Einen Moment bitte«, sagte er, bevor er den Kopf senkte und sie kurz auf die nackte Wange küsste. »Ich konnte nicht widerstehen.«

»Bitte vergewissere dich, dass sich niemand vor der Bibliothek aufhält und ich unbemerkt in mein Schlafzimmer gelangen kann.«

»Ich werde für dich Ausschau halten«, erbot er sich mit einem charmanten, koketten Lächeln, das sie mit einer fast absurden Freude erfüllte.

Er ging zur Tür und drehte den Kopf in Richtung ihres Schlafzimmers. Dann blickte er zurück und winkte sie zu sich. »Die Luft ist rein.«

Sie eilte aus dem Zimmer, und als sie an ihm vorbeiging, flüsterte er: »Ich werde jedoch deine Hinteransicht in dieser Hose vermissen.«

Ellis sah ihn über ihre Schulter hinweg an. »Wer sagt, dass ich sie nie wieder tragen werde?«

Sein sinnlicher Blick folgte ihr, als sie in ihr Schlafzimmer eilte.

~

Nachdem die beiden Ellis' Kleidung aus der Pension geholt und eine überaus kleidsame dunkelbraune Perücke für sie gekauft hatten, bat Roman Graham seine Bediensteten, sich unten zu versammeln.

Als Roman in der Küche ankam, holte er tief Luft. Die Köchin, Mrs. Long, und das Dienstmädchen, Patience, waren offensichtlich gerade mit der Zubereitung des Dinners beschäftigt. »Ich bitte um Entschuldigung, dass ich Sie alle zu dieser Tageszeit störe.« Er richtete seinen Blick insbesondere auf die Köchin. »Ich werde mich kurz fassen, das verspreche ich.«

Mrs. Long nickte zustimmend.

»Ich muss Ihnen etwas über meinen Sekretär mitteilen«, sagte Roman. »Mr. Ellis ist eigentlich kein Herr. Er ist in Wirklichkeit Mrs. Ellis, eine Witwe. Sie hat ihr Geschlecht verschleiert, weil es ungewöhnlich ist, dass eine Frau als Sekretärin eingestellt wird.«

Mrs. Long wirkte überrascht. »Das ist unerhört.«

»In den meisten Fällen ja«, stimmte Roman zu. »Allerdings ist Mrs. Ellis die beste Sekretärin, die ich je hatte, und ich möchte sie nicht verlieren. Ab heute Abend wird sie sich wieder als Mrs. Ellis kleiden, und Sie werden sie auch so ansprechen. Sie wird auch mit mir im Speisezimmer essen. Die Laceys kennen ihre wahre Identität, aber ich möchte Sie bitten, nicht zu erwähnen, dass ich eine Sekretärin habe. Es gibt Menschen, die sich darüber empören würden, und das möchte ich nach Möglichkeit vermeiden.«

»Das ist vollkommen verständlich, Mylord«, sagte Graham.

Mrs. Long warf einen Blick auf den Herd. »Ich muss mich wieder um das Abendessen kümmern.«

»Selbstverständlich. Ich danke Ihnen allen für Ihre Loyalität und Diskretion.« Roman ging wieder nach oben.

Er bemerkte, dass Graham ihm gefolgt war, und als sie das Erdgeschoss erreichten, wandte sich Roman an den Butler. »Gibt es noch etwas?«

Graham war selten nervös, aber sein Gesichtsausdruck verfinsterte sich und er zögerte einen kurzen Moment, bevor er sprach. »Ich habe mich gefragt, ob Sie mir noch etwas über Mrs. Ellis erzählen möchten.« Er schien sich auf etwas Bestimmtes zu beziehen, und Roman fragte sich, ob Graham eine Beziehung zwischen ihnen vermutete.

»Wussten Sie bereits, dass mein Sekretär eine Frau ist?«, fragte Roman.

»Ich könnte es vermutet haben, Mylord.«

Roman neigte den Kopf. »Nun, ich habe nichts weiter zu sagen, und ich erwarte von Ihnen, dass Sie jegliche Gerüchte unterbinden. Ist das klar?«

»Selbstverständlich.« Graham zögerte erneut, aber Roman sah, dass er noch etwas hinzufügen wollte. »Darf ich nur sagen, Mylord, dass es sehr schön ist, Sie öfter lächeln zu sehen.«

Roman war sich nicht sicher, was er davon halten sollte. Er war heute nach den Ereignissen der letzten Nacht mit Ellis überaus glücklich gewesen, und er hatte den Verdacht, dass sich seine Stimmung in der Zeit, seit sie im Haus war, erheblich aufgehellt hatte. Er war froh, dass sein Butler die Veränderung in seiner Stimmung bemerkte, und enttäuscht – von sich selbst –, dass sich jemand in seinem Haushalt um ihn sorgen könnte. »Vielen Dank, Graham. Ich weiß Ihre Fürsorge zu schätzen.« Er lächelte den Butler an, bevor er nach oben ging.

Roman ging direkt zu Ellis' Zimmer, um ihr mitzuteilen, dass sie mit ihm zu Abend essen und auch alle anderen Mahlzeiten einnehmen könne, und die Bediensteten nun über ihr Geheimnis Bescheid wüssten. Er klopfte an die Tür, und als sie öffnete, blieb ihm der Mund offen stehen.

Sie trug ein recht schlichtes elfenbeinfarbenes Tageskleid, aber der Stil – mit der sehr hohen Taille – betonte ihre Brust auf sehr beeindruckende Weise. Im Gegensatz zu ihrer Männerkleidung wirkte sie in dem Kleid irgendwie größer, und obwohl die Ärmel lang waren, gefiel es ihm, dass die Form ihrer Arme dennoch zu sehen war. Es war erstaunlich, wie es ihr je gelungen war, als Mann durchzugehen.

Sie raubte ihm den Atem.

Roman trat ein und schloss die Tür.

Ellis runzelte leicht die Stirn. »Das ist unglaublich unangemessen, da nun der gesamte Haushalt weiß, dass ich eine Frau bin – vorausgesetzt, du hast sie ins Bild gesetzt.«

»Das habe ich, aber das ist mir im Moment vollkommen egal.« Er starrte sie weiterhin an. »Erlaube mir einfach, dich anzuschauen.«

Sie hatte die Perücke noch nicht aufgesetzt, und ihr blondes Haar war noch immer vom Tragen der Männerperücke am Kopf festgesteckt. Ihr eleganter Hals verlangte nach seinen Küssen, aber er beherrschte sich.

»Du bist noch schöner, als ich es mir vorgestellt habe«, hauchte er. Sein Körper reagierte unverzüglich mit voller Erregung auf sie.

»In diesem schlichten Kleid?« Sie zog eine Augenbraue

hoch. »Du hast mich doch schon ganz ohne Kleidung gesehen.«

»Erinnere mich nicht daran«, stöhnte er.

Ihr Blick wanderte erneut zu seiner Erektion und er beschloss in diesem Moment, dass er sich selbst befriedigen musste, ehe sie zum Essen gingen, denn sonst würde er den Rest des Abends leiden.

»Du scheinst etwas … Hilfe zu benötigen«, stellte sie fest. Sie nahm seine Hand und führte ihn zu der gepolsterten Bank am Fußende ihres Bettes. Sie drückte ihn darauf nieder und kniete sich vorsichtig vor ihn hin, wobei sie ihr Kleid so drapierte, dass es um sie herum lag.

Romans Puls hämmerte in seinen Ohren. Er wollte ihr sagen, dass sie sich diese Mühe nicht machen müsse, aber er brachte kein Wort heraus, als sie seinen Schritt aufknöpfte.

»Ich werde dein Schweigen als Zustimmung auslegen«, meinte sie und schob ihre Hand in seine Hose, wo sie dann seinen Schaft umfasste.

Anstatt die Augen zu schließen, wie er es gerne getan hätte, konzentrierte er sich auf ihre Bewegungen, als sie seinen Penis befreite. Sie sah zu ihm auf, und ihre Blicke trafen sich.

»Ich stimme zu«, brachte er mit einer dunklen, rauen Stimme voller Verzweiflung hervor. »Mit absoluter Kraft und Entschiedenheit.«

Sie schenkte ihm ein kleines, sehr verschmitztes Lächeln, bevor sie die Eichel seines Penis leckte. Roman stöhnte laut auf und fluchte dann leise. Es war noch früh und nicht mitten in der Nacht. Er konnte solche Geräusche nicht machen.

»Ja, sei bitte leise«, wies sie ihn an, bevor sie ihn in den Mund nahm.

Gefühle, die er noch nie erlebt hatte, durchströmten

ihn. Er hob seine Hüften ihr entgegen und bettelte im Stillen um mehr. Er beobachtete ihre Bewegungen – wie ihre Hand ihn umfasste, dann sein Fleisch streichelte, wie ihr Kopf sich bewegte und ihre Zunge flink hin und her glitt.

Roman befürchtete, dass er nicht lange durchhalten würde, aber verdammt, er wollte, dass dies niemals endete. Sie saugte ihn in einem köstlichen Rhythmus, während er sich in ihrem Mund bewegte und seine Hüften bei jedem Stoß von der Bank abhoben. Er bemühte sich, die Kontrolle zu behalten, damit er sich nicht unkontrolliert erlöste.

Sie schob ihre andere Hand in seine Hose und als er sich das nächste Mal hob, streichelte sie sein Hinterteil und drückte sein Fleisch. Das Blut schoss in seinen Schwanz und er konnte nicht anders, als sich schneller zu bewegen. Sie führte ihre Hand herum und umfasste seine Hoden.

»Ellis, ich komme.«

Ihre Antwort war, ihn sanft zu drücken und ihn fester zu saugen, während ihr Mund sich mit zunehmender Leidenschaft über ihn bewegte und ihn tiefer in ihren Hals nahm. Ekstase explodierte in ihm, und er presste die Kiefer aufeinander, um nicht zu schreien. Er warf den Kopf zurück, schloss die Augen und umklammerte ihren Kopf, während er einen spektakulären Höhepunkt erreichte.

Roman erlag der seligsten Dunkelheit, als Welle um Welle der Lust ihn überkam. Nie zuvor hatte er eine solche Erfüllung oder eine derart vollkommene Freude erlebt.

Allmählich wurde er langsamer, und sie nahm schließlich ihren Mund von ihm. Er neigte den Kopf nach vorne und keuchte, während er versuchte, ein weiteres Mal zu Atem zu kommen. »Guter Gott, Ellis.«

Sie wischte sich den Mund auf eine außerordentlich

damenhafte Weise ab, als hätte sie gerade einen Keks verspeist, und stand dann auf. »Besser?«

»Mir ging es nie besser.« Er konnte kaum klar denken. Sie ging zu ihrem Schminktisch und setzte sich die Perücke auf. Schließlich kam Roman wieder zu Sinnen und machte seine Hose zu. »Was ist mit dir?«

»Was ist mit mir?«, fragte sie, während sie die Perücke an ihrem Haar feststeckte.

»Das war sehr einseitig«, sagte er.

»War es das?« Sie warf ihm einen sinnlichen Blick über die Schulter zu. »Ich habe es sehr genossen.«

Er unterdrückte ein Stöhnen, denn sie würde ihn ein zweites Mal erregen. »Du kannst dir nicht vorstellen, wie sehr mich das begeistert. Allerdings stehe ich in deiner Schuld und ich habe vor, diese vollständig zurückzuzahlen, mit Zinsen.«

»Darauf freue ich mich schon sehr. In der Zwischenzeit sollten wir uns bald auf den Weg machen, nicht wahr?«

Er stand auf. »Ich denke schon.« Er schmiedete bereits Pläne, was er an diesem Abend mit ihr machen würde. Er konnte es kaum erwarten.

Jetzt, da sein Kopf wieder klar war, wurde ihm bewusst, dass er ihr nicht mitgeteilt hatte, warum er eigentlich in ihr Zimmer gekommen war. »Ich habe mit den Bediensteten gesprochen, und sie haben mir ihre Diskretion zugesichert.« Dass Graham eine Affäre vermutete, ließ er allerdings unerwähnt. »Ich habe ihnen auch mitgeteilt, dass du von nun an mit mir zu Abend essen wirst. Zumindest hoffe ich das.« Er verbeugte sich höflich vor ihr. »Miss Dangerfield, würden Sie mir die Ehre erweisen, mich heute Abend zum Abendessen zu begleiten?«

Sie lachte leise. »Ja. Aber nenn mich nicht Miss Dangerfield, auch nicht unter vier Augen. Ich bin Mrs. Ellis.«

Er nickte. »Ich werde mich an diese Anweisung halten.«

»Geh jetzt und warte unten auf mich.« Sie winkte ihn zur Tür. »Ich muss meine Strümpfe und Stiefel anziehen und meine Pelisse und Accessoires holen.«

»Wenn es sein muss«, antwortete er mit einem Seufzer. Er grinste, als er den Raum verließ, und holte dann seinen Hut und seine Handschuhe.

Ihm wurde bewusst, dass er seit Jahren nicht mehr so glücklich gewesen war. Vielleicht war er *noch nie* so glücklich gewesen. Mit Clarissa jedenfalls nicht, obwohl er das eigentlich gehofft hatte.

Der Gedanke an seine verstorbene Frau und ihren Verrat versetzte ihn für einen Moment in Ernüchterung. Roman täte gut daran, sich an sein persönliches Gelübde zu erinnern, sich nie wieder verletzlich zu zeigen. Mit Ausnahme der Laceys hatten ihn bislang alle Menschen in seinem Leben verletzt oder verlassen.

Vielleicht würde Ellis anders sein. Aber sie beide hatten keine gemeinsame Zukunft. Sie wollte nicht heiraten, und sie war nicht die Art von Frau, die er brauchte. Sie hatte kein Vermögen und soweit er wusste, hatte sie nicht einmal familiäre Verbindungen. Ja, der Herzog von Henlow hatte ihr eine Empfehlung für eine Anstellung geschrieben, aber es war nicht so, als hätte er ihr direkt Geld gegeben.

Romans gute Laune drohte vollständig zu verschwinden. Vielleicht *würde* Ellis doch nicht anders sein. Sie hatte Geheimnisse, genau wie Clarissa. Der Unterschied bestand wohl darin, dass Ellis offen zugab, ihm gewisse Dinge vorzuenthalten, und in Aussicht gestellt hatte, ihm irgendwann vielleicht davon zu erzählen.

In Gedanken zog er eine Grimasse, betrat sein Zimmer und suchte seinen Hut und seine Handschuhe. Er wollte die Freude wiederfinden, die er vor ein paar Minuten empfunden hatte und aufhören, über die Hürden nachzudenken, die seine aktuelle Situation mit sich brachte, und die ihm das dringend benötigte Glück bescherten.

Es war nichts Falsches daran, diese Affäre mit Ellis zu genießen, solange sie andauerte. Das hatte er sich doch verdient, oder?

# KAPITEL 13

Ellis betrachtete sich im Spiegel, während sie ihre Handschuhe anzog. Die dunkelbraune Perücke war eine Verbesserung gegenüber der Männerperücke und dem Bart, aber Ellis vermisste ihre natürliches Haar. Sie freute sich auf den Tag, an dem sie wieder ganz sie selbst sein konnte.

Wie schnell sich alles gewandelt hatte. Als sie angefangen hatte, für Roman zu arbeiten, war sie froh gewesen, *nicht* sie selbst sein zu müssen.

In ihrer Eile, das Haus der Herzogin von Henlow zu verlassen, hatte Ellis nur zwei Kleider mitgenommen, die für Abendveranstaltungen als angemessen galten. Eines davon trug sie an diesem Abend, ein hellblaues Kleid von vor zwei Jahren mit einem elfenbeinfarbenen Band am Saum und an der Taille.

Romans Zofe Patience hatte Ellis angeboten, ihr beim Anziehen zu helfen, falls sie Hilfe benötigte. Ellis hatte jedoch nur Kleidung aus ihrem früheren Leben mitgenommen, die sie selbst anziehen konnte, was zugegebenermaßen den größten Teil ihrer Garderobe ausmachte.

Ihr Taschengeld für Kleidung war minimal gewesen, insbesondere im Vergleich zu Mins, und es war ihr nie gestattet worden, etwas zu Modisches zu besitzen. Nach Ansicht der Herzogin waren nur die schlichtesten und zweckmäßigsten Kleidungsstücke angemessen. Niemand würde es bemerken oder sich daran stören, wenn Ellis dasselbe Kleid mehrmals in einer Saison oder über mehrere Saisons hinweg trug.

Gelegentlich hatte Mins Zofe Ellis dabei geholfen, ein Ballkleid anzuziehen, oder sie hatte ihr das Haar frisiert. Obwohl »Ballkleid« übertrieben war, denn Ellis' Abendgarderobe unterschied sich stark von dem, was andere junge Frauen trugen. Ihre Kleidungsstücke wurden aus den günstigsten Materialien hergestellt und wiesen wenig bis gar keine Verzierungen auf. Min hatte sich dafür eingesetzt, dass sie hübschere Kleidung erhielt, aber Ellis hatte sich nie besonders darum gekümmert.

Dennoch sorgte Min oft dafür, dass Ellis' Kostüme mit zusätzlichen Bändern verziert waren, wie das Kleid, das sie heute Abend trug, oder mit Volants, und dass sie Schmuck zur Verfügung hatte, den sie anlegen konnte. Tatsächlich war jedes Schmuckstück, das Ellis besaß, ein Geschenk von Min gewesen. Und Ellis hatte kein einziges davon mitgenommen, als sie das Haus verlassen hatte. Jetzt empfand sie Bedauern, denn Min musste verärgert gewesen sein – und sie hatte jedes Recht, sich so zu fühlen. Ellis' einzige Verteidigung war, dass sie so verzweifelt gewesen war wie nie zuvor in ihrem Leben. Sie hatte nicht klar denken können. Sie hatte einfach nur so schnell wie möglich weg gewollt.

Die Handschuhe hatte Ellis bereits angezogen, als sie ihre Handtasche und ihren Umhang vom Bett nahm und hinunterging, wo Roman auf sie wartete. Sie würden zu zweit nach Marylebone zum Abendessen fahren, da Oliver

Pritchard Romans Einladung, während seines Aufenthalts in London bei ihm zu wohnen, nicht angenommen hatte. Stattdessen würde er seinen Onkel besuchen, einen Anwalt, der in Bloomsbury wohnte.

Da Mr. Pritchard nicht hier übernachtete, hatten die Laceys angeboten, heute Abend das Abendessen auszurichten, worauf Roman gerne eingegangen war. Er war kein großer Gastgeber.

Ellis war erleichtert, dass Mr. Pritchard woanders wohnte. Vorerst mussten sie und Roman sich keine Sorgen machen, dass der Bibliothekar sich im selben Haus aufhielt wie sie, während sie versuchten, eine heimliche Affäre zu führen. Zumindest hoffte sie, dass diese geheim blieb. Sie konnte nicht sagen, ob jemand im Haushalt eine Intimität zwischen ihr und Roman vermutete.

Während sie versuchte, ihre Interaktionen rein professionell und respektvoll zu halten, konnte Roman seine Reaktionen auf sie manchmal nicht unterdrücken, insbesondere wenn er sie in etwas anderem als Männerkleidung sah. Er reagierte mit überschwänglicher Begeisterung, und obwohl das sehr liebenswert war, befürchtete sie, dass jemand Verdacht schöpfen könnte.

Er wartete bereits am Fuß der Treppe auf sie und verhielt sich genau so, wie sie es erwartet hatte. Seine Augen leuchteten vor Bewunderung und Vorfreude, als er sie mit einem anerkennenden Blick musterte.

»Wunderschön«, raunte er leise, denn Graham wartete sicherlich in der Eingangshalle, um ihnen die Tür zum Verlassen des Hauses zu öffnen.

»Danke«, antwortete sie. »Würdest du mir bitte mit meinem Umhang helfen?«, fragte sie und reichte ihn ihm.

»Sehr gerne.« Er hielt das Kleidungsstück für sie und legte es ihr um die Schultern. Sie knöpfte es an ihrem Hals zu.

»Lass uns gehen«, sagte er.

Sie nahm seinen Arm nicht, als sie ihm in die Eingangshalle vorausging. Für alle anderen waren sie Arbeitgeber und Untergebene. Draußen half Roman ihr in die Kutsche, und bald waren sie auf dem Weg nach Marylebone.

»Habe ich dir schon gesagt, wie erleichtert ich bin, dass Pritchard nicht bei uns wohnt?«, fragte Roman neben ihr. Sie teilten sich nun einen Sitzplatz in der Kutsche.

»Ja, das hast du möglicherweise erwähnt.« Ihr Mundwinkel zuckte sarkastisch zu einem fast spöttischen Lächeln. »Da er nicht bei uns wohnt, musst du jedoch einen Weg finden, mit ihm über Margot zu sprechen.«

»Das stimmt«, sagte Roman. »Ich werde ihn heute Abend beiseite nehmen und ihm unsere Pläne für den morgigen Spaziergang im Park nach dem Treffen in der Bibliothek in der New Bond Street erläutern. Du wirst als Aufpasserin fungieren, was ihnen vielleicht nicht gefallen wird.«

»Das mögen die beiden wahrscheinlich nicht, aber ich fürchte, dass wir darauf bestehen müssen. Und ja, mir ist bewusst, wie scheinheilig das angesichts unserer ... Aktivitäten und der Tatsache ist, dass ich eigentlich keine Witwe bin. Ich bin jedoch bereit, ein bisschen zu schwindeln, um Margots Ruf zu schützen. Hoffentlich wird sie den Mann bald heiraten, den sie liebt, und dann wird sich alles gelohnt haben.«

Ellis hoffte aufrichtig, dass für Margot alles gut ausgehen würde. Auch wenn Ellis nicht unbedingt an ein Happy End glaubte, zumindest nicht für sich selbst, so wünschte sie doch anderen, insbesondere ihren Freundinnen, dies von ganzem Herzen.

Roman neigte seinen Kopf zu Ellis und stupste sie sanft an der Wange an.

»Was machst du da?«, fragte sie mit einem Lächeln.

»Ich genieße deinen herrlichen Duft. Habe ich dir schon gesagt, wie froh ich bin, dass du jetzt wie eine Frau duftest?«

Sie lachte. »Behalte deine Hände bis später bei dir. Ich möchte nicht, dass du meine Perücke verschiebst, wie du es mit dem Bart getan hast.«

»Ja, Mrs. Ellis.« Er faltete die Hände im Schoß, saß aufrecht da und lächelte.

Ellis streckte die Hand aus und nahm eine seiner Hände. »Das ist akzeptabel.«

Er drückte ihre Hand. »Ich nehme, was ich kriegen kann.«

Bald erreichten sie das palastartige Haus der Laceys. Ellis starrte auf die imposante, breite Fassade. Es schien noch größer zu sein als das Haus des Herzogs von Henlow am Grosvenor Square.

»Ihr Haus ist spektakulär«, flüsterte sie. Sie konnte sich nur vorstellen, wie hoch die Mitgift gewesen sein musste, die Roman erhalten hatte, als er ihre Tochter geheiratet hatte. Ellis war sehr neugierig, aber fragen würde sie ihn nicht danach.

»Lacey hat sich sehr gut geschlagen«, sagte Roman, als sie zur Tür gingen. »Zusätzlich zu seinem geschäftlichen Erfolg hat er kluge Investitionen getätigt. Er könnte nicht gegensätzlicher zu meinem Vater sein.«

Ellis verstand, warum er Josiah Lacey besonders nahestand. Roman hatte sogar angedeutet, dass Mr. Lacey für ihn der Vater war, den er sich gewünscht hätte.

Der Butler begrüßte sie, während ein Diener ihre Accessoires entgegennahm. Ellis versuchte, nicht zu sehr über die beeindruckende Eingangshalle mit ihrer hohen Decke und dem glänzenden Marmorboden zu staunen.

»Hier entlang«, bat sie der Butler und führte sie in den

Salon, wo Mr. und Mrs. Lacey warteten. Mr. Pritchard war bereits anwesend. Er stand neben Mr. Lacey, während Mrs. Lacey saß.

Wieder versuchte Ellis, in diesem unglaublich großen und elegant eingerichteten Raum nicht zu starren. Er erstreckte sich über die gesamte Vorderseite des Hauses und schloss offensichtlich an einen weiteren, wahrscheinlich ähnlich großen Raum auf der Rückseite an. Die Gemälde und die Einrichtung waren beeindruckend, und die Anzahl der Sitzgruppen übertraf die im Henlow House um eine. Es konnte jedoch nicht mit dem großen Salon – nicht zu verwechseln mit den kleinen oder familiären Salons – im Beacon Park, dem Landsitz des Herzogs von Henlow, mithalten.

Als Ellis sich im Raum umsah, stellte sie fest, dass Margot noch nicht anwesend war. Sie und Roman begrüßten ihre Gastgeber und Mr. Pritchard, der im gleichen Alter wie Ellis war. Er war freundlich und auf eine gesunde Art und Weise attraktiv. Er hatte dunkelrotes Haar und warme, goldbraune Augen, die zu seinem fröhlichen Wesen passten.

Margot betrat den Salon in einem wunderschönen rosa Seidenkleid, das mit mehreren Volants am Saum und Bändern am Ausschnitt und an den Rändern ihrer Puffärmel verziert war, und begrüßte alle mit einem Lächeln. Sie trug eine wunderschöne Perlenkette mit passenden Ohrringen, und ihr Haar war aufwendig frisiert und mit einem perlenbesetzten Kamm in Form einer Blume geschmückt.

Ihr Lächeln wurde etwas breiter, als ihr Blick auf Mr. Pritchard fiel. Ellis erkannte die Zuneigung sofort, die Margot für ihn empfand. Es war die Art, wie Persey Wellesbourne ansah, Tamsin Droxford, Gwen Somerton und Jo Sheff. Ellis *hoffte*, dass Min ihren frisch angetrauten Ehemann Evan ebenfalls so ansah. Dass Ellis dies nicht mit eigenen Augen gesehen hatte, bereitete ihr großes Bedauern.

Als Mr. Lacey nun Mr. Pritchard seiner Tochter vorstellte, schnürte sich ihr für einen Moment die Kehle zu. Die beiden gaben sich alle Mühe, so zu tun, als würden sie sich zum ersten Mal begegnen.

Sofort begannen Roman und Mr. Lacey, über die Bibliothek in der New Bond Street und das morgige Treffen mit Mr. Inman zu sprechen. Margot schloss sich eifrig der Unterhaltung an. Ellis jedoch wurde von einem Porträt angezogen, das links neben dem prächtigen Marmorkamin hing. Ein ähnliches Porträt hing auf der rechten Seite, und Ellis erkannte Margot darauf. Sie schloss daraus, dass das Porträt auf der linken Seite Clarissa, Romans Frau, darstellte. Ihr war nie aufgefallen, dass er kein Porträt von ihr in seinem Haus hatte, zumindest hatte sie keines gesehen.

Ellis betrachtete das Bildnis der Frau, die Roman geheiratet hatte. Sie hatte helleres Haar als Margot und ein längeres Gesicht. Ihre Augenbrauen waren dünner und stärker gewölbt, ihre Gesichtszüge feiner und zarter. Sie sah ein wenig wie eine Puppe aus. Etwas an ihr löste bei Ellis ein unangenehmes Gefühl aus. Vielleicht lag es einfach daran, dass die arme Frau verstorben war.

Mrs. Lacey trat neben Ellis. »Das ist Clarissa.«

»Sie war sehr hübsch«, bemerkte Ellis.

Mrs. Lacey nickte und betrachtete das Bild ihrer Tochter mit einem traurigen Lächeln. »Clarissa war eine wunderbare junge Frau, so freundlich und fürsorglich. Sie war eine sehr begabte Pianistin und eine wunderbare Sängerin. Unsere Tochter war auch eine ausgezeichnete Aquarellmalerin. Dort drüben hängt eines ihrer Werke.«

Sie deutete auf die gegenüberliegende Wand, wo ein Gemälde zu sehen war, das den Hyde Park darstellte.

Ellis bewunderte das Aquarell. »Es ist wunderschön. Sie scheint sehr talentiert gewesen zu sein.«

»Es gab fast nichts, was sie nicht erlernen konnte«, sagte Mrs. Lacey stolz. »Alle ihre Lehrer schwärmten von ihrem Talent. Sie war so begierig, neue Dinge auszuprobieren – und sie zu beherrschen«, fügte Mrs. Lacey mit einem Lächeln hinzu.

»Hat sie auch gerne gelesen, so wie Margot?«, fragte Ellis.

»Ja, aber nicht so sehr. Clarissa zog es vor, ihre Talente mit anderen zu teilen, weshalb sie so begabt in Musik und Malerei war.«

Ellis spürte Mrs. Laceys noch immer bestehende Traurigkeit und stellte sich vor, dass sie ihr gesamtes Leben so empfinden würde. »Es muss furchtbar schwer sein, ein Kind zu verlieren. Es tut mir so leid.«

»Das ist es«, stimmte Mrs. Lacey zu. »Aber wir leben weiter. Und wir haben Margot.« Ihr Blick wanderte zu ihrer lebenden Tochter, und sie lächelte erneut, diesmal jedoch mit mehr Wärme.

Der Butler trat ein und kündigte an, dass es Zeit für das Abendessen sei. Roman bot Ellis schnell seinen Arm an, damit Mr. Pritchard Margot begleiten konnte. Sie warf Roman einen dankbaren Blick zu.

Das Abendessen verlief angenehm, Margot und Mr. Pritchard machten ihre Sache als frisch geknüpfte Bekannte sehr gut. Ellis hatte sogar den Eindruck, dass es ihnen Spaß machte, so zu tun, als würden sie sich nicht kennen.

Dennoch gab es mehrere Momente, in denen Ellis ein Lächeln oder ein Kichern unterdrücken musste, als sie bemerkte, wie sie sich verstohlene Blicke zuwarfen. Sie würden bald ihre Absicht bekannt geben müssen, sich zu verloben, denn wenn die Laceys auch nur ein wenig scharfsinnig waren, würden sie bemerken, dass die beiden bereits eine Zuneigung zueinander entwickelt hatten.

Ellis war sich bewusst, dass Roman neben ihr saß, und fragte sich, ob jemand die Verbindung zwischen ihnen erkannt hatte. Das hoffte sie nicht. Sie bemühte sich sehr, ihm nicht zu viel Aufmerksamkeit zu schenken, wenn sie unter Leuten waren.

Da sie sich unglaublich zu ihm hingezogen fühlte, war das äußerst schwierig. Immer wenn er in ihrer Nähe war, vibrierte ihr Körper vor Freude und Verlangen. Und sie war einfach glücklich, in seiner Nähe zu sein. Sie genoss es, mit ihm zu arbeiten und sich mit ihm zu unterhalten.

Nachdem Ellis Clarissas Porträt gesehen und mit Mrs. Lacey über sie gesprochen hatte, hatte sie vor, ihn zu seiner Ehe zu befragen. Sie spürte jedoch, dass es Dinge über Clarissa gab, über die er nicht sprechen wollte. Das bedeutete, dass Ellis ihn überhaupt nicht auf sie ansprechen sollte. Sie hatten vereinbart, ihre Geheimnisse für sich zu behalten, doch allmählich fragte sie sich, ob sie ihre Geheimnisse nicht doch mit ihm teilen wollte.

Würde sich seine Meinung von ihr verschlechtern, wenn er wüsste, dass sie unehelich war? Da sie diese Frage nicht eindeutig beantworten konnte, entschied sie, dass sie noch nicht bereit war, ihm etwas davon zu sagen.

Sie warf ihm erneut einen Blick zu und sah, dass er sie beobachtete. Sein Blick hatte einen hungrigen Schimmer, obwohl sie gerade den letzten Gang beendet hatten. Sie kniff die Augen leicht zusammen und versuchte ihm zu vermitteln, dass er aufhören sollte, sie anzusehen, als wäre sie ein Kuchen, der verzehrt werden musste.

Roman hob sein Weinglas und gestikulierte ihr gegenüber in einer subtilen Geste des Anstoßens. Sie schüttelte fast unmerklich den Kopf. Er war unverbesserlich.

Und sie wollte ihn auch nicht anders.

~

Am folgenden Nachmittag trafen sich Roman, Ellis, alle drei Laceys, Mr. Inman und Mr. Pritchard in der Leihbibliothek von Lacey and Company in der New Bond Street. Sie versammelten sich in Mr. Inmans Büro und besprachen Mr. Pritchards neue Rolle sowie seinen Umzug von Oxford nach London.

Es galt, einen geeigneten Ersatz für Pritchard in der Oxford-Filiale zu finden, und obwohl Roman einige Kandidaten im Sinn hatte, war seine Entscheidung noch nicht endgültig gefallen. Tatsächlich wollte er zunächst einige ihrer anderen Standorte besuchen, um potenzielle Nachfolger einer Befragung zu unterziehen. Nach London war Oxford ihre größte Filiale, und er zog es vor, einen anderen ihrer Bibliothekare zu befördern, der derzeit in einem kleineren Ableger arbeitete.

Sie hatten eine Pause eingelegt, damit Inman Pritchard die Bibliothek zeigen konnte, und Harriet wollte Tee kochen. Margot hatte sich zu ihnen gesellt, um mit einem der Angestellten über einen neuen Titel von Lacey and Company zu sprechen, der nicht so oft ausgeliehen wurde, wie sie erwartet hatte. Sie hoffte, einige Anregungen zu erhalten, wie sie die Leser dazu ermuntern könnte, das Buch zu lesen.

Josiah war geblieben, um einige Unterlagen zu prüfen, die Inman in seinem Büro aufbewahrte. Er war in seine Arbeit vertieft und saß einige Meter entfernt von Roman und Ellis, deren Stühle nebeneinander standen.

Ellis beugte sich zu ihm hinüber und sprach leise. »Zu welchen Bibliotheken planst du zu reisen?«

Roman beugte sich ebenfalls zu ihr hinüber. »Möchtest du mich begleiten?«, flüsterte er.

»Ich wäre tatsächlich daran interessiert, eine weitere Zweigstelle zu besuchen. Tatsächlich finde ich die Position einer Bibliothekarin faszinierend.« Sie warf Josiah einen Blick zu. »Ich frage mich, ob Lacey and Company jemals eine Frau als Bibliothekarin einstellen würde. Es scheint ein vernünftiger Beruf zu sein, den ich als Frau ausüben könnte, ohne dass es zu viel Aufsehen erregen würde.«

Er lächelte sie reumütig an. »Das ist wahr. Da Josiah kein Problem damit hat, dass du meine Sekretärin bist, und er dich sogar für ziemlich brillant hält, würde ich sagen, dass die Chancen, dass Lacey and Company eine Bibliothekarin einstellt, nämlich dich, sehr gut stehen.« Roman wollte allerdings nicht, dass sie London verließ. Aber sie sinnierte nur oder flirtete vielleicht. Oder beides. »Vielleicht solltest du mit mir kommen«, schlug er vor.

Sie neigte den Kopf. »Warum gibt es denn keine Niederlassung in Bath?«

»Wir waren daran interessiert, dort eine zu eröffnen, doch bislang haben wir noch keinen geeigneten Standort gefunden. Vielleicht werde ich Bath zu meinen Reisen hinzufügen und mich nochmals vor Ort umsehen. Ich glaube, wir sind bald für eine Expansion bereit.«

»Keele«, rief Josiah von der anderen Seite des Raums. »Ich habe einige Unterlagen gefunden, die dein ehemaliger Sekretär wohl hier in der Bibliothek zurückgelassen hat. Inman hat sie für mich beiseite gelegt, damit ich sie heute durchsehen kann. Das ist seine Handschrift, nicht wahr?« Er hielt ein Stück Pergament mit einer ziemlich ungleichmäßigen Schrift hoch.

Roman verzog das Gesicht. »Ja, das ist seine abscheuliche Handschrift. Bevor ich ihn eingestellt habe, waren seine Schriftproben viel ordentlicher.« Er sah Ellis an, die viel über Romans ehemaligen Sekretär gehört hatte, darunter auch, dass dieser seine Fähigkeiten übertrieben positiv dargestellt hatte.

»Ich bin so froh, dass du Mrs. Ellis gefunden hast«, meinte Josiah und schüttelte den Kopf. »Der letzte Sekretär war unglaublich unfähig.«

Roman entging Ellis' stiller Stolz nicht. Er war sehr froh, sie eingestellt zu haben – aus so vielen Gründen.

Harriet kehrte mit dem Teetablett und Mr. Inman zurück. »Wer möchte Tee?«

»Ich«, antwortete Inman mit einem Lächeln. »Vielen Dank, Mrs. Lacey.«

Ellis beugte sich zu Roman hinüber. »Wo sind Margot und Mr. Pritchard?«

»Hoffentlich direkt hinter Inman«, meinte Roman. Er hoffte, dass sie nichts Unüberlegtes getan hatten.

»Hier ist eine Akte mit der Aufschrift Oxford«, bemerkte Josiah. »Ich sollte mir das wohl ansehen, da Pritchard hier ist.« Er zog ein Blatt Papier heraus und runzelte die Stirn. »Was ist das denn? ‚Meine liebste Margot ...'« Er hörte abrupt auf zu lesen.

Roman wurde nervös. Er warf Ellis einen Seitenblick zu, und ihre Blicke trafen sich. Sie schien ebenso besorgt zu sein. Sie richteten ihre Aufmerksamkeit wieder auf Josiah, dessen Gesicht sich rot färbte. Roman konnte die wenigen Male an einer Hand abzählen, bei denen er den Mann jemals erbost erlebt hatte, und dies schien unzweifelhaft einer dieser Momente zu sein.

Josiah blickte sich im Raum um, als er aufstand, und er hielt den einzelnen Bogen Papier fest umklammert, während die Mappe zu Boden fiel. »Wo ist Margot, und *wo ist Pritchard?*«

»Was ist los, mein Lieber?«, fragte Harriet alarmiert.

»Dieser verdammte Brief ist unerhört!«

Harriet schlug die Hände vor die Brust. »Was ist los?«

Josiah hielt ihr das Pergament hin. »Lies es selbst.«

Roman sprang auf. Ellis folgte ihm und legte ihr Notizbuch auf ihren Stuhl.

»Wir werden uns auf die Suche nach den beiden machen«, bot Roman an, obwohl er befürchtete, dass es bereits zu spät war, um die beiden vor einer Bloßstellung zu retten. Auf welchem Wege war ein Brief an Margot, vermutlich von Pritchard, in eine Akte gelangt? Offensichtlich hatte sein ehemaliger Sekretär ihn falsch abgelegt, und nun würde Margot den Preis dafür zahlen.

Harriets erschrockener Ausruf erfüllte den Raum, als sie sich die Hand vor den Mund schlug. Mit bleichem Gesicht reichte sie den Brief an ihren Mann zurück. »Du musst sie finden.«

»Ich gehe kurz hinaus und schaue, ob ich sie entdecken kann«, erbot sich Inman mit geröteten Wangen. Er wollte zweifellos lieber irgendwo anders sein als in seinem Büro.

Eine Suchaktion war jedoch nicht nötig, denn Inman begegnete Margot auf dem Weg nach draußen. Sie schwebte ins Arbeitszimmer, ihre Gesichtszüge strahlten vor Freude und ihre Augen waren voller unverkennbarer Leidenschaft. Tatsächlich waren ihre Lippen dunkelrosa und auch ein bisschen geschwollen, als hätte sie geküsst. Sie blickte sich im Raum um und stellte schnell fest, dass etwas nicht stimmte. Ihr freudiger Gesichtsausdruck verschwand, und Vorsicht schlich sich in ihren Blick, der dunkel wurde.

Josiah reichte seiner Tochter den Brief. »Erkläre mir das. Wo ist Pritchard?«

Margot blickte auf den Brief und holte dann scharf Luft. »Papa, ich *kann* das erklären ...«

»Ich bin mir sicher, dass du das kannst, doch dein Verhalten ist bestenfalls unangemessen und schlimmstenfalls vollkommen ruinös. Anhand des Datums auf diesem Brief kann ich erkennen, dass du und Pritchard schon seit Monaten eine Affäre habt!«

»So ist es nicht, Papa. Wir haben uns bisher nur einmal persönlich getroffen.«

»Ihr habt euch schon einmal getroffen?«, fragte Harriet entsetzt.

Margot richtete ihre Aufmerksamkeit auf ihre Mutter. »Nur einmal, Mama, aber wir schreiben uns seit fast einem Jahr. Ich hatte ihm wegen einer Angelegenheit in der Bibliothek geschrieben, und nun ja, wir begannen einen Briefwechsel. Wir haben viel gemeinsam und haben uns verliebt.«

»Das kann nicht wahr sein«, stieß Josiah verärgert hervor.

Roman trat mit einem beruhigenden Lächeln vor. »Wir sollten einen Moment innehalten. Ich bin sicher, dass du verstehen kannst, dass weder Margot noch Pritchard damit gerechnet haben, dass dies passieren würde.«

»Aber sie haben sich bereits getroffen und uns angeschwindelt«, sagte Harriet.

Josiah richtete seinen wütenden Blick auf Roman. »Wusstest du davon?«

Roman erstarrte.

»Ja, Papa, er wusste davon«, sagte Margot. »Ich habe es ihm erzählt, weil ich ihn nicht heiraten wollte. Ich habe ihm erklärt, dass ich bereits in Oliver verliebt bin.«

In diesem Moment kam Pritchard herein. Seine Gesichtszüge waren angespannt, was darauf hindeutete, dass er etwas von dem Gespräch mitbekommen hatte, als er sich dem Arbeitszimmer näherte. Vielleicht hatte Inman ihn auch gewarnt. Anstatt zurückzuweichen oder sich zu verbeugen, ging er zu Margot und stand aufrecht da, während er zu Josiah sprach.

»Sir, ich hätte schon vor langer Zeit zu Ihnen kommen sollen«, begann Pritchard mit fester, klarer Stimme. »Margot und ich haben auf den richtigen Zeitpunkt gewartet, um Ihnen von unserer Liebe zu erzählen. Ich hatte verstanden, dass Sie gehofft hatten, sie würde einen anderen heiraten.« Er warf einen Blick auf Roman. »Ich hatte gehofft, einen Weg zu finden, mich Ihnen zu beweisen, und ich glaubte, diese Gelegenheit hier in London würde mir das möglich machen. Es ist wahr, dass wir nicht ehrlich zu Ihnen waren, und das bedauere ich. Wir haben vorgegeben, uns erst gestern Abend zum ersten Mal getroffen zu haben, und wollten uns umwerben, damit Sie sehen konnten, wie sehr wir uns lieben, aber das war unrecht von uns. Wir hätten von Anfang an ehrlich sein sollen. Gestatten Sie mir bitte, das jetzt nachzuholen. Ich liebe Margot von ganzem Herzen. Wie Sie wissen, stamme ich aus einer guten Familie. Ich arbeite sehr hart, und ich denke, Sie werden mir zustimmen, dass ich eine vielversprechende Zukunft habe. Ich werde mich hervorragend um Ihre Tochter kümmern.«

Margots Gesichtszüge wurden vor Glück weicher, als sie Pritchard anstrahlte.

Harriet blinzelte und schniefte. »Sie sind verliebt, Josiah.«

»Das sind wir«, sagte Margot entschlossen. Sie sah ihrem Vater in die Augen. »Und ich möchte meinen Ehemann selbst wählen, anders als Clarissa. Sie hatte keine Wahl und sie war nicht glücklich.«

Es wurde still im Raum. Josiahs rote Gesichtsfarbe war wieder heller geworden, sodass er nun fast blass wirkte. Roman wurde unruhig. Wie viel wusste Margot? Clarissa war nicht glücklich gewesen – nicht mit Roman.

Vermutlich war sie mit ihrem Liebhaber sehr zufrieden gewesen. Doch sobald Roman von ihrer Affäre erfuhr und darauf bestanden hatte, dass Clarissa diese beendete, verfiel sie in eine Depression, bis sie krank wurde und schließlich dem Laudanum zum Opfer fiel. Hatte sie mit ihrer Schwester über ihr unglückliches Dasein gesprochen? Roman war nicht sicher, ob er das wirklich wissen wollte.

Harriet berührte den Arm ihres Mannes. »Margot hat recht. Wir haben Clarissa unter Druck gesetzt, und du hast ja gesehen, was passiert ist. Sie war unglücklich und ist krank geworden. Jetzt ist sie ... nun, sie ist nicht mehr hier, oder? Wir dürfen denselben Fehler nicht zweimal machen. Wir müssen Margot unterstützen. Mr. Pritchard hat sich hervorragend präsentiert, nicht wahr?«

»Das hat er«, sagte Josiah barsch. »Aber er ist kein Mitglied der Gesellschaft.«

»Das könnte ich werden«, sagte Pritchard. »Mein Großvater ist Baron, und ich habe bereits eine Einladung erhalten, einem Club beizutreten.«

»Wirklich?«, fragte Josiah überrascht und zog die Augenbrauen in die Höhe.

Roman wusste, dass es sich um den Phoenix Club handelte, denn er hatte Pritchard für die Mitgliedschaft empfohlen. Er hielt dies für die perfekte Möglichkeit für den jungen Mann, Kontakte zu knüpfen und interessante Menschen in London kennenzulernen. Roman kannte den Besitzer des Clubs, Lord Lucien, und er freute sich, als dieser ihm mitteilte, er wollte die Einladung aussprechen.

»Heißt das, wir können heiraten, Papa?«, fragte Margot hoffnungsvoll. »Es tut mir sehr leid, dass wir gelogen haben. Ihr beide, du und Mama, hattet so große Hoffnungen, dass Keele und ich heiraten würden, aber in Wahrheit wollen wir das beide nicht.« Sie warf Roman einen Blick zu, und er antwortete ihr mit einem leichten Nicken. »Ihr müsst verstehen, dass wir fast wie Geschwister sind.«

Harriet warf Roman und Margot einen entschuldigenden Blick zu. »Daran hätten wir denken sollen.«

Es folgte ein langer Moment der Stille, bevor Josiah seine Entscheidung verkündete. »Ja, ich stimme eurer Heirat zu.«

Margot quiekte vor Freude und umarmte ihren Vater stürmisch. »Danke, Papa. Du machst mich so glücklich.« Sie drehte sich um und umarmte ihre Mutter, während Pritchard Josiah die Hand schüttelte.

Josiah wirkte ein bisschen unruhig, doch seine Miene drückte auch Erleichterung aus. Die vier unterhielten sich noch einen Moment lang. Roman warf einen Blick auf Ellis, die ihre Augenbrauen hochzog, bevor sie sich zu ihrem Stuhl umdrehte.

Josiah verließ seine Frau, seine Tochter und seinen zukünftigen Schwiegersohn und kam mit grimmiger Miene zu Roman. »Ich hoffe, du bist nicht allzu enttäuscht. Wir hatten alle gehofft, dass du und Margot ein Paar werden würdet.«

»Margot hat die Wahrheit gesagt. Wir wollten einander wirklich nicht heiraten. Ich habe mich nicht dazu geäußert, da ich noch Hoffnung hatte, dass sich die Dinge ändern würden. Aber wir haben tatsächlich eher eine geschwisterliche Beziehung.« Roman lächelte Josiah bedauernd an. »Ich möchte, dass sie glücklich ist, und es freut mich sehr, dass sie das auch wird, vor allem mit jemandem, der für Lacey and Company so wertvoll ist. Ich halte das für eine kluge Entscheidung für alle.«

Josiah lachte leise. »Natürlich siehst du darin einen Vorteil für Lacey and Company, aber ich fühle mich dir und deiner Zukunft dennoch verpflichtet.« Er wurde ernst. »Du musst heiraten, denn du brauchst einen Erben.

Ich weiß, wie wenig du für den Heiratsmarkt übrig hast, und daher war die Heirat mit Margot eine ausgezeichnete Lösung für alle.« Er atmete aus. »Leider müssen wir jemand anderen finden – jemanden, der geeignet ist, über Beziehungen verfügt und vielleicht eine anständige Mitgift mitbringt. Lass mich dir helfen, wenn ich kann, bitte.«

Roman fühlte sich bei diesem Gespräch sichtlich unwohl, da Ellis sie mit ziemlicher Sicherheit hören konnte. Es kam ihm falsch vor, vor seiner derzeitigen Liebhaberin über seine zukünftige Ehe zu sprechen, die so schnell nicht stattfinden würde.

»Ich danke dir für dein Angebot«, entgegnete Roman. »Ich habe es nicht eilig, aber ich weiß deine Unterstützung zu schätzen.«

»Wir werden das schon hinbekommen, mein Junge«, versicherte Josiah und klopfte ihm auf die Schulter. »Das meine ich ernst. Ich betrachte dich als meinen Jungen.«

Josiah kehrte zu dem glücklichen Paar zurück, und Roman atmete tief aus, um die Anspannung der letzten Minuten abzubauen. Er richtete seine Aufmerksamkeit auf Ellis, die auf ihrem Stuhl saß. Sie schrieb weitere Notizen in ihr Buch.

Vielleicht hatte sie nicht mitbekommen, worüber sie gesprochen hatten. Wie auch immer, Roman würde die Sache nicht erwähnen.

Er setzte sich und beugte sich zu ihr hinüber. »Nun, so sollte das eigentlich nicht laufen. So viel zu unseren Plänen für die heimliche Liebesbeziehung der beiden.«

Ellis sah ihn an und lächelte. »Das Leben hält sich oft nicht an unsere Pläne, nicht wahr?«

Roman war sich sicher, dass sie sich auf ihr eigenes Leben bezog, und er musste zustimmen, dass auch sein Leben nicht den Weg genommen hatte, den er geplant hatte. Wäre das der Fall gewesen, wäre er glücklich mit Clarissa verheiratet und hoffentlich Vater.

Stattdessen war er wieder einmal allein, verlassen von Clarissa, die ihm zumindest anfangs sehr am Herzen gelegen hatte. Für einen kurzen Augenblick richtete er seine Aufmerksamkeit auf Ellis, obwohl sie sich wieder ihrem Notizbuch zugewandt hatte. Er erkannte, dass sie ihm ebenfalls am Herzen lag.

Und eines Tages würde auch sie ihn verlassen.

# KAPITEL 14

Spät am Abend saß Ellis an ihrem Schminktisch und bürstete ihr Haar. Ihr Blick war unkonzentriert, während sie über die vielen Dinge nachdachte, die ihr durch den Kopf gingen. Als sie an diesem Nachmittag in der Bibliothek gewesen waren, war eine Nachricht von Jo angekommen – über Pandora, da Jo nicht wusste, wo Ellis wohnte. Und Pandora war so freundlich gewesen, dafür zu sorgen, dass die Nachricht von jemandem aus dem Wellesbourne House überbracht wurde, der keine Livree trug.

Jo hatte für morgen ein Treffen zwischen Ellis und Rowland Harker, der ihr Vater war, in seinem Haus in Bloomsbury vereinbart. Ellis hätte aufgeregt oder zumindest nervös sein müssen, aber sie konnte nicht aufhören, sich Gedanken über die Worte zu machen, die Mr. Lacey zu Roman gesagt hatte, nachdem dieser seine Zustimmung zu der Heirat von Margot und Mr. Pritchard gegeben hatte. *»Du musst heiraten, denn du brauchst einen Erben. Wir müssen eine andere für dich finden – jemanden, der geeignet ist,* *über Beziehungen verfügt und vielleicht eine anständige Mitgift mitbringt.«*

Ellis hatte von Anfang an gewusst, dass ihre Affäre mit Roman nur vorübergehend sein würde, und sie ihrer Sehnsucht nachgab, begehrt zu werden. Außerdem wollte sie gar nicht heiraten. Aber als sie hörte, wie Mr. Lacey Romans Notwendigkeit betonte, eine Frau zu finden und die Unvermeidbarkeit seiner Heirat beschrieb, berührte sie dies in einer Weise, mit der sie nicht gerechnet hatte.

Roman *brauchte* einen Erben, und dazu war eine Marquise erforderlich – und keinesfalls jemand wie sie. Ellis besaß kein Vermögen und sie war eine Unbekannte. Sie war sogar noch weniger als unbekannt; sie war unehelich. Eine Ehe mit ihr würde ihm keinerlei Vorteil bringen, und genau das benötigte er. Tatsächlich könnte eine Ehe mit ihr eine Belastung sein.

Ein leises Klopfen an der Tür ließ sie zusammenzucken. Sie blinzelte, legte ihre Bürste beiseite und drehte sich um, als Roman eintrat. Wie sie trug auch er seinen Morgenmantel. Nachdem er die Tür geschlossen hatte, lächelte er sie an. »Da bist du ja. Ich habe auf dich gewartet.«

»Vielleicht wollte ich, dass du einmal hierherkommst«, konterte sie kokett in dem Versuch, ihre Stimmung aufzuhellen. Sie wollte nicht traurig sein, weil sie Roman verlieren würde. Sie wollte vielmehr die Zeit genießen, die sie zusammen hatten.

»Es macht mir nichts aus, hierher zu kommen«, sagte er. »Ich komme überall hin, wo du bist.«

Seine Worte waren bittersüß, weil sie heute zufällig seine Worte mitgehört hatte, die sie daran erinnert hatten, dass dies irgendwann enden würde. Es würde eine Zeit kommen, in der er *nicht* mehr dorthin gehen würde, wo sie war.

Sie verdrängte diese Gedanken und drehte sich um,

sodass sie statt Roman nun den Spiegel vor sich hatte. »Ich bitte dich nur ungern um mehr Ausgang, aber ich muss morgen Nachmittag aus persönlichen Gründen etwas erledigen. Bitte frag mich nicht, was es ist, und biete mir nicht an, mich zu begleiten.«

»Selbstverständlich. Nimm dir so viel Zeit, wie du benötigst.« Er ging auf sie zu, was sie im Spiegel sehen konnte. »Brauchst du eine Kutsche?«

Ellis schüttelte den Kopf. »Ich werde mit Jo fahren.«

Roman blieb hinter ihrem Stuhl stehen. »Das freut mich zu hören. Holt sie dich hier ab?«

»Nein, sie weiß nicht, dass ich hier wohne und arbeite. Sie holt mich am Green Park gegenüber vom Devonshire House ab.« Sie sah ihm im Spiegel in die Augen. »Und dorthin musst du mich auch nicht begleiten.«

»In Ordnung.« Er klang enttäuscht und vielleicht ein wenig niedergeschlagen.

Allerdings wollte sie nicht, dass er dachte, sie würde seine Fürsorge nicht zu schätzen wissen. »Danke für dein Verständnis – ich bin dankbar für deine Unterstützung. Und für dein Vertrauen. Ich weiß, wie schwer es dir fällt, nicht nach Antworten zu drängen.«

Er legte seine Hände auf ihre Schultern. »Darf ich?« Als sie nickte, massierte er sie sanft. Sie schloss die Augen und gab sich dankbar seufzend seiner Berührung hin.

Nach einem Moment schnalzte Roman mit der Zunge. »Ich kann immer noch nicht ganz glauben, wie sich die Dinge heute Nachmittag mit Margot und Pritchard entwickelt haben. Wäre da nicht mein unfähiger ehemaliger Sekretär gewesen, dann hätte unser Plan funktioniert.«

Ellis schlug die Augen auf. »Ich würde sagen, das Endergebnis entsprach genau dem, was die beiden sich erhofft hatten, wenn der Weg dahin auch etwas schmerzhaft war.«

»Ich hatte Angst, dass die beiden entlarvt würden«, meinte Roman und verzog das Gesicht ein wenig. »Ich war überzeugt davon, dass Harriet ihre nicht gerade subtilen Blicke bemerkt haben musste.«

Ellis lachte leise. »Das gleiche habe ich mich auch gefragt. Ich hatte Angst, dass sie irgendwann entdeckt werden würden, bevor der Plan ganz in die Tat umgesetzt werden konnte. Wenn es nicht gelungen wäre, dann wäre es eine überaus spontane Liebesbeziehung gewesen. Die beiden waren ja überhaupt nicht imstande, ihre Zuneigung zu verbergen.«

»Das stimmt«, entgegnete er und verstummte, während er den Bereich zwischen ihren Schulterblättern massierte.

»Glaubst du, es hat hier im Haus jemand bemerkt, wie wir einander ansehen?«, fragte Ellis.

»Das bezweifle ich.« Er zuckte mit den Schultern. »Selbst wenn dem so wäre, würde niemand etwas sagen.«

»Nicht dir gegenüber, aber vielleicht untereinander oder gegenüber einem Familienmitglied oder Freund.«

»Das würden meine Bediensteten niemals tun«, versicherte er zuversichtlich.

Ellis drehte sich auf ihrem Stuhl zu ihm um, und er nahm seine Hände von ihr. »Wie kannst du ihnen so bedingungslos vertrauen? Jeder hat seinen Preis oder seine Loyalität.«

»Mein Personal ist mir gegenüber loyal und es ist nicht käuflich.« Er runzelte die Stirn. »Befürchtest du wirklich, dass die Bediensteten jemandem erzählen könnten, dass wir eine Affäre haben?«

»Ich mache *mir* darüber keine *Sorgen*, aber ich akzeptiere, dass es ein Risiko gibt, und dies passieren könnte.« Sie stand auf und ging zum Bett. War sie verärgert, weil er sich angesichts der Möglichkeit, entdeckt zu werden, so unbeeindruckt gab? Oder war es die Erkenntnis, dass ihre Affäre nicht unbegrenzt war?

»Ist alles in Ordnung?« Er klang besorgt, was sehr nett war. Allerdings verstärkte das ihre innere Qual nur noch mehr.

Sie wollte sich aber nicht so fühlen. Nicht jetzt. Nicht, wenn sie diese Nacht in seinen Armen verbringen konnte und viele weitere Nächte in den kommenden Tagen und vielleicht Wochen. Sie drehte sich zu ihm um, wobei ihre Hüfte die Bettkante streifte. »Ich gebe zu, dass ich ein bisschen über meine Zukunft nachdenke. Ich werde wahrscheinlich einige Entscheidungen treffen müssen.«

»Hat das mit deiner Besorgung morgen zu tun?«, fragte er.

»Zu einem geringen Teil.« Ellis war sich nicht sicher, welche Auswirkungen die Begegnung mit ihrem Vater auf die Situation haben konnte, doch sie würde etwas verändern. Und sie musste Min – und Sheff – bald wiedersehen. Das würde viele Gefühle und vielleicht auch Entscheidungen mit sich bringen, denen sie bislang ausgewichen war.

Roman ging zum Fußende des Bettes und blieb etwa einen halben Meter von ihr entfernt stehen. »Hoffentlich bedeutet das nicht, dass du mich bald verlassen wirst. Wie soll ich ohne dich zurechtkommen?« Er lächelte.

Ellis zog eine Augenbraue in die Höhe. »Als deine Sekretärin oder als deine Geliebte?«

»Beides. Ich brauche dich, Ellis. Soll ich dir zeigen, wie sehr?« Er streckte die Hand nach ihr aus, und sie ließ zu, dass er sie an der Taille fasste und an sich zog.

»Du brauchst mich nicht. Aber du *willst* mich.« Dieser Unterschied war ihr einerlei. Der Grund, warum sie es hasste, diese Affäre enden zu sehen, bestand darin, dass sie dieses Gefühl nicht verlieren wollte. Sich gewollt zu fühlen, war das Schönste, was sie je erlebt hatte. »Du kannst Ersatz für beide Rollen finden«, schlug sie frech vor, obwohl darin zumindest für sie ein Funken Wahrheit lag. Konnte er das erkennen?

Sein Blick verdunkelte sich, als er ihren Morgenrock öffnete und auseinanderzog. »Ich will keinen Ersatz. Ich will dich.«

Er schob seine Hände in ihr Nachthemd und sie berührten ihre nackte Haut, wobei er seine Finger in sie grub, als er seinen Kopf senkte und sie küsste. Dies war keine sanfte Verführung, sondern eine Inbesitznahme – Roman bekundete seine Leidenschaft, und Ellis nahm jeden Schlag seiner Zunge und jede Berührung seiner Lippen begierig an.

Sie öffnete seinen Morgenmantel und schob ihre Hände an seiner Brust hinauf, ihre Handflächen erkundeten dieses nun vertraute Terrain. Sie legte ihre Hände auf seine Schultern, schob das Kleidungsstück nach unten, und er schüttelte es ab und ließ es zu Boden fallen. Dasselbe taten sie mit ihrem Nachthemd.

Roman umfasste ihren Rücken, während er ihren Mund eroberte. Ellis schlang ihre Arme um seinen Hals, und er hob ihr Bein, legte es um seine Hüfte und öffnete sie auf diese Weise, damit sie sich dicht an sein Geschlecht pressen konnte. Sanft hüpfte sie auf den Füßen, und er verstand. Er hob sie hoch, als sie sich an ihn warf und ihre Beine um ihn schlang.

Er hielt sie mühelos fest, drückte sie an sich und stöhnte leise, als sie ihre Hüften kreisen ließ. Dann drehte er sich um und drückte sie auf das Bett und legte sie sanft auf den Rücken. Er kroch über sie, während sie sich drehten und auf der Matratze ausstreckten. Es war, als hätten sie diesen Tanz schon unzählige Male ausgeführt. Ihre Körper waren einfach aufeinander abgestimmt. Ellis schwelgte in ihrer Verbindung und Kompatibilität, in der schieren Einfachheit, wie gut sie zusammenpassten.

Das war zumindest körperlich und geistig der Fall. Sie wollte nicht darüber nachdenken, inwiefern sie nicht zusammenpassten. Noch nicht.

Roman bedeckte ihren Hals mit wilden Küssen, während er immer wieder über ihre Haut leckte und daran knabberte. Ellis hielt ihn mit ihren Beinen gefangen und vergrub ihre Finger in seinem Haar, um ihn tiefer zu ihren Brüsten zu führen. Er brauchte keine Ermutigung, denn er fand schnell ihre Brustwarze, an der er saugte, während sie wimmerte, denn er brachte ihr Geschlecht vor Verlangen zum Zittern.

Sein Mund ersetzte seine Hand, mit dem er nun an ihrer Haut saugte. Verzweifelt nach mehr von seiner Berührung wölbte sie den Rücken vom Bett. Ihre Beine wurden schlaff, als sie sich auf die Empfindungen konzentrierte, die in ihr immer weiter anwuchsen. Das nutzte er aus und bewegte seine Hand zwischen sie und streichelte ihr Geschlecht.

Ellis löste ihre Beine von ihm, als sie sich für seine Berührung öffnete und gierig nach dem Stoß seines Fingers war. Er spielte mit ihrer Klitoris und steigerte ihr Verlangen bis zum Höhepunkt. Dann drang er mit seinen Fingern in sie ein und befriedigte ihr Verlangen nach Vollendung.

Er stieß unerbittlich zu, während er ihre Brüste küsste und daran saugte. »Komm für mich, Ellis. Komm heftig.«

Sie brauchte keine Aufforderung. Ihr Höhepunkt traf sie mit heftiger Wonne. Sie schrie immer wieder auf, ihr Körper wurde schlaff wie eine verwelkte Blume.

Doch er gewährte ihr keine Erholung. Er drehte sie auf die Seite und winkelte ihr oberes Bein an, während er sich auf das untere setzte. Er packte ihren Po und drang mit seinem Schaft während der letzten Zuckungen ihres Orgasmus in sie ein.

Die köstliche Reibung ihrer Körper, als sie sich nun aneinander bewegten, entfachte ihre Lust auf ein Neues. Er bewegte sich mit großer Präzision und streichelte sie genau an den Stellen, wo sie es am meisten wollte und wo sie die größte Empfindung verspürte. Mit jedem Stoß steigerte sich die Ekstase, bis Ellis erneut am Rande des Höhepunkts stand. Sie kam heftiger als beim ersten Mal, und ihre Muskeln krampften sich um seinen Schaft, während sie ihre Klitoris gegen sein Bein presste.

Sie spürte, wie seine Hüften zuckten, und befürchtete vage, dass er sich nicht von ihr zurückziehen würde. Genau das tat er allerdings, was sowohl eine Erleichterung als auch eine Tragödie war, da sie ihn in sich vermisste. Sie griff nach seinem Penis und streichelte ihn, während er von seinem Orgasmus erschüttert wurde.

»Mein Gott, Ellis.« Er beugte sich über sie und küsste sie, sanfter als zuvor, aber immer noch mit einer brennenden Intensität, die ihr das Gefühl gab, das Wichtigste auf der Welt zu sein.

Lächelnd schloss sie die Augen, als er das Bett verließ. Sie hörte, wie er sich säuberte, dann kam er zurück und half ihr ebenfalls, sich zu säubern. Er war ein sehr großzügiger und gewissenhafter Liebhaber, nicht wie die anderen, die sie vor ihm gekannt hatte. Aber sie war damals viel jünger gewesen, und ihre Liebhaber ebenfalls.

Roman zog die Bettdecke zurück, und sie schlüpften gemeinsam darunter. Ellis lag auf dem Rücken, und Roman lag ihr gegenüber auf der Seite. Er streckte seinen Arm aus und drückte sanft ihre Brust.

»Noch einmal?«, fragte sie mit einem leisen Lachen.

»Gewiss, aber erst nach etwas Schlaf.« Er schmiegte

sich an ihren Hals und küsste sie. »Du erschöpfst mich. Auf die beste Art und Weise.«

Er schlang seinen Arm besitzergreifend um sie, und Ellis atmete leise und tief zufrieden aus. Sehr schnell wurde Romans Atem gleichmäßig, und sie merkte, dass er eingeschlafen war.

Ellis konnte nicht so schnell einschlafen. Sie starrte eine Weile an die Decke, genoss die Glückseligkeit dieser Momente und fürchtete gleichzeitig, dass sie in nicht allzu ferner Zukunft ein Ende finden würden.

Morgen würde sich ihr Leben erneut verändern, wenn sie auf ihren Vater treffen würde. Bald würde sie sich für einen Weg entscheiden müssen – und der heutige Tag hatte ihr sehr deutlich gemacht, dass Roman nicht dazu gehören würde.

Sollte sie lieber gleich gehen, bevor sie sich selbst völlig verlor? Oder sollte sie bleiben und sich, wenn auch nur vorübergehend, an das einzige wahre Glück klammern, das sie je gekannt hatte?

~

Ellis war froh, Jo wiederzusehen. Sie vermisste ihre Freundinnen und ganz besonders Min, doch in diesem Augenblick war sie wegen der Begegnung mit Rowland Harker nervös. Nicht, weil sie ihn noch nicht *kennengelernt* hatte, sondern weil sie einander noch nicht als Vater und Tochter vorgestellt worden waren. Bislang hatte sie noch nicht mit Jo erörtert, wie sie ihm sagen würden, dass er noch eine Tochter hatten.

Ellis wandte ihren Kopf zu Jo, die neben ihr auf der Sitzbank saß und atmete tief durch, um ihre Nerven zu beruhigen. »Kommst du mit mir hinein, um ihm diese schockierende Nachricht zu überbringen?«

»Selbstverständlich.« Jo lächelte sie aufmunternd an. »Ich würde dich niemals alleine dorthin schicken. Wir Schwestern müssen zusammenhalten. Wir haben bislang nicht darüber gesprochen, wie wir ihm von dir erzählen. Vielleicht hätten wir das tun sollen. Ich habe darüber nachgedacht, Sheff mitzunehmen. Du weißt hoffentlich, dass er ein starker Verbündeter für uns beide ist. Er vermisst dich auch.«

»Und ich vermisse ihn«, sagte Ellis herzlich. »Weiß er, was du heute vorhast?«

Jo zögerte, doch dann nickte sie. »Ja. Wir haben keine Geheimnisse. Nicht mehr«, fügte sie ironisch hinzu.

Ellis lachte, wurde aber schnell wieder ernst. »Manchmal ist es schwierig, die ganze Wahrheit zu sagen, oder zumindest nicht sofort. Ich habe festgestellt, dass ich mich mit diesen Enthüllungen über meine Eltern zunächst auseinandersetzen musste. Es ist nicht so, dass ich ein Geheimnis hüten möchte – nun, vielleicht doch, da ich nicht behaupten kann, dass ich begeistert davon bin, die Identität meiner Mutter preiszugeben, und meine Unehelichkeit ist noch das geringste meiner Probleme –, ich bin einfach noch nicht bereit, ausführlich darüber zu sprechen.« Oder überhaupt jemals.

»Ich verstehe«, entgegnete Jo sanft. »Ich kann mir nur ansatzweise vorstellen, wie sehr du verletzt worden bist.«

»Ich weiß deine Freundlichkeit und Unterstützung zu schätzen.« Ellis spannte sich an. »Würdest du es ihm bitte sagen? Ich weiß einfach nicht, wie ich mich richtig ausdrücken soll.«

»Ich habe mich gefragt, ob du dies wohl von mir erwartest und nein, es macht mir nichts aus«, versicherte Jo, woraufhin Ellis erleichtert aufatmete. »Bitte hab jedoch Verständnis dafür, dass ich meine Wut möglicherweise nicht vollständig unterbinden kann. Ich bin in dieser Phase meiner Schwangerschaft außerordentlich emotional.«

»Ich verstehe das. Nicht, was das Austragen eines Babys angeht«, fügte Ellis mit einem kurzen Lächeln hinzu. »Aber ich kann mir vorstellen, wie emotional dich das macht, Baby hin oder her. Er war deiner Mutter gegenüber untreu, während sie mit dir schwanger war. Das ist unentschuldbar.«

Sie kamen bei Rowland Harkers Terrasse in Bloomsbury an.

Jo verzog das Gesicht ein wenig. »Sei bitte nicht überrascht, wie sein Haus eingerichtet und wie unaufgeräumt es ist. Er beschäftigt einen Butler und eine Köchin. Die beiden sind ein Ehepaar und wohnen im obersten Stockwerk. Eine Frau aus der Nachbarschaft kommt zum Putzen, aber nicht so oft, wie ich es für nötig halte. Immer wenn ich dies meinem Vater gegenüber erwähne, winkt er ab und sagt, er hätte ja ohnehin nie Gäste, also sei das unwichtig.«

»Und doch sind wir hier, auch wenn wir vielleicht nicht bewirtet werden«, fügte sie ironisch hinzu.

Jo lachte, als der Kutscher die Tür öffnete und sie auf den Bürgersteig traten. Als sie die Tür erreichten, hieß der Butler Peters sie willkommen. »Guten Tag, Lady Shefford.«

»Mein Vater erwartet mich«, sagte Jo. »Und das ist meine ... Freundin, Miss Dangerfield.«

»Höre ich da die geschätzte Lady Shefford?« Die Frage schwebte in die Eingangshalle, als Rowland Harker herbeikam und vermutlich aus dem Treppenhaus herüberlachte. Er blieb stehen und sah Ellis an. »Du hast eine Freundin mitgebracht. Sie kommt mir bekannt vor.«

»Ja, Papa, du hast Miss Dangerfield auf meinem Verlobungsball kennengelernt«, antwortete Jo. »Sie war viele Jahre lang Minervas Begleiterin.«

»Ach, ja, die Begleiterin, die möglicherweise die Tochter des Herzogs von Henlow ist«, bemerkte er mit einem scherzhaften Lachen.

Ellis war sofort abgeschreckt. Das war kein vielversprechender Anfang.

Jo kniff die Augen zusammen. »Papa, bitte sag das nicht.«

»Das ist ein sehr altes und abgedroschenes Gerücht«, meinte Ellis kühl und sah ihn direkt und unerschrocken an.

Er neigte den Kopf und wirkte reumütig. »Ganz recht, meine Liebe. Das war geschmacklos.«

Ellis fühlte sich etwas besänftigt und fuhr fort: »Ich bin tatsächlich nicht Henlows Tochter. Das ist in der Tat einer der Gründe, warum wir heute hier sind.« Sie konnte nicht anders, als das zu sagen, und warf Jo einen entschuldigenden Blick zu – sie würde die Enthüllung machen, nicht Ellis. Jo nickte subtil mit dem Kopf und signalisierte ihr damit, dass es in Ordnung war.

»Ich verstehe das überhaupt nicht«, sagte Harker mit einem weiteren Lachen. »Kommt doch herein und erklärt mir das Ganze.«

»Sollen wir in den Salon gehen?«, fragte Jo.

»Ja, ich denke schon, auch wenn es dort im Moment etwas unaufgeräumt ist.« Er warf Ellis einen entschuldigenden Blick zu, als er zur Treppe deutete.

»Im Moment?«, fragte Jo mit hochgezogenen Augenbrauen.

Harker lachte erneut, und Ellis fragte sich, ob er ständig lachte. »Du kennst mich gut, meine Liebe!«

Jo warf Ellis einen ironischen Blick zu und ging dann

die Treppe hinauf. Ellis folgte ihr, und ihr Vater schloss sich ihnen an.

Als sie das Wohnzimmer erreichten, gelang es Ellis gerade noch, keine Reaktion zu zeigen. Unaufgeräumt war eine große Untertreibung. Auf jeder Fläche lagen Bücher und Papiere, ebenso wie Teetassen und Gläser. Auf einem Tisch stand eine leere Karaffe. Sogar auf dem Kaminsims waren Bücher gestapelt. Eine Sammlung von Zeichenutensilien, Kohle und Bleistiften, lag auf einem Tisch am Fenster. Unzählige gebrauchte Papierbögen lagen auf dem Tisch und auf dem Boden verteilt.

Harker schien Ellis' Blick zu folgen. »Dies ist mein zweiter Arbeitsbereich«, sagte er. »Mein Atelier befindet sich im Obergeschoss, das ich Ihnen gerne zeigen würde, aber ich bin mir sicher, dass ihr nicht gekommen seid, um meine Kunst zu bewundern. Lasst uns doch Platz nehmen.« Er ging zum Hauptsitzbereich und räumte einige Dinge auf dem Sofa beiseite, damit sie sich beide setzen konnten, während er sich in einen Sessel fallen ließ, der zu ihnen hin ausgerichtet war.

»Vielen Dank«, sagte Jo. »Ich werde nicht um den heißen Brei herumreden, denn dies ist ein schwieriges Gespräch, und es gibt einfach keine Möglichkeit, dich auf seine Auswirkungen vorzubereiten.«

Harkers helle Augenbrauen zogen sich alarmiert über seinen Augen zusammen. »Meine Güte, du machst mir Angst, meine Liebe. Ist etwas mit deiner Mutter nicht in Ordnung?«

»Nein. Es geht um *dich*«, sagte Jo mit fast strengem Tonfall. »Ich weiß, dass Monogamie nicht deinem Geschmack entspricht. Allerdings war mir nicht klar, dass du diese bereits so früh in deiner Ehe mit Mama aufgegeben hast.« Sie hielt inne, und Harker wirkte etwas zurechtgewiesen. »Kürzlich ist ans Licht gekommen, dass du eine andere Frau geschwängert hast, während sie mit mir schwanger war. Darf ich dir Miss Ellis Dangerfield vorstellen, deine zweitgeborene Tochter.«

Harkers braune Augen weiteten sich, als er scharf Luft holte. Er musterte Ellis einen Moment lang. »Ach, ja, ich sehe es. Die Haarfarbe natürlich und die Augen. Vielleicht sogar das Lächeln, wenn ich es sehen könnte.« Er neigte den Kopf und betrachtete sie noch einen Moment lang. »Und wer ist noch gleich die Mutter? Ich kann mich an niemanden namens Dangerfield erinnern.«

»Ihre Mutter ist die Herzogin von Henlow«, brachte Jo mit zusammengebissenen Zähnen hervor, als würde sie versuchen, nicht zu knirschen. »Meine Schwiegermutter.«

Harker presste die Lippen zusammen. »Oh, ich verstehe. Nun, das ist etwas unangenehm, nicht wahr?«

»*Unangenehm?*« Ellis hatte das Wort nicht laut aussprechen wollen, aber es kam ihr ungläubig über die Lippen.

Jo verschränkte die Hände vor ihrem Bauch und runzelte die Stirn. »Papa, es ist weitaus ernster als das, und ich glaube, das weißt du sehr gut. Du hattest eine Affäre mit einer *Herzogin*, und sie hat dein Kind zur Welt gebracht.«

»Das wusste ich nicht«, versicherte er und hob die Hände, als könne man ihm keine Schuld geben. »Aber selbst wenn ich es gewusst hätte, was hätte ich tun sollen?« Er blinzelte. »Warum bist du denn nicht *Lady* Ellis? Wollte Seine Gnaden dich nicht anerkennen?«

»*Ihre Gnaden* wollte mich nicht anerkennen«, sagte Ellis leise. »Ich wurde zur Adoption an die Dangerfields gegeben. Sie waren Freunde der Familie Seiner Gnaden.«

Harker schlug die Hände auf die Knie. »Nun, das ist ja eine schöne Geschichte.«

Jo blickte ihn finster an. »Das ist keine Geschichte, die

man zur Unterhaltung erzählt. Das ist Ellis' *Leben*. Ich habe sie heute hierher gebracht, damit du sie kennenlernst. Du bist ihr Vater. Ihr Adoptivvater und ihre Adoptivmutter sind vor vielen Jahren gestorben, und der Herzog hat sie als Minervas Gesellschafterin in seinen Haushalt aufgenommen.«

»Du sagst, der Herzog habe sie aufgenommen. Warum wollte die Herzogin ihre Tochter nicht zurückhaben?«

Ellis konnte sich ein spöttisches Lachen nicht verkneifen. »Ihre Gnaden hatte keine Verwendung für mich. Sie hat mir nur erlaubt, Mins Begleiterin zu sein, weil der Herzog darauf bestanden hat. Aber ich möchte heute nicht über sie sprechen. Eigentlich möchte ich nie wieder über sie sprechen. Sie ist keine Mutter, zu der *ich* mich bekennen möchte. Ich bin heute hierhergekommen, weil ich mich gefragt habe, ob Sie vielleicht dieser Vater sein könnten, aber bisher bin ich skeptisch.«

Seine Gesichtszüge wurden weicher. »Ich werde mein Möglichstes tun, um deine Bedenken auszuräumen. Der Grund für deinen Besuch ist wunderbar. Ich freue mich immer, eines meiner Kinder zu treffen.«

*Eines* seiner Kinder? Ellis wandte ihren Kopf zu Jo, um ihre Reaktion zu sehen.

»Meine Güte, Papa, wie viele uneheliche Kinder hast du denn?« Jo hob entsetzt die Stimme und zog die Augenbrauen zusammen. Sie warf Ellis einen Blick zu und murmelte: »Entschuldigung.«

Ellis winkte sanft ab. »Ich bin nicht beleidigt. Ich *bin* eine seiner unehelichen Töchter.« Sie sah Harker mit leicht zusammengekniffenen Augen an. »Ich habe dieselbe Frage bezüglich möglicher Halbgeschwister.«

»Nur ein paar«, antwortete er ohne einen Hauch von Bescheidenheit. »Das sind drei Töchter und zwei Söhne.« Er klang tatsächlich stolz.

Jo starrte ihn mit offenem Mund an. »Warum hast du mir nie von ihnen erzählt?«

Harker trommelte mit den Fingern gegen sein Bein. »Ich dachte, du würdest es nicht schätzen, von ihnen zu hören, und anscheinend habe ich recht. Ich sehe, dass du wegen meiner Affäre mit der Herzogin verärgert bist.«

Jo seufzte und verdrehte die Augen. »Sich über dich zu ärgern, ist sinnlos. Du bist ein schamloser Mann, aber du bist auch liebenswert und liebevoll. Wenn du dir vielleicht die Mühe machen würdest, dein Haus aufzuräumen, könntest du eines Tages ein Treffen mit all deinen Kindern veranstalten.«

»Das wäre schön«, entgegnete Harker, als hätte er noch nie darüber nachgedacht. »Und hier haben wir noch einen Neuzugang.« Er strahlte Ellis an. »Darf ich sagen, wie schön du bist? Du hast mehr von mir als von deiner Mutter, finde ich, aber du hast eindeutig ihr stures Kinn«, fügte er lachend hinzu. »Ich würde gerne ein Porträt von dir anfertigen. Ich habe alle meine Kinder gemalt.«

»Wirklich?«, fragte Ellis.

Harker nickte.

Ellis war neugierig, zumindest das von Jo zu sehen. »Ich würde gerne deines sehen.«

Jo presste die Lippen zusammen. »Papa muss es dir zeigen. Er malt sie für sich selbst, nicht für uns.«

»Ich verstehe.« Ellis musste sich das Lachen verkneifen. Jo *hatte* sie gewarnt, dass er egozentrisch sei, aber er war fast schon komisch.

»Nun, das ist großartig«, sagte Harker fröhlich zu Ellis. »Wie lange warst du denn Mins Begleiterin?«

»Mehr als fünfzehn Jahre.«

»Jetzt ist sie verheiratet«, stellte Harker fest. »Ich kann mir nicht vorstellen, dass du immer noch ihre Begleiterin bist. Was machst du jetzt?«

»Ich gehe meinen eigenen Weg«, antwortete Ellis vage.

Die goldenen Sprenkel in Harkers braunen Augen funkelten. »Das klingt faszinierend. Ich würde gerne alles darüber erfahren. Ich schätze unabhängige Frauen sehr. Das hat mich an Jos Mutter gereizt. Sie ist eine beeindruckende Geschäftsfrau.« Er sprang auf. »Komm, ich zeige dir das Atelier. Jo, kommst du mit?«

Jo sah Ellis an, und Ellis schüttelte leicht den Kopf. Sie würde ein paar Minuten allein mit Rowland Harker zurechtkommen. Tatsächlich wollte sie das sogar.

»Ich werde hier warten, wenn es euch nichts ausmacht«, antwortete Jo. »Ich bin heute Nachmittag etwas müde.«

»Das ist verständlich. Ich freue mich auf die Geburt meines zweiten Enkelkindes, aber es ist das erste, das Herzog werden wird.« Er klatschte mit den Händen und lachte fröhlich.

»*Du hast bereits ein Enkelkind?*«, fragte Jo ungläubig.

»Nur eines«, antwortete er stolz. »Ein Mädchen.«

Jo und Ellis tauschten ungläubige und amüsierte Blicke aus.

»Mein Kind könnte auch ein Mädchen werden. Ich hoffe, du wirst nicht enttäuscht sein.«

Er winkte ab. »Ach was, du wirst viele Kinder haben, da bin ich sicher. Zumindest bis du einen Erben geboren hast. Das ist jetzt deine Pflicht, meine Liebe.« Er zwinkerte ihr zu, bevor er zur Tür ging. »Komm, Ellis«, sagte er. »Ich würde mich sehr freuen, wenn du mich Papa nennen würdest.«

Ellis glaubte nicht, dass sie dazu imstande wäre. Solomon Dangerfield war ihr einziger »Papa« gewesen.

»Ich glaube, ich würde es vorziehen, Sie Rowland zu nennen, zumindest vorerst«, entgegnete sie.

Er nickte ihr ernst zu. »Ich verstehe. Wir dürfen nichts

überstürzen. Wir sollten uns erst einmal kennenlernen.« Er streckte ihr seinen Arm entgegen. »Komm, nimm meinen Arm.«

Sie ging zu ihm hinüber und nahm seinen Arm, während er sie aus dem Zimmer und die Treppe hinauf in den zweiten Stock führte.

»Ich bitte um Entschuldigung, aber mein Atelier ist noch unordentlicher als das Wohnzimmer«, meinte er ein bisschen verlegen.

Ellis fragte sich, wie das möglich sein konnte, doch das sollte sie bald herausfinden. Das Atelier war sehr groß, da es die gesamte Vorderseite des Hauses einnahm.

»Das Morgenlicht muss hier hervorragend sein«, bemerkte sie. Das war alles, was ihr zu ihrer Umgebung einfiel. Überall standen Staffeleien, Farben, Pinsel, Eimer und Tücher herum. Es gab ein paar leere Leinwände, aber weit mehr, die sich in verschiedenen Stadien der Fertigstellung befanden. Es sah so aus, als befänden sich die fertigen Bilder an der gegenüberliegenden Wand. Auch die Wände waren mit seinen Gemälden bedeckt.

»Ich male gerne.« Ellis erschrak, als er in die Hände klatschte.

»Wunderbar! Zwei meiner anderen Kinder sind ebenfalls künstlerisch begabt. Die arme Jo kann nicht einmal eine einfache Blume zeichnen.«

In den nächsten Minuten zeigte er ihr den Raum und viele seiner Werke. Sie reichten von Landschaften über Stillleben bis hin zu Porträts. Die Bilder seiner Kinder schmückten den Raum zwischen den vorderen Fenstern. Darunter war auch ein sehr hübsches Bild von Jo aus früheren Jahren.

»Wie alt ist Jo auf diesem Bild?«, fragte Ellis.

»Siebzehn, glaube ich.«

Ellis musste zugeben, dass er sehr talentiert war. »Ich

bin überrascht, dass ich Ihre Werke noch nie gesehen habe.«

Er zuckte mit den Schultern. »Vielleicht doch, aber manchmal male ich monatelang oder sogar jahrelang nicht. Ich male eine Weile, dann schreibe ich eine Weile, dann bastele ich eine Weile an Experimenten herum. Mein Labor ist dort hinten.« Er zeigte durch eine Tür. In der Nähe von Ellis befand sich eine weitere Tür. Sie stand einen Spalt offen, also steckte sie ihren Kopf hinein. »Was ist hier drin?«

»Das ist mein spezielles Atelier.«

Vor dem Kamin stand eine breite, dunkelblaue, mit Samt bezogene Chaiselongue. Auf der Chaiselongue und auf dem Boden lagen mehrere Seidenkissen. Verschiedene Arten von Beleuchtung, darunter Kerzenleuchter, Kerzenständer und Stehleuchten, standen verstreut herum. Aber all das war nichts im Vergleich zu den Porträts, die die Wände bedeckten. Sie waren nicht wie die im Hauptatelier – es waren intime, sinnliche Porträts von Frauen in verschiedenen Stadien der Entkleidung und Hingabe. Es gab auch einige Porträts von Männern in derselben Art.

»Ich hatte nicht vor, dir diesen Raum zu zeigen«, meinte er mit einem nervösen Lachen. »Du bist natürlich eine unschuldige junge Frau. Ich bin jedoch ziemlich stolz auf sie. Das sind alles Menschen, die mir irgendwann einmal sehr am Herzen lagen. Ein Teil von mir liebt sie alle noch immer.« Er wandte seinen Blick Ellis zu. »Ich nehme an, Jo hat dir von meiner Ausschweifung erzählt. Wenn nicht, wüsstest du spätestens seit unserem Gespräch vorhin, was das bedeutet.«

»Ja, ich wusste darüber Bescheid.« Ellis konnte nicht umhin, den Raum zu mustern. Plötzlich fiel ihr Blick auf eines der Porträts in der Nähe des Kamins. Sie erkannte die dargestellte Person. Tatsächlich hatte Ellis das Bildnis neulich Abend im Haus der Laceys gesehen.

Es war Clarissa, Romans Frau.

Ellis ging auf das Porträt zu. »Wer ist das?«

»Das war eine meiner Schülerinnen«, sagte er. »Sie war sehr talentiert. Mit dem Pinsel, meine ich.«

Da sie annahm, dass seine letzte Bemerkung auf eine andere Fähigkeit anspielte, sah Ellis ihn an. »War sie auch Ihre Geliebte?« Angesichts der Anwesenheit des Porträts in diesem Raum schien das wahrscheinlich.

»Aber ja«, antwortete er nonchalant. »Wie alle anderen hier an den Wänden auch. Clarissa war eine meiner längeren Affären. Ich bin stolz darauf, sagen zu können, dass uns eine tiefe und beständige Liebe verband.«

*Liebe?* Obwohl sie mit Roman verheiratet war?

»War sie verheiratet, wie die Herzogin?«, fragte Ellis, obwohl sie die Antwort bereits kannte.

»Ich fürchte ja.« Sein Tonfall klang nicht reumütig, zumindest nicht in Bezug auf seine Handlungen. Es schien eher so, als bereue er es, Ellis davon erzählen zu müssen. »Die meisten Frauen hier sind verheiratet. So ist es weniger kompliziert. Ich bin verheiratet, sie sind verheiratet ... niemand erwartet etwas Dauerhaftes.«

»Und waren Sie einer dieser Personen treu?« Ellis war sich sicher, dass sie auch darauf die Antwort kannte. »Oder sind Sie in keiner Weise in der Lage, monogam zu leben?«

»Ich kann eine Zeit lang treu sein, aber nicht lange.« Er beugte sich mit einem verschmitzten Ausdruck zu ihr hinüber. »Normalerweise gibt es mehr als ein Pferd im Stall, wenn du verstehst, was ich meine.«

Ellis war über die allgemeine Einstellung und das Verhalten ihres Vaters entsetzt und auch über die Tatsache, dass er eine Affäre mit Romans Frau gehabt hatte. »Ausschweifend« war noch eine Untertreibung, um ihn zu beschreiben. Er führte ein Leben, das sie einfach nicht nachvollziehen konnte.

Das Schlimmste war jedoch seine Affäre mit Clarissa. Wusste Roman, dass seine Frau ihm untreu gewesen war?

Vielleicht bevorzugte er deshalb eine Vernunftehe – denn er war betrogen worden. Allerdings war seine Ehe mit Clarissa von ihren Eltern arrangiert worden. Es war keine Liebesheirat gewesen. Dennoch musste es sehr schmerzvoll sein, betrogen zu werden, selbst wenn man seinen Ehepartner nicht liebte.

Ellis konnte jedoch nicht sicher sein, dass er davon wusste. Sie wollte ihn fragen, aber da sie nicht bereit war, ihm ihre Vergangenheit zu offenbaren, konnte sie von ihm auch nicht erwarten, dass er das tat.

»Was ist mit Ihrer ‚tiefen und beständigen Liebe‘ passiert?«, fragte Ellis trocken und wandte sich vom Porträt ab.

»Meine Liebe ist beständig, aber dennoch im ständigen Wandel«, meinte er mit einem Seufzer. »Sie wurde etwas zu anhänglich, und ich habe sie ermutigt, zu ihrem Ehemann zurückzukehren – und zu ihrer Pflicht.«

Ellis begann, diesen Mann nicht zu mögen. »*Sie* hat eine Pflicht, aber Sie – der Ehemann von Jos Mutter – haben keine?«

»Das habe ich vermutlich verdient«, meinte er leise. »Meistens bin ich allen gegenüber sehr eindeutig, was meine Erwartungen in Bezug auf Liebesbeziehungen angeht. Die einzige Person, die ich wirklich getäuscht habe, war Jos Mutter, und das lag daran, dass ich nicht gewusst hatte, dass ich das tun würde. Ich habe mich in sie verliebt und dachte, ich würde nie jemand anderen wollen. Das war allerdings ein Irrtum.«

»Also wussten Clarissa und andere Frauen wie sie, dass Ihre Zuneigung nur von kurzer Dauer sein würde?«

»Wie ich bereits sagte, sind die meisten dieser Frauen verheiratet. Keine hat eine dauerhafte Beziehung erwartet. Jedenfalls sollten sie das nicht getan haben. Wie könnten sie auch? Es ist ja nicht so, als würde sich jemand wegen einer Affäre scheiden lassen«, sagte er spöttisch. »Jos Mutter und ich sind nicht einmal geschieden, und wir haben nie zusammen gelebt. Clarissa war vielleicht ein bisschen zu naiv. Sie war jünger als die meisten meiner Geliebten.« Er holte tief Luft und lächelte. »Genug davon. Ich würde dich gerne bald malen, wenn du damit einverstanden bist.«

Der Wechsel des Gesprächsthemas über seine ehemalige Geliebte zum Wunsch, ein Porträt zu malen, fand Ellis irritierend. Tatsächlich fühlte sie sich, als wäre sie in einer Kutsche auf einer furchtbar unebenen Straße hin und her geschleudert worden. Sie war sich nicht sicher, ob sie überhaupt in der Lage war, irgendeine Form von Beziehung zu diesem Mann zu entwickeln. »Es fällt mir schwer, nachzuvollziehen, wie Sie all diese Menschen so behandeln können, und wie Sie so gefühllos sein können. Zudem bin ich wirklich überrascht, dass noch niemand Sie zu einem Duell herausgefordert hat. Oder hat tatsächlich keiner der Ehepartner Ihrer Geliebten jemals erfahren, dass sie durch Sie betrogen worden sind?«

»Einige dieser Ehemänner haben herausgefunden, dass ihre Frauen eine Affäre hatten, aber nicht einer von ihnen hat Genugtuung verlangt.« Er zuckte mit den Schultern. »Vielleicht wussten diese Männer nicht, wer ich war, und sie waren nur darüber im Bilde, dass ihre Frau eine Affäre hatte. Ich kann mir vorstellen, wie schwer es sein muss, so etwas zu verbergen, und aus diesem Grund achte ich darauf, dass solche Verwicklungen in der Regel von kurzer Dauer sind. Ich habe mich gefragt, ob Clarissas Ehemann Bescheid wusste.«

Ellis wollte gar nicht daran denken, dass Roman hinter diese Täuschung gekommen sein könnte. Es machte sie unglaublich wütend, und dabei war das Ganze ja nicht einmal ihr passiert. Sie musste Harkers Gegenwart entfliehen, ehe sie noch etwas sagte, was sie später bereuen könnte. »Ich sollte zu Jo zurückkehren. Sie ist müde, und ich möchte sie nicht zu lange aufhalten.«

»Natürlich.« Rowland bedeutete ihr mit einer Geste, ihm aus seiner grellen Liebeskammer voranzugehen, und sie kehrten ins Wohnzimmer zurück.

»Ich bin bereit zu gehen«, sagte Ellis und versuchte, ihre Stimme nicht zu ernst klingen zu lassen. Sie fühlte sich, als würde sie eine enorme Last tragen.

Jo erhob sich schwerfällig, während ihr Vater ihr eilends zu Hilfe kam.

»Du bist zu schnell aufgestanden«, sagte er mit sanft gerunzelter Stirn. »Ich hätte dir aufhelfen können.« Er wandte seinen Kopf Ellis zu. »Ich hoffe, ich habe dich heute nicht allzu sehr schockiert, meine Liebe. Ich bin sehr begeistert, dass ich eine neue Tochter habe. Nun, im eigentlichen Sinne keine neue Tochter, aber neu für mich.« Er lachte leise. »Ich hoffe, wir können in Zukunft eine enge Beziehung aufbauen.«

Jo sah ihn mit zusammengekniffenen Augen an. »Setze Ellis nicht unter Druck, Papa. Sie muss sich erst einmal an vieles gewöhnen, insbesondere nach der Art und Weise, wie die Herzogin sie über so viele Jahre hinweg so scheußlich behandelt hat.«

Rowland zog die Nase kraus. »Ich muss gestehen, dass ich sie bei deiner und Sheffs Verlobung nicht mehr so sehr gemocht habe wie vor so vielen Jahren.« Nun sah er zu Ellis. »Es tut mir leid, wenn sie dir Kummer bereitet hat. Wenn ich irgendetwas für dich tun kann, lass es mich bitte wissen. Ich habe vielleicht nicht viel Geld, aber ich habe Beziehungen und bin allgemein sehr beliebt. Ich glaube, Jo wird dir bestätigen, dass ich dir immer ein Lächeln ins Gesicht zaubern kann.«

Da war Ellis sich nicht so sicher. Im Moment war ihr nicht zum Lächeln zumute.

»Vielen Dank«, entgegnete sie diplomatisch.

Einen Augenblick später verabschiedete sie sich zusammen mit Jo. Sobald sie draußen waren, wandte sich Jo an sie. »Du hast einigermaßen erschüttert gewirkt, nachdem du im Atelier mit ihm gewesen bist. Was ist passiert?«

Sie warf Jo einen angewidert Blick zu. »Ich bin über seine schmutzige Galerie von Geliebten gestolpert.«

Jo runzelte die Stirn. »Deren Existenz hatte ich vollkommen vergessen. Das tut mir wirklich leid. Das hat deine Gefühle ihm gegenüber sicher nicht gerade verbessert. Er ist kein schlechter Mensch, nur unglaublich hedonistisch. Er kann seine Impulse nicht kontrollieren und es bereitet ihm Schwierigkeiten, die Perspektive anderer zu verstehen.«

»Das habe ich bemerkt«, entgegnete Ellis. »Wie geht es dir jetzt, nachdem du erfahren hast, dass er noch andere Kinder und sogar ein Enkelkind hat?«

Jo machte ein Geräusch in ihrer Kehle. »Ehrlich gesagt kann ich mich nicht einmal mehr darüber aufregen. Gerade wenn ich denke, er könnte mich eigentlich nicht noch mehr schockieren, gelingt ihm genau das doch, und das Ergebnis ist, dass ich nicht mehr schockiert bin.«

Ellis konnte nicht behaupten, dass sie ebenso empfand. Es war wahrhaftig eine erschreckende Erkenntnis, dass

Romans Frau eine der Geliebten ihres Vaters gewesen war. Sie wusste nicht, wie sie diese Neuigkeit verarbeiten sollte. Sie war sich nicht sicher, wie sie Roman ansehen sollte, ohne dass er sofort bemerkte, dass etwas nicht in Ordnung war. Sie musste sich etwas ausdenken, wie sie ihre Aufgewühltheit verbergen konnte.

Als sie sich in der Kutsche niedergelassen hatten, wollte Ellis das Gespräch über ihren Vater beenden und ein erfreulicheres Thema anschneiden. Sie drehte sich zu Jo. »Ich würde Min gerne bald wiedersehen. Vielleicht könnten wir uns im Wellesbourne House treffen, wenn Pandora damit einverstanden ist. Vermutlich ist sie das bereits.«

Jos Augen blitzten überrascht auf. »Das freut mich sehr! Ich werde mit Pandora und Min sprechen und alles arrangieren.« Sie grinste Ellis an. »Min wird sich sehr freuen.«

»Ich auch – oder zumindest werde ich mich freuen, wenn ich sie sehe.« Im Moment konnte Ellis nicht aufhören, über das nachzudenken, was sie über Romans Frau erfahren hatte.

»Heißt das, du wirst uns dann erzählen, wo du wohnst und wie es dir derzeit geht?«

Ellis schüttelte den Kopf. »Das werde ich noch nicht tun. Ich muss erst einige Entscheidungen bezüglich der Frage stellen, wie es weitergehen soll. Im Moment möchte ich nur Min sehen.«

Jo nickte, lächelte jedoch. »Ich bin sicher, dass du dir darüber bereits im Klaren bist, aber wir alle würden dir gerne helfen und dich bei deiner Entscheidung unterstützen.«

»Ja, das weiß ich«, antwortete Ellis leise. Sie hatte wirklich wunderbare Menschen um sich, auf die sie sich verlassen konnte. Roman zählte auch zu ihnen.

Aber ihre Affäre mit ihm unterschied sich nicht von

denen, die ihr Vater hatte. Ihre Beziehung zu Roman würde enden, und sie befürchtete, dass dies früher geschehen würde, als ihr lieb war.

# KAPITEL 15

Roman lektorierte ein Manuskript für Lacey and Company, doch die Worte verschwammen ihm vor den Augen. Er musste feststellen, dass er nichts von dem in den letzten Minuten Gelesenem behalten hatte. Er blinzelte und lehnte sich in seinem Stuhl zurück, ehe er dann zu Ellis' leerem Schreibtisch blickte.

Sie hatte sich nach oben in die Bibliothek zurückgezogen, um dort zu arbeiten, weil sie der Versuchung entgehen wollte. Das war das Vernünftigste, da Roman seine Hände nicht bei sich behalten konnte und dies auch nicht wollte. Aber sogar allein hatte er Schwierigkeiten, sich zu konzentrieren.

Ellis schien seit ihrem Ausflug neulich in Gedanken versunken zu sein. Er hätte sie gerne gefragt, wohin sie gegangen war und was sich ereignet hatte, doch er hielt sich zurück.

Dennoch verbrachten sie die Nächte eng umschlungen und ihre Leidenschaft war nicht weniger geworden. Wenn überhaupt, hatte sie noch an Intensität zugenommen. Roman litt sehr, wenn er sie nicht berühren konnte.

Er vernahm Schritte, die sich der Tür näherten, und er hielt den Atem an, in der Hoffnung, es sei Ellis.

Es war Graham.

Der Butler stand an der Türschwelle. »Ich habe einen Brief für Sie, Mylord.«

Roman winkte ihn herein.

»Dieser wurde von einem der Laufburschen von Lacey and Company zugestellt.« Graham reichte Roman den Umschlag.

»Vielen Dank, Graham.«

Der Butler drehte sich um und ging, während Romans Blick auf einem einzigen Wort verweilte, das auf der Rückseite des Umschlags unter dem Siegel stand: *Vertraulich*.

Er drehte ihn um. Er war an ihn adressiert und trug die Anschrift von Lacey and Company in der Paternoster Row. Die Handschrift wirkte weiblich, doch er kannte sie nicht. Er öffnete den Umschlag und nahm das Schreiben heraus. Langsam klappte er den Briefbogen auf und fing zu lesen an.

*Lord Keele,*

*ich hoffe, dieser Brief findet Sie wohlauf und erfolgreich in Ihren geschäftlichen Unternehmungen. Ich habe erfahren, dass Sie kürzlich eine »Mrs. Ellis« als Ihre Sekretärin eingestellt haben. Diese Frau wohnt, was recht unkonventionell ist, in Ihrem Haushalt. Wie modern von Ihnen. Allerdings ist sie gar keine »Mrs.«. Tatsächlich handelt es sich um Miss Ellis Dangerfield, die ehemalige Begleiterin meiner Tochter Lady Minerva. Ich kann mir nicht vorstellen, wie Miss Dangerfield in Ihre Dienste gekommen ist, denn sie ist eine äußerst nutzlose Person. Ich kann nur vermuten, dass sie unter dem Deckmantel einer Sekretärin in Ihrem Haushalt lebt, aber in Wahrheit Ihre Geliebte ist.*

Romans Hände zitterten, als die Wut in ihm hochkochte. Hatte jemand in seinem Haushalt die Natur seiner Beziehung zu Ellis preisgegeben? Und das, obwohl er ihr versichert hatte, dass keiner ein Wort darüber verlieren würde. Er hielt den Atem an, während er weiterlas.

*Ich befinde mich in einer schwierigen finanziellen Lage und bin sicher, dass Sie mir helfen können. Ich benötige fünftausend Pfund. Im Gegenzug wird niemand erfahren, dass »Mrs. Ellis« in Wirklichkeit Miss Ellis Dangerfield ist und dass sie die in Ungnade gefallene ehemalige Begleiterin der Tochter eines Herzogs ist.*

*Sollten Sie sich weigern, habe ich ein recht detailliertes Manuskript vorbereitet, das ich verschiedenen Verlagen vorlegen werde, natürlich nicht Lacey and Co., da das unangebracht wäre. Darin werden die zahlreichen Indiskretionen von Mrs. Dangerfield in allen Einzelheiten beschrieben. Sie können sich nicht vorstellen, wie skandalös ihr Verhalten in der Vergangenheit war, einschließlich eines äußerst ruinösen Geheimnisses, das fast niemand kennt. Sie müssen verstehen, Mrs. Dangerfield ist <u>unehelich</u>.*

War es das, was Ellis die ganze Zeit vor ihm verheimlicht hatte? Er konnte ihre Beweggründe verstehen, aber er verabscheute es, dass sie nicht den Mut gefunden hatte, ihm das zu sagen. Und warum sollte sie ihm diese Information anvertrauen? Eine uneheliche Herkunft konnte eine Person ruinieren, insbesondere eine junge Frau ohne Familie oder einen Befürworter, der sie unterstützte. Roman atmete endlich aus und keuchte nun fast, während sein Puls raste.

*Wenn Sie es vorziehen, sie die Demütigung der Enthüllung erleiden zu lassen, kann ich Sie wohl nicht davon abbringen. Diese Enthüllungen werden jedoch auch Auswirkungen auf Sie und Ihre Geschäfte mit Lacey and Co. haben, ebenso wie auf Ihren persönlichen Ruf, den Sie vermutlich erhalten möchten, um Ihre nächste Erbin zu finden. Ich bin sicher, dass Sie nach der Verschwendungssucht Ihres Vaters einen weiteren Skandal lieber umgehen möchten. Ich glaube sogar, dass Sie sich das nicht leisten können. Die geringe Summe, die ich verlange, ist nichts im Vergleich zu dem, was Sie verlieren würden.*

*Bitte überweisen Sie die Zahlung an Mivart's. Ich erwarte sie morgen.*

*Alice Henlow*


*Die Herzogin von Henlow* hatte dies geschickt? Romans Augen wurden schmal von einer Wut, wie er sie noch nie zuvor empfunden hatte. Jetzt wusste er, warum Ellis sich versteckt hatte und warum sie Distanz zu ihrer Vergangenheit hielt.

Sie hatte im Haushalt der Herzogin gelebt. Es war offensichtlich, dass die Herzogin sie verachtete. Aber warum?

Roman blickte nach oben zur Bibliothek, wo Ellis arbeitete. Er wollte nichts lieber, als zu ihr zu laufen, sie in seine Arme zu nehmen und ihr zu sagen, dass er verstand, warum sie Geheimnisse vor ihm hatte und warum sie nicht über ihre Vergangenheit sprechen wollte.

Ein Teil von ihm war traurig, dass sie sich ihm nicht anvertraut hatte. Hatte sie befürchtet, er würde sie weniger wertschätzen? Das konnte er nicht. Sie war die beste Frau, die er je kennengelernt hatte.

Es war ihm ein Gräuel, dass sie wer weiß wie lange gelitten hatte.

Roman schwor, sie vor der Herzogin und allen anderen zu beschützen, die ihr Schaden zufügen wollten. Fünftausend Pfund waren eine enorme Summe, die er morgen aufbringen musste. Auch in zwei Wochen wäre das noch eine gewaltige Summe. Er würde eine oder mehrere Investitionen liquidieren müssen und sich eine Begründung dafür ausdenken, denn Ellis würde es irgendwann bemerken, da sie seine Konten verwaltete.

Für ihn stand es außer Frage, dass er genau das tun würde. Er konnte nicht zulassen, dass Ellis noch mehr Leid zugefügt wurde. Lieber würde er sich in den Ruin treiben, als das zuzulassen.

Würde er das? Seine Hände zitterten erneut, aber nicht vor Wut. Es war die Erkenntnis, wie viel sie ihm bedeutete.

Er konnte auch nicht zulassen, dass die Familie Lacay, oder Josiah – sowohl seinen Ruf als auch die erfolgreichen Unternehmen, die er aufgebaut hatte – und Harriet oder Margot in irgendeiner Form Schaden nahmen. Aber verdammt, es ärgerte ihn, den Drohungen der Herzogin nachzugeben. Roman war drauf und dran, Sheff zu erzählen, was seine Mutter tat.

Bevor er jedoch eine Nachricht an seinen Bankier verfassen konnte, kam Ellis herein. Er faltete den verhassten Brief schnell zusammen und legte ihn auf seinen Schreibtisch.

Er stand auf, ging um den Schreibtisch herum und lächelte sie an. Es kostete ihn enorme Anstrengung, sie nicht in seine Arme zu schließen. »Ich hatte gehofft, du würdest herunterkommen.«

Sie trat ein paar Schritte ins Arbeitszimmer, setzte sich jedoch nicht. »Ich bin gekommen, um dir mitzuteilen, dass ich heute Abend wieder mit Pandora im Wellesbourne House zu Abend essen werde. Und ich benötige eine Fahrgelegenheit. Du musst mich nicht begleiten. Ich möchte wirklich nicht, dass du draußen wartest. Ich habe keine Ahnung, wie lange ich bleiben werde.«

»Ich warte gerne – wirklich. Oder ich kann in meinen Club gehen, während du dort bist.« Vielleicht würde er Sheff treffen und mit ihm über seine impertinente Mutter sprechen. Roman wusste, dass Sheff Schwierigkeiten mit der Herzogin hatte, da sie ihn stets kritisierte und fordernd war, aber er hatte nie den Eindruck gehabt, dass sie so unverschämt war, wie sie in diesem Brief klang.

»Das ist wirklich nicht nötig«, meinte Ellis. Wieder hatte er den Verdacht, dass etwas nicht stimmte und sie beunruhigt war. Hatte die Herzogin auch ihr geschrieben und sie verbarg es vor ihm?

»Ich möchte dich begleiten«, beharrte er. »Ich gehe in meinem Club und hole dich auf dem Heimweg ab.«

»Du wirst sicherlich später zurück sein als ich.« Sie neigte den Kopf. »Ich glaube, du versuchst nur, mich allein in deine Kutsche zu bekommen.«

»Schuldig.« Er grinste sie verschmitzt an, als er auf sie zuging. Er legte seinen Arm um ihre Taille, zog sie an sich und senkte den Kopf, um sie heftig und schnell zu küssen.

Sie drückte sich von ihm weg und wandte ihren Kopf scharf zur offenen Tür. »Roman, das kannst du nicht tun«, flüsterte sie eindringlich.

Er zuckte mit den Schultern. »Das musste ich aber, und ich bereue es nicht.«

Sie presste die Lippen zu einem strengen Schmollmund zusammen. »Nun, das darfst du nicht noch einmal tun. Ich gehe jetzt wieder nach oben, weil du sehr ungezogen bist.«

»Ich werde dir später zeigen, wie ungezogen ich sein kann.«

Nachdem sie die Schwelle überschritten hatte, warf sie ihm einen frechen Blick zu. »Das weiß ich bereits. Und ja, du darfst mich zum Wellesbourne House begleiten und mich auf dem Heimweg abholen.«

»Heißt das, du möchtest mit mir allein in meiner Kutsche sein?« Er warf ihr einen vielsagenden Blick zu.

Sie lachte, als sie sich vom Arbeitszimmer entfernte. Romans Lächeln verschwand schneller als sonst, weil ihn der Brief stark beschäftigte.

Er würde sich darum kümmern. Und heute Abend würde er Ellis in seinen Armen halten.

~

Obwohl Ellis an diesem Nachmittag mit Roman darüber geflirtet hatte, gemeinsam in der Kutsche zu sitzen, war sie nun, da sie unterwegs waren, nervös. Es wurde immer schwieriger, zu verbergen, was sie über seine Frau wusste. Sie hatte bemerkt, dass er sie mit Besorgnis betrachtete, und gespürt, dass er etwas sagen wollte. Wenn er sie fragte, ob sie verstimmt sei und warum, war sie sich nicht sicher, ob sie ihm die Wahrheit vorenthalten konnte.

Glücklicherweise war die Fahrt zum Wellesbourne House nur kurz. Roman überraschte sie, indem er ihre Hand in seine nahm. Sie drehte den Kopf. Dies wäre der Moment gewesen, ihm von Rowland Harker zu erzählen, aber sie tat es nicht.

Außerdem wollte sie die Unbeholfenheit vermeiden, die sich zwischen ihnen zu entwickeln schien. Also küsste sie ihn.

Er umfasste ihren Kopf und erwiderte den Kuss voller Leidenschaft. Sie verbrachten die gesamte Fahrt eng umschlungen und trennten sich kaum voneinander, bevor der Kutscher die Tür öffnete. Als sie die Kutsche verließ, lag sein verführerischer Blick auf ihr, der das Versprechen barg, später mit dem fortzufahren, was sie begonnen hatten.

Sie ging zur Tür, die sofort vom Butler geöffnet wurde.

»Guten Abend, Miss Dangerfield«, begrüßte Ralston sie. »Ich werde Sie in den Salon begleiten.«

Sie folgte ihm zu dem Raum, in dem sie Pandora letzte Woche getroffen hatte. Sie fragte sich, ob Pandora wieder da sein würde oder ob heute nur Min hier wäre. Sie würde es bald erfahren.

Der Butler begleitete sie nicht bis zur Tür, sondern bedeutete ihr mit einer Geste, vor ihm einzutreten.

»Mir wurde gesagt, dass Sie nicht angekündigt werden müssen«, sagte Ralston.

»Vielen Dank.« Ellis holte tief Luft und betrat den Salon.

Min stand in der Nähe einer Sitzecke, die aristokratischen Züge ihres vertrauten Gesichts waren vor Erwartung angespannt. Ihre grauen Augen ruhten unverwandt auf Ellis, während sie die Hände vor sich faltete. »Ich habe auf deine Kutsche gewartet.«

Ellis stellte fest, dass sie nicht sprechen konnte, also nickte sie.

»Darf ich dich umarmen?«, fragte Min.

Ellis eilte zu ihr und sie umarmten sich innig. Mehrere Minuten vergingen, während sie einander festhielten. Ellis konnte ihre Tränen nicht zurückhalten, und wie es klang, ging es Min genauso. Als sie sich schließlich voneinander lösten, begannen beide zu lachen.

»Sind wir nicht ein Paar?«, sagte Min. Sie nahm Ellis' Hand und drückte sie.

»Setzen wir uns hin und dann erzähle ich dir alles.« Ellis zog sie zu einer Couch. »Aber zuerst möchte ich hören, wie dir das Eheleben gefällt. Es tut mir so leid, dass ich deine Hochzeit verpasst habe.«

Sie setzten sich nebeneinander, und wandten sich einander zu.

Min hielt Ellis Hand fest in den ihren. »Ich verstehe. Es tut mir so leid, wie du von unserer Mutter erfahren hast.«

»Wenigstens sind wir wirklich Schwestern«, meinte Ellis mit einem ironischen Lächeln.

Min begann erneut zu weinen. »Ist es falsch, dass ich darüber glücklich bin?«

Ellis drückte ihre Hand. »Nein, ich bin auch glücklich. Das ist der einzige Lichtblick in dieser ganzen Angelegenheit.«

»Der andere Lichtblick ist, dass die Herzogin fortgeschickt wurde«, sagte Min. »Mein Vater verlängert den Mietvertrag für ihr Haus in Bath nicht, und sie ist im Witwensitz in Beacon Park nicht mehr willkommen.«

»Wohin wird sie gehen?«, fragte Ellis.

Min zuckte mit den Schultern. »Das wissen wir nicht und es ist uns auch einerlei. Ich glaube nicht, dass sie über größere Summen Geld verfügt. Sie hat gefragt, ob sie bei mir wohnen kann. Ich habe nicht geantwortet. Evan hat ihr zurückgeschrieben und ihr gesagt, sie solle uns nicht mehr schreiben.«

»Das war gut von Evan«, meinte Ellis entschlossen. »Ich weiß nicht, was schlimmer ist – eine Mutter zu haben und diese schrecklichen Dinge über sie zu erfahren oder so lange von jemandem schlecht behandelt zu werden, nur um dann herauszufinden, dass sie deine Mutter ist.«

»Deine Situation ist weitaus schlimmer.« Mins Augen strahlten Freundlichkeit und Besorgnis aus. »Unsere Mutter hat mich nie schlecht behandelt, nicht so wie dich. Ich hätte erkennen müssen, wie furchtbar sie dich behandelt hat. Ich hätte mich mehr für dich einsetzen sollen. Kannst du mir jemals vergeben?«

»Es gibt nichts zu vergeben«, gab Ellis scharf zurück. »Du hast alles getan, was du hattest tun können. Ungezählte

Male hast du für mich gekämpft und einige dieser Kämpfe hast du gewonnen. Alles hätte viel schlimmer kommen können. Ich glaube, wenn du und ich uns nicht so gut verstanden hätten, hätte sie deinen Vater vielleicht davon überzeugen können, mich wegzuschicken. Ich wäre dann allerdings zu meinen Cousins gezogen, was wahrscheinlich besser gewesen wäre.« Ellis wollte nicht, dass Min sich deswegen schlecht fühlte. »Es hat keinen Sinn, über Dinge zu sprechen, die wir anders hätten machen können.«

»Ich erinnere mich, dass du bei deinen Cousins leben wolltest«, sagte Min leise. »Ich erinnere mich auch, dass ich dir gesagt habe, dass ich froh war, dass du es nicht getan hast, weil ich dich so gern bei mir hatte.«

Ellis lächelte. »Du hast gesagt, wir könnten so tun, als wären wir Schwestern, weil ich da war.«

Min nickte. »Ich sehnte mich nach Gesellschaft und Zuneigung. Sheff war älter und meistens in der Schule, und mein Vater hat mir bestimmt keine Aufmerksamkeit geschenkt.« Sie sah Ellis in die Augen. »Ich hatte die Gouvernante und ich hatte dich.«

»Wir hatten einander.« Ellis drückte erneut Mins Hand. »Deshalb tut es mir so leid, dass ich mich von dir abgewandt habe. Wir müssen immer zusammenhalten.«

»Ja«, stimmte Min zu. »Für immer.«

Sie ließen einander los und umarmten sich dann erneut, wenn auch nicht annähernd so lange wie zuvor.

Als sie sich trennten, wurde Mins Gesichtsausdruck vorsichtig. »Du sagtest, du würdest mir alles erzählen. Was bedeutet das?«

Ellis neigte den Kopf. »Ich frage mich, ob wir Pandora und Jo einladen sollten, damit ich nicht alles wiederholen muss.«

Min lachte. »Das ist wahrscheinlich am sinnvollsten. Du musst wissen, dass Iona ebenfalls hier ist. Ich muss gestehen, dass sie und ich uns in den letzten Wochen näher gekommen sind. Ich hoffe, du nimmst mir das nicht übel.«

»Überhaupt nicht«, sagte Ellis. »Ich freue mich darauf, unsere Bekanntschaft zu vertiefen.« Aber für wie lange? Ellis hatte keine Ahnung, wo sie in ein paar Monaten sein würde. Oder vielleicht sogar schon nächste Woche.

»Warte bitte hier.« Min sprang auf und eilte zu einer geschlossenen Tür, die wahrscheinlich zu einer kleineren Version dieses Raumes führte. In einem Haus dieser Größe war es üblich, dass zwei Räume miteinander verbunden wurden, um einen größeren Raum für Bälle oder andere Veranstaltungen zu schaffen.

Einen Moment später führte Min ihre drei Freundinnen in den Salon. Ellis wünschte sich sehr, dass Persey, Tamsin und Gwen auch hier wären.

»Ist alles in Ordnung?«, fragte Jo vorsichtig, als sie den Sitzbereich betrat.

»Ja, alles in Ordnung«, antwortete Ellis. »Vielen Dank, dass du das organisiert hast.« Sie umarmte Jo, und als sich ihre Bäuche berührten, verspürte Ellis einen Ruck. »War das das Baby?«

Jo lachte. »Ja, sie oder er ist abends sehr aktiv, besonders kurz vor dem Abendessen.«

»Wir werden in Kürze zu Abend essen«, sagte Pandora. »Nachdem Ellis uns mitgeteilt hat, was sie uns mitteilen möchte.« Sie warf Ellis einen unterstützenden Blick zu, den Ellis sehr zu schätzen wusste.

»Wir müssen dichter beieinander sitzen«, verkündete Min, als sie anfing, einen Sessel näher an das Sofa zu rücken, auf dem sie und Ellis gesessen hatten. Iona und Pandora rückten zwei weitere Sessel näher, und Pandora bat Jo, sich auf einen davon zu setzen.

Ellis nahm wieder ihren Platz auf dem Sofa ein, ebenso

wie Min, und Jo saß zu ihrer Linken. »Ich hoffe, ihr denkt nicht schlecht von mir«, sagte Ellis nervös.

»Wir würden niemals schlecht von dir denken«, versicherte Min ihr. »Mir ist aufgefallen, dass die Kutsche, aus der du ausgestiegen bist, sehr schön war, wenn auch schon ein paar Jahre alt. Es war definitiv keine Mietkutsche.«

Ellis warf einen Blick auf Pandora, die ihr aufmunternd zunickte. »Die Kutsche gehört meinem Arbeitgeber. Pandora weiß, wer das ist, weil wir uns eines Tages zufällig bei ihrem Verleger getroffen haben.«

Jo richtete ihren Blick auf Pandora. »So hast du sie gefunden.«

»Ja«, antwortete Pandora. »Aber ich habe Ellis versprochen, es nicht zu sagen.«

»Was hast du beim Verleger gemacht?«, fragte Min.

»Gearbeitet«, antwortete Ellis. »Ich bin die Sekretärin von Lord Keele, und er ist einer der Geschäftsführer von Lacey and Company.«

Mins dunkle Augenbrauen schossen nach oben. »Er hat eine Frau eingestellt?«

»Er hat einen *Mann* namens Daniel Ellis eingestellt. Er hat ein paar Tage gebraucht, um herauszufinden, was er an mir seltsam fand.«

Alle lachten.

»Er hat sofort den Verdacht gehabt, dass etwas nicht stimmte?«, fragte Iona mit ihrem irischen Akzent. Sie hatte große blaue Augen und welliges dunkelrotbraunes Haar. »Hat er vermutet, dass du eine Frau bist?«

Ellis zuckte mit den Schultern. »Er hatte wohl eine Ahnung, aber ich beging den Fehler, mich vor ihm zu bücken, und offenbar fand er meine Hinteransicht überhaupt nicht männlich.«

Iona schnappte nach Luft, während die anderen lachten.

»Deine Kurven haben dich verraten«, meinte Pandora mit einem Grinsen.

»In der Tat, aber meine Leistungen waren so gut, dass er sich dagegen ausgesprochen hat, dass ich meinen Posten verlasse.« Ellis hob die Hand. »Verzeiht mir, ich habe ein sehr wichtiges Detail ausgelassen. Eine der Voraussetzungen für meine Anstellung war, dass ich in Keeles Haushalt wohne.«

Nun hielten *alle* den Atem an.

Pandoras zog die blonden Augenbrauen zusammen. »Ich dachte, du würdest in einer Pension wohnen.«

»Dort habe ich auch gewohnt, aber Roman – also Keele – wollte, dass ich in seinem Haus wohne, damit ich jederzeit verfügbar bin.«

Jo kniff die Augen zusammen. »Das klingt fragwürdig. Wofür solltest du denn zur Verfügung stehen?«

Ellis verstand, wie es wirken konnte, wenn ein Marquess darauf bestand, dass eine Sekretärin in seinem Haus wohnte. »Es war sein Wunsch gewesen, dass ich arbeite. Als er diese Forderung an mich stellte, hat er mich allerdings für einen Mann gehalten. Ich versichere euch, dass er keine Hintergedanken dabei hatte. Der Sekretär, der die Stelle vor mir innegehabt hatte, war unzulänglich gewesen, und es gab viel zu ordnen. Also war er auf der Suche nach jemandem, der viele Stunden arbeiten konnte.«

Min nickte. »Du hast also angefangen, für ihn zu arbeiten, als Mann verkleidet, und dann ist er dahintergekommen, dass du eine Frau bist. Was haben seine Bediensteten dazu gesagt?«

»Ich habe mich weiterhin als Mann ausgegeben, bis meine Verkleidung eines Tages aufflog«, erklärte Ellis und übersprang dabei den Vorfall, als Margot sie beim Küssen erwischt hatte. »Ich trug einen Bart, der sich im Beisein von Mr. und Mrs. Lacey teilweise von meinem Gesicht abgelöst hatte. Überraschenderweise sahen die Laceys kein Problem darin, dass ich eine Frau war. Tatsächlich ermutigten sie mich, meine wahre Identität anzunehmen. Da informierte Roman – *Keele* – die Bediensteten, dass ich eigentlich Mrs. Ellis sei, eine Witwe. In diesem Glauben haben wir auch die Laceys gelassen. Ich bin sicher, ihr könnt den Grund dafür verstehen.«

»Aber du bist keine Witwe«, gab Min zu bedenken. »Was wird passieren, wenn das bekannt wird?«

»Das wird es nicht, denn ich habe nicht vor, bis in alle Ewigkeit dort zu bleiben.« Als sie das laut aussprach, verspürte Ellis einen Stich in der Brust.

»Ich bin überrascht, dass du dieses Risiko überhaupt eingegangen bist«, sagte Iona und schüttelte leicht den Kopf. »Ich kann mir nicht vorstellen, dass es angenehm war, sich als Mann zu verkleiden. Und du hast einen Bart getragen?«

»Ja, und das kann ich nicht empfehlen«, meinte Ellis und rümpfte die Nase. »Aber es war das Einzige, was mir einfiel, um eine Anstellung zu finden, die meinem Geschmack entsprach und die mir genug einbrachte, um Geld zu sparen.«

»Geld sparen wofür?«, fragte Iona.

»Um meinen Weg zu gehen.« Ellis blickte auf ihren Schoß hinunter. »Ich habe keine Familie und keine Aussicht auf ein Auskommen. Ich habe keine Aussichten auf eine Heirat und die möchte ich auch gar nicht.« Sie hob den Kopf und sah ihre Freundinnen an, ohne jedoch eine darunter besonders anzuschauen. Sie wollte ihre Reaktionen nicht sehen – genauer gesagt, ihr Mitleid. »Ich bin nicht in derselben Situation wie ihr. Nicht einmal wie du, Pandora. Du hast eine Tante, die sich um dich kümmert.«

»Meine Tante würde sich auch um dich kümmern«, meinte Pandora leise. »Das habe ich dir ja schon gesagt.«

»Mein Vater würde sich um dich kümmern«, sagte Min. »Das hat er doch angeboten.«

»Sheff würde das auch«, warf Jo ein. »Das hat er mir schon oft gesagt.«

Ellis wusste ihre Unterstützung zu schätzen, aber sie war ihr ganzes Leben lang auf die Gnade anderer angewiesen gewesen. Sie sah zuerst Min und Jo an. »Ich möchte nicht, dass dein Vater oder dein Bruder mich unterstützen. Das fühlt sich einfach nicht richtig an. Außerdem habe ich in dieser Welt keine Zukunft. Ich werde nicht so heiraten wie ihr beide. Meine Zukunft liegt viel mehr bei Pandora. Ich würde viel lieber in Bath oder einer anderen Stadt außerhalb Londons leben und vielleicht Bibliothekarin werden.«

Sie dachte an das Gespräch, das sie mit Roman darüber geführt hatte. Damals war es nur ein flüchtiger Gedanke gewesen, aber nun hatte es sich zu einer wirklich realistischen Option für sie entwickelt und sie dachte tatsächlich mit einer gewissen Vorfreude an die Zukunft.

Wenn sie keine Zweigstelle in Bath eröffnen würden, würde es bald eine Stelle in einer kleineren Zweigstelle geben, wenn jemand nach Oxford befördert würde. Ellis glaubte, dass sie zumindest eine kleine Chance hatte, diese Stelle zu bekommen.

Pandora erwiderte Ellis' Blick mit einem warmen Lächeln. Sie schien erfreut zu sein, dass Ellis nach Bath kommen wollte.

Jo beugte sich leicht zu Ellis hinüber. »Du hast den Marquess jetzt schon mindestens zweimal bei seinem Vornamen genannt.«

»Das ist mir auch aufgefallen«, meinte Min. »Genauso

wie Ellis' heftige Reaktion auf die Vermutung, was sie wohl in seinem Haus zu suchen habe.«

Ellis hatte vorgehabt, ihren Freundinnen von ihrer Affäre zu erzählen. Sie wusste nur nicht, wie sie das anstellen sollte. Das ersparte ihr die Mühe. »Obwohl es nie etwas mit meiner Anstellung zu tun hatte, sind Roman und ich derzeit in einer Beziehung.«

Iona starrte sie mit offenem Mund an. »Heißt das, du bist keine Jungfrau mehr?«

Ellis lachte. »Das bin ich schon seit vielen Jahren nicht mehr. Das wird euch sicherlich schockieren, aber ich hätte nie gedacht, dass ich einmal heiraten würde, und ich sah keine Notwendigkeit darin, an einer überholten Vorstellung von Unschuld festzuhalten. Rückblickend glaube ich, dass ich nach jeder Form von Zuneigung gesucht habe, die ich finden konnte. Ich habe einige junge Männer kennengelernt, die ziemlich ... liebevoll waren.«

»Ich bin auch keine Jungfrau mehr«, erklärte Pandora. »Was bringt das schon, wenn ich dank Bane nicht heiraten werde?«

Iona sah sich um. »Bin ich also die einzige Jungfrau?« Sie schmollte. »Ich fühle mich ausgeschlossen.«

Alle lachten.

»Hast du denn vor zu heiraten?«, fragte Pandora.

»Das hatte ich vor, aber meine Mutter drängt mich immer wieder Männern auf, die mir nicht gefallen.« Iona verzog das Gesicht.

»Ich dachte, du wärst schon fast verlobt gewesen«, meinte Ellis. »Und dass du dich darauf gefreut hättest. Oder habe ich das falsch verstanden?«

»Nein. Er hat sich gegen einen Heiratsantrag entschieden, nachdem er eine junge Dame mit besserer Herkunft kennengelernt hat. Die meisten Männer sind nicht sonderlich daran interessiert, die Tochter eines irischen

Verwalters zu heiraten.« Ionas Vater hatte ihre Mutter geheiratet, nachdem sie Witwe geworden war. Er war Verwalter auf dem Anwesen ihres ersten Mannes gewesen. Der Erbe dieses Mannes, der Earl of Wexford, war Ionas Halbbruder und mit einer von Mins Freundinnen verheiratet.

»Wenn du dich entschieden hast, nicht zu heiraten, gibt es keinen Grund, deine Unschuld länger zu bewahren«, meinte Pandora.

Es war seltsam, das aus ihrem Mund hören. Ellis kannte Pandora seit mehreren Jahren, und die Veränderung, die sie durch ihre Begegnung mit Bane durchgemacht hatte, war sowohl groß als auch bedauerlich. Pandora hatte heiraten und eine Familie gründen wollen, und ihr Wunsch danach war vielleicht stärker gewesen als bei allen anderen. Dieser eine Fehler hatte ihr Leben völlig verändert.

»Ich bin mir nicht sicher«, antwortete Iona mit einem Anflug von Frustration. »Ich möchte einfach nicht länger unter der Bevormundung meiner Mutter leiden. Ich würde es vorziehen, den Heiratsmarkt zu umgehen, aber Mama hofft, dass ich an der kommenden Saison teilnehme. Ich gebe mir alle Mühe, sie davon zu überzeugen, dass ich noch nicht bereit bin.«

»Wir müssen uns etwas einfallen lassen, wie wir dir helfen können«, meinte Min mit einem entschlossenen Nicken. »Genau das tun Freunde füreinander.«

»Ich sage ihr immer wieder, dass Kat auch ohne den Heiratsmarkt ganz gut zurechtgekommen ist.« Iona bezog sich auf ihre ältere Schwester Kathleen, die Lord Lucien, den zweiten Sohn des Herzogs von Evesham und Besitzer des Phoenix Clubs, geheiratet hatte. Sie hatten sich keineswegs auf herkömmliche Weise umworben. Aber als sie sich im Raum umsah, stellte sie fest, dass nur Jo eine echte

Liebesbeziehung gehabt hatte, und die war nur vorgetäuscht gewesen.

Iona lächelte Ellis an. »Und es klingt, als wäre Ellis auf dem besten Weg dahin. Vielleicht wird aus ihrer Affäre mit Keele etwas Dauerhaftes.«

»Das wird es nicht«, sagte Ellis. »Ich möchte wirklich nicht heiraten. Außerdem war Roman bereits verheiratet. Wegen der prekären finanziellen Lage seiner Familie hat er sich eine Erbin ausgesucht. Er benötigt eine weitere Erbin, um seine Kassen weiter zu füllen.«

Min seufzte. »Wenn du heiraten willst, würde mein Vater dir eine Mitgift geben – da bin ich mir sicher.«

Ellis war nicht sicher, was sie davon halten sollte. Früher hätte sie das nicht gewollt, aus dem gleichen Grund, aus dem sie seine Hilfe nicht angenommen hatte, als sie sein Haus verlassen hatte. Sie wollte sein Geld nicht, was, wie sie selbst einräumte, äußerst irrational war, da sie bald ohne Arbeit wäre.

Eine leise Stimme in ihrem Hinterkopf meldete sich zu Wort. *Was wäre, wenn du Roman für immer haben könntest?* Die Antwort spielte keine Rolle, denn sie konnte Roman nicht heiraten. Selbst wenn sie eine Mitgift hätte, würde sie sich mit der Frage quälen, ob er sie deswegen heiraten würde, oder weil es ihm wirklich um sie ging.

Außerdem war sie die Tochter des Mannes, der ihn betrogen hatte.

»Es gibt noch einen weiteren, ziemlich schrecklichen Grund, warum Roman mich nicht heiraten möchte.« Ellis sah Jo an und verzog das Gesicht. »Ich habe dir neulich nichts davon erzählt, weil ich zu aufgewühlt gewesen war.«

»Wovon hast du mir nichts erzählt?« fragte Jo mit gerunzelter Stirn.

Ellis konzentrierte sich auf die anderen, als sie den

ersten Teil erklärte. »Als ich Rowland neulich in seinem Haus besuchte, um ihn kennenzulernen, zeigte er mir seine Sammlung von Porträts, die er von all seinen Geliebten angefertigt hatte.« Dann wandte sie ihre Aufmerksamkeit wieder Jo zu. »Was ich dir nicht erzählt habe, ist der Umstand, dass ich eine der Frauen erkannt habe. Es war Romans Frau.«

»*Nein.*« Jo erbleichte. Sie streckte die Hand aus und umfasste Ellis' Unterarm. »Das *hat er nicht getan.*«

Ellis nickte. »Doch. Unser Vater war der Liebhaber von Romans Frau. Wie könnte Roman jemals eine Zukunft mit mir wollen, wenn er das wüsste? Das könnte ich ihm niemals verheimlichen.«

»Oje. Das ist ja furchtbar.« Min ergriff Ellis' andere Hand.

Jos Augen funkelten vor Wut. »Ich glaube, ich werde die Anwesenheit meines Vaters für einige Zeit nicht ertragen können. Die eine Sache für mich war, zu akzeptieren, was er mit Sheffs Mutter getan hatte. *Eurer* Mutter«, sagte sie zu Min und Ellis. »Aber er hat nur noch mehr Öl ins Feuer gegossen, und es war bereits eine verdammte Feuersbrunst.« Sie verschränkte die Arme vor ihrem Bauch und runzelte die Stirn.

»Wirst du Keele davon erzählen?«, fragte Pandora an Ellis gerichtet.

»Das weiß ich nicht.« Ellis war einfach hin- und hergerissen. »Ich weiß nicht, ob er über die Untreue seiner Frau Bescheid wusste – denn er hat mir nie davon erzählt.« Denn sie hüteten ihre Geheimnisse. »Ein Teil von mir ist der Ansicht, dass es problemloser ist, meine Anstellung früher als geplant zu kündigen und ihm kein Wort davon zu sagen. Wenn er bislang nichts davon weiß, wüsste ich nicht, welchen Sinn es hätte, ihm dies jetzt zu offenbaren.«

»Was ist, wenn du *doch* eine Chance auf eine Zukunft

mit Keele hast?« Mins Gesicht hellte sich hoffnungsvoll auf. Ellis konnte Mins Hoffnung unschwer erkennen, dass aus ihrer Affäre mit Roman einmal mehr werden würde.

»Ich denke, Ellis sollte Keele beichten, dass sie ihn liebt«, meinte Iona sachlich.

Ellis richtete ihren Blick auf das jüngste Mitglied ihrer Gruppe. »Ich habe nie gesagt, dass ich ihn liebe.«

Iona zuckte mit den Schultern. »Für mich ist das offensichtlich. Aber meine Mutter sagt, ich sei zu romantisch, und wahrscheinlich hat sie recht.«

»Ich sehe das allerdings auch«, meldete sich Min nun zu Wort. »Ich habe bemerkt, dass etwas an dir verändert war, als du hereingekommen bist. Du strahlst, aber du trägst auch eine Last. Liegen wir falsch? Liebst du Keele nicht?«

Dutzende Erinnerungen schossen Ellis durch den Kopf. Roman, der entdeckte, dass sie eine Frau war, und sie aber trotzdem in Stellung behielt. Roman, der ihr erlaubte, Geheimnisse zu bewahren, und das seiner eigenen Frustration zum Trotz, die ausschließlich daher rührte, dass er ihr helfen und sie beschützen wollte. Roman, der ihre Arbeit schätzte und ihr ermöglichte, sich geschätzt und fähig zu fühlen. Er ermutigte und unterstützte sie, die Person zu sein, die sie sein wollte. Als er dann ihre wahre Identität entdeckte, waren seine ersten Worte gewesen, dass er sie beschützen würde. Er hatte sie gebeten, ihm zu vertrauen, und sie vertraute ihm voll und ganz. Mit jedem Teil ihres Wesens, insbesondere mit ihrem Herzen.

»Ich liebe ihn wirklich«, flüsterte sie. »Das kann ich ihm aber nicht sagen. Er muss eine angesehene Erbin heiraten, und keine ehemalige Gesellschafterin, die zufällig auch noch unehelich ist.«

Mins graue Augen füllten sich mit Mitgefühl. »Was ist, wenn er deine Liebe erwidert?«

Und was wäre, wenn nicht? Ellis fürchtete sich davor, das herauszufinden.

»Das wirst du nie erfahren, wenn du ihm das nicht sagst«, meinte Jo. »Ich spreche aus Erfahrung, wenn ich sage, dass man manchmal ein Risiko eingehen muss und so etwas sagen sollte. Ich wünschte, ich hätte bei Sheff viel eher den Mut dazu gehabt, und er wünscht sich das Gleiche umgekehrt.«

»Glaubst du wirklich, dass ihm deine Herkunft wichtig wäre?«, fragte Min.

»Ich weiß es nicht«, antwortete Ellis leise und presste die Kiefer aufeinander. Sie wollte über diese Dinge gar nicht nachdenken. Deshalb hatte sie die Tatsache ignoriert, dass sie sich praktisch seit Beginn ihrer Arbeit bei Roman in ihn verliebt hatte. Dies jetzt laut auszusprechen, würde sie unglaublich verletzlich machen und das war sie einfach leid. Sie wollte sich stark und unabhängig fühlen, und das war verdammt schwer, denn die

Wahrheit über ihre Herkunft könnte sie völlig ruinieren. Wenn jemand erfahren würde, dass sie eine uneheliche Tochter war, gäbe es keine Hoffnung mehr auf eine Stelle als Bibliothekarin oder irgendeinen anderen Platz in der Gesellschaft. Sie müsste vielleicht sogar in Betracht ziehen, ein Dasein als Einsiedlerin zu führen, wie sie und Roman einmal besprochen hatten.

Gar nicht zu reden von der schrecklichen Wahrheit, dass Rowland Harker eine Affäre mit Romans Frau gehabt hatte. Wie konnte Ellis weiter Umgang mit Roman haben, wenn sie dies wusste und vor ihm geheim hielt?

Eine leise Stimme in ihrem Hinterkopf fragte sie nach dem Grund dafür. Schließlich hatte sie ihm schon immer Geheimnisse vorenthalten. Was machte da ein weiteres Geheimnis schon aus?

Dies war allerdings nicht ihr Geheimnis. Es betraf

Romans Frau. Sie fühlte sich bereits schuldig, weil sie schon andere Dinge vor ihm geheim hielt. Auf keinen Fall konnte sie ein weiteres Geheimnis hinzufügen.

Pandora verschränkte die Hände fest in ihrem Schoß. »Ich glaube nicht, dass du ihm irgendetwas davon erzählen solltest – weder von Harker noch von deinen Gefühlen. Du hast bereits deine Entscheidung getroffen, dass du nach Bath kommst und Bibliothekarin werden möchtest. Das halte ich für eine wundervolle Idee.«

Min warf ihr einen finsteren Blick zu. »Versuche nicht Ellis mit deiner eigenen Erfahrung zu beeinflussen. Nur weil Bane dich schrecklich behandelt hat, heißt das nicht, dass Keele Ellis genauso behandeln wird.«

Pandora presste die Lippen zusammen. »Du solltest ihr deine Meinung auch nicht aufzwingen, nur weil es dir gelungen ist, einen Halunken zu reformieren, ebenso wie Jo. Das bedeutet nicht, dass Ellis das auch schaffen wird.«

»Ist Keele überhaupt ein Halunke?«, fragte Iona.

»Er war es früher«, entgegnete Ellis. »Als er jünger war, bevor sein Vater starb. Dann wurde er ernst und heiratete, um den Titel und alles, was daran hängt, zu retten.«

»Also ist er ein Rebell, der sich geändert hat«, sagte Min. »Ausgezeichnet. Ich denke, du solltest es ihm sagen. Was kann schon Schlimmes passieren?«

Dass sie erneut verlassen würde. Ellis konnte sich das nicht vorstellen.

»,Lass niemals einen Halunken dein Herz sehen'«, rezitierte Pandora vernehmlich. »Das steht direkt in unseren Regeln. Ellis wird dagegen verstoßen, wenn sie sich Keele offenbart.«

»Wir alle haben irgendwann einmal gegen die Regeln verstoßen«, murmelte Jo. »Auch du.«

Pandora seufzte. »Dessen bin ich mir durchaus bewusst. Ich bin der Grund, warum es diese verdammten

Regeln gibt. Verzeih mir, wenn ich versuche, eine von uns vor drohendem Herzschmerz zu bewahren.«

»Deine Argumente sind stichhaltig«, meinte Ellis mit einem dankbaren Nicken. Sie konnte nicht leugnen, dass sie mit Pandora mehr auf einer Wellenlänge lag als mit den anderen. Aufgrund der Ähnlichkeiten zwischen ihnen war Pandoras Rat hilfreicher für sie.

Ellis blickte in die Runde und lächelte jede ihrer Freundinnen nacheinander an. »Ich werde über alles nachdenken, was ihr gesagt habt. Ich denke, wir sollten Jo nach unten bringen, damit sie etwas essen kann.«

»Danke«, meinte Jo erleichtert, woraufhin alle lachten.

Sie standen auf und verließen den Salon. Min und Ellis bildeten das Schlusslicht, und auf dem Weg nach draußen berührte Min Ellis' Arm. Sie blieben einen Moment zurück, während die anderen sich auf den Weg zur Treppe machten.

Min sah sie flehentlich an. »Wenn du Keele liebst, musst du ihm das sagen. Falls es auch nur die geringste Chance gibt, dass ihr zusammen glücklich werden könnt, solltest du diese dann nicht ergreifen?«

»Was ist, wenn die Wahrscheinlichkeit größer ist, dass er mich ablehnt?«, fragte Ellis. »Ich möchte diese Art von Zurückweisung auf keinen Fall erleben.« *Nicht noch einmal.*

»Das wünsche ich dir auch nicht.« Min hakte sich bei Ellis unter und lehnte ihren Kopf an Ellis' Schulter.

Zusammen gingen sie die Treppe hinunter, und Ellis war einfach nur glücklich, ihre Schwester wieder bei sich zu haben.

# KAPITEL 16

Nachdem er Ellis im Wellesbourne House abgesetzt hatte, fuhr Roman zum Phoenix Club weiter, wo er sich die Zeit vertreiben würde, während er auf sie wartete. Er war nicht gerade in geselliger Laune, aber er konnte sich in eine Ecke der Bibliothek setzen und einen der ausgezeichneten – und geschmuggelten – schottischen Whiskys des Clubs genießen.

Da es noch früh am Abend war, begegnete er nicht vielen Gentlemen, als er nach oben in die Bibliothek ging. Es war ein Raum, in dem mehr Ruhe herrschte, als in dem größeren, besser besuchten Aufenthaltsraum für Mitglieder, der sich auf derselben Etage befand. Kurz nachdem er es sich in einem komfortablen Sessel bequem gemacht hatte, kam ein Kellner, um ihm einen Whisky zu bringen. Die Bediensteten des Clubs kannten seine Präferenzen.

Als er seinen ersten Schluck trank, bemerkte er, dass Sheff und dessen neuer Schwager Evan Pierce hereinkamen. Sie ließen ihren Blick durch die Bibliothek schweifen, und Sheffs Blick blieb auf Roman hängen. Sheff beugte sich zu Evan hinüber und sagte etwas, dann gingen sie auf Roman zu.

»Guten Abend, Keele. Dürfen wir uns zu dir setzen?«, fragte Sheff.

»Aber natürlich.« Roman stellte sein Glas auf die Armlehne seines Sessels.

Sheff rückte einen dritten Sessel näher heran, während Pierce sich auf den Sessel setzte, der bereits dicht bei Romans stand. »Whisky?«, fragte Roman.

»Selbstverständlich.« Es schien, als würde Roman Sheff fast immer hier treffen. Zumindest war das vor seiner Heirat der Fall gewesen. Jetzt kam Sheff nicht mehr so oft vorbei.

Als Roman ihn jetzt sah, musste er unweigerlich an den Brief denken, den er von Sheffs Mutter bekommen hatte. Und seit seinem Erhalt ging ihm dieser Brief nicht mehr aus dem Kopf.

Roman konnte die Summe zwar aufbringen, um sie morgen zu bezahlen, aber er war sich nicht sicher, ob das tatsächlich klug war. Er überlegte, darauf zu bestehen, dass sie ein Dokument unterschrieb, in dem sie versicherte, kein weiteres Geld zu verlangen, aber umso mehr Menschen er in die Transaktion einbezog, desto wahrscheinlicher wurde es, dass die ganze schmutzige Angelegenheit bekannt wurde.

Außerdem konnte er nicht glauben, dass die Herzogin ihre Drohung wahr machen würde. Warum sollte sie so grausam sein? Und warum benötigte sie überhaupt Geld?

Vielleicht war Sheffs Ankunft ein Glücksfall. Roman überlegte, wie er das Thema ansprechen könnte, während der Diener Sheff und Pierce ihren Whisky servierte.

»Der ist besonders gut«, stellte Pierce fest, nachdem er einen Schluck gekostet hatte. Er hob das Glas und betrachtete die bernsteinfarbene Flüssigkeit.

Roman glaubte, eine Idee zu haben, wie er das Gespräch über Sheffs Mutter anfangen könnte. Er hob sein Glas zu den beiden anderen Männern. »Ich sitze hier mit zwei frisch verheirateten Herren. Wie gefällt euch das Eheleben?«

Sie überboten sich gegenseitig in ihrer Begeisterung über ihren Ehestand, und nachdem Roman einen Schluck Whisky getrunken hatte, musste er lachen. »Es klingt, als hättet ihr beide die richtige Entscheidung getroffen.« Er sah Sheff an. »Wie ist es, Henlow House mit deinen Eltern zu teilen? Ich muss zugeben, ich hätte mich vielleicht dafür entschieden, mit meiner neuen Braut woanders zu wohnen.«

»Das hatte ich auch vor, aber mein Vater hat sich mit seiner Geliebten in Marylebone niedergelassen. Er hat endlich die Liebe gefunden und wusste, dass er nicht mit ihr in Henlow House leben konnte.« Sheff schüttelte leicht den Kopf. »Es ist paradox, dass mein Vater den Ruf eines unverbesserlichen Schwerenöters hat und dennoch von der Gesellschaft weiterhin akzeptiert wird.«

»Weil er ein Herzog ist«, stellte Pierce mit einem ironischen Lächeln fest.

»Ja. Aber mein Punkt ist, dass er jetzt in einer liebevollen, monogamen Beziehung lebt und ein offenes Zusammenleben mit seiner Gefährtin in Henlow House jede Menge Kritik hervorrufen würde. Seit seiner Rückkehr nach London mit Mrs. Welbeck wird er bereits von manchen gemieden.« Sheff runzelte die Stirn. »Das ist schade, denn sie ist eine reizende Frau und die Enkelin eines Viscounts. Ihr Ehemann war Kapitän zur See. Mein Vater wollte sich von meiner Mutter scheiden lassen, um Mrs. Welbeck heiraten zu können, aber das wäre ein schwer zu gewinnender Kampf gewesen.« Eine Grimasse verzerrte kurz seine Gesichtszüge.

»Es klingt, als würdest du Mrs. Welbeck mögen«, bemerkte Roman, während er seinen Whisky umrührte.

»Ja, das tue ich. Min und ich sind sehr erfreut, dass unser Vater endlich glücklich ist. *Jeder* weiß, dass die Ehe unserer Eltern von Anfang an problematisch war – ohne sein Verschulden, möchte ich hinzufügen.«

Das war ebenfalls überraschend. »Aber du hast doch gerade gesagt, er sei ein Lebemann gewesen«, sagte Roman.

»Er hatte seine Gründe.« Sheff beugte sich vor und sprach mit leiser Stimme. »Ich habe kürzlich erfahren, dass er sich zwar in meine Mutter verliebt und ihr einen Heiratsantrag gemacht hat, sie aber nur zugestimmt hat, um Herzogin zu werden, und ihn dann, nachdem sie einen Erben geboren hatte, zurückgewiesen hat.« Er verzog die Lippen, bevor er einen Schluck Whisky nahm.

Diese Version der Herzogin schien eher zu der Frau zu passen, die Roman diesen furchtbaren Brief geschickt hatte. »Ich nehme an, deine Mutter lebt auch nicht mehr im Henlow House?«, fragte Roman, froh, dass sein Plan, mehr über sie zu erfahren, aufging.

Sheff reagierte, als hätte er gerade einen Haufen Abfall gerochen. »Gott, nein. Keiner von uns möchte sie jemals wiedersehen. Sie ist hier nicht willkommen.«

»Und sie hält sich einfach fern?« Roman wusste, dass sie in London war, es sei denn, sie hatte gelogen, als sie behauptete, bei Mivart's zu sein.

»Wir hoffen es«, antwortete Pierce. Er schien die Abneigung seines Schwagers gegenüber der Herzogin zu teilen.

Roman richtete seinen Blick auf Sheff. »Deine Mutter ist seit Langem ein prominentes Mitglied der Londoner Gesellschaft. Wie nimmt sie ihre Verbannung auf?« Er warf Pierce einen Blick zu. »Zumindest klingt es so.«

»Verbannung ist das perfekte Wort«, sagte Pierce. »Niemand in der Familie will etwas mit ihr zu tun haben.«

Sheff runzelte die Stirn. »Ich befürchte, dass sie versuchen wird, nach London zurückzukehren, aber das wird schwierig für sie werden. Mein Vater hat ihr den Kontakt zu uns abgeschnitten, und sie wird kein Geld haben, um sich hier – oder in Bath, wo sie derzeit lebt – zu versorgen. Sie wird ihre Juwelen verkaufen müssen, und ich kann mir nicht vorstellen, dass sie sich von ihnen trennen wird. Ich glaube, sie sind ihr lieber als ihre Familie.«

Pierce seufzte. »Wir müssen herzlos erscheinen. Wir können dir zwar nicht genau erklären, was die Herzogin getan hat, um uns alle gegen sie aufzubringen, aber sei dir versichert, dass sie es verdient hat.«

»Ich weiß, wie Familien sich gegenseitig beeinflussen können.« Roman dachte an seinen eigenen Vater, zu dem er ein schwieriges Verhältnis hatte, und an seine verstorbene Frau. Beide hatten ihm wehgetan.

Roman wünschte, er wüsste, *was* die Herzogin getan hatte. »Warum gebt ihr ihr nicht eine moderate Zuwendung, um sicherzustellen, dass sie sich fernhält? Das wäre vielleicht die klügere Vorgehensweise.«

»Das habe ich meinem Vater auch vorgeschlagen«, antwortete Sheff. »Aber wir sind uns alle einig, dass ihr nicht zu trauen ist. Wir möchten ihr in unserem Alltag nicht begegnen.«

»Vielleicht solltet ihr ihr ein Schloss in der abgelegensten Gegend Schottlands kaufen«, schlug Roman vor.

»Das habe ich tatsächlich ebenfalls einmal vorgeschlagen«, sagte Pierce. »Aber ich bin neu in der Familie und muss mich meiner Frau und ihrem Vater sowie Sheff unterordnen.« Er warf seinem Schwager einen Blick zu.

Das war keine schlechte Idee. Roman könnte der Herzogin irgendwo ein Haus kaufen – angesichts seines finanziellen Zustands kein Schloss –, anstatt ihr einfach das Geld zu geben, das sie verlangt hatte. Er könnte seinen Anwalt bitten, einen Vertrag aufzusetzen. Sie würde das Anwesen erhalten, wenn sie schwor, nie wieder nach London zurückzukehren.

Zufrieden, dass er alles erfahren hatte, was er wissen wollte, trank Roman seinen Whisky aus und stand auf. »Ich muss mich auf den Weg machen.«

»Schon?«, fragte Sheff überrascht.

»Leider ja. Ich habe Geschäfte zu erledigen.« Das stimmte natürlich nicht, aber er wollte auf Ellis warten, wenn sie mit dem Abendessen fertig war. »Guten Abend, meine Herren.«

Roman verabschiedete sich, froh, dass er sich entschlossen hatte, in den Club zu gehen. Zumindest wusste er nun, warum die Herzogin Geld brauchte – weil sie von ihrem Ehemann und dem Rest der Familie enterbt worden war –, auch wenn er den Grund für ihre Verbannung nicht kannte. Er musste annehmen, dass es etwas mit Ellis zu tun hatte. Die Herzogin schien die ehemalige Begleiterin ihrer Tochter zu verachten, und nun wurde sie von der ganzen Familie geächtet.

Was war zwischen den beiden Frauen vorgefallen?

Roman ließ seinen Kutscher in der Nähe von Wellesbourne House parken, allerdings nicht direkt davor. Er würde noch etwas warten, bis er sich an eine Stelle begeben konnte, von der aus Ellis vom Fenster aus sehen konnte, dass er wartete. Er wollte nicht an die Tür klopfen und seine Anwesenheit ankündigen.

Etwa eine Stunde später fuhr der Kutscher vor, und es dauerte nicht lange, bis Ellis das Haus verließ. Roman verspürte eine Welle der Freude, als er sie sah, obwohl es nur ein paar Stunden her war, seit sie sich getrennt hatten.

Er stieg aus der Kutsche und half ihr eifrig beim

Einsteigen. Sie setzte sich auf den Rücksitz, was – zumindest für Roman – ein deutliches Zeichen dafür war, dass sie immer noch wegen etwas aufgeregt war. Er setzte sich ihr gegenüber.

»Hattest du eine schöne Zeit? «, fragte er, als die Kutsche losfuhr.

»Ja, danke.« Sie lächelte vage, aber ihre Haltung war steif.

»Warum bist du dann so angespannt?«

Sie blinzelte ihn an. »Du findest, ich bin angespannt?«

Er sah sie einen Moment lang an. »Ja. Du wirkst seit einigen Tagen aufgeregt. Mir ist bewusst, dass du etwas vor mir verheimlichst, und ich möchte dich wirklich nicht drängen, aber du kannst mir – mit deinen Geheimnissen vertrauen.«

Sie strich einen Fussel von ihrem Kleid und senkte den Kopf. »Gilt das auch für ein Geheimnis, das dich mit Sicherheit aufregen würde?«

»Ja«, antwortete er ohne jedes Zaudern »Ich möchte nicht, dass du eine Bürde mit dir herumträgst, die dich belastet, auch wenn sie mich ebenfalls belasten würde.« Ehrlich gesagt war er bereits ganz aufgeregt, weil er wusste, dass sie dies ebenfalls war. »Ich würde deine Last so gern mit dir teilen.«

Sie sah ihm unverwandt in die Augen. »Ich möchte nicht, dass du mich geringer schätzt. Dieses Geheimnis wird die Dinge zwischen uns verändern.«

»Ich verspreche dir, dass das nicht der Fall sein wird«, schwor er.

»Das kannst du doch gar nicht wissen. Das ist ... unzumutbar.« Schließlich wandte sie den Blick ab und drehte den Kopf zum Fenster. Für den Rest der Fahrt blieb ihr Gesichtsausdruck stoisch.

Roman saß grübelnd und angespannt auf seinem Platz,

als sie sich seinem Haus näherten. Er wartete nicht darauf, dass der Kutscher ausstieg und die Tür öffnete. Stattdessen stieg er aus der Kutsche und streckte Ellis seine Hand entgegen, um ihr zu helfen.

Obwohl sie beide Handschuhe trugen, war ihre Berührung elektrisierend. Roman musste an sich halten, damit er sie nicht zu sich heranzog. Sie ging vor ihm ins Haus, wo sie von Graham begrüßt wurden.

»Ich hoffe, Sie hatten einen angenehmen Abend«, bemerkte der Butler freundlich.

»Ja, vielen Dank«, antwortete Ellis mit einem kurzen Lächeln. »Gute Nacht, Graham.« Sie blickte über ihre Schulter zurück, als wollte sie Roman dasselbe mitteilen. Dann ging sie zur Treppe weiter.

Roman nahm seinen Hut und seine Handschuhe ab, während er ihr nachkam. Sie konnte nicht einfach zu Bett gehen. Er musste Sorge dafür tragen, dass sie ihm glaubte, wenn er ihr versicherte, dass er niemals schlecht von ihr denken könnte. Andererseits wollte er sie auch nicht noch mehr verärgern.

Als sie die Tür zu ihrem Zimmer erreichte, drehte sie sich teilweise zu ihm um. »Ich gehe jetzt zu Bett.«

»Ich möchte mich nicht einfach so verabschieden«, sagte er. »Ich sehe, dass du aufgebracht bist.«

Sie zögerte, doch dann holte sie tief Luft, bevor sie die Tür öffnete und ihr Zimmer betrat. Die Tatsache, dass sie die Tür nicht hinter sich schloss, ließ ihn glauben, dass er ihr folgen durfte. Also tat er das und schloss die Tür fest hinter sich.

»Die Hausangestellten sind noch wach«, erinnerte sie ihn, während sie ihre Handschuhe auszog, die sie auf ihren Frisiertisch warf.

»Das weiß ich. Ich werde auch nicht lange bleiben.« Er

sah zu, wie sie ihren Umhang öffnete, und nahm ihn ihr dann von den Schultern.

Sie deutete auf einen Haken in der Ecke, und er ging hin, um ihn dort aufzuhängen. Als er sich wieder umdrehte, beobachtete er, dass sie inzwischen ihre Schuhe ausgezogen hatte. Ihr Blick war nun verführerisch, was ihn überraschte, nachdem sie gesagt hatte, dass sie zu Bett gehen wollte. War ihr bewusst, wie anziehend sie auf ihn wirkte?

»Du sagtest, du wolltest dich nicht auf diese Weise verabschieden«, sagte sie. »Wie wolltest du dich denn verabschieden?«

»Auf die gleiche Weise, wie wir uns immer verabschieden.« Roman ging mit zwei großen Schritten zu ihr hinüber und zog sie in seine Arme.

Für einen kurzen Augenblick verbanden sich ihre Blicke, und er konnte nur ein dunkles Verlangen in ihren Augen erkennen, das seinem entsprach. Er küsste sie mit einer berauschenden Leidenschaft, die alle anderen Gedanken aus seinem Kopf verbannte. Sie schmiegte sich an ihn, während sie ihre Hände unter seinen Frack schob und seine Schultern umfasste. Er konnte spüren, wie sie ihre Fingerspitzen durch den Stoff seiner Weste und des Hemdes in ihn grub.

Er zuckte zusammen, denn er war verzweifelt bemüht, den Frack auszuziehen. Sie verstand und schob ihm das Kleidungsstück die Schultern und Arme hinunter. Rasch landete es auf dem Boden. Dann waren ihre Hände an seinem Krawattenschal und lösten den Seidenknoten, den Graham zuvor so sorgfältig gebunden hatte. Roman umfasste ihre Taille, als er sie erneut küsste, wobei sich seine Zunge gegen ihre drängte, während sie fieberhaft darum kämpften, den anderen zu erobern.

Seine Krawatte war nun verschwunden, und sie machte

sich daran, seine Weste aufzuknöpfen. Als sie offen war, zog sie sein Hemd aus seiner Hose und knöpfte seinen Schritt auf. Sie schob ihre Hand hinein und streichelte seinen Penis. Roman presste sich an sie und seine Hüften kreisten unkontrolliert, während sie ihn in einen Zustand verzweifelter Begierde versetzte.

Roman löste seinen Mund von ihrem. »Dein Kleid. Vorne oder hinten?«

»Vorne. Ich habe keine Zofe.« Er hob seine Hände und zog an der dünnen Schnur, die ihren Ausschnitt über ihren Brüsten straff hielt. Verdammt, er war einfach vollkommen aus der Übung. Obwohl er nicht glaubte, je zuvor einer Frau auf diese Weise die Kleider vom Leib gerissen zu haben. Tatsächlich würde er Ellis ihr Kleid vom Leibe reißen, wenn das nicht zu brutal wäre.

Er presste seinen Mund auf ihren Hals und saugte an ihrer Haut, während sie aufkeuchte. »Ich möchte dir jedes einzelne Kleidungsstück vom Leib reißen.«

»Du darfst meine Garderobe nicht ruinieren, denn ich besitze nicht sehr viel«, sagte sie mit rauer Stimme.

»Ich werde dir eine neue Garderobe kaufen. Ich werde dir alles kaufen, was du willst.« Er würde ihr die Sonne und den Mond und jeden verdammten Stern am Himmel schenken.

Sie legte eine Hand an seine Wange und zog ihn zu sich heran, damit er sie anblickte. Das Blau ihrer Augen leuchtete im Schein des Feuers. »Ich möchte keine Garderobe. Ich möchte nur dich.«

Roman stöhnte, bevor er ihren Mund in einem weiteren, fast brutalen Kuss eroberte. Sie umklammerte seinen Kopf, während sie seinen Penis streichelte. Wenn sie nicht aufhörte, würde er verfrüht kommen und das wäre bedauerlich. Er wollte sich nicht in ihrer Hand erlösen, bevor er das samtige Gefühl ihres pulsierenden Geschlechts um sich herum gespürt hatte.

Es gelang ihm, ihr Mieder so weit zu lockern, dass die Vorderseite des Kleides nun aufklaffte, und er zog ihr das Kleid über den Kopf und warf es beiseite. »Frauen haben zu viele verdammte Kleidungsstücke«, murmelte er, während er den Ansatz ihrer Brüste küsste.

Unbeholfen zog sie ihm die Weste aus und streifte das Kleidungsstück mit ihrer freien Hand von seinem Rücken. Schließlich musste sie ihre Hand lange genug von ihm nehmen, um es ganz auszuziehen. Roman nutzte die Gelegenheit und drehte sie um, wobei er sie mit dem Rücken gegen ihr Bett drückte.

»Das ist nicht fair«, flüsterte sie, während er versuchte, ihr Korsett zu öffnen.

Er hatte Mühe, die Bänder zu lösen. »Um Gottes willen, hilf mir«, bat er, während seine Finger weiterhin versagten.

Sie schob seine Hände beiseite und beendete seine Arbeit, indem sie das Kleidungsstück schnell lockerte, bis sie es von ihrem Körper streifen konnte. Roman beobachtete mit gierigen Augen, wie ihre Brüste aus ihrem Käfig befreit wurden. Während sie damit beschäftigt war, das Korsett vollständig abzulegen, umfasste er sie durch ihr Hemd.

Ellis bog ihren Rücken durch und bot ihm mehr von sich. Dann löste sie die Schleife am oberen Rand des Hemdchens, das ihren Hals umschloss, und zog das dünne Kleidungsstück herunter, um sich für ihn und sein Verlangen zu entblößen. Sie legte eine Hand auf seine und führte mit der anderen seinen Kopf zu ihrer Brust, um ihn zu ermuntern, sie zu kosten. Er stöhnte, als er seinen Mund um ihre Brustwarze schloss. Sie stieß einen leisen

Schrei aus und kratzte ihm mit ihren Fingernägeln über die Kopfhaut.

Er leckte und saugte an ihr, und zuerst verwöhnte er die eine und dann die andere Brust. Sie schob die Träger ihres Unterrocks von ihren Schultern und trat das Kleidungsstück dann irgendwie mit den Füßen beiseite. Ihre Hände glitten unter sein Hemd und sie streichelte seinen Bauch. Er richtete sich kurz auf, um sein Hemd auszuziehen. Während er das tat, setzte sie sich auf das Bett und ihre Beine baumelten zwischen ihnen. Sie trug nur das Hemd, das ihre Brüste nicht mehr verbarg, und ihre Strümpfe, die von einfachen Strumpfbändern gehalten wurden.

Aber Roman hatte keine Geduld mehr, und sie offenbar auch nicht. Ellis streckte die Hand nach seiner Taille aus, spreizte ihre Beine und schlang sie um ihn. Er führte seine Hand zwischen ihre Beine und streichelte ihre Klitoris. Dann schob er seine Finger tiefer und fand ihre feuchte Scheide. Sie bog ihren Rücken durch, und bewegte dann ihr Becken und rieb sich an ihm.

»Ich will dich in mir spüren, Roman. *Jetzt*.« Sie griff nach seinem Schaft, und ihre Hände trafen sich, als sie ihn in ihren Körper einführten.

Er stieß fest und schnell zu, worauf ihre Muskeln ihn sofort umklammerten. Sie fiel auf das Bett zurück, während er in sie eindrang und heftig gegen seinen eigenen bevorstehenden Orgasmus ankämpfte. Er würde so lange nicht kommen, bis sie ihren Höhepunkt erreicht hatte.

Immer wieder erfüllte er sie. Inzwischen erkannte er die kleinen Hinweise ihres Körpers, als sie sich der Erlösung näherte. Ihr Geschlecht verkrampfte sich um ihn herum und drückte ihn unerbittlich. Sie versteifte sich, und er rieb ihre Klitoris in einem festen, intensiven Rhythmus, bis sie seinen Namen rief und zerbrach. Er hörte nicht auf, sich in ihr zu bewegen, während er sie durch den Höhepunkt begleitete, und schaffte es irgendwie, seinen eigenen Höhepunkt zurückzuhalten.

Ihr Körper entspannte sich und ihr Stöhnen verstummte. In diesem Moment ließ Roman los. Anschließend drang er noch einige Male in sie ein und ihr Geschlecht zog sich erneut um ihn zusammen. Fast hätte er vergessen, sich zurückzuziehen, aber er tat es doch und drehte seinen Körper, damit er sich nicht auf ihr ergoss.

Normalerweise umfasste sie seine Hand dabei, aber nicht heute Nacht. Er dachte nicht darüber nach. Jedenfalls nicht jetzt, wo ihr Körper von einem überwältigenden Orgasmus erschüttert wurde. Mit seiner freien Hand umklammerte er das Bettgestell, als er schließlich kam.

Nachdem er aus der Höhe der Ekstase wieder herabgesunken war, schlug er die Augen auf. Ellis war nicht mehr auf dem Bett. Er blinzelte, und plötzlich war sie an seiner Seite und drückte ihm ein Tuch in die Hand. Dann war sie verschwunden.

Er richtete sich auf und knöpfte seinen Schritt wieder zu. Als er sich aufrichtete, sah er, dass Ellis wieder auf dem Bett saß und sich gegen das Kopfteil lehnte. Sie trug ein Nachthemd, das leider undurchsichtig war.

»Gehst du jetzt ins Bett?«, fragte sie.

In der Regel blieb er mit ihr zusammen, je nachdem, wo sie sich gerade befanden. Aber es war noch früh, und sie hatte recht gehabt – die Hausangestellten waren noch wach. Tatsächlich befürchtete er, einer von ihnen hätte sie gehört, zumal Graham wahrscheinlich nach oben gekommen war, um zu sehen, ob er Hilfe benötigte. *Verdammt.*

»Ich würde mich gern mit dir unterhalten, wenn du dazu bereit bist.« Er setzte sich auf die Bettkante. »Es ist mir wichtig, dass du weißt, dass ich niemals schlecht von dir denken würde. Ich habe dich um dein Vertrauen gebeten und du hast gesagt, du würdest mir vertrauen. Hoffentlich wirst du das immer tun.« Er konnte sehen, dass sie hin- und hergerissen war. Ihre Gesichtszüge waren verformt, und ihre Augen waren dunkel und unruhig.

Roman wollte ihr nichts von dem Brief der Herzogin erzählen. Das war einfach zu furchtbar. Es schien offensichtlich, dass Ellis den Haushalt der Henlows wegen der Herzogin verlassen hatte. Aber war es wirklich nur wegen der schlechten Behandlung? Das wäre sicherlich Grund genug gewesen, insbesondere jetzt, wo Lady Minerva verheiratet war und Ellis als Begleiterin nicht mehr benötigt wurde. Warum sollte Ellis weiter dortbleiben?

»Hat es mit der Herzogin von Henlow zu tun?«, fragte er leise.

Ihre Augen weiteten sich, als sie sich vom Kopfteil des Bettes aufrichtete. »Was weißt du?«, fragte sie alarmiert.

»Nur, dass sie aus irgendeinem Grund von ihrer Familie verstoßen worden ist. Ich habe mich gefragt, ob das vielleicht etwas mit dir zu tun hat, da du den Haushalt verlassen hast. Hat sie dich vertrieben?«

Ellis legte ihre Hand auf den Mund und wandte ihren Blick von ihm ab. »Ja, es hat mit ihr zu tun. Sie hat mich immer gehasst – seit dem Tag, an dem ich nach dem Tod meiner Eltern zu den Henlows gezogen bin. Ich habe das nie verstanden. Ich verstehe es immer noch nicht.«

Sie sah ihm erneut in die Augen, die nun vor Emotionen glänzten. »Ich habe kürzlich erfahren, dass die Herzogin meine Mutter ist. Ich bin das uneheliche Kind einer Affäre. Es ist paradox, da so viele Menschen angenommen haben, ich sei Henlows uneheliches Kind. Aber *sie* ist mein Elternteil, nicht er.«

Roman starrte sie an, denn diese Enthüllung schockierte ihn nun doch. Was auch immer er erwartet hatte, das war es nicht gewesen. »Du hattest keine Ahnung?«

Sie schüttelte den Kopf. »Warum sollte ich glauben, dass eine Frau, die mich verabscheute, meine Mutter sein könnte? Ich wusste bis vor Kurzem nicht einmal, dass ich adoptiert worden war, obwohl ich es vielleicht hätte ahnen sollen, da ich keinem meiner Eltern besonders ähnlich sehe.«

Roman tat sie leid, und mehr denn je wollte er der Herzogin eins auswischen. Auf keinen Fall würde er ihr unter diesen Umständen das Lösegeld zahlen. Er würde Ellis auch nichts von dem Brief erzählen. Sie musste nicht erfahren, *wie* grausam ihre Mutter war. »Das muss ein schwerer Schlag für dich gewesen sein.« Er stand auf, ging um das Bett herum und setzte sich näher zu ihr.

»Das ist noch nicht alles.« Ellis rückte von ihm weg, und er verstand nicht, warum sie keinen Trost wollte. »Der Rest ist noch schlimmer. Ihr Liebhaber war Rowland Harker.«

»Lady Sheffords Vater? Ist er auch dein Vater?« Roman war erneut schockiert, doch er verstand nicht, wie das die Situation verschlimmern sollte.

»Er ist ein äußerst widerwärtiger Halunke.« Ellis schüttelte den Kopf, ihre Abscheu war offensichtlich. »Ich bin neulich zu seinem Haus gegangen, damit wir uns als Vater und Tochter einander vorstellen konnten. Jo hat mich hingebracht.«

Das war die Erledigung und der Grund für ihr seltsames Verhalten in den letzten Tagen. »Was ist passiert?« Roman bereitete sich auf etwas Schreckliches vor. Aber wie könnte irgendetwas schlimmer sein als das, was sie bereits offenbart hatte?

Ein wirklich abscheulicher Gedanke schoss ihm durch

den Kopf. Gott, Harker hatte doch nicht versucht, sie zu verführen, bevor er die Wahrheit erfahren hatte, oder? Bevor er seine Befürchtung aussprechen konnte, sprach Ellis.

»Ich habe eine Sammlung von Porträts gesehen, die Harker im Laufe der Jahre gemalt hat – von seinen Geliebten.« Ellis zögerte, ihre Gesichtszüge wurden besorgt. »Ich weiß nicht, ob ich dir das erzählen sollte.«

Roman hatte ein sehr ungutes Gefühl. Ein Schauer überkam ihn und ließ sein Blut gefrieren. »Sag es mir.«

»Auf einem davon war Clarissa zu sehen.«

Der Raum wurde für einen Moment schwarz, als Roman den Blick verengte. Er stand auf und ging zum Kamin. sein Herz schlug ihm bis zum Hals.

»Es tut mir leid, Roman.« Ellis' Stimme durchdrang den Nebel seiner Wut. »Ich wollte es dir nicht sagen. Aber ich kann nicht weiter mit dir zusammen sein, ohne dir die Wahrheit zu sagen. Du hast gesagt, dass du meine Last teilen wolltest. Ich war froh, das zu hören, denn ich fürchte, ich kann dies nicht allein mit mir herumtragen und dich jeden Tag ansehen. Ich kann mir nur vorstellen, wie wütend du bist.«

»Wütend ist noch zu milde ausgedrückt«, knurrte er. So lange hatte er die Identität des Mannes wissen wollen, der Clarissa das Herz gebrochen und ihren Tod herbeigeführt hatte. Jetzt kannte er ihn. Und endlich konnte er Rache nehmen für den tragischen Verlust einer jungen Frau, die ihr ganzes Leben noch vor sich gehabt hatte.

Dieser Schuft war allerdings Ellis' Vater.

»Wusstest du, dass sie untreu gewesen war?«, fragte Ellis leise.

»Ja, aber ich hatte keine Ahnung mit wem.«

»Ich hatte keine Ahnung«, sagte sie. »Es tut mir so leid.«

Er drehte sich zu ihr um. Sie stand nun neben dem Bett und sah ihn mit Schmerz und Besorgnis an. »Ich habe es dir nicht erzählt, weil ich, genau wie du bestimmte Dinge meiner Vergangenheit nicht preisgeben wollte, weshalb ich es vorzog, einige meiner Geheimnisse für mich zu behalten.«

Sie nickte verständnisvoll, ihr Blick war mitfühlend, und das brach ihm fast das Herz. »Ich denke, es ist das Beste, wenn ich meine Anstellung verlasse.«

»Du bist weit mehr als nur meine Untergebene«, brachte er zwischen zusammengebissenen Zähnen hervor.

»Ich bin mir nicht sicher, ob das eine Rolle spielt. Wir haben keine Zukunft, Roman. Selbst wenn es diese schreckliche Verstrickung mit meinem Vater und deiner Frau nicht gäbe, wäre da noch *ich*. Ich bin mittellos und unehelich. Du benötigst eine Erbin von gutem Stand, die dir eine Hilfe darin ist, den Platz deiner Familie in der Gesellschaft zurückzugewinnen. Du weißt, wie recht ich habe. Wir hatten unsere Zeit, und sie war wunderbar. Doch nun ist der Moment gekommen, an dem wir jeder unserer Wege gehen.«

Wunderbar? Nein, es war perfekt gewesen.

Aber sie hatte es ganz klar und deutlich ausgedrückt. Es gab keine Zukunft für sie beide. Er brauchte eine Erbin, und er würde von ihrem Vater Genugtuung verlangen. Allein der Gedanke, dass er ein Porträt von Clarissa wie eine Art Trophäe in seinem Besitz hatte, machte ihn krank. Er würde es hassen, wenn Josiah oder Harriet jemals die Wahrheit erfahren würden.

Was ihn jedoch noch mehr bedrückte, war der Gedanke an Ellis und den Verlust dessen, was sie beide miteinander teilten. »Ich möchte nicht, dass es vorbei ist«, krächzte er mit rauer Stimme, denn seine Kehle war von Gefühlen wie zugschnürt, die von Wut bis Verzweiflung reichten.

Und Liebe.

In diesem Moment wurde ihm klar, dass er Ellis liebte. Und das in einem Ausmaß, das weit über das hinausging, was er für Clarissa empfunden hatte. Ellis hatte ihn von einem verbitterten Witwer in einen Mann verwandelt, der jedem neuen Tag mit Freude entgegensah. Mit ihr war sein Haushalt wärmer und heller geworden.

»Es muss einen Weg geben«, krächzte er. Aber im Moment waren seine Gedanken und Gefühle völlig durcheinander.

Ellis schüttelte den Kopf.

Zitternd hob Roman seine verstreuten Kleidungsstücke auf. »Ich muss nachdenken.«

»Es gibt nichts nachzudenken«, entgegnete sie schlicht und ohne jede Emotion in ihrer Stimme.

Roman blutete das Herz, als er zur Tür ging. Er blieb stehen und sah sie an. »Dein Vater ...« Er atmete tief aus und stieß einen frustrierten Laut aus. »Sein Verhalten kann nicht ohne Antwort bleiben. Ellis, du wirst mich für das verabscheuen, was ich mit ihm im Sinn habe.«

»Meiner Vermutung nach willst du ihn zur Rede stellen, und wenn du das tust, wirst du ihn wahrscheinlich umbringen Ich kann dich nicht daran hindern und ich werde dich nicht aufhalten.« Sie holte tief Luft und senkte ihre Stimme. »Ich kenne meinen Vater ja kaum und ich hege auch keinerlei Zuneigung zu ihm. Tatsächlich hat er insgesamt eher abstoßend auf mich gewirkt. Trotzdem ist er mein Vater. Zudem ist er auch Vater von anderen Kindern und deshalb kann ich mir seinen Tod nicht wünschen. Ich bitte dich, dir das Ganze noch einmal zu überlegen.«

»Das ist mir unmöglich. Er ist verabscheuungswürdig. Er hat die Laceys ruiniert.« Roman bekam kaum noch Luft. »Er hat Clarissa in den Tod getrieben. Als ich

Kenntnis von der Affäre bekam, forderte ich sie auf, ihr ein Ende zu machen. Doch sie sagte, ihr Liebhaber habe sie bereits verstoßen. In ihrer Verzweiflung hatte sie behauptet, sie würde niemals einen anderen Mann so wie ihn lieben und dass es ein großer Fehler gewesen sei, mich zu heiraten. Sie begann, Laudanum zu nehmen. Eines Abends hat sie zu viel davon getrunken und am nächsten Morgen ist sie nicht mehr aufgewacht. Ich werde nie erfahren, ob sie sterben wollte oder nicht, wobei ich nicht weiß, ob das überhaupt eine Rolle spielt, da das Ergebnis dasselbe war.«

Ellis presste ihre Hand auf den Mund und sah aus, als würde sie gleich weinen.

Roman wünschte sich, er könnte sie in den Arm nehmen, doch er benötigte ein wenig Zeit für sich, um zu einer Entscheidung zu kommen, wie er weiter verfahren sollte.

Er öffnete die Tür und wandte sich von ihr ab. »Es tut mir leid, Ellis.«

Als er über die Schwelle trat, zog er die Tür zu. Kurz bevor sie zuschlug, hätte er schwören können, dass sie »Ich liebe dich« gesagt hatte.

Aber das war unmöglich. Wie konnte sie ihn jetzt lieben?

# KAPITEL 17

Ellis schlief kaum, nachdem Roman ihr Zimmer verlassen hatte. Sie war in einen kurzen, unruhigen Schlummer gesunken, doch dann hatte sie aufgegeben, bevor die Sonne aufging. Sie brauchte nicht lange, bis sie ihre Sachen gepackt hatte, denn sie legte keinen Wert mehr auf ihre männliche Garderobe. Sie hatte allerdings ein etwas schlechtes Gewissen, sie zurückzulassen, doch alles konnte sie nicht auf einmal tragen und sie wollte auch niemanden um Hilfe bitten.

Dann hatte sie sich der schwierigen Aufgabe gestellt, ihr Kündigungsschreiben zu verfassen. Was weitaus länger gedauert hatte, als ihre Sachen zusammenzupacken. Es war wahrscheinlich das Schwierigste, was sie jemals getan hatte. Jeder einzelne Muskel ihres Körpers hatte sich vor Qual angespannt, als sie den Brief auf Romans Schreibtisch im Arbeitszimmer hinterließ. Hier hatten sie beide sich so gut kennengelernt und hier hatten sie ihren ersten Kuss ausgetauscht.

Sie kämpfte mit den Tränen, als sie kurz nach Sonnenaufgang leise davonging. Mit ihren zwei Reisetaschen lief sie so schnell sie konnte zum Grosvenor Square. Wohin hätte sie sonst gehen können außer zum Henlow House? Sie hätte wohl auch zum Wellesbourne House gehen können. Pandora hätte sie dort gewiss willkommen geheißen.

Aber Ellis musste nach Hause. Nun war es Zeit.

Nervös klopfte sie an die Tür von Henlow House. Percy, der Butler, begrüßte sie herzlich.

»Guten Morgen, Miss Dangerfield. Es ist schön, Sie zu sehen.« Er warf einen Blick auf den heller werdenden Himmel, doch er äußerte sich nicht über die überraschend frühe Stunde. Sein Blick fiel auf ihre Taschen. »Darf ich hoffen, dass Sie gekommen sind, um zu bleiben, zumindest für eine Weile?«

Sie nickte. »Wenn ich darf, Percy. Ich bezweifle, dass Lady Shefford schon auf ist, aber ich glaube nicht, dass sie etwas dagegen haben wird, ebenso wenig wie Seine Lordschaft.«

»*Niemand* hier würde etwas dagegen haben, Miss Dangerfield. Ich kann mir sogar vorstellen, dass alle gleichermaßen erfreut sein werden.«

Ellis wurde von ihren Emotionen überwältigt. Diese Menschen hatten sie gern, während ihre eigene Mutter, ihr eigen Fleisch und Blut, sie nicht wollte. Mit dieser Tatsache würde Ellis sich niemals abfinden können. Ihr blieb keine andere Wahl, als diesen Umstand einfach zu akzeptieren.

»Dann werde ich mich in mein altes Zimmer begeben«, meinte sie.

Percy nahm ihr die Taschen ab, als sie eintrat, und stellte sie in die Ecke der Eingangshalle. »Jack wird Ihr Gepäck für Sie hinaufbringen, aber nicht in Ihr altes Zimmer«, meinte der Butler und deutete auf einen der Diener. »Lady Shefford hat mich informiert, dass Sie bei

Ihrer Rückkehr Lady Minervas ehemalige Suite beziehen sollen.«

Ellis war nicht sicher, wie sie sich dabei fühlen sollte. Es waren Mins Räume, nicht ihre. Außerdem waren sie viel größer als ihr Zimmer im dritten Stock.

War Jo auf ihre Ankunft gefasst gewesen? Wie sollte sie, wo Ellis sich doch erst gestern Abend spät dazu entschlossen hatte?

»Sind Sie sicher, dass ich das tun sollte?«, fragte Ellis. »Mir scheint das nicht angemessen zu sein.«

»Alle sind sich darüber einig, Miss Dangerfield, einschließlich Lady Minerva. Es ist ja nicht so, als würde sie dieses Zimmer noch benötigen.«

Ellis unterdrückte ein Lächeln. »Nein, sie braucht es nicht.« Anscheinend hatten ihre Schwestern hinter ihrem Rücken intrigiert. Das störte sie allerdings überhaupt nicht. Sie fand es sehr schön, Schwestern zu haben.

»Möchten Sie, dass Ihnen das Frühstück nach oben gebracht wird?«, fragte Percy, als Ellis ihre Handschuhe auszog.

»Noch nicht. Ich denke, ich werde mich erst einmal ausruhen. Vielen Dank, Percy. Es ist wirklich schön, Sie zu sehen.«

Er neigte den Kopf, und seine Augen strahlten Wärme aus.

Ellis begab sich in die Treppenhalle und stieg dann ganz langsam die Treppe hinauf. Dies war ihr Zuhause, oder zumindest war es eines davon. Allerdings war es das Zuhause, in dem sie in den letzten siebzehn Jahren ihres Lebens die meiste Zeit verbracht hatte. Da waren auch noch Beacon Park und The Grove, das geliebte Anwesen in der Nähe von Weston, wo sie und Min jeden August verbracht hatten und wo ihr kleiner Freundeskreis seinen Anfang genommen hatte. Dort war auch Pandora ruiniert worden, und die Regeln für Halunken waren hier entstanden.

Ellis gähnte, als sie schließlich Mins Zimmer betrat. Es war in Rosatönen gehalten und fast unerträglich blumig. Es war von ihrer Mutter gestaltet worden und entsprach gar nicht Mins Geschmack. Eigenartigerweise fand Ellis es recht ansprechend, obwohl sie das nie gesagt hatte. Die lebhaften Blumenmuster fand sie aus irgendeinem Grund angenehm, und sie mochte das Rosa mit den kleinen Akzenten in Elfenbein und Grün.

Hieß das etwas, dass sie wenigstens irgendetwas mit ihrer Mutter gemeinsam hatte? Das wollte Ellis nun wirklich nicht glauben, doch wieder einmal musste sie die Tatsachen akzeptieren und nicht, was sie sich erhoffte.

Jack brachte ihr Gepäck und begrüßte sie ebenso überschwänglich wie der Butler, ehe er sich wieder entfernte. Trotz ihrer Erschöpfung musste Ellis lächeln. Es war schön, zu Hause zu sein.

~

An diesem Morgen erwachte Ellis spät und nahm das Frühstück ein, das Percy ihr zuvor angeboten hatte. Die Köchin hatte ihre Lieblingsaprikosenmarmelade auf das Tablett gestellt, und wieder musste Ellis lächeln. Was bemerkenswert war, wenn man bedachte, wie schwer ihr das Herz nach der Beendigung ihrer Beziehung mit Roman am Vorabend gewesen war. Vielleicht war die Zeit gekommen, die Vergangenheit hinter sich zu lassen – selbst die jüngste.

Ihrem Frühstück lag eine Nachricht von Jo bei, in der sie Ellis bat, sich zu ihr ins Wohnzimmer zu gesellen, sobald sie fertig sei, falls sie Lust dazu habe.

Nachdem sie ihr Haar aufgesteckt und ein schlichtes

Tageskleid angezogen hatte, betrachtete Ellis sich im Spiegel und war mit dem Anblick zufrieden, der sich ihr bot. Keine Gesichtsbehaarung und keine Perücken mehr. Sie war weder Lady Minervas Begleiterin noch die Sekretärin des Marquess of Keele. Sie war auch nicht mehr seine Geliebte. Sie war einfach nur Miss Dangerfield, was ihr wirklich sehr gefiel.

Sie begab sich nach unten in den Salon im ersten Stock. Jo und Sheff waren dort, und sobald sie die Schwelle überschritt, sprang Sheff auf. Er grinste. »Ellis, du bist zurück. Ich freue mich so, dich zu sehen.«

Er kam auf sie zu und umarmte sie fest. Für einen Moment schloss sie die Augen und genoss seine Zuneigung.

»Vielen Dank. Ich bin froh, wieder hier zu sein.«

Er führte sie zur Sitzgruppe, und sie nahm neben Jo auf dem Sofa Platz, die ihre Hand nahm und lächelte. »Ist es in Ordnung, dass du in Mins Zimmer wohnst?«

»Es ist seltsam«, gab Ellis zu. »Aber es ist gemütlich.«

»Du kannst es nach Belieben umgestalten«, bot Sheff an. »Du kannst dir auch gerne eine komplett neue Garderobe zulegen.«

Ellis presste die Lippen zusammen. »Das ist sehr großzügig von dir, aber ich kann das nicht annehmen.«

Sheff runzelte kurz die Stirn. »Warum nicht? Du gehörst doch zu dieser Familie.«

»So ist es wohl, aber ich sehe hier in London keine Zukunft für mich. Was sollte ich tun? Als Gouvernante für eure Nachkommen arbeiten?« Sie warf einen Blick auf Jos Bauch.

»Das würden wir niemals von dir verlangen.« Jo zögerte. »Es sei denn ... Wäre das etwas, was du möchtest?«

»Nein«, sagte Ellis. »Ich würde lieber eine liebevolle Tante sein.«

Sheff grinste. »Dann wirst du das auch werden. Du bist hier willkommen, solange es dein Wunsch ist, hier zu leben.«

Ellis hoffte, sie würde die Gefühle der beiden nicht verletzen. »Das weiß ich sehr zu schätzen, Sheff – sogar mehr, als du dir vorstellen kannst. Allerdings möchte ich meinen eigenen Weg gehen. Ich dachte, ich könnte versuchen, Bibliothekarin zu werden, allerdings nicht hier in London.«

»Du wärst ganz bestimmt eine hervorragende Bibliothekarin«, bemerkte Jo.

»Wirst du dein Leben hier nicht vermissen?«, fragte Sheff aufrichtig besorgt.

Ellis kam zu Bewusstsein, dass dies wohl der Fall sein würde. Dies *war* ihr Zuhause, und diese Menschen hier boten ihr die Möglichkeit an, es zu behalten. Sie wollte allerdings nicht die unverheiratete Tante sein. Zumindest nicht im selben Haushalt.

Sheff deutete auf sie. »Wenn du lieber woanders leben möchtest, können wir das auch arrangieren. Du kannst aber auch bei Vater in Marylebone wohnen. Er sagte, er würde sich sehr freuen, wenn er dich bei sich hätte. Er hat dich immer geliebt, weißt du.«

Wieder spürte Ellis, wie ihre Emotionen aufwallten. »Vielen Dank. Ich werde über eure freundlichen Vorschläge nachdenken.«

Jo legte eine Hand auf ihren Bauch. »Nun, falls du dich entscheiden solltest, bei uns zu bleiben, bis ich das Baby bekomme, würde ich mich über deine Unterstützung freuen. Ich bin begeistert, eine Schwester zu haben.«

Ellis konnte nicht leugnen, dass es ihr ebenso erging. Nun hatte sie *zwei* Schwestern *und* einen Bruder. Sie hatte auch eine Mutter und einen Vater die beide am Leben waren, aber mit denen sie nichts zu tun haben wollte. Sie war unglaublich beunruhigt wegen Rowland Harker und ihrem Gespräch, das sie gestern Abend mit Roman geführt hatte. Sie konnte ihm seine Wut nicht verübeln, aber sie hoffte dennoch, dass er nicht danach handeln würde.

Er würde sich nicht besser fühlen, wenn er Genugtuung für seine Frau verlangen würde, aber das musste Roman selbst entscheiden. Ellis konnte seine Probleme nicht zu ihren machen. Jedenfalls konnte sie das nicht, nachdem er sich so unmissverständlich von ihr abgewandt hatte, und das, nachdem sie genau das getan hatte, was er von ihr verlangte – ihre Last mit ihm zu teilen.

»Wir freuen uns so, dass du hier bist«, meinte Jo. »Darf ich nach dem Grund dafür fragen?«, fügte sie zögerlich hinzu.

Ellis stieß die Luft aus. »Hast du Sheff von Rowland Harker und Romans Frau erzählt?«

Jo verzog leicht das Gesicht. »Ja, das habe ich. Wir haben keine Geheimnisse voreinander. Ich musste es ihm sagen. Es betrifft dich, und du gehörst zu unserer Familie.«

»Ich bin nicht verärgert«, versicherte Ellis ihr. »Ich hatte erwartet, dass du ihn darüber ins Bild setzt. Ihr seid verheiratet und *solltet keine* Geheimnisse voreinander haben. Geheimnisse haben uns hierher gebracht.«

»Das ist wahr«, stimmte Sheff zu. »Ich gebe zu, dass ich nicht weiß, ob ich Harker beim nächsten Treffen höflich begegnen kann.«

Jo runzelte die Stirn. »Jetzt bin ich noch wütender als gestern Abend, als du uns davon erzählt hast. Das ist albern, denn ich wusste ja, dass er Affären mit verheirateten Menschen hatte. Es ist mir peinlich, das zu sagen, denn bislang hat mich sein Verhalten nicht so sehr gestört wie jetzt. Das liegt daran, dass ich niemanden kannte, der davon betroffen war, indem er in einer persönlichen Beziehung zu mir stand. Ich dachte, ich könnte meine

Abneigung gegen seine Aktivitäten zum Ausdruck bringen und trotzdem eine Beziehung zu ihm aufrechterhalten. Jetzt kann ich das aber nicht mehr. Er muss mit seinem ausschweifenden Lebenswandel aufhören, oder ich werde keinen Kontakt mehr zu ihm haben wollen.«

Ellis drückte ihre Hand, bevor sie diese wieder losließ. »Ich wollte dir niemals Kummer bereiten oder dich und deinen Vater auseinanderbringen.«

»Du hast nichts davon getan«, entgegnete Jo schnell. »Es ist seine Schuld. Wie hat Roman die Nachricht aufgenommen?«

»Ziemlich schlecht.« Ellis verzichtete darauf, im Einzelnen zu beschreiben, *wie* schlecht es ihm damit tatsächlich ging, und sie wollte auch nichts Näheres über Clarissas Tod preisgeben. Sie hatte keine Geheimnisse, aber ihr war daran gelegen, die Würde der armen Frau zu wahren. Das hoffte sie jedenfalls. »Schon lange hat er einen Groll auf den Mann gehegt, der seine Frau verführt hatte, und ich glaube, er hatte sich damit abgefunden, die Identität dieses Mannes nie zu erfahren. Jetzt, wo er es weiß, befürchte ich, dass er Genugtuung verlangen wird.«

»Er wird Harker doch nicht zum Duell herausfordern, oder?«, fragte Sheff scharf.

Ellis versuchte, sich ihre tiefe Erregung nicht anmerken zu lassen. »Dazu könnte er imstande sein. Ich habe ihn gebeten, davon abzusehen, aber ich glaube nicht, dass ich ihn überzeugen konnte. Ich hätte ihm sagen sollen, dass dies für ihn schädlicher sein wird als für Rowland.«

Sheffs Gesichtszüge wurden finster. »Ich werde mit ihm sprechen.«

»Ich bin mir nicht sicher, ob du das tun solltest«, warnte Ellis, die daran dachte, wie wütend Roman gewesen war. »Aber ich werde dir natürlich nicht vorschreiben, was du tun sollst.«

»Ich kenne Keele schon lange«, entgegnete Sheff. »Ich werde ihm eine Nachricht schicken und ihn um ein Treffen ersuchen.« Er nickte den beiden zu und ging dann schnell davon.

Jo warf Ellis einen hoffnungsvollen Blick zu. »Hast du Roman gesagt, was du für ihn empfindest?«

»Nein.« Ellis senkte kurz den Kopf. »Das hatte ich wirklich gewollt, aber ich habe es einfach nicht über mich gebracht. Er war wegen Rowland so wütend und das zu Recht. Außerdem hat er mir nicht widersprochen, was seine Bedürfnisse angeht, nämlich eine Erbin zu ehelichen.« Sie wandte ihren Blick wieder Jo zu. »Bitte schlage mir nicht noch einmal die Option einer Mitgift vor. Selbst wenn ich eine Erbin *wäre*, würde das nicht funktionieren. Wie könnte er die uneheliche Tochter ausgerechnet des Mannes heiraten, den er verachtet? Und was wäre, wenn er Rowland zum Duell herausfordern würde? Ich kann mir vorstellen, dass er ihn verletzen, wenn nicht sogar töten würde. Ich hege zwar keine besondere Zuneigung zu unserem Vater, aber dass er umkommt, möchte ich auf keinem Fall. Ich glaube nicht, dass ich mit Roman zusammen sein könnte, wenn die beiden sich duellieren würden.«

Sorgenfalten zeichneten sich auf Jos Gesicht ab »Vielleicht braucht Keele nur ein bisschen Zeit, um seine Wut abzukühlen. Was hat er gesagt, als du gegangen bist?«

»Ich weiß es nicht«, antwortete Ellis. »Ich habe heute Morgen eine Nachricht hinterlassen. Allerdings habe ich ihm nicht gesagt, wohin ich gegangen bin und ich habe ihn auch gebeten, davon abzusehen, Kontakt mit mir aufzunehmen.«

Jo rutschte ein Stück vor, was ihr einiges mehr an Mühe bereitete als sonst. »Ellis, warum tust du das immer wieder? Du distanzierst dich genau von den Menschen, die dich gern haben. Bist du der Ansicht, du hättest es verdient, unglücklich zu sein? *Das hast du nicht«*, sagte sie mit Nachdruck. »Nichts, von den Dingen, die passieren, ist deine Schuld, und es ist völlig egal, was die Herzogin dir gesagt haben mag.«

Glaubte Ellis, sie hätte kein Glück verdient? Das glaubte sie nicht, doch nachdem sie jahrelang hatte hören müssen, wie unwürdig sie sei und wie glücklich sie sich schätzen könne, eine Begleiterin in ihrem Haushalt zu sein, glaubte Ellis wirklich nicht, dass sie mehr verdiente.

Ellis starrte vor sich hin, sah aber nichts, während ihre Gedanken durcheinanderwirbelten.

»Du hast wahrscheinlich recht«, bemerkte sie leise. »Entschuldige mich bitte. Ich glaube, ich muss eine Weile allein sein.«

»Selbstverständlich«, entgegnete Jo, »aber ich bin als deine Freundin und Schwester für dich da. Du bist mir sehr wichtig.«

Diesmal stiegen Ellis die Tränen in die Augen bei der Emotion, die sie ergriff, und sie fürchtete schon, dass sie weinen müsste. Das wollte sie nicht vor Jo tun. »Danke«, krächzte sie, ehe sie rasch kehrtmachte und aus dem Raum eilte.

# KAPITEL 18

Ellis' Nachricht an Roman war erschreckend kurz und knapp gewesen.

*Sehr geschätzter Roman,*
*ich bin dankbar für die Gelegenheit, deine Sekretärin gewesen zu sein. Es war eine unschätzbare Erfahrung. Ich danke dir sehr, dass du meine Geheimnisse bewahrt und mich versteckst hast. Jetzt ist es aber an der Zeit, mich den Dingen zu stellen und über meine Zukunft zu entscheiden.*
*Ich halte es für das Beste, wenn du nicht erfährst, wohin ich gegangen bin, und bitte dich, keinen Versuch zu unternehmen, mich ausfindig zu machen. Wir beide wissen, dass wir getrennte Wege gehen müssen.*
*Freundlichst,*
*Ellis*

*Freundlichst?* Die Nachricht enthielt keinen Hinweis auf ihre Affäre oder die wunderbare Zeit, die sie miteinander geteilt hatten. Ebenso wurde die Liebe mit keinem Wort erwähnt.

Als er gestern Abend den Raum verlassen hatte, musste er sie wohl falsch verstanden haben. Er hätte unverzüglich umkehren sollen, um sie noch einmal zu fragen. Er bereute zutiefst, das nicht getan zu haben.

Ihr Brief klang allerdings keineswegs wie eine Botschaft von einer verliebten Frau. Nicht, dass es eine Rolle spielte, ob sie ihn liebte oder nicht. Ihres Glaubens hatten sie keine Zukunft und er konnte ihr da nicht widersprechen.

Falls er nicht gerade an Ellis dachte, was nahezu jeden Augenblick der Fall war, grübelte er über Rowland Harker nach. Dieser Mann hatte eine naive jungen Frau ihrer glücklichen Zukunft beraubt.

Wäre Clarissa allerdings noch hier, dann hätte Roman Ellis nie auf die Weise kennengelernt, wie es nun einmal geschehen war. Nun konnte er sich ein Leben ohne das, was sie gemeinsam hatten, einfach nicht länger vorstellen.

Da sein Arbeitszimmer nun die Erinnerung an Ellis wachrief, verbrachte Roman den Tag bei Lacey and Company in der Paternoster Row. Josiah fiel sein stilles und fast mürrisches Verhalten auf. Roman erklärte kurz, er habe nicht gut geschlafen, und den restlichen Tag ging er einfach allen aus dem Weg.

Als er um die Zeit des Abendessens heimkehrte, bemerkte er eine Kutsche, die vor seinem Haus geparkt war. Roman hatte den Verdacht, dass sie Sheff gehören könnte.

Graham hieß ihn im Haus willkommen.

»Ist Lord Shefford anwesend?«, fragte Roman.

»Ja«, bestätigte Graham. »Er ist oben in der Bibliothek. Ich habe ihn wissen lassen, dass ich nicht wüsste, wann Sie zurückkommen würden, doch er hat darauf bestanden, hier auf Sie zu warten. Heute Nachmittag hat er eine

Nachricht geschickt und ist vor Kurzem hier angekommen.«

»Ich verstehe«, meinte Roman sorgenerfüllt. Es war durchaus möglich, dass Sheff wusste, wohin Ellis gegangen war. War etwas vorgefallen?

Roman gab Graham seinen Hut und seine Handschuhe, ehe er die Treppe hinaufeilte, und dabei zwei Stufen auf einmal nahm. Er betrat die Bibliothek.

Sheff stand am Fenster und drehte sich um, als Roman hereinkam. »Ich habe deine Kutsche vorfahren sehen.«

»Warum bist du hier?« Roman ging auf ihn zu, während seine Sorge sich zu echter Angst steigerte. »Graham meinte, du hättest vorhin eine Nachricht geschickt. Stimmt etwas nicht? Geht es um Ellis?«

»In gewisser Weise.« Sheff wies auf die große Sitzgruppe. »Können wir uns setzen?«

»Lieber nicht«, antwortete Roman.

Sheff zuckte mit den Schultern. »Wie du wünschst. Ich bin gekommen, um mit dir über meinen Schwiegervater Rowland Harker zu sprechen.«

»Ich weiß, wer dein Schwiegervater ist«, murrte Roman. Wenn er auch nicht mehr so in Rage war wie am gestrigen Abend, ließ die Erwähnung seinen Zorn dennoch erneut aufbrausen. »Ich kann mir denken, warum du mit mir über ihn sprechen willst, obwohl ich es vorziehen würde, nicht darüber zu diskutieren.«

»Das kann ich mir vorstellen. Also können wir die Einzelheiten auch beiseite lassen. Du kannst Harker nicht zur Rede stellen«, brachte Sheff unverblümt hervor. »Mir ist klar, dass er ein Halunke ist und Strafe verdient hat, aber gibt es einen anderen Weg, wie du Genugtuung erlangen kannst. Wäre es eine Hilfe zu wissen, dass Jo und ich bereit sind, sämtliche Verbindungen zu ihm abzubrechen? Tatsächlich wird Jo ihm ein Ultimatum stellen, dass er mit seinen Affären aufhören muss.«

»Seid ihr denn wirklich des Glaubens, dass er sich fügen wird?«, spottete Roman.

»Das weiß ich nicht«, meinte Sheff, und er klang aufrichtig. »Sollte er nicht zustimmen, werden wir uns von ihm distanzieren. Dennoch wäre es uns lieber, wenn du ihm keinen körperlichen Schaden zufügen würdest.«

Roman hätte dem Mann am liebsten zumindest ins Gesicht geschlagen. »Wie soll ich meine Genugtuung denn sonst bekommen?«

»Ich verstehe, dass du wütend bist«, meinte Sheff und hob beschwichtigend die Hand. »Vielleicht wäre es hilfreich, ihn zur Rede zu stellen.«

Roman atmete tief aus und durchquerte den Raum. Seit Jahren hatte er sich Gedanken darüber gemacht, was er mit dem Mann tun wollte, der mit seinem leichtsinnigen Verhalten so viel Leid hervorgerufen hatte. Er drehte sich halb um und warf einen Blick auf Sheff, der Roman erwartungsvoll ansah.

»Ich war gestern Abend sehr wütend, als Ellis mir erzählte, dass Harker der Liebhaber meiner Frau gewesen war, aber ich möchte ihm nichts antun.« Roman spürte, wie sich die Anspannung in seinen Schultern etwas löste. »Ich gebe dem Mann die Schuld dafür, dass er eine unschuldige junge Frau zerstört und ihrer Familie unermessliches Leid zugefügt hat.« Roman erklärte, wie Clarissa gestorben war.

»*Verdammt noch mal*«, flüsterte Sheff. »Das wusste ich nicht.«

Roman sah ihn an. »Würdest du es jemandem erzählen, wenn das deiner Frau passiert wäre?«

»Nein.« Sheff runzelte die Stirn. »Es tut mir leid, Roman. Ich werde dich begleiten, Um Harker zur Rede zu stellen. Wir werden ihm mitteilen, dass seine Zeit gekommen ist, sich aus seinem ausschweifenden Leben zurückzuziehen. Wenn er das nicht tut, wird er unser Kind nie kennenlernen, und ich werde dafür sorgen, dass er gänzlich aus der Gesellschaft ausgeschlossen wird. Keine gesellschaftlichen Einladungen mehr, und auch kein Malen oder Unterrichten.«

Roman fühlte sich, als hätte man ihm in den Magen geboxt. »Das hatte ich nicht bedacht. Ich glaube, Harker war Clarissas Lehrer. Es darf ihm nie wieder gestattet werden, junge Frauen zu unterrichten.«

Sheffs Augen verdunkelten sich vor Wut. »Einverstanden. Wir werden auch dieses Versprechen von ihm einfordern – und ich werde Sorge dafür tragen, dass er sich daran hält. Lass uns jetzt zu ihm gehen.«

Roman war hin- und hergerissen. Zum einen wollte er Rowland Harker niemals wieder sehen, aber noch viel mehr wollte er, dass der Mann erkannte, was er mit seinem Verhalten angerichtet hatte. Vielleicht würde ihn das sogar davon überzeugen, damit aufzuhören. »Ja, gehen wir und setzen seiner Verderbtheit ein Ende.«

Kurz darauf erreichten sie das *Bedford*, ein Gasthaus in der Nähe von Harkers Wohnung, wo Sheff ihn zu dieser Stunde vermutete. Sie fanden Harker oben in einem kleinen, privaten Speisezimmer, als er sich gerade zum Essen hinsetzte. Es war der ideale Ort, um ihn zur Rede zu stellen, insbesondere für den Fall, dass Roman sich doch entschließen sollte, ihm ins Gesicht zu schlagen.

Roman glaubte nicht, dass er Harker früher schon einmal begegnet war. Der Mann war attraktiv, und das war nicht weiter verwunderlich, denn er war Ellis' Vater. Er hatte blondes Haar und goldbraune Augen. Bei ihrem Eintreten grinste er breit, und seine Gesichtszüge verrieten, dass er ein Mann war, der oft lächelte. »Guten Abend, Sheff. Du hast einen Freund mitgebracht! Wie reizend. Möchtet ihr mir Gesellschaft leisten? Das Lamm ist ausgezeichnet.«

»Das ist Lord Keele«, bemerkte Sheff bedrohlich.

Harkers Miene verdüsterte sich. Roman konnte nicht sagen, ob ihm bekannt war, wer er war – zumindest in Bezug auf eine seiner früheren Liebhaberinnen. Es war durchaus möglich, dass ihm der Name Keele in einem anderen Zusammenhang zu Ohren gekommen war.

»Ich glaube nicht, dass wir uns kennen, Mylord«, meinte Harker, dessen Tonfall zwar freundlich, aber ein wenig unsicher war. »Ich freue mich, Sie kennenzulernen.«

»Ich hingegen würde lieber Ungeziefer begegnen«, erwiderte Roman mit einem leichten Spott.

Harker blinzelte. Die Freundlichkeit, die sein Gesicht zuvor noch geprägt hatte, verschwand. »Es liegt kein Grund vor, unhöflich zu sein.«

»Du wirst feststellen, dass Keele allen Grund hat, unhöflich oder sogar geradezu beleidigend zu sein.« Sheff warf Roman einen Blick zu. »Willst du es ihm sagen, oder soll ich?«

»Ich werde es ihm sagen.« Romans Puls beschleunigte sich, als er Harker finster anblickte. »Wir sind uns zwar noch nie begegnet, aber Sie kannten meine Frau Clarissa sehr gut.«

»Das ist richtig.« Harker verzog das Gesicht, und Roman hätte dem Mann um ein Haar zugute gehalten, dass er wenigstens nicht versuchte, seine Bekanntschaft mit Clarissa zu verheimlichen »Ich habe tatsächlich erst neulich von ihr gesprochen. Das Leben ist seltsam, nicht wahr? Man denkt an einen bestimmten Menschen und dann taucht diese Person auf, obwohl sie in diesem Fall nicht auftauchen kann. Aber jemand anderes *ist* hier … und spricht über sie …«, seine Stimme verstummte unbeholfen.

»Und warum *ist* sie *nicht* hier?«, fragte Roman leise drohend.

»Ich glaube, sie ist gestorben, Mylord.« Harkers Stimme war höher geworden und dann stockte sie. Er hustete. »Es tut mir sehr leid.«

»Wissen Sie, auf welche Weise?«, fragte Roman. »Das wissen Sie natürlich nicht. Denn ich habe Sorge dafür getragen, dass niemand davon erfährt, weil es schrecklich war und es ihren Ruf ruiniert hätte. Ich kann nicht mit Sicherheit sagen, dass sie absichtlich sterben wollte.« Roman genoss Harkers leises Keuchen. »Sie wurde krank, nachdem Sie sie zurückgewiesen hatten. Damals wusste ich nicht, dass Sie ihr Liebhaber waren, aber kürzlich habe ich erfahren, dass Sie verantwortlich dafür sind, dass meine Frau mir entglitten und gestorben ist.«

Harker erblasste. »Sie behaupten, sie habe sich umgebracht?«

»Wie gesagt, weiß ich es nicht und ich werde es wohl nie erfahren. Was ich Ihnen sagen kann, ist, dass sie als melancholische und gebrochene Frau gestorben ist. Mr. Harker, Sie haben Clarissas Eltern ihre geliebte Tochter und mir meine Frau genommen. Sie hat Sie mehr als alles andere geliebt. Sie hat es sogar bereut, mich geheiratet zu haben, obwohl sie Sie ja nicht heiraten konnte, da Sie bereits eine Frau haben, nicht wahr?«

Harker legte seine Hand auf die Stirn, spielte nervös mit seinen Haaren und wirkte äußerst beunruhigt. »Sie bat mich eindringlich, mit ihr durchzubrennen, aber ich lehnte ab. Ich sagte ihr, dass sie zu Ihnen zurückkehren müsse und dass unsere Affäre nur eine vorübergehende Laune sei. Ich versicherte ihr, dass sie darüber hinwegkommen und mich wahrscheinlich ganz vergessen würde.«

Roman blinzelte. Harker hatte sie ermutigt, zu Roman zurückzukehren, nachdem sie ihn gebeten hatte, gemeinsam mit ihr aus London zu fliehen? Ein Teil seiner Wut verflüchtigte sich. Er würde Harker niemals vergeben, aber möglicherweise war sein Hass nicht mehr ganz so stark. Es war besser, zu versuchen, das Richtige zu tun, wenn es auch spät war.

»Du bist verachtenswert«, brachte Sheff mit Abscheu in der Stimme hervor. »Du musst mit diesem Verhalten aufhören. Du glaubst, deine Handlungen hätten keine Konsequenzen, doch das haben sie. Dies ist nur der eine Fall, über den du jetzt informiert bist, aber es gibt mit Sicherheit noch weitere. Gar nicht zu reden von den unzähligen Kindern, die du unehelich gezeugt hast.«

»Es sind nicht *unzählige*«, widersprach Harker, der noch immer blass und aufgeregt wirkte.

Sheff starrte ihn mit einem kalten Blick an. »Bis vor Kurzem hast du von einem deiner Kinder gar nichts gewusst, und daher würde ich sagen, dass es angemessen ist, diese Beschreibung anzuwenden. Entweder hörst du auf, dich so zu verhalten, oder du wirst endlich für deine Ausschweifungen büßen.«

»Auf welche Weise?«, krächzte Harker und warf Roman einen ängstlichen Blick zu.

»Zunächst einmal werden Jo und ich jeden Kontakt zu dir abbrechen. Dann werde ich Sorge dafür tragen, dass niemand in der Gesellschaft *jemals wieder* etwas mit dir zu tun haben will. Außerdem wirst du niemals wieder Schüler unterrichten. Das ist nicht verhandelbar.«

Harkers Blick wurde flehend. »Aber mit dem Unterrichten verdiene ich mein Geld. Wie soll ich denn leben?«

»Vielleicht solltest du versuchen, im Rahmen deiner Möglichkeiten zu leben«, spottete Sheff. »Du bekommst von Jos Mutter genug, um ein angenehmes Leben zu führen. Obwohl ich mir sicher bin, dass ich sie überzeugen könnte, diese Zuwendung zu streichen. Sollte sie von dem wahren Ausmaß deiner Ausschweifungen erfahren, halte ich es für möglich, dass sie dir weitaus Schlimmeres antut, als ich dir angedroht habe. Ich bin auch zuversichtlich, dass Jo ihre Halbgeschwister dazu bringen kann, sich ebenfalls gegen dich zu stellen. Du wirst allein und mittellos sein.«

Harker starrte sie beide mit großen, panischen Augen an. »Einverstanden – kein Unterricht mehr. Aber ob ich das andere aufgeben kann, weiß ich nicht. Ich habe schon versucht, monogam zu leben oder gar gänzlich auf körperliche Freuden zu verzichten, aber es ist, als wäre ich dazu nicht imstande. Für Jos Mutter habe ich wahre Liebe empfunden. Ich habe es verabscheut, dass ich sie betrogen habe, doch allem Anschein nach konnte ich gar nicht anders.«

»Sie müssen Ihre Anstrengungen verstärken«, brummte Roman.

»Das werde ich tun.« Harker nickte eifrig. »Das verspreche ich.«

Sheff nickte. »Falls du scheiterst, wirst du die Konsequenzen tragen, die ich dir dargelegt habe.«

Harker erbleichte. »Ich verstehe.« Dann sah er Roman an. »Ich habe Clarissa geliebt, falls dies etwas bedeutete. Ich habe alle Frauen geliebt, aber nicht so sehr, wie sie mich geliebt haben, und auch nicht so lange.« Harker wirkte reumütig, was Roman allerdings egal war.

Er ging auf den Mann zu, beugte sich etwas vor und legte seine Hand auf den Tisch neben Harkers Teller. Roman sah ihm in die Augen und knurrte. »Ich wollte Sie schon seit Jahren zur Rede stellen und Genugtuung verlangen. Das werde ich allerdings nicht tun, weil ich Ihre Tochter liebe. Ihren Vater zu töten, auch wenn sie ihn kaum kennt und sich wahrscheinlich nicht sonderlich um ihn schert, kann nichts an den Dingen ändern, die in der Vergangenheit geschehen sind.« *Allerdings könnte dies jetzt dazu führen, dass sie mich hassen wird.* Der Gedanke an diese Möglichkeit erfüllte Roman mit einer tiefen und schrecklichen Qual.

»Sie sind in Ellis verliebt?«, fragte Harker überrascht.

Roman richtete sich auf und wandte sich ab. Er würde dem Mann eine Antwort schuldig bleiben. Dann bemerkte er jedoch, dass Sheff ein erfreutes Lächeln zurückzuhalten versuchte.

Als Roman zur Tür ging, bekam er mit, wie Sheff Harker eine abschließende Warnung erteilte.

»Wenn du dein Wort brichst, werden wir das erfahren. Enttäusche keinen von uns, insbesondere nicht deine Kinder. Denn sie haben Besseres verdient.«

Roman öffnete die Tür und verließ das Speisezimmer in Richtung Treppe. Er hielt erst an, als er sich außerhalb des Gasthauses befand. Dann atmete er mehrmals tief durch und spürte, wie eine Last von ihm abfiel. Lag das daran, dass er den Mann endlich konfrontiert hatte, oder verspürte er Erleichterung darüber, seine Liebe zu Ellis endlich erklärt zu haben?

Sheff trat auf den Bürgersteig zu ihm. »Du bist in sie verliebt, nicht wahr?«

Wie lange liebte Roman Ellis bereits? Es war nun schon einige Zeit. Möglicherweise sogar seit dem Moment, als er sie als Frau entlarvt hatte. Seine unmittelbare Reaktion war weder Wut noch Abscheu gewesen. Selbst damals schon, als er sie kaum kannte, war er von dem überwältigenden Bedürfnis besessen gewesen, sie zu beschützen und zu unterstützen.

Dass er sich in sie verliebt hatte, wusste er spätestens, nachdem er diesen abscheulichen Brief von der Herzogin erhalten hatte. Und auch da war er von dem absoluten Bedürfnis überwältigt worden, Ellis zu beschützen. Er würde jeden Preis zahlen, und alles für sie riskieren, was er besaß.

»Ja.« Roman ging auf die Kutsche zu.

»Du scheinst nicht gerade vor Freude zu sprühen«, stellte Sheff ironisch fest, während er neben ihm herging.

Nein, aber genau danach sehnte er sich. »Ich habe alles verpatzt.«

»Das habe ich mir schon gedacht.« Sheff zuckte mit den Schultern. »Ich weiß nichts Genaues darüber, was passiert ist, aber Jo hat mir einiges erzählt. Ellis ist bereit, London zu verlassen und auf eigenen Füßen zu stehen. Sie möchte Bibliothekarin werden. Ich habe ihr eine Mitgift angeboten, die sie aber ausgeschlagen hat.«

Wieder klang das nicht nach einer Frau, die an einer Heirat interessiert war. Andererseits hatte sie das auch nie behauptet.

»Sie glaubt, du brauchst eine Erbin. Ist das richtig?« Sheff machte eine abweisende Handbewegung. »Es spielt keine Rolle. Wenn du Ellis liebst, musst du ihr das sagen.« Er packte Roman am Arm und hielt ihn kurz vor der Kutsche zurück. »Warte nicht zu lang. Sonst wirst du es bereuen.« Er ließ Roman los und sah ihn mit ernstem Blick an. »Ich bereue es, nicht gleich zu Jo gegangen zu sein, sobald ich erkannte, dass ich sie liebe.«

»Ich weiß nicht, wo sich Ellis aufhält.« Bedeutete das etwa, dass Roman zu ihr gehen würde? Das wollte er, wenn er auch nicht sicher war, ob er das tun sollte.

»Sollen wir als Nächstes zu mir nach Hause fahren?«, fragte Sheff beiläufig.

Roman verstand seine Andeutung, dass Ellis sich im Henlow House aufhielt. Der Drang, sie aufzusuchen, war überwältigend, aber er musste sie auf die richtige Art und Weise ansprechen. Auf die beste Art und Weise. »Nicht heute Abend. Ich muss noch ein paar Dinge regeln.«

»Morgen?«

Roman nickte. Und dann würde sich alles klären – zum Guten oder zum Schlechten.

# KAPITEL 19

Ellis war überraschenderweise glücklich, als sie am nächsten Morgen in Mins altem Schlafzimmer aufwachte. Dazu hatte wahrscheinlich der wunderschöne Abend beigetragen, den sie mit Jo und Min verbracht hatte. Sie hatten zu Abend gegessen und zusammen gelacht. Dabei hatten sie viel über Rowland Harker oder die Herzogin gesprochen, und Ellis hatte nicht über Roman gesprochen. Der Gedanke an ihn machte sie traurig, was aber mit der Zeit nachlassen würde. Sie bezweifelte jedoch, dass dieses Gefühl jemals ganz verschwinden würde.

Eines der Dienstmädchen war gekommen, um sie zu wecken. Sie hatte auch gleich das Frühstück gebracht. Dann war sie zurückgekommen, um Ellis beim Anziehen zu helfen, obwohl ihre Hilfe eigentlich nicht wirklich benötigt wurde. Ellis wollte jedoch ihre enthusiastische Unterstützung nicht ablehnen. Der gesamte Haushalt war außerordentlich erfreut, sie wieder hier zu haben. Ellis musste sich eingestehen, dass sich das wunderbar anfühlte.

Sie wünschte sich nur, sie hätte eine Aufgabe. Sie vermisste ihre Arbeit. Und Roman. Vermisste er sie auch?

Sie schob den Gedanken an ihn beiseite, und in dem Entschluss, die Bibliothek aufzusuchen, um ein Buch zu lesen, ging sie zur Tür. Auf diese Weise hatte sie stets ihre Langeweile bekämpft. Es hatte viele Gelegenheiten gegeben, bei denen die Herzogin Min zum Einkaufen oder zu Besuchen mitgenommen hatte und Ellis nicht. Ellis hatte das nichts ausgemacht, da sie Bücher bevorzugte.

Sobald sie die Tür aufstieß, blieb Ellis stehen. Die Herzogin stand direkt hinter der Türschwelle und musterte Ellis mit ihren durchdringenden blauen Augen, wie sie es immer tat – mit Urteilsvermögen und Verachtung.

»Was machen Sie hier?«, fragte Ellis laut und ihr Herz pochte vor Aufregung.

Das Gesicht der Herzogin war kantig mit einer schmalen Nase. Sie hatte ihre schmalen Lippen zusammengepresst. Schon immer war sie sehr dünn gewesen, was ihre Gesichtszüge zumindest für Ellis noch garstiger erscheinen ließ. Trotz allem erkannte Ellis nun die Ähnlichkeit zwischen ihnen beiden, und das machte sie wütend.

»Ich bin gekommen, um dich zu besuchen«, antwortete die Herzogin knapp. Sie schob sich an Ellis vorbei in Mins Schlafzimmer.

Ellis stand der Herzogin gegenüber. Sie wusste nicht, was sie sagen sollte, und versuchte, ihren rasenden Puls zu beruhigen.

»Es überrascht mich nicht, dass du dir Minervas Zimmer angeeignet hast«, giftete die Herzogin verärgert, während sie sich im Zimmer umsah. »Vermutlich wirst du nun versuchen, so weit wie möglich über deinen Stand hinauszuwachsen.«

»Welcher Stand ist das genau?«, fragte Ellis und gab zum ersten Mal ihrer Wut gegenüber der Herzogin nach. »Mein *Stand* ist das Einzige, was Sie mir jemals gegeben haben. Ich bin wegen *Ihres* Verhaltens eine uneheliche Tochter. Das ist ein Makel für Sie, nicht für mich.«

»Für mich?« Die Herzogin kniff die Augen zusammen. »Die Gesellschaft sieht das anders. Du solltest die Tür schließen. Ich kann mir nicht vorstellen, dass du daran interessiert bist, dass der gesamte Haushalt hört, was ich zu sagen habe.«

Ellis zögerte. Einerseits war es ihr einerlei, ob die Bediensteten etwas mitbekamen, aber andererseits war sie immer eine zurückhaltende Person gewesen, oder zumindest eine Person, die es gewohnt war, sich im Hintergrund zu halten. Schließlich ging sie von der Tür weg, ohne sie zu schließen, und starrte die Herzogin mit offenem Ungehorsam an.

»Ich möchte nicht unbedingt hören, was Sie zu sagen haben. Wie sind Sie überhaupt in das Haus gelangt? Meines Wissens wurden Sie verbannt.«

Die Herzogin presste erneut die Lippen zusammen, schritt an Ellis vorbei und schloss die Tür fest hinter sich. Sie drehte sich um, stellte sich in die Mitte des Raumes und verschränkte erneut die Hände vor der Taille, wie es sich für eine Dame gehörte. »Wenn du glaubst, ich hätte keine Möglichkeit, das Haus zu betreten, das ich mehr als zwei Jahrzehnte lang mein Zuhause genannt habe, bist du noch törichter, als ich gedacht habe. Ich bin gekommen, um etwas mit dir zu besprechen. Ich habe deinen Arbeitgeber – oder besser gesagt, deinen Liebhaber – darüber informiert, dass du unehelich bist.«

Ellis hielt inne. Hatte Roman das bereits gewusst, als sie es ihm erzählt hatte?

Sie verschränkte die Arme vor der Brust. »Was haben Sie getan? Und wann?«

»Ist das wirklich von Bedeutung?«, fragte die Herzogin verärgert.

»Ich bin lediglich neugierig, da ich ihm bereits mitgeteilt habe, dass ich unehelich bin«, erklärte Ellis.

»Ich verstehe«, murmelte die Herzogin. »Nun, wie du bereits angemerkt hast, wurde ich aus der Familie verstoßen und benötige nun finanzielle Mittel. Ich hatte gehofft, dass Keele mich dafür bezahlen würde, dass ich über deine unglückliche Herkunft schweige, aber er hat sich geweigert.«

*Sie hatte versucht, Roman zu erpressen?* Ellis konnte die Dreistigkeit dieser Frau kaum fassen. Sie war überglücklich, dass Roman die Herzogin zurückgewiesen hatte, aber warum hatte er ihr nichts davon gesagt?

Die Herzogin fuhr fort und unterbrach Ellis' Gedanken. »Ich fürchte, meine einzige Möglichkeit besteht nun darin, einen Weg zu finden, selbst Geld zu verdienen. Das einzige Mittel, das mir einfällt, ist die Veröffentlichung meiner Memoiren, in der ich die Affären deines Vaters sowie meine eigene Indiskretion detailliert beschreibe – und ich könnte ebenso gut die Geschichte der vorgetäuschten Verlobung deines Bruders erzählen und wie er nie wirklich vorhatte, diese Dirne zu heiraten, aber dann hat sie ihn mit einem Kind in die Falle gelockt. Du musst mir recht geben, dass dies eine fesselnde Geschichte über eine der prominentesten Familien der Gesellschaft ist.«

Ellis starrte die Herzogin an und konnte nicht glauben, was sie da hörte. »Sie würden die ganze Familie ruinieren, einschließlich sich selbst ... *für Geld*?«

Die Herzogin zuckte mit den Schultern. »Was bleibt mir denn sonst übrig? Henlow wird weder für mein Haus in Bath aufkommen, noch wird er mir erlauben, im

Witwensitz in Beacon Park zu bleiben, noch wird er für meine Unterkunft in London aufkommen. Was soll ich denn tun?«

»Warum sollte das unsere Verantwortung sein, insbesondere die Ihrer Kinder? Wir sind Ihnen nichts schuldig.«

»Du schuldest mir dein Leben«, knurrte die Herzogin.

Ellis konnte nur lachen. »Nach der Art und Weise, wie Sie mich in den letzten siebzehn Jahren behandelt haben, schulde ich Ihnen nur meine ewige Verachtung. Sie sind der schlimmste Mensch, den ich je kennengelernt habe, und diese Drohung, die Sie gerade ausgesprochen haben, ist nur eine Bestätigung meiner Meinung.«

Ellis atmete tief durch, um ihre Wut in Schach zu halten, und sie nahm sich einen Moment Zeit, um über diese Frau vor ihr nachzudenken, durch die sie nur über das Blut verbunden war und sonst nichts. Dennoch hatte sie Erinnerungen daran, wie die Herzogin lachte und Zeit mit ihren Kindern verbrachte, aber nicht mit Ellis. Sie hatte immer gedacht, dass die Herzogin zumindest Min und Sheff liebte. »Warum möchten Sie alle quälen, sich selbst ebenso wie Sheff und Min? Ich erwarte, dass Sie mich quälen – das haben Sie immer getan. Aber warum? Was habe ich Ihnen denn getan? Es war nicht *meine* Schuld, dass Sie eine Affäre mit Rowland Harker hatten.«

Die Herzogin presste die Kiefer aufeinander. Ihre Lippen waren weiß geworden, und sie ließ die Hände sinken. »Ich habe es verabscheut, dich in meinem Haushalt zu haben«, spie sie. »Ich konnte es kaum erwarten, dich loszuwerden, sobald du geboren warst. Henlow wollte dich wie sein eigenes Kind großziehen, aber das habe ich nicht zugelassen. Er bestand darauf, dich bei den Dangerfields unterzubringen, die sich so sehr ein Kind gewünscht hatten und keines bekamen.«

Ellis wurde das Herz schwer, als ihre Adoptiveltern erwähnt wurden. Sie vermisste sie so sehr.

»Jedes Mal, wenn ich dich ansah, sah ich Rowland Harker«, fuhr die Herzogin fort. »Du warst – du *bist* – eine ständige Erinnerung an den abscheulichen Fehler, den ich begangen habe, und ich weiß, dass Henlow dich deshalb in diesem Haushalt haben wollte. Seine Grausamkeit war beispiellos. Es reichte ihm nicht, seine Geliebten zur Schau zu stellen und sich wie ein unverbesserlicher Verworfener zu benehmen.«

Die Herzogin schien keine Vorstellung von ihrer Heuchelei zu haben, als sie behauptete, die Grausamkeit ihres Mannes sei beispiellos. Sie hätte anderen eine Lektion erteilen können. Aber Ellis hatte keine Gelegenheit, sie darauf hinzuweisen, da die Herzogin weiterredete.

»Wenn ich das Buch veröffentliche, wird mir wohl keiner Vorwürfe machen, wenn man bedenkt, wie Henlow mich immer behandelt hat. Man wird verstehen, dass ich mich anderswo nach Zuneigung umgesehen habe. Der Herzog ist eindeutig der Bösewicht in dieser Geschichte.«

Ellis schüttelte den Kopf. Langsam fragte sie sich, ob die Herzogin vielleicht ein bisschen verrückt war. »Das können Sie nicht tun.«

»Du wirst mich nicht aufhalten können. Und es ist ja nicht so, als könntest du mir Geld geben«, meinte sie mit einem leichten, humorlosen Lachen.

Ellis überlegte, ob sie Sheff davon überzeugen könnte, das Geld, das er als Mitgift für Ellis angeboten hätte, für die Herzogin zu verwenden, um sie auszuzahlen. Es wäre es wert, diese Frau für immer aus ihrem Leben zu entfernen.

Ihre Tür öffnete sich, und Sheff stand zusammen mit Jo und Min davor. Er betrat den Raum mit entschlossenem

Schritt, und seine blauen Augen waren vor Wut dunkel geworden. »Wie bist du hier hereingekommen?«

Jo und Min folgten ihm. Min schien ebenso wütend zu sein und Jo nur etwas weniger.

Die Herzogin hob ihr Kinn. »Dies war mein Zuhause, bis du mich so grausam hinausgeworfen hast.«

»Wenn ich herausfinde, wer dich hereingelassen hat, werde ich diese Person sofort entlassen«, knurrte Sheff. »Niemand will dich hier. Ich werde dich hinausbegleiten.«

»Sie benötigt Geld«, sagte Ellis. »Sie hat versucht, Roman zu erpressen, aber er hat sich geweigert.«

»Wirklich?«, fragte Sheff überrascht. »Davon hat er nichts gesagt.«

»Du hast ihn gesehen?« Ellis war für einen Moment abgelenkt, als der Mann erwähnt wurde, den sie liebte und mehr als alles andere vermisste.

»Vergiss deine schmutzige kleine Affäre«, fuhr die Herzogin Ellis an. Sie richtete ihren kühlen Blick auf ihren Sohn. »Ja, ich benötige Geld zum Leben, da dein Vater sich weigert, mir eine Unterkunft zur Verfügung zu stellen.«

»Sie wird ein Buch über die Familie veröffentlichen«, erklärte Ellis. »Sie plant, jedes schmutzige Detail darin aufzunehmen, einschließlich der Tatsache, dass eure Verlobung nur vorgetäuscht war.«

Jo setzte sich auf einen Stuhl. Sheff eilte ihr zu Hilfe, während Min auf ihre Mutter zuging.

»Ich glaube, du bist bösartig«, sagte Min mit einer Mischung aus Wut und Traurigkeit im Gesicht.

Sheff wandte sich seiner Mutter zu, nachdem er Jo geholfen hatte, sich zu setzen. »Vater hat dich nicht komplett mittellos gelassen. Er gibt dir nur nicht genug, um so weiterzuleben wie bisher. Das hast du auch nicht verdient. Du hast genug, um dich in ein angenehmes Dorf auf dem Land zurückzuziehen, wo du versuchen kannst, alle herumzukommandieren und eine ganz neue Gruppe von Menschen abzuweisen.« Er ging auf sie zu und stellte sich neben Min. »Wir werden *niemals* zulassen, dass du Lügen – oder irgendetwas anderes – über unsere Familie veröffentlichst.«

Min blickte die Herzogin finster an. »Ich verstehe nicht, warum du das tun willst. Du würdest dich nur selbst als die schreckliche Person entlarven, die du bist.«

»Nein, das würde ich nicht«, antwortete die Herzogin ruhig. »Wie ich Ellis bereits erklärt habe, ist dein Vater der Bösewicht. Er hat mich all die Jahre furchtbar behandelt. Ich habe mir bei Rowland Harker Zuneigung gesucht, woraufhin dein Vater mich mit den Konsequenzen meiner Handlungen leben ließ. Das war äußerst grausam. Die Menschen werden Mitgefühl für mich haben. Das werdet ihr schon sehen.«

»Wie grausam, die Konsequenzen deiner Handlungen tragen zu müssen«, murmelte Jo.

»Wie wäre es, wenn wir ein Buch veröffentlichen, in dem wir die wahre Geschichte erzählen, bevor ihr Buch erscheint?«, schlug Ellis vor. »Zufällig kenne ich einen Verleger.«

»Ausgezeichnete Idee, Ellis«, sagte Sheff, warf ihr einen kurzen Blick zu und nickte leicht, bevor er die Herzogin finster anblickte. »Die wahre Geschichte ist natürlich, dass *du* Vater untreu warst, lange bevor er Trost in den Armen anderer suchte. Er liebte dich und er hat dich in dem Glauben geheiratet, dass du ihn auch liebst.«

Ellis beobachtete genüsslich, wie die Herzogin rot anlief.

»Er hat euch belogen«, stammelte die Herzogin.

»Versuche gar nicht erst, uns das weiszumachen«, sagte Sheff angewidert. »Er hat es mir persönlich erzählt, und wenn du glaubst, ich hätte nicht gesehen, wie furchtbar er gelitten hat, als du ihn betrogen hast, dann bist du noch kaltherziger, als ich dachte. Du hast ihn wegen seines Titels geheiratet, ihm aber vorgemacht, du würdest ihn lieben. Gleich nachdem du ihm einen Erben geboren hattest, hast du dir einen Liebhaber gesucht. Um ehrlich zu sein, bin ich froh darüber. Uns Ellis als Schwester zu schenken, war wahrscheinlich das Liebenswerteste, was du für uns getan hast.«

Ellis wurde das Herz weit. Sie sah zu Sheff und Min hinüber. Sheff war zu sehr auf ihre Mutter konzentriert, aber Min lächelte Ellis zu und nickte.

»Ich stimme dir voll und ganz zu«, meinte Min trotzig. Sie kniff die Augen zusammen und nahm die Herzogin ins Visier. »Ich werde alles verkaufen, was ich besitze, um Sorge dafür zu tragen, dass du London verlässt und nie wieder zurückkehrst. Weder nach Bath oder Weston oder irgendwo anders hin, wo wir sein könnten. Hast du schon einmal über Australien nachgedacht?«

»Das ist unnötig«, meinte Sheff zu Min. »Ich werde ihr genügend Geld geben, damit sie abreist. Aber nur dieses eine Mal, und danach nie wieder.«

»Ich möchte dein Geld nicht«, sagte die Herzogin mit fast weinerlicher Stimme. »Ich möchte nur deine Liebe und deinen Respekt. Den habe ich verdient.«

»Den wirst du allerdings niemals bekommen.« Min verzog die Lippen. »Ich werde dir niemals verzeihen, wie du mit der armen Ellis umgegangen bist und wie du Papa behandelt hast.« Sie ging zu Ellis hinüber und stellte sich neben sie, sodass sich ihre Arme berührten.

Sheff ging auf die andere Seite von Ellis. »Ich empfinde genauso.«

Ellis war ihren Geschwistern ungemein dankbar für die Unterstützung. Sie lächelte kurz und blickte ihre Mutter mit einem Gefühl des Triumphes an. »Sie haben verloren. Niemand hier will Sie. Diese Menschen sind jetzt meine Familie. Sie haben sich für mich entschieden, und jetzt habe ich die Familie, die ich mir immer gewünscht habe.«

Min nahm Ellis' Hand. »Wir sind die Familie, die *sie* verdient.«

»Trotz Ihrer Bemühungen bin ich hier und ich bin glücklich«, sagte Ellis und umklammerte Min fest. »Sie haben nichts in der Hand, und ich bin recht zuversichtlich, dass ich Sorge dafür tragen kann, dass niemand in der Verlagswelt Ihre Lügen glaubt. Sie werden verhindern wollen, wegen Verleumdung verklagt zu werden, und ich bin mir sicher, dass Sie lieber nicht an einem sehr öffentlichen Gerichtsverfahren teilnehmen möchten.«

Die Herzogin holte so tief Luft, dass ihre Wangen hohl wirkten und sie beinahe wie ein Skelett aussah. »Ihr alle seid eine Enttäuschung für mich.« Sie warf Sheff einen finsteren Blick zu. »Ich bin bei Mivart's. Du kannst das Geld dorthin schicken.«

»Nur unter der Bedingung, dass du gelobst, uns nie wieder zu belästigen«, entgegnete er. »Ich werde einen Vertrag von meinem Anwalt aufsetzen lassen.«

»Das würdest du deiner eigenen Mutter antun?«, fragte sie entsetzt.

»Genau betrachtet habe ich keine Mutter mehr«, entgegnete Sheff fast fröhlich. »Soll ich dich hinausbegleiten, gnädige Frau?«

Die Herzogin schnappte nach Luft und kniff die Augen zusammen. Sie drehte sich auf dem Absatz um und verließ das Zimmer mi schweren Schritten.

Als Min und Ellis sich erneut anschauten, fingen sie zu lachen an. Sie umarmten sich schnell, und Sheff schloss sich ihnen an. Dann ließen sie sich alle auf der Sitzgruppe nieder, wo Jo sie mit Wärme und Ermutigung ansah.

Sheff streckte seine Beine aus, während er es sich in seinem Sessel bequem machte. »Das hat fast Spaß gemacht.«

»Fast«, betonte Min. »Es war auch erschütternd.« Sie sah Ellis an. »Geht es dir gut?«

»Überraschenderweise ja. Ich kann euch allen nicht genug für eure Großzügigkeit und eure Unterstützung danken. Und für eure Liebe«, setzte Ellis leise hinzu.

»Wir lieben dich«, brachte Sheff daraufhin hervor.

»Und du *gehörst* zu dieser Familie.« Min lächelte breit. »Ich fand es toll, was du zu ihr gesagt hast.«

»Ja, das war brillant«, stimmte Sheff zu. »Ich wünschte nur, du hättest Keele und mich erleben können, als wir Harker konfrontiert haben.«

Ellis lenkte ihren Blick zu ihrem Bruder. »Wovon redest du?«

»Keele hat Harker gestern Abend gesagt, dass er wusste, dass Harker der Liebhaber seiner Frau war.«

Ellis' Freude schwand und an ihre Stelle trat die schwere Last der Sorge. »Hat er ihn zur Rede gestellt?«

»Nein, Keele hat entschieden, dass dies nicht mehr nötig war«, antwortete Sheff. »Falls dich das beruhigt, glaube ich, dass er sich das schon weitgehend überlegt hatte, bevor ich kam, um ihm Vernunft beizubringen.«

»Ich bin so erleichtert«, stieß Ellis hervor und ließ sich neben Min auf das Sofa sinken. »Wie hat Harker reagiert?«

»Er hat sich überraschend reumütig gegeben und er hat uns das Versprechen gegeben, sich zu bemühen, mit seinem ausschweifenden Lebenswandel aufzuhören. Er ist sich im Klaren darüber, dass sein Lebensstil, so wie er ihn kennt, unverzüglich ein Ende finden würde, wenn er so weitermacht. Ihm würde der Kontakt zu dir, Jo und unserem Kind verwehrt werden.« Sheff warf einen Blick auf Jo, die zustimmend nickte. »Ich habe möglicherweise auch erwähnt, dass deine anderen Halbgeschwister wahrscheinlich nicht mehr mit ihm sprechen würden, wenn sie Genaueres über das wahre Ausmaß seines ausschweifenden Lebens erfahren würden. Wir haben ihm auch klar gemacht, dass er in diesem Falle fortan von der Gesellschaft geächtet werden würde, und wir haben ihn dazu gebracht, zu versprechen, nie wieder Malerei zu unterrichten.«

Ellis starrte ihn voller Ehrfurcht an. »Ihr habt euch nicht zurückgehalten.«

»Das sollten wir auch nicht«, meinte Sheff.

Als sie bemerkte, dass Sheff »wir« sagte, kam ihr zu Bewusstsein, dass er sich selbst und Roman meinte. »Wie ging es Roman?« Sie machte sich immer noch Sorgen um ihn.

»Ich werde es ihm überlassen, dich darüber ins Bild zu setzen.«

»Er weiß nicht einmal, wo ich bin«, meinte Ellis. »Es sei denn, du hast es ihm gesagt?«

Sheff zuckte mit den Schultern. »Ich habe ihm nicht gesagt, dass du hier bist, aber Roman ist ein kluger Mann.«

»Ich sollte ihn aufsuchen.« Ellis musste ihm erzählen, was sie empfand. Das hätte sie bereits neulich Abend tun sollen, anstatt sich hinter einer Regel für Halunken zu verstecken. Es war an der Zeit, ihm ihr Herz zu offenbaren. Er war gar kein richtiger Halunke und selbst wenn er es wäre, würde sie ihn trotzdem lieben.

»Ich denke, wenn du heute zu Hause bleibst, hast du vielleicht die Gelegenheit, mit ihm zu sprechen.« Sheff stand auf. »Mehr werde ich dazu nicht sagen. Bis bald, Schwestern. Und Frau«, fügte er mit einem besonderen Lächeln in Jos Richtung hinzu, bevor er ging.

»Das klingt, als würde er heute vorsprechen«, meinte Min mit funkelnden Augen voller Vorfreude.

»Ja, so klingt es«, antwortete Ellis, die mit einem Mal nervös wurde.

»Bist du dafür bereit?«, fragte Jo.

Ellis schüttelte den Kopf. »Aber das werde ich dann sein.«

# KAPITEL 20

Natürlich geschah dies ausgerechnet an dem Tag, an dem Roman unbedingt mit Josiah sprechen wollte, dass sein ehemaliger Schwiegervater mit Verspätung in seinem Büro in der Paternoster Row erschien.

Roman musste sich eingestehen, dass es ihm seltsam vorkam, mit Josiah und Harriet zusammen zu sein, nachdem er nun mehr als zuvor über Clarissa wusste. Nicht, weil sie untreu gewesen war – das war ja keine Neuigkeit –, aber Roman kannte nun die Identität des Mannes, den sie geliebt hatte und der so gefühllos mit ihr umgegangen war. Er hatte Mitleid mit ihren wunderbaren Eltern, die ihm gegenüber stets freundlich und großzügig gewesen waren und Clarissa so sehr geliebt hatten. Gerade Harriet befand sich nach wie vor in Trauer, doch Roman konnte für sie nichts tun, außer ihr die Wertschätzung und Zuneigung zu demonstrieren, die er seit geraumer Zeit für sie empfand.

Endlich kam Josiah gegen Mittag in den Verlag. Roman hatte an dem Tisch in Josiahs Büro gearbeitet, damit er die

Aufmerksamkeit seines ehemaligen Schwiegervaters sofort auf sich lenken konnte, sobald dieser eintraf.

»Endlich bist du da«, sagte Roman und sprang auf.

Auf Josiahs Stirn bildeten sich schwache Falten. »Habe ich einen Termin in meinem Kalender übersehen?«

»Nein. Ich möchte etwas mit dir besprechen.«

Josiah nickte und er stellte die Ledermappe auf seinem Schreibtisch ab, in der er seine Unterlagen zum Arbeitszimmer und zurück transportierte. Dann hängte er seinen Mantel an einen Ständer in der Ecke neben der Tür.

Roman konnte sich nicht entscheiden, wo er beginnen sollte. Es war ihm unangenehm mit seinem ehemaligen Schwiegervater über Zukunftspläne zu sprechen, die eine Frau betrafen, die nicht Josiahs Tochter war. Allerdings war es auch nicht so, als hätte der Mann nicht damit gerechnet, dass Roman wieder heiraten würde. Er selbst hatte ihn ja ermutigt, seine andere Tochter zu heiraten. Das könnte wahrscheinlich ein weiterer Grund sein, weshalb Roman sich unwohl fühlte.

»Bevor du anfängst, will ich noch schnell sagen, dass Harriet mich gebeten hat, dich zu fragen, ob es dir gut geht«, meinte Josiah, als er zu seinem Schreibtisch ging. »Sie hat gestern bemerkt, dass du aufgewühlt gewirkt hast, und ich muss zugeben, dass auch mir auffiel, dass du nicht ganz du selbst warst. Darf ich sagen, dass du ... gegrübelt hast?«

»Das trifft es sehr gut«, antwortete Roman. »Das ist genau das, worüber ich mit dir sprechen möchte.«

In diesem Moment kam Harriet hereingeeilt. »Da bist du ja, Roman. Möchtest du vielleicht einen Tee?«

»Ja, danke.«

Sie sah ihren Mann erwartungsvoll an.

Josiah hob die Hand. »Ich rede gerade mit ihm.«

Roman unterdrückte ein Lächeln. Sie hatte nicht

einmal eine Frage gestellt, sondern ihrem Mann nur einen Blick zugeworfen, aber Josiah hatte genau verstanden, was sie ihm mitteilen wollte. Roman wurde sich bewusst, wie sehr er sich eine solch vertraute Verbindung zu einem Menschen wünschte – zu *einem besonderen* Menschen. Zu Ellis.

»Soll ich euch dann allein lassen?«, fragte Harriet.

»Nein, bitte bleib doch«, meinte Roman. »Ich war gestern sehr aufgebracht, weil Ellis gekündigt hat. Sie hat meinen Haushalt verlassen.«

»Das ist eine Tragödie!«, rief Josiah aus und runzelte besorgt die Stirn. »Was ist denn passiert?«

Harriet ging zu Roman hinüber und legte ihm die Hand auf den Arm. Mit einem mitfühlenden, mütterlichen Blick führte sie ihn zur Sitzgruppe. »Jetzt verstehe ich, warum du gestern so außer dir gewesen bist. Du musst sie sehr vermissen.«

»Natürlich tut er das«, sagte Josiah. »Sie ist die beste Sekretärin, die er je hatte.«

Harriet warf ihrem Mann einen weiteren Blick zu, aber Roman konnte von seinem Platz aus nicht sehen, wie Josiah reagierte. Dann wandte sie ihren Blick wieder ihm zu, und ihr Gesichtsausdruck wurde weicher. »Weiß Ellis, dass du sie liebst?«

Roman gelang es nur mit Mühe, die Kontrolle über seinen Mund zu behalten, der vor Staunen offen stand »Woher weißt du das?«

Harriet wiegte den Kopf hin und her. »Männer sind so naiv. Das weiß ich schon seit einiger Zeit. Ich glaube, ich habe es herausgefunden, gleich nachdem wir entdeckt haben, dass sie eine Frau ist.«

»Damals wusste *ich* noch nicht einmal, dass ich sie liebe«, meinte Roman.

»Wie ich schon sagte, Männer sind begriffsstutzig.« Harriets Augen funkelten vor Belustigung.

»Ist das wahr?«, fragte Josiah schockiert. »Nicht das mit den Männern, sondern dass du in Ellis verliebt bist.« Er kam zu ihnen zu der Sitzgruppe, obwohl sich noch niemand gesetzt hatte.

Harriet lachte, und Roman musste lächeln. »Ja, das stimmt.« Roman wurde schnell wieder ernst. »Es gibt jedoch Gründe, warum wir nicht heiraten können.«

»Hoffentlich liegt es nicht am Geld«, meinte Josiah. »Darüber musst du dir keine Sorgen mehr machen. Deine Zukunft hier ist gesichert. Wem außer Margot und ihrem Verlobten sollte ich das Unternehmen sonst überlassen? Du bist jetzt ein Teil dieses Unternehmens und ein Mitglied dieser Familie.«

Roman traute sich nicht zu sprechen. Er wusste zwar, dass die Laceys ihn als Familienmitglied betrachteten, aber es bedeutete ihm alles, das jetzt zu hören, wo er eine andere Frau als ihre Tochter heiraten wollte.

»Warum glaubst du, dass ihr nicht heiraten könnt?«, fragte Harriet mit freundlicher Miene. Sie schien sich nicht im Geringsten darüber Gedanken zu machen.

Roman konnte den beiden nichts von Harker erzählen, aber der Mann war kein Hindernis mehr. Zumindest nicht für Roman. Allerdings würde Ellis vielleicht nicht in der Lage sein, über diese Sache hinwegzukommen, die Harker getan hatte. Möglicherweise hatte sie wegen ihres Vaters Schuldgefühle, was natürlich vollkommen unnötig war.

Zudem war das Geld offenbar auch kein Grund für sie, nicht zu heiraten. Nicht nur, weil Josiah ihm gerade gesagt hatte, er müsse sich darüber keine Sorgen machen, sondern auch aus dem Grund, den Sheff genannt hatte: Roman würde Ellis auch heiraten wollen, wenn er keinen einzigen Cent besäße. Er musste nur wissen, ob sie ihn auch heiraten wollte.

Ihre Herkunft war damit das letzte Problem. Roman war vollkommen einerlei, dass sie unehelich war, doch ihm war klar, dass viele andere seine Einstellung dazu nicht teilten. Allerdings war das noch ein Geheimnis, und er hoffte, dass es auch so bleiben würde. Wenn es doch irgendwann bekannt würde, konnten sie den Skandal einfach durchstehen. Hoffentlich ließe sich dann der Schaden durch die Tatsache mildern, dass sie bereits Marquise wäre.

»Vermutlich gibt es keinen anderen Grund«, meinte Roman.

Nun runzelte Harriet sanft die Stirn. »Mein lieber Junge, du kannst doch nicht glauben, dass *wir* Einwände gegen deine Heirat mit Ellis oder einer anderen Frau hätten. Abgesehen davon, dass wir sehr wohl wissen, dass du einen Erben brauchst, denke ich, dass Josiah mir zustimmen würde, wenn uns daran gelegen ist, dass du Liebe und Gesellschaft findest, so wie wir sie gefunden haben.« Sie warf ihrem Mann einen liebevollen Blick zu, den er erwiderte.

Lange Zeit hatte Roman die beiden wegen ihrer Nähe beneidet. Jetzt war ihm klar, dass er das mit Clarissa niemals gehabt hätte. Sie war gegen ihren Willen zu dieser Ehe gedrängt worden, und ehrlich gesagt war auch er in diese Vereinbarung eingebunden worden. Obwohl er allerdings gehofft hatte, dass sich mit der Zeit Zuneigung zwischen ihnen einstellen würde, schien Clarissa ihrer Beziehung entweder nie eine Chance gegeben zu haben oder sie war zu dem Schluss gekommen, dass dies niemals geschehen würde, zumindest nicht von ihrer Seite.

»Ich bin sehr froh, euren Segen zu haben«, sagte Roman. »Ich betrachte euch ebenfalls als meine Familie.

Ihr seid in Wirklichkeit die Mutter und der Vater, die ich mir immer gewünscht habe.«

»Das freut mich sehr«, sagte Harriet. »Darf ich?« Sie streckte Roman ihre Arme entgegen.

»Selbstverständlich.« Roman umarmte sie, und als sie sich wieder voneinander lösten, überraschte Josiah ihn, indem er ihn ebenfalls umarmte.

»Ich hätte mir keinen besseren Sohn wünschen können«, presste Josiah mit einer Stimme hervor, als hätte er einen Kloß im Hals.

Als Josiah zurücktrat, drückte Harriet schnell seine Hand, bevor sie sich wieder Roman zuwandte. »Nun, was sind deine Pläne?«

Josiah sah ihn aufmerksam an. »Du wolltest etwas mit mir besprechen. Geht es um Ellis? *Mrs.* Ellis, meine ich. Ich sollte sie nicht mehr mit ihrem Nachnamen ansprechen, als wäre sie noch deine Sekretärin. Sie wird die Marquise of Keele sein.«

Ellis war natürlich keine *Mrs.*, und sie als unverheiratete Miss zu entlarven, könnte sie verärgern, insbesondere Harriet. Dennoch konnte Roman nicht lügen. Viel zu bald schon würden die beiden herausfinden, wer sie war. Allerdings nicht, dass sie die uneheliche Tochter der Herzogin von Henlow war. Roman würde alles Notwendige in die Wege leiten, um dieses Geheimnis zu schützen.

Roman verzog das Gesicht, als er ihre Reaktion vorhersah. »Ellis ist ihr Vorname. Sie ist eigentlich Miss Ellis Dangerfield, die ehemalige Begleiterin von Lady Minerva, Tochter des Herzogs von Henlow. Sie ist keine Witwe.«

Harriet wirkte verlegen und knetete sanft ihre Hände. »Wusstest du das?«

Er nickte. »Wir haben euch belogen, als wir sagten, Ellis sei Witwe. Es schien uns klüger so.«

Harriet schnappte leise nach Luft. »Das war sehr gefährlich für deinen Ruf.«

Josiah sah Roman an. »Das war es wirklich. Ich verstehe jetzt, warum ihr Margot und ihre heimliche Liebesbeziehung unterstützt habt. Ihr alle könnt euch glücklich schätzen, dass euer skandalöses Verhalten nicht entdeckt und öffentlich gemacht worden ist. Das ist in unser aller Interesse.«

Roman fühlte sich wie ein Sohn, der von seinen Eltern ermahnt wurde. Das machte ihn überraschenderweise glücklich. »Niemals hatte ich den Ruf von einem von uns in Gefahr bringen wollen. Aber du hast recht, dass wir uns töricht verhalten haben. Es tut mir leid.«

»Was geschehen ist, ist geschehen«, bemerkte Josiah mit einem leichten Grunzen und einer Handbewegung. »Alles hat sich zum Besten gewendet, und jetzt stehen uns zwei glückliche Ehen bevor.«

Das hoffte Roman sehr. »Ich weiß nicht, ob Ellis Ja sagen wird, deshalb brauche ich eure Unterstützung. Ich habe einen Plan, und ihr werdet eine Rolle darin spielen.«

Josiah rieb sich die Hände. »Setzen wir uns zusammen und schmieden Pläne.« Ein verschmitztes Funkeln war in seine Augen getreten.

Harriet warf Roman einen vorwurfsvollen Blick zu. »Solange es keine Täuschung beinhaltet, bin ich gerne bereit zu helfen.«

Roman legte eine Hand auf sein Herz und sah Harriet in die Augen. »Ich verspreche dir, dass es keine Täuschung gibt, nur einen Plan, um Ellis zu zeigen, wie sehr ich sie liebe.«

»Dann kann ich das von ganzem Herzen befürworten.« Harriet nahm Platz. »Wie können wir helfen?«

~

Es war mittlerweile Nachmittag, und Ellis hatte fast eine Stunde lang in der Bibliothek gelesen. Allmählich fing sie an zu glauben, dass Roman nicht mehr kommen würde und dass sie Sheffs Andeutungen falsch verstanden hatte.

Sie blätterte die Seiten schnell wieder zurück, denn sie hatte nichts von dem behalten, was sie gelesen hatte.

Warum saß sie überhaupt hier und wartete, obwohl sie doch genau wusste, was sie wollte? Sie schlug das Buch zu. Sie musste nicht mehr auf andere Menschen warten. Sie würde ihre Zukunft selbst gestalten und damit konnte sie genauso gut jetzt gleich anfangen.

Sie stand auf, legte das Buch auf einen Tisch und blickte gespannt zur Eingangstür. Wie würde sie am schnellsten zur Bolton Street gelangen? Indem sie wartete, bis eine Kutsche aus den Stallungen bereit war oder indem sie zu Fuß ging?

Percy trat ein und unterbrach ihre Überlegungen. »Miss Dangerfield, Sie haben Besuch. Lord Keele.«

Ellis' Herz schlug schneller und die Vorfreude erfasste sie. »Bitte führen Sie ihn herein, Percy. Vielen Dank.«

Der Butler drehte sich um und hatte kaum die Schwelle überschritten, als er abrupt stehen blieb. »Mylord, sind Sie mir gefolgt? Wie ich sehe, ja. Sehr gut.« Er drehte sich wieder zu Ellis um. »Hier ist Lord Keele.« Percy entfernte sich schnell.

Roman blickte hinter sich, trat dann in die Bibliothek und schloss sofort die Tür. Er machte ein paar Schritte auf sie zu, bevor er stehen blieb. »Willst du mich nicht dafür tadeln, dass ich die Tür geschlossen habe?«

»Das sollte ich, aber ich möchte es nicht.« Die andere Tür zur Bibliothek war bereits geschlossen. »Hast du vor, mich zu verführen?«, fragte sie.

»Führe mich nicht in Versuchung.« Er schloss kurz die Augen und lächelte dann. Dann wurde er sofort wieder ernst. »Ich bin hier, um mich zu entschuldigen. Und bitte flirte nicht mit mir.«

Sie presste die Lippen zusammen, um nicht zu lächeln. »Ich werde nicht mit dir flirten.«

Roman stöhnte leise. »Schon die Art, wie du das sagst, ist kokett.«

Was geschah hier? Waren sie nicht im Streit? War er nicht verärgert?

Ellis gelang es, tief durchzuatmen. »Bitte entschuldige dich, wenn ich auch nicht glaube, dass du mir eine Entschuldigung schuldest.«

»Und ob ich mich entschuldigen muss«, meinte er schroff. »Ich habe dich neulich Abend im Stich gelassen, und das hätte ich nicht tun sollen. Dafür entschuldige ich mich, *und* weil ich dir hätte sagen sollen, dass deine Mutter mir einen Brief geschickt hat.«

»Das weiß ich«, sagte sie.

Er blinzelte sie überrascht an. »Wirklich?«

Sie nickte. »Die Herzogin war vorhin hier. Sie hat mir von ihrem verzweifelten Versuch erzählt, dich zu erpressen. Ich weiß es sehr zu schätzen, dass du ihre Forderungen abgelehnt hast.«

Seine Schultern sackten herab. »Du bist nicht verärgert, dass ich sie abgelehnt habe?«

»Natürlich nicht«, sagte Ellis mit schneller Überzeugung. »Ich möchte nicht, dass du ihr auch nur einen Schilling gibst.«

»Gut.« Er klang erleichtert. »Ich sah keinen Sinn darin, sie zu bezahlen. Ich hielt es für nicht vertrauenswürdig, dass sie tatsächlich nicht wiederkehren würde, und Sheff stimmte mir zu.«

»Ich stimme euch beiden zu.« Sie zögerte, während sie

sein vertrautes Gesicht musterte, und ihr Blick wanderte liebevoll über die falkenartige Schärfe seiner Nase, die maskulinen Konturen seines Kinns und seiner Wangenknochen, und das tiefe Grau seiner Augen, die von wunderschönen schwarzen Wimpern umkränzt waren. »Sheff erzählte mir, dass ihr Rowland Harker aufgesucht habt. Das muss schwierig für dich gewesen sein.«

Romans Kiefer spannte sich kurz an. »Es war unumgänglich Es tut mir auch leid, dass ich dir den Eindruck vermittelt habe, ich würde deinen Vater zum Duell herausfordern wollen.« Sein Gesichtsausdruck wurde weicher, und sie widerstand dem Drang, ihn zu umarmen. Es gab noch mehr zu sagen.

»Ich betrachte ihn genauso wenig als meinen Vater wie die Herzogin als meine Mutter.« Ellis schauderte vor Abscheu. »Hoffentlich hat dir das Treffen mit ihm eine gewisse Genugtuung verschafft, wenn schon nicht echten Frieden.«

»Das hat es. Es würde mir allerdings auch nicht das Geringste ausmachen, ihn niemals wiederzusehen, und mir ist klar, dass das für dich schwierig werden könnte. Wenn du ihn jedoch nicht als deinen Vater ansiehst ...«

»*Das* tue ich nicht«, bestätigte Ellis vehement. »Du wirst ihn nie wiedersehen müssen. Um ehrlich zu sein, weiß ich gar nicht, ob ich ihn jemals wiedersehen möchte. Das ist wirklich traurig, denn meiner Vermutung nach hat er ein gutes Herz. Er scheint fast ... gezwungen zu sein, dieses Verhalten an den Tag zu legen. Das erinnert mich an jemanden, der vom Alkohol zerstört ist.« Sie schüttelte den Kopf. In Wahrheit hatte sie Mitleid mit Rowland Harker, denn er hinderte sich selbst daran, tiefe und bedeutungsvolle Beziehungen zu Menschen aufzubauen, und das schloss sogar seine eigene Familie ein.

»Ich möchte nicht, dass du dich meinetwegen von ihm

fernhältst«, sagte Roman. »Aber es klingt auch nicht so, als wäre das eine große Zumutung für dich.«

»Das ist es nicht«, stimmte sie zu. »Bedeutet das, dass er sich nicht zwischen uns stellen wird?«

»Meiner Meinung wird das nicht passieren. Das bringt mich zum anderen Grund meines Besuchs. Ich bin gekommen, um dir einen Vorschlag zu unterbreiten«, erklärte Roman in sachlichem Ton.

Auch wenn es nicht die Art und Weise war, wie sie sich einen Heiratsantrag vorgestellt hatte, war Ellis zu glücklich, um sich darüber Gedanken zu machen. »Und welcher ist das?« Sie lächelte erwartungsvoll.

»Ich komme gerade von Lacey and Company, und Josiah stimmt mir zu, dass es höchste Zeit ist, eine Zweigstelle der Bibliothek in Bath zu eröffnen«, antwortete Roman. »Wir würden uns sehr freuen, wenn du die Bibliothekarin in dieser Zweigstelle werden würdest.«

Ellis sank das Herz. Er hatte ihr überhaupt keinen Heiratsantrag machen wollen. Aber er hatte sich flirtend verhalten. Das ergab keinen Sinn.

»Oder«, fuhr er fort, und Ellis hielt den Atem an. »Du kannst eine andere Position annehmen. Und zwar eine, in der ich dich weitaus lieber sehen würde.« Er ging auf sie zu, kniete sich vor ihr hin und ergriff ihre Hand. »Ich glaube, ich habe dich neulich Abend ‚Ich liebe dich‘ sagen hören, aber ich weiß nicht, ob ich mir das nur eingebildet habe – weil ich es mir so sehr gewünscht habe – oder ob es wirklich passiert ist. So oder so, ich bin hier, um dir zu sagen, dass *ich dich* liebe, und nichts würde mich glücklicher machen, als wenn du meine Frau werden würdest. Willst du mich heiraten?«

»Ja«, antwortete Ellis, ohne zu zögern. »Das *habe* ich neulich Abend tatsächlich gesagt.«

Er lächelte, aber nur kurz. »Und was ist mit der Heirat? Ist das auch ein Ja?«

»Ganz bestimmt.« Ellis grinste. »So gerne ich auch Bibliothekarin in Bath wäre, ich glaube, das würde meine Pflichten hier in London als deine Frau beeinträchtigen.«

Roman schloss kurz die Augen und neigte den Kopf. Er drehte ihre Hand und küsste ihr Handgelenk.

Er sah zu ihr auf. »Bist du sicher, dass du das willst? Denn mir liegt viel daran, dass du die Wahl hast. Ich möchte, dass *du* deine Zukunft selbst bestimmst.«

»Ich weiß«, sagte sie. »Warum hast du zuerst die Bibliothek vorgeschlagen? Dachtest du, ich würde mir das am meisten wünschen?«

Roman schnitt eine leichte Grimasse. »Das war tatsächlich meine Befürchtung. Du hast mir immer in aller Deutlichkeit zu verstehen gegeben, dass du nicht heiraten möchtest, was ich dir auch nicht nachtragen kann, wenn man bedenkt, wie dir dein Leben für so lange Zeit vorgeschrieben worden ist. Das werde ich dir jedoch niemals antun. Als meine Frau wirst du meine gleichberechtigte Partnerin bei Lacey and Company sein. Wir werden uns die Anteile an der Firma teilen.«

Ellis kam zu Bewusstsein, dass dies Pandoras Buch ,Eine Saison im Schatten‘ sehr ähnlich war, in dem Dinah ihre eigene Entscheidung treffen konnte. Doch während Dinah sich für sich selbst entschied, entschloss Ellis sich dafür, Roman zu wählen. Sie erkannte jedoch, dass sie mit dieser Entscheidung auch sich selbst wählte – und eine Chance auf ein Glück, mit dem sie niemals gerechnet hätte.

Ellis kniete sich vor ihn hin.

»Was machst du da?«, fragte Roman.

»Du stehst nicht auf und ich will dich küssen.«

Roman fasste ihr Gesicht mit beiden Händen und grinste. »Nicht, wenn ich dich zuerst küsse.«

Einen Moment später zog er sich zurück. »Was hat dich dazu gebracht, deine Meinung zu ändern? Was das Heiraten angeht, meine ich.«

Ellis war es peinlich, ihm die Wahrheit darüber zu sagen, doch es sollte nie wieder Geheimnisse zwischen ihnen beiden geben. »Ich erkannte, dass ich der Meinung war, ich hätte es nicht verdient, glücklich zu sein. Die Herzogin hatte mich mit einigem Erfolg davon überzeugt, dass ich der Liebe nicht würdig war und niemand mich wirklich wollte. Seit meiner Rückkehr ins Henlow House, erkenne ich, wie sehr mich alle hier lieben. Und niemand hat mir je zuvor so sehr das Gefühl gegeben, begehrt zu sein, wie du.«

»*Ellis*, nichts ist wahrer als mein unendliches Verlangen nach dir.« Er küsste sie nochmals auf eine intensive und leidenschaftliche Weise. Dann sah er ihr fest in die Augen, während er ihr Gesicht in seine Hände nahm. »Ich habe mich ähnlich gefühlt – ich dachte ich sei nicht liebenswert. Liebe und eine eigene Familie sind alles, was ich mir jemals gewünscht habe. Dann hat Clarissa sich für einen anderen Mann entschieden. Aber ich habe eine Familie – die Laceys.«

»Und du hast mich«, fügte Ellis schnell hinzu und ihr kam der Gedanke, wie einsam sie sich gefühlt hatten, bevor sie einander gefunden hatten.

»Und dich.« Er lächelte wieder. »Du bist meine Familie. Und meine Liebe.«

Sie presste ihre Lippen auf seine. Sofort wurde sie von einem unstillbaren Verlangen überwältigt, von dem sie nun wusste, dass es von der tiefen Liebe zwischen ihnen herrührte. Würden sie beide je genug voneinander bekommen? Das konnte sie sich nicht vorstellen, insbesondere nicht jetzt. Sie tauschten einen leidenschaftlichen, fieberhaften Kuss und bald schob sie seinen Frack beiseite. Ellis drückte sich an ihn, aber er umfasste ihre Taille und zog sich zurück.

»Wir können das nicht auf dem Boden mitten in der Bibliothek von Henlow House tun. Wenn wir in der Bolton Street wären ...«

Ellis küsste ihn erneut, um seine Einwände zu ersticken, bevor sie aufstand und ihn mit sich hochzog. »Das Sofa steht gleich dort. Wäre das eine akzeptable Alternative zum Boden?«

Stöhnend stand Roman auf. »Ich sollte mich nicht von dir verführen lassen, Miss Dangerfield. Das ist höchst unschicklich.«

»Es ist ein bisschen spät für Anstand, bist du nicht der Ansicht?« Sie zog eine Augenbraue hoch, während sie ihn zum Sofa führte und ihn darauf drückte.

Roman lachte leise. »Vermutlich. Mach mit mir, was du willst, meine Liebe.«

»Vielen Dank für deine Einwilligung.« Sie hob ihren Rock und setzte sich rittlings auf ihn.

»Ich nehme nicht an, dass sich die Tür abschließen lässt?«, fragte Roman.

»Wir werden uns beeilen«, gab sie ihm daraufhin zur Antwort, anstatt ihm zu sagen, dass dies nicht der Fall war. Sie schob ihre Hände zwischen sie und streichelte ihn durch seine Hose. Das war vollkommener Wahnsinn. Jeder hätte sie unterbrechen können.

Seine grauen Augen glühten vor Verlangen, als sie zu ihm aufblickte. »Ich bin machtlos, dir zu widerstehen, auch wenn mir der gesunde Menschenverstand dazu rät.« Er umfasste ihren Kopf und zog sie zu sich herunter, um sie leidenschaftlich zu küssen.

Ellis zitterte vor Verlangen und verzweifelt sehnte sie

sich danach, ihn in sich zu spüren. Würde er sich auch jetzt aus ihrem Körper zurückziehen, wie sie es immer getan hatten? Dazu bestand im Grunde genommen keine Notwendigkeit mehr, es sei denn, sie wollten vorerst noch kein Kind bekommen.

Sie biss ihm sanft in die Lippe, bevor sie den Kopf ein wenig anhob, um ihn anzusehen. Seine Augenlider hoben sich, und sie verlor sich fast in dem Nebel der Leidenschaft, der seinen Blick verschleierte. »Wirst du dich aus mir zurückziehen, wenn du kommst?«

»Möchtest du das?«, fragte er leise, und sie konnte nicht sagen, was er lieber tun würde.

»Nein«, meinte sie zaudernd. »Ist das in Ordnung?«

»Das ist mehr als in Ordnung, und zwar aus zu vielen Gründen, um sie aufzuzählen.« Er küsste sie erneut mit einer Art Besessenheit, und Ellis hatte das Gefühl, vor Freude zu platzen.

Sie streichelte ihn weiter, und er bewegte seine Hüften im Einklang mit ihren, wobei er auf der Suche nach ihrem Körper war. Als sie begann, seinen Schritt aufzuknöpfen, hörte sie, wie die Tür geöffnet wurde.

*Verdammt.*

Sie riss sich von ihm los und stieg dann von ihm herunter, wobei sie ihren Rock glattstrich. Er versuchte, seine Hose wieder zuzuknöpfen, aber sein Körper befand sich in einem ziemlich fortgeschrittenen – und unverkennbaren – Zustand der Erregung.

Glücklicherweise war es nur Jo. Dennoch warf Ellis Roman einen Blick zu, der ihm bedeutete, dort zu bleiben, wo er war.

»Oh!« Jo drehte sich sofort um. »Ich wollte nicht stören.«

»Das ist schon in Ordnung.« Ellis griff nach Romans Frack und reichte ihn ihm.

»Ich nehme an, ihr beide habt euch versöhnt?«, fragte Jo.

»Wir werden heiraten«, antwortete Ellis.

Jo schnappte nach Luft und warf ihnen einen Blick über die Schulter zu. »Ist es in Ordnung, wenn ich mich wieder umdrehe?«

»Ja, wir sind angezogen.« Ellis grinste Roman an. »Jedenfalls zum größten Teil.«

Er schenkte ihr ein verschmitztes Lächeln, während er seinen Frack anzog.

»Dann werde ich dich umarmen.« Jo eilte herbei und umarmte Ellis, und beide lachten.

Jo trat zurück und strahlte sie an. »Wann werdet ihr denn heiraten?«

Ellis beobachtete Roman, der endlich aufstand. Er schien sich wieder unter Kontrolle zu haben, was bedauerlich war. Ellis war sich jedoch sicher, dass sie ihn mit geringem Aufwand wieder in seinen früheren Zustand versetzen konnte.

Er zuckte mit den Schultern. »So bald wie möglich. Ich werde eine Sondergenehmigung beantragen.«

»Gott sei Dank«, sagte Ellis, woraufhin Jo erneut lachte.

»Das sind wunderbare Neuigkeiten«, sagte Jo. »Ich werde ein Abendessen zur Feier planen. Und ein Hochzeitsfrühstück.«

»Das ist sehr freundlich«, sagte Roman.

»Ellis ist meine Schwester«, antwortete Jo schlicht, als würde das ihre Großzügigkeit erklären, aber Ellis wusste, dass Blutsbande keine Liebe oder Zuneigung garantierten. »Ich liebe sie sehr und bin außer mir vor Freude.«

»Eine Sache, die wir noch nicht besprochen haben, ist die Herzogin.« Roman sah Ellis an. »Was werden wir wegen ihrer Drohungen unternehmen?«

»Wir haben uns anderen Themen gewidmet, bevor ich

diese Sache erklären konnte«, meinte Ellis. »Als sie vorhin hier war, hat Sheff versprochen, er würde sie dafür bezahlen, dass sie uns in Ruhe lässt. Er hat seinen Anwalt gebeten, einen Vertrag aufzusetzen, damit sie in Zukunft keine weiteren Forderungen mehr stellen kann. Anschließend wird er ihr einen festen Betrag zuweisen, und wir werden sie endlich los sein.«

Roman wirkte erleichtert. »Das ist ein ausgezeichneter Plan.«

»Ich denke, wir sollten über Mr. Lacey bekannt geben«, fuhr Ellis fort, »dass Verlage keine Anfragen der Herzogin von Henlow bezüglich ihrer Memoiren oder von anderen Personen annehmen sollten, die behaupten, eine Enthüllungsgeschichte über die Familie Henlow zu schreiben. Wir müssen die Verlage warnen, dass ein solches Manuskript voller Lügen ist und jeder, der es veröffentlicht, wegen Verleumdung verklagt wird.«

»Was für eine ausgezeichnete Lösung«, freute sich Roman mit einem bewundernden Funkeln in den Augen. »Es tut mir leid, dass ich die Konfrontation heute früh versäumt habe.«

»Und uns tut es leid, dass wir eure Auseinandersetzung mit meinem Vater verpasst haben«, antwortete Jo. »Ich kann immer noch nicht ganz glauben, dass er gesagt hat, er werde versuchen, nicht mehr herumzuschäkern, aber bald schon werden wir erleben, ob das tatsächlich geschieht.«

»Er hat angekündigt, dass es sehr schwer für ihn werden würde.« Roman runzelte leicht die Stirn. »Das klingt ganz so, als hätte er wahrhaft Schwierigkeiten, seine niederen Triebe im Zaum zu halten.«

Jo klatschte in die Hände. »Ich werde Sheff die Neuigkeiten mitteilen, wenn ihr nichts dagegen habt.«

»Bitte tu das«, antwortete Ellis mit einem Lächeln.

»Ich werde dafür sorgen, dass in der nächsten Stunde

niemand hier hereinkommt«, versprach Jo, als sie zur Tür ging.

»Zehn oder fünfzehn Minuten reichen wahrscheinlich«, rief Roman ihr nach. Als sich die Tür schloss, zog er Ellis in seine Arme, und sie lachte leise.

»Wie schnell kannst du denn diese Sonderlizenz bekommen?«, fragte sie.

»Morgen. Am Tag darauf können wir dann heiraten.«

»Das lässt uns nicht viel Zeit, um das Hochzeitsfrühstück zu planen.«

Darauf zog er eine Augenbraue hoch. »Möchtest du etwa mehr Zeit?«

»Ich möchte keine Sekunde länger warten, um deine Frau zu werden, aber ich kann geduldig sein.« Sie kniff die Augen zusammen und sah ihn mit einem sinnlichen Blick an. »Ein wenig.«

»Ich bevorzuge deine Ungeduld, meine liebe zukünftige Frau.« Er zog sie erneut in seine Arme. »Würdest du sie mir bitte demonstrieren?«

»Jede Minute an jedem einzelnen Tages.« Sie küsste ihn, und es stellte sich heraus, dass zehn Minuten mehr als ausreichend waren.

Dennoch gelang es ihnen, die ganze Stunde auszufüllen.

# KAPITEL 21

Alles verlief exakt nach Romans Plan. Er hatte die Sondergenehmigung am Tag nach seiner Verlobung mit Ellis erhalten, und am Tag darauf hatten sie in der St. George's Church am Hanover Square geheiratet.

Dieses Ereignis war ganz anders als seine erste Hochzeit in der St. Marylebone Parish Church, und das nicht, weil mehr Menschen anwesend waren, sondern wegen der Freude und Liebe, die sein Herz ausfüllten. Er würde Ellis ewig dankbar sein, dass sie vor ihrer Familie geflohen war und in seinem Haushalt und vor allem in seinen Armen Sicherheit und Trost gefunden hatte.

Roman war besonders glücklich, dass Josiah an seiner Seite stand, als er Ellis die Hand zum Eheversprechen reichte. Ellis war ebenso begeistert, ihre Schwester Min bei sich zu haben. Tatsächlich bewunderte Roman die Freundschaft, die nicht nur zwischen den beiden herrschte, sondern innerhalb ihres gesamten Freundeskreises bestand.

Es waren inzwischen fünf Tage vergangen und sie waren gerade zu einem Abendessen im Henlow House versammelt, das von Lady Shefford ausgerichtet wurde. Die Damen waren alle anwesend – acht an der Zahl, wie er feststellte. Sogar die Herzogin von Wellesbourne war in die Stadt zurückgekehrt, obwohl sie es nicht rechtzeitig zur Hochzeit geschafft hatte.

Die Freundinnen saßen zusammen auf einer Seite des Salons. Roman ging zu der Gruppe ihrer Ehemänner, die sich auf der gegenüberliegenden Seite versammelt hatte. Er warf einen Blick auf sie alle – Sheff, Evan Pierce, den Viscount Somerton, den Herzog von Wellesbourne und Baron Droxford. »Was machen sie dort? Sollten wir uns Sorgen machen?«

Alle lachten, sogar Droxford, der normalerweise eher stoisch war.

»Ich möchte behaupten, dass sie harmlos sind«, meinte Wellesbourne. »Die Wahrheit ist jedoch, dass sie wahrscheinlich in der Lage wären, ganz London und vielleicht sogar ganz England auf den Kopf zu stellen, wenn sie sich auf dieses Vorhaben konzentrieren würden.«

Somerton räusperte sich. »Ich glaube, du wolltest sagen, die Welt. Unterschätze ihre Macht nicht.«

»Hört, hört«, meinte Droxford und hob sein Weinglas. Sie hatten das Abendessen beendet, und die Herren hatten nur kurz einen Portwein getrunken, ehe sie sich zu den Damen in den Salon gesellten.

Neben der Gruppe von Freunden hatten sie auch Familienmitglieder eingeladen, darunter den Herzog von Henlow und seine Geliebte. Normalerweise wäre es skandalös, wenn ein Adliger seine Geliebte zu einer Veranstaltung mitbringen würde in der Erwartung, dass die Leute mit ihr interagieren, aber hier hielt sich niemand an solchen Unsinn. Es war offensichtlich, dass keiner in der Familie oder ihrem engen Kreis Mrs. Welbeck einfach als seine Geliebte bezeichnete oder betrachtete. Es war auch für jeden, der Augen im Kopf hatte, offensichtlich, dass sie und der Herzog absolut ineinander vernarrt waren. Dies war keine flüchtige Affäre.

Die Laceys waren natürlich auch da, einschließlich Margot und ihres Verlobten Oliver Pritchard. Nach Neujahr würden die beiden in Marylebone heiraten.

Pierce neigte den Kopf in Richtung der Damen. »Ich bin sicher, sie überreichen deiner Frau gerade ihr Exemplar der Regeln für Halunken. Das ist eine Tradition, die sie pflegen, wenn eine von ihnen heiratet.«

Roman hatte davon gehört. Tatsächlich wusste er genau, gegen welche Regel Ellis verstoßen hatte, obwohl es eigentlich mehrere waren. »Es scheint, als hätten diese Regeln für sie nicht gut funktioniert. Haben die Damen nicht alle gegen eine oder mehrere verstoßen und sind nun mit – nun ja, ich nehme an, ehemaligen – Halunken verheiratet?«

»*Ehemalig* ist das Schlüsselwort«, meinte Wellesbourne mit einem leichten Grinsen. »Ich denke, wir sind uns alle einig, dass wir außergewöhnliches Glück hatten, unsere Ehefrauen zu erobern.« Er hob sein Glas, und alle anderen taten es ihm gleich.

Nachdem er einen Schluck Portwein getrunken hatte, warf Roman einen Blick auf die Gruppe von Damen. »Wäre es ein Problem, wenn ich hinübergehen und sie unterbrechen würde?«

Die Männer sahen ihn mit einer Mischung aus Vorsicht, Besorgnis und Mitleid an.

Somerton zog seine blonden Augenbrauen in die Höhe. »Wenn du dich traust.«

»Ich bin mir nicht sicher, ob ich das tun würde«, sagte Droxford. Sein Gesichtsausdruck war mitleidig.

»Dann wünscht mir Glück.« Roman machte sich auf

den Weg zu dieser Seite des Raumes, wurde jedoch von Margot abgefangen.

Sie sah ihn zögernd an. »Willst du mit den Damen sprechen?«

»Ja, das hatte ich vor. Willst du mir davon abraten, so wie es die Herren getan haben?«

»Aber nein«, sagte Margot. »Ich würde dich gerne begleiten. Ich war nervös, alleine dorthin zu gehen. Es ist eine ziemlich einschüchternde Gruppe – eine Herzogin, eine Countess, eine Vicomtes, eine Baronin, die Tochter eines Herzogs und deine Marquise.«

»Du brauchst dich nicht eingeschüchtert zu fühlen«, sagte Roman. »Es sind alles Menschen, und du kennst Ellis gut genug. Sie sind alle ihre Freundinnen. Sie werden auch deine Freundinnen werden, da bin ich mir sicher.«

»Komm.« Er begleitete sie zu der Gruppe von Damen, während Ellis ein Paket auspackte. Sie lächelte über den gerahmten Gegenstand auf ihrem Schoß.

»Ich kann nicht behaupten, dass ich überrascht bin«, meinte Ellis. »Ich meine, dass ich es erhalten habe. Ich bin immer noch ziemlich überrascht, dass ich würdig bin, es zu erhalten. Ich hätte nie gedacht, dass ich einmal heiraten würde.« Sie warf Roman einen liebevollen Blick zu, bevor sie ihren Blick auf Pandora richtete. »Du hast dich selbst übertroffen. Ich liebe all die persönlichen Details.« Pandora hatte jede Regeln für Halunken für die Braut mit dekorativen Einzelheiten und Texten individuell gestaltet. »Vielen Dank.«

»Deine Regeln für Halunken mussten einfach Bücher enthalten, und ich konnte nicht widerstehen, den Bart und den Schnurrbart in die Ecke zu sticken.« Sie zwinkerte Ellis zu, die erneut lachte.

»Darf ich das mal sehen?« Roman stellte sich neben den Stuhl seiner Frau. Sie hielt es ihm hin.

»Pandora stickt immer eine Kopie der Regeln für Halunken für die Braut«, erklärte Ellis.

»Ich werde niemals heiraten, daher freue ich mich, diejenige zu sein, die sie anfertigt«, meinte Pandora mit einem verschmitzten Lächeln.

»Sagen Sie niemals nie«, riet Roman. »Ich denke, Ellis und ich können Ihnen beide bestätigen, dass die besten Absichten nicht immer zum Erfolg führen.«

»Stimmt«, pflichtete die Herzogin von Wellesbourne bei. »Ich bin sicher, viele andere hier würden das Gleiche sagen.«

Mehrere Damen nickten.

Roman deutete auf Margot. »Ich glaube, Sie haben alle Miss Lacey bereits kennengelernt.«

Min lächelte Margot warm an. »Ja, natürlich. Es war nachlässig von uns, sie nicht zu uns einzuladen.«

»Das ist in Ordnung«, sagte Margot. »Mama und ich sind nach dem Abendessen nicht direkt in den Salon gekommen.«

»Sie müssen sich zu uns setzen«, beharrte Lady Somerton, die Schwester von Pierce. »Es ist immer Platz für noch jemanden. Fragen Sie einfach Iona. Sie ist die Neueste in unserer Gruppe und neben Pandora die Einzige, die noch unverheiratet ist.«

Obwohl Miss Shaughnessy lächelte, bemerkte Roman eine Spur von Nervosität in ihren Gesichtszügen. Margot setzte sich neben sie. Sie schienen etwa gleich alt zu sein.

Miss Shaughnessy wandte sich an Margot. »Stimmt es, dass Sie und Ihr Verlobter sich beim Briefeschreiben verliebt haben?«

»Ja, über mehrere Monate hinweg, obwohl ich bereits nach dem ersten Brief wusste, dass er etwas Besonderes war.« Margot strahlte.

»Und niemand wusste davon?« Miss Shaughnessy wirkte überaus fasziniert.

Margot errötete leicht. »Nein, aber jetzt, da wir verlobt sind, ist es natürlich bekannt geworden.«

»Das ist eine großartige Idee«, sagte Miss Shaughnessy und klang dabei fast nachdenklich.

»Nun, ich glaube nicht, dass wir das als *Idee* geplant hatten.« Margot runzelte kurz die Stirn, bevor sie lächelte. »Aber es hat sich wirklich wunderbar entwickelt.«

Roman sah Ellis an. »Würdest du mich bitte kurz begleiten?« Er streckte ihr seine Hand entgegen.

»Selbstverständlich.« Sie legte die Regeln für Halunken auf ihren Sessel, als sie aufstand. »Entschuldigt mich bitte, meine Damen.«

»Da geht sie hin«, sagte Pandora mit einem Seufzer. »Sie zieht ihren Ehemann uns vor.«

»Nicht ganz«, sagte Ellis. »Ihr seid mir alle sehr wichtig, und es tut mir leid, dass ich mich nicht früher auf euch verlassen habe.«

»Wir verstehen das.« Min lächelte sie mitfühlend an. »Und wir haben dich gern.«

Ellis nahm Romans Arm, und er führte sie zu Josiah und Harriet, die sich mit Henlow und Mrs. Welbeck unterhielten.

Mrs. Welbeck war eine reizende Frau und tatsächlich die Enkelin eines Earls.

Josiah wandte sich an Roman. »Bist du bereit?«

Roman nickte, bevor er sich leise an Ellis wandte. »Wir werden jetzt eine Ankündigung machen.«

»Worum geht es?«, fragte sie besorgt. »Ich habe bereits gesagt, dass ich nicht Bibliothekarin in Bath werden möchte. Das kann ich nicht.«

Josiah lachte leise. »Nein, nein, aber Sie werden uns

maßgeblich bei der Auswahl eines Standorts unterstützen, wenn Sie mit unserer Ankündigung einverstanden sind.«

Harriet strahlte sie an. »Wir möchten, dass Sie Sekretärin bei Lacey and Company werden. Sie werden Anteile an der Firma erhalten und ein wichtiges Mitglied im Betriebsablauf und für den Erfolg sein.«

Ellis holte tief Luft, ihre Augen leuchteten vor Überraschung und Freude. Roman freute sich über ihr Glück.

»Ich weiß nicht, was ich sagen soll.« Ellis strahlte die Laceys an, und dann Roman.

»Ich finde, das hast du verdient«, antwortete Henlow stolz.

Ellis sah Henlow in die Augen. »Vielen Dank, dass du an mich geglaubt und mich unterstützt hast, als andere das nicht taten.«

Roman wusste, dass sie den Herzog in gewisser Weise als Ersatzvater betrachtete, was sie bei Rowland Harker niemals tun würde. Sie hatten Harker nicht zur Hochzeit eingeladen, aber als sie gingen, hatten sie ihn vor der Kirche herumstehen sehen. Die Zeit würde zeigen, ob er sein Versprechen einhalten würde, und ehrlich gesagt, schenkten sie ihm keine große Beachtung. Sie hatten auch nicht vor, daran etwas zu ändern.

»Bist du bereit für die Ankündigung?«, fragte Roman.

Ellis nickte. »Ihr müsst aber kein großes Aufsehen machen.«

Henlow sah sie mit gespielter Ermahnung an. »Meine Liebe, du musst dich an Aufregung gewöhnen. Jetzt bist du die Marquise of Keele, und von nun an wird es viel Aufregung um dich geben.«

Ellis lachte. »Ich werde es versuchen.«

Roman nahm ihre Hand und drückte sie, dann wandte er sich an die Anwesenden. »Ich habe eine Ankündigung zu machen«, sagte er laut. »Lacey and Company ist stolz, die Ernennung unserer neuen Sekretärin, Lady Keele, bekannt zu geben. Erheben wir alle unsere Gläser und stoßen wir auf das große Glück von Lacey and Company an, eine so erstaunliche Frau in dieser Position zu haben.«

Er hob sein Glas, und es gab eine Runde Jubelrufe.

»Wir haben nicht alle ein Getränk zur Hand«, stellte Ellis fest.

Roman reichte ihr schnell seinen Portwein. Sie sah ihm über den Rand des Glases hinweg in die Augen, während sie einen Schluck trank. Die Art, wie ihre Lippen das Glas umschlossen, hatte etwas Verführerisches, und Roman musste sich zusammenreißen, um nicht erregt zu werden. Jetzt war nicht der richtige Zeitpunkt dafür.

»Wann können wir gehen?«, flüsterte er.

Sie lachte ihn an, als sie ihm den Portwein zurückreichte. »Noch nicht so bald. Du wirst noch genügend Zeit allein mit mir haben, Mylord.« Ihre Augen glänzten vielversprechend. »So viel Zeit, wie du dir nur wünschen kannst.«

Er schüttelte den Kopf und sah sie mit überwältigender Liebe und Dankbarkeit an. »Selbst die Ewigkeit wäre nicht genug.«

# EPILOG

*Westlands, Juni 1817*

Ellis und Roman waren begeistert, Anfang Januar Tante und Onkel zu werden, als Jo und Sheff ihre Tochter Elinor willkommen hießen. Sie hatten die Feiertage zusammen im Beacon Park verbracht, zusammen mit Min und Evan, sodass sie bei Elinors Ankunft am Dreikönigstag dabei waren. Alle waren völlig verzaubert.

Anfang Juni freuten sie sich dann sehr, nach Winterstoke, dem Sitz der Familie Somerton in Wiltshire, zu reisen, um den neuen Sohn von Gwen und Lazarus kennenzulernen, der im April geboren worden war. Felix, benannt nach Lazarus' geliebtem Vater, war ebenso charmant wie sein Vater.

Sie blieben eine Woche, da sie ihre Gastfreundschaft nicht überstrapazieren wollten und wussten, dass sie im August schon bald alle wieder zusammenkommen würden, wenn sie für ihren jährlichen Sommerurlaub in Weston sein würden. The Grove, das Haus des Herzogs von Henlow, würde voller Menschen sein: Ellis und Roman, Min und Evan und natürlich Jo und Sheff und die süße Elinor, die sie alle Ellie nannten. Ihr Name war eine Anspielung auf Ellis, was ihr Herz noch voller machte, wenn das überhaupt möglich war. Immer wenn sie dachte, sie könnte nicht glücklicher sein, geschah etwas, das ihr bewies, dass ihr dies doch noch möglich war.

Heute war wieder so ein Tag.

Ellis hüpfte praktisch die breite Treppe von Westlands, dem Sitz der Familie Keele, hinunter. Das zwischen Birmingham und Manchester gelegene Herrenhaus war ein großes Rechteck mit einem zentralen Innenhof, das ursprünglich im späten 17. Jahrhundert erbaut und zweimal renoviert worden war. Die letzte Renovierung hatte die Familie in den Ruin getrieben, da Romans Groß-vater große Schulden gemacht hatte, um das Haus zu modernisieren. Ellis konnte immer noch nicht ganz glau-ben, dass sie dort die Herrin war.

Sie waren seit zwei Wochen in Westlands, und sie hatte bereits eine tiefe Zuneigung zu den Bediensteten und Pächtern des Anwesens entwickelt. Sie hätte sich ein solches Leben nie vorstellen können und musste sich jeden Tag daran erinnern, dass dies wirklich real war.

Auch Roman trug seinen Teil dazu bei, dass sie dies nie vergaß.

Lächelnd machte sie sich auf die Suche nach ihm, denn die außergewöhnlich wunderbare Nachricht des Tages betraf ausschließlich ihn. Wie erwartet fand sie ihn in dem großen Arbeitszimmer, das sich in einer Ecke des Erdge-schosses befand und einen Blick auf einen prächtigen Garten bot, der derzeit in voller Blüte stand und von Dutzenden von Rosen in leuchtenden Farben übersät war.

Als sie angekommen waren, war Ellis überrascht und

gerührt gewesen, dass das Arbeitszimmer renoviert worden war und nun zwei Schreibtische enthielt, damit sie weiterhin zusammenarbeiten konnten. Die Schreibtische waren so zusammengeschoben worden, dass sie einander gegenüberstanden. Das konnte äußerst ablenkend sein, aber glücklicherweise war das Arbeitszimmer auch mit einer großen Chaiselongue und einem Türschloss ausgestattet.

Ellis lehnte sich gegen den Türrahmen und beobachtete Roman bei der Arbeit. Seine Feder kratzte über das Pergament, während er sich intensiv auf seine Arbeit konzentrierte. Sie würde nie müde werden, ihn einfach nur zu beobachten. Sie kannte niemanden, der sich seiner Arbeit und dem Ziel, das er sich gesetzt hatte, mehr verschrieben hatte – das Erbe seiner Familie in einem weitaus besseren Zustand zu hinterlassen, als er es übernommen hatte.

Ein Großteil davon, sagte er, sei die Heirat mit Ellis gewesen. Er sagte ihr immer wieder, dass sie die Familie bereits auf ein bisher unerreichtes Niveau gebracht habe. Er war unverbesserlich und unentschuldbar romantisch. Ellis hätte sich keinen besseren Ehemann wünschen können.

Endlich blickte er auf. »Wie lange stehst du schon da?«

»Lange genug, um mich zu fragen, ob ich die Fähigkeit verloren habe, dich abzulenken.«

Er grinste, als er seine Feder in dem Ständer platzierte und aufstand. »Niemals.«

Ellis' Herz schlug schneller, als sie ihn in der Mitte des Raumes traf. »Woran arbeitest du?«

»Ich schreibe nur eine Antwort an Josiah. Wir müssen wieder mehr Exemplare von ›Eine Saison im Schatten‹ drucken. Es ist unser Bestseller geworden.«

»Pandora wird begeistert sein.« Ellis lächelte. »Ich

werde ihr schreiben und es ihr mitteilen, wenn das in Ordnung ist.«

»Ich glaube, Josiah ist dir da zuvorgekommen«, meinte Roman mit einem Lachen. »Ich kann seine Begeisterung in seinem Brief spüren. Bist du zum Arbeiten gekommen oder vielleicht aus einem anderen Grund?« Er warf ihr einen verführerischen Blick zu.

»Eigentlich bin ich gekommen, um dir etwas Wichtiges mitzuteilen.« Ellis unterdrückte ihre Aufregung, um die Überraschung nicht zu verderben.

»Wirklich?« Er legte seinen Arm um ihre Taille und zog sie zu sich heran. »Ich hatte gehofft, du würdest mich ablenken, wie du angedeutet hast.«

»Ich fürchte, das wird eine große Ablenkung sein, aber es lässt sich nicht vermeiden.«

Roman zuckte zusammen. »Ist etwas passiert? Die Herzogin ist doch nicht unter ihrem Felsen hervorgekrochen, oder?«

Ellis lachte leise. »Nein, es ist etwas Angenehmes. Etwas Wunderbares. Ich habe gewartet, es dir zu sagen, bis ich mir ganz sicher war, und jetzt bin ich es.« Sie nahm seine freie Hand und drückte seine Handfläche auf ihren Unterbauch. »Wir werden Eltern.«

Seine Augen wurden groß vor Staunen, dann verzog sich sein Gesicht zu einem breiten Grinsen, als er sie hochhob und herumwirbelte. Aber er setzte sie schnell wieder ab. »Du bist doch nicht von Übelkeit befallen, oder?« Er hielt seine Hände um ihre Taille und runzelte die Stirn.

Sie schüttelte den Kopf. »Überhaupt nicht, aber Mrs. Gentry sagte, das sei nicht ungewöhnlich. Sie sagte, ihre Schwestern seien auch nicht von Übelkeit geplagt gewesen, als sie schwanger waren.«

Mrs. Gentry war die Haushälterin hier in den Westlands und war für Ellis schnell zu einer Vertrauten und Mutterfigur geworden, genau wie Harriet Lacey. Sie und Josiah würden sich sehr freuen, wenn sie erfuhren, dass sie Großeltern werden, denn das war die Rolle, die Ellis ihnen zugedacht hatte.

»Du fühlst dich also vollkommen wohl?«, fragte er verwirrt.

»Ich fühle mich mehr als wohl.« Sie lächelte. »Bist du glücklich?«

Er grinste erneut. »Ich bin überglücklich. Wann wird es so weit sein? Weißt du das schon?«

»Da meine Periode ausgeblieben ist, würde ich schätzen, um Weihnachten herum, vielleicht sogar etwas früher.«

»Was für ein wunderbares Geschenk er oder sie sein wird.« Er berührte erneut ihren Bauch, seine Gesichtszüge strahlten vor Staunen. »Ich kann es kaum erwarten, dich kennenzulernen«, flüsterte er. Dann sah er Ellis in die Augen. »Danke, dass du all meine Träume wahr gemacht hast.«

Sie schlang ihre Arme um seinen Hals. »Und ich danke dir, dass du meine wahr gemacht hast. Vor allem, dass du im August mit nach Weston kommen wirst. Ich weiß, dass du lieber arbeiten würdest, und zwar nicht dort.«

»Ich habe vor, überall dort zu sein, wo du bist, es sei denn, du sagst mir etwas anderes. Ich kann es nicht ertragen, von dir getrennt zu sein.« Er küsste sie mit Inbrunst.

Als sie sich voneinander lösten, seufzte Ellis. »Wie sind wir nur zu so viel Glück gekommen?«

»Da bin ich mir nicht sicher, aber ich werde niemals aufhören, dankbar zu sein. Was jedoch Pech ist, ist die Tatsache, dass du die Tür nicht geschlossen oder abgeschlossen hast. Wie können wir diese großartige Nachricht angemessen feiern?«

Ellis warf ihm einen frechen Blick zu. »Daran habe ich nicht gedacht, weil ich dir das unbedingt mitteilen wollte.«

»Das war auch richtig so. Lass mich das machen.« Er sauste los, um die Tür zu schließen und dann drehte er den Schlüssel im Schloss, und kehrte dann genauso schnell zu ihr zurück, wie er gegangen war.

»Wo möchtest du *feiern?*«, fragte Ellis und blickte sich im Raum um. »Ich glaube nicht, dass es in diesem Raum ein Möbelstück gibt, auf dem wir nicht, äh, schon gefeiert haben.«

»Die Schreibtische wecken eine gewisse Nostalgie in mir, da wir uns kennengelernt haben, als du als meine Sekretärin gearbeitet hast.« Er schüttelte den Kopf. »Ich sollte mich ewig schämen, dass ich unsere Beziehung so habe ausarten lassen, aber ich fürchte, ich konnte dir einfach nicht widerstehen.«

»Wir haben beide gemeinsam den Anstand so eklatant missachtet, und ich bereue nichts.« Sie lockerte seinen Krawattenschal, wohl wissend, dass sie ihn später wieder binden musste. Sich gegenseitig anzuziehen, war zu einer ihrer liebsten intimen Gewohnheiten geworden.

»Dann lass uns noch einmal so eklatant wie möglich dagegen verstoßen.« Roman warf ihr einen anzüglichen Blick zu, bevor er ihren Mund mit einem Kuss voller ungezügelter Leidenschaft und grenzenloser Liebe eroberte.

Ellis bereute nichts mehr. Ihr Leben hatte sie hierher geführt – zu diesem glücklichen Moment in den Armen dieses wundervollen Mannes und zu einer Zukunft, die sie mit ihm erleben wollte.

Nichts könnte perfekter sein.

**Verpassen Sie den nächsten Band von »Regeln für**

**Halunken«, »WORUM DER HALUNKEN BITTET«
nicht.**

**Als eine verschmähte junge Dame behauptet, einen
Briefwechsel mit einem Viscount zu führen, gibt sich
sein Cousin als ihr erfundener Verehrer aus. Doch als er
sich in sie verliebt, steht er vor einer unmöglichen
Entscheidung: Soll er sich zurückziehen oder seine
Täuschung gestehen und damit riskieren, sie für immer
zu verlieren?**

Ich danke Ihnen sehr, dass Sie gelesen haben. Möchten Sie
erfahren, wann mein nächstes Buch erscheint, und über
Sonderangebote und Rabatte informiert werden? **Melden
Sie sich für meinen Leserclub-Newsletter an**, wo Ihnen
exklusive Bonusbücher und Materialien angeboten
werden.
Facebook: https://facebook.com/darcyburkeautorin
Instagram: darcyburkeautorin

Ich würde mich sehr freuen, wenn Sie eine Rezension bei
Ihrem bevorzugten Online-Händler oder auf Ihrer
bevorzugten Netzwerkseite hinterlassen würden.

Ich schätze meine Leser sehr. Vielen Dank fürs Lesen!

**Sind Sie an weiterer Regency-Romantik interessiert?
Schauen Sie sich meine anderen historischen Serien an:**

*Der Phönix Club*
Die exklusivste Einladung der feinen Gesellschaft ...

Willkommen im Phönix Club, in dem Londons waghalsigste, anrüchigste und intriganteste Ladys und Gentlemen Skandale, Erlösung und eine zweite Chance finden.

### Die Unberührbaren

Geraten Sie ins Schwärmen über zwölf der begehrtesten und schwer fassbaren Junggesellen der feinen Gesellschaft und die Blaustrümpfe, Mauerblümchen und Außenseiterinnen, die sie in die Knie zwingen!

### Die Unberührbaren: Die Prätendenten

In der faszinierenden Welt der Unberührbaren spielend, handelt die Saga von einem Geschwistertrio, die sich darin auszeichnen, sich als jemand auszugeben, der sie nicht sind. Werden ein unerschrockene Bow Street Ermittler, ein niedergeschmetterter Viscount und eine desillusionierte Dame der feinen Gesellschaft es schaffen, ihre Geheimnisse zu lüften?

### Legendäre Helden

Fünf unerschrockene Heldinnen und abenteuerlustige Helden begeben sich auf spannende Abenteuerreisen durch die Highlands von Georgia und das England und Wales der Regency Epoche.

### Chroniken der Ehestiftung

Der Pfad der wahren Liebe verläuft niemals geradlinig. Manchmal ist eine Hausparty zur Ehestiftung vonnöten. Wenn Paare sich auf einer Hausparty kennenlernen, ereignen sich provokative Flirts, heimliche Rendezvous und Verliebtheit im Überfluss.

### Ruchlose Geheimnisse und Skandale

Sechs unglaubliche Geschichten, die sich in den glamourösen Ballsälen Londons und den herrlichen Landschaften Englands abspielen.

### Die Liebe ist überall

Herzerwärmende Nacherzählungen klassischer Weihnachtsgeschichten im Regency-Stil, die in einem gemütlichen Dorf spielen und von drei Geschwistern und dem besten Geschenk von allen handeln: der Liebe.

### Der Club der verruchten Herzöge

Sechs Bücher, geschrieben von meiner besten Freundin, Erica Ridley, und mir. Lernen Sie die unvergesslichen Männer von Londons berüchtigtster Taverne, dem Verruchten Herzog, kennen. Verführerisch attraktiv, mit Charme und Witz im Überfluss, wird eine Nacht mit diesen Wüstlingen und Filous nie genug sein ...

### Die Bräute von Marrywell

Kommen Sie nach Marrywell, im schönen England, denn hier findet schon seit Hunderten von Jahren alljährlich das Maifest zur Partnerfindung statt, bei dem hoffnungsvolle Romantiker zusammenkommen. Die Herzöge und Halunken des Regency-Zeitalters begegnen hier temperamentvollen und bezaubernden Ladys, die ihnen ihre Herzen stehlen könnten.

# ANMERKUNG DER AUTORIN

Falls Sie sich fragen, ob Roman tatsächlich Margot, die Schwester seiner verstorbenen Frau, heiraten hätte können

...

Im England des Jahres 1816 konnte ein Mann die Schwester seiner verstorbenen Frau nicht in der Church of England heiraten. Dies war eine Frage des Kirchenrechts, und nicht des gesetzlichen Rechts. Wenn jedoch eine solche Ehe geschlossen wurde (und das kam vor), war sie gültig, sofern sie nicht angefochten wurde. Tatsächlich heiratete Jane Austens jüngerer Bruder Charles 1820 die Schwester seiner verstorbenen Frau, und diese Ehe blieb unangefochten.

# BÜCHER VON DARCY BURKE

**Historische Romantik**

*Regeln für Halunken*

Falls der Herzog es wagt

Frohsinn für den mürrischen Baron

Wenn der Viscount lockt

Wie es dem Grafen beliebt

Bis der Wüstling kapituliert

Weil der Marquess es so will

Worum der Halunken bittet

Wie sich der Teufel versündigt

*Der Phönix Club*

Ungehörig: Das Mündel des Earls

Leidenschaftlich: Eine zweite Chance für das Eheglück

Intolerabel: Die Schwester des besten Freundes

Unschicklich: Eine Vernunftehe

Unmöglich: Eine Schöne und ein Scheusal im Liebesglück

Unwiderstehlich: Eine Scheinehe mit dem Spion

Untadelig: Eine geheime, verbotene Affäre

Unersättlich: Der geläuterte Lebemann und die unwillige
Debütantin

*Die Unberührbaren*

Ein Earl als Junggeselle (prequel)

Der verbotene Herzog

Der wagemutige Herzog

Der Herzog der Täuschung

Der Herzog der Begierde

Der trotzige Herzog

Der gefährliche Herzog

Der eisige Herzog

Der ruinierte Herzog

Der verlogene Herzog

Der betörende Herzog

Der Herzog der Küsse

Der Herzog der Zerstreuung

Der unverhoffte Herzog

Der charmante Marquess

Der verwundete Viscount

### Die Unberührbaren: Die Prätendenten

Geheimnisvolle Kapitulation

Ein skandalöser Pakt

Des Gauners Rettung

### Legendäre Helden

Die Legende eines Helden

Sehnsucht einer Lady

Umgarnung eines Earls

Glück eines Lords

Eroberung eines Schurken

### Chroniken der Ehestiftung

Der verstockte Herzog

Ein Earl als Junggeselle

Der ausgerissene Viscount

Die unechte Witwe

*Die Bräute von Marrywell*

Ein Herzog wird verzaubert

Erbin dringend gebraucht

Die Heiratsvermittlerin und der Marquess

*Ruchlose Geheimnisse und Skandale*

Ihr ruchloses Temperament

Sein ruchloses Herz

Die Verführung des Halunken

Verliebt in eine Diebin

Die Schöne und der Halunke

Einmal Halunke, immer Halunke

*Die Liebe ist überall*

*(eine Regency Weihnachtstrilogie)*

Der Earl mit dem flammendroten Haar

Das Geschenk des Marquess

Eine Freude für den Herzog

*Der Club der verruchten Herzöge*

Eine Nacht zum Verführen by Erica Ridley

Eine Nacht der Hingabe by Darcy Burke

Eine Nacht aus Leidenschaft by Erica Ridley

Eine Nacht des Skandals by Darcy Burke

Eine Nacht zum Erinnern by Erica Ridley

Eine Nacht der Versuchung by Darcy Burke

**Historische Mysterium**

Ein Wispern des Todes

Ein Wispern um Mitternacht
Ein Wispern und ein Fluch
Ein Wispern im Schatten
Ein Wispern in aller Heimlichkeit
Ein Wispern in der Dunkelheit

Darcy Burke ist die USA Today Bestsellerautorin für sexy, emotionale, historische und zeitgenössische Romantik. Darcy schrieb ihr erstes Buch im Alter von 11 Jahren – mit einem Happy End – über einen männlichen Schwan, der von der Magie abhängig war, und einen weiblichen Schwan, der ihn liebte, mit nicht sehr gelungenen Illustrationen. Schließen Sie sich ihr an newsletter!

Darcy, die in Oregon an der Westküste der Vereinigten Staaten geboren wurde, lebt am Rande des Wine Country mit ihrem auf der Gitarre spielenden Ehemann und ihren beiden ausgelassenen Kindern, die das Schreiben geerbt zu haben scheinen. Sie sind eine nach Katzen verrückte Familie mit zwei bengalischen Katzen, einer kleinen, familienfreundlichen Katze, die nach einer Frucht benannt ist, und einer älteren, geretteten Maine Coon, die der Meister der Kühle und der fünf-Uhr-morgens-Serenade ist. In ihrer ›Freizeit‹ ist Darcy eine regelmäßige ehrenamtliche Mitarbeiterin, die in einem 12-stufigen Programm eingeschrieben ist, in dem man lernt, ›Nein‹ zu sagen, aber sie muss immer wieder von vorne anfangen. Ihre Lieblingsplätze sind Disneyland und das Labor Day Wochenende in The Gorge. Besuchen Sie Darcy online unter https://www.darcyburke.de.

facebook.com/darcyburkeautorin
instagram.com/darcyburke_autorin
pinterest.com/darcyburkewrites

IMPRESSUM

Deutsche Erstausgabe von:
Darcy E. Burke Publishing
Zealous Quill Press
13500 SW Pacific Hwy., Ste. 58-419
Tigard, OR, 97223
USA

Für die Originalausgabe:
Copyright © SINCE THE MARQUESS DEMANDS, 2026
by Darcy Burke, All rights reserved.

Für die deutschsprachige Ausgabe:
Copyright © 2025 by Petra Gorschboth
Redaktion: Nicola Schneider
Umschlaggestaltung: © Dar Albert, Wicked Smart Designs.

ISBN: 9781637262399

www.darcyburke.de